Diogenes Taschenbuch 24571

de
te
be

Patricia Highsmith · Werkausgabe
Romane und Stories
Herausgegeben von Paul Ingendaay und
Anna von Planta

PATRICIA HIGHSMITH, geboren 1921 in Fort Worth / Texas, wuchs in Texas und New York auf und studierte Literatur und Zoologie. Erste Kurzgeschichten schrieb sie an der Highschool, den ersten Lebensunterhalt verdiente sie als Comictexterin, und den ersten Welterfolg erlangte sie 1950 mit ihrem Romanerstling *Zwei Fremde im Zug*, dessen Verfilmung von Alfred Hitchcock sie über Nacht weltberühmt machte. Patricia Highsmith starb 1995 in Locarno.

Patricia Highsmith

Elsies Lebenslust

ROMAN

Aus dem Amerikanischen von
Dirk van Gunsteren
Mit einem Nachwort von
Paul Ingendaay

Diogenes

Herausgegeben in
Zusammenarbeit mit Ina Lannert,
Barbara Rohrer und Kate Kingsley Skattebol
Titel der 1986 bei William Heinemann, London,
erschienenen Originalausgabe:
›Found in the Street‹
Die vorliegende Übersetzung erschien
erstmals 2004 im Diogenes Verlag
Covermotiv: Muster von Pippa Shaw

Veröffentlicht als Diogenes Taschenbuch, 2006, 2021

www.diogenes.ch
40/20/852/1
ISBN 978 3 257 24571 4

Inhalt

Elsies Lebenslust

Für Kingsley

1

Die junge Frau überquerte rasch die Straße und sprang mit einem Satz auf den Bürgersteig. Sie trug neue, makellos weiße Turnschuhe, eine schwarze Cordhose und ein weißes T-Shirt mit einem stilisierten roten Apfel auf der Brust. Sie wich den anderen Passanten aus, machte einen kleinen Schlenker und verschwand in einem Geschäft, in dessen Schaufenster verschiedene lavendelfarbene Dinge sowie Perlen und knallrosafarbene Tücher ausgestellt waren. Sekunden später war sie wieder draußen und ging weiter. Sie schien drauf und dran, die Straße abermals zu überqueren, tat es jedoch nicht. Wie ein Schmetterling umsegelte sie im Halbkreis ein dahinschlenderndes Grüppchen und blieb vor einem anderen Geschäft stehen, dessen Waren bis auf den Bürgersteig quollen. Nein, auch hier nichts.

Die weißen Turnschuhe huschten weiter, das kurze, blonde Haar wippte. Die junge Frau bewegte sich auf einen roten Farbfleck zu, zögerte, trat ein. Auf dem Bürgersteig der West Fourth Street strömten Kauflustige in beide Richtungen. Es war kurz vor sechs an einem sonnigen Nachmittag Ende August, und die Luft war kühl. Die blonde Frau trat aus dem Geschäft, in der Hand eine beige Plastiktüte. Mit der anderen schob sie ein kleines Portemonnaie in die Gesäßtasche ihrer Cordhose. Das Lächeln auf ihren ungeschminkten Lippen war jetzt breiter – es war ein fröhliches Lächeln mit einer Andeutung von Übermut.

Die Fersen zusammengedrückt und ungeduldig auf den Zehenspitzen wippend, hielt sie inne, um einen Wagen vorbeizulassen. Ein junger Schwarzer ging vor ihr vorbei und machte eine Geste, als wollte er sie in den Busen kneifen. Sie fuhr zurück und verzog die Oberlippe, so daß ein spitzer Eckzahn zu sehen war. Und schon lief sie weiter, den Mund leicht geöffnet, um besser atmen zu können, und ihre Augen suchten nach Lücken im Strom der Passanten.

Ein Stück voraus, hinter dicken Frauen und Jungen in Bluejeans, entdeckte sie einen Mann mit einem leicht schwankenden Gang und einem Hund, den er an der Leine führte. Die junge Frau blieb abrupt stehen und wechselte bei der nächsten Gelegenheit die Straßenseite.

God hebt das Bein, und die Welt ist in Ordnung, dachte Ralph Linderman, als er sich der Ecke Grove und Bleecker Street näherte. Es war ein wunderschöner Sommertag, die tiefstehende Sonne fiel von Westen noch immer in bestimmte Straßen des verwinkelten Greenwich Village, und die Grove Street erschien Ralph hübscher als sonst. Die Grove Street war, wie die Barrow und die Commerce Street, ordentlich und aufgeräumt, und das gefiel Ralph. Die Menschen hier polierten ihre Türklopfer und fegten ihre Eingangsstufen. Die Morton Street dagegen, nur drei Straßen weiter südlich gelegen, war ein einziges Durcheinander: Dort lagen Papierfetzen im Rinnstein, und die Mülltonnen standen, für jedermann sichtbar, mitten auf dem Bürgersteig. Ralph war sich bewußt, daß er an Dingen und Menschen gewöhnlich schneller die häßliche Seite wahrnahm, doch das war in seinen Augen lediglich realistisch, ja sogar klug, denn bestimmten Menschen mit Mißtrauen zu begegnen, bevor sie einem etwas tun konnten, bewahrte einen vor so manchem Mißgeschick. New York war größtenteils eine heruntergekommene Stadt. Man brauchte sich nur in den mit Unrat übersäten Straßen umzusehen, um zu erkennen, daß die Leute nicht am selben Strang zogen. Kinder lernten schon früh, daß es ganz in Ordnung war, Pappbecher einfach auf den Bürgersteig zu werfen, und alle Arten von Spinnern liefen hier herum und murmelten vor sich hin, meist Obszönitäten und Flüche, die sich gegen ihre Mitmenschen richteten. Kranke Menschen, unglückliche Menschen! Und dann waren da die Räuber: Einer hielt einem von hinten die Arme fest, während der andere einem die Brieftasche abnahm, und im Nu waren sie weg. Das war Ralph einmal um fünf Uhr morgens passiert, auf dem Heimweg. Verflucht sollten sie sein – elendes Gesindel, Abschaum der Menschheit!

Ralph wünschte sich manchmal, er wäre vor zwanzig Jahren oder noch früher aus New York weggezogen, als Irma und er sich getrennt hatten – oder vielmehr: als sie mit einem anderen Mann davongelaufen war, korrigierte er sich ohne Groll. Er hätte zum Beispiel nach Cleveland, Ohio, ziehen können, in eine Stadt, die vielleicht ein bißchen amerikanischer, ein bißchen anständiger war. Möglicherweise hätte er dort die richtigen Leute kennengelernt, oder wenigstens einen guten Menschen, mit dem er sich hätte zusammentun können und der aus Ralphs Ideen etwas gemacht hätte. Ralph hatte viele Ideen für nützliche

Erfindungen, aber nicht genug Kenntnisse in Mathematik und Maschinenbau. Aber dann war er vor fünfzehn, nein, achtzehn Jahren in der Garage, wo er als Wachmann gearbeitet hatte, während der Tagschicht in den Fahrstuhlschacht gestürzt. Im hellen Sonnenlicht hatte er nicht gesehen, daß der Fahrstuhl gar nicht dagewesen war, und das schwarze Quadrat für den Schatten auf dem Boden der Kabine gehalten, und so war er beinahe sechs Meter tief gefallen. Erstaunlicherweise hatte er sich nichts gebrochen, denn er hatte an diesem kalten Wintertag einen dicken Schaffellmantel getragen, doch alles in ihm war stark erschüttert gewesen. Er erinnerte sich, daß er das den Ärzten gesagt hatte, und so hatte er sich auch gefühlt: als hätte sich sein Herz ein wenig aus seiner Verankerung gelöst. Sein Kopf übrigens auch – er hatte eine Zeitlang Kopfschmerzen und so weiter gehabt. Man hatte einen Schock diagnostiziert, aber keine weiteren Verletzungen festgestellt. Doch seither hatte Ralph das Gefühl, ganz verändert zu sein. Er paßte jetzt gut auf sich auf, jawohl, und brauchte sich vor niemandem dafür zu rechtfertigen. Er konnte von Glück sagen, noch am Leben zu sein.

Der schwarzweiße Hund trabte gemächlich vor sich hin, schnupperte interessiert an einem Autoreifen oder einem zerknitterten Stück Aluminiumfolie und hob das Bein nur noch der Form halber, denn seine Blase hatte er bereits vor einer Weile geleert. Er war etwa sieben Jahre alt. Ralph hatte ihn aus dem Tierheim – er hatte ihn vor dem sicheren Tod bewahrt. God war eine Promenadenmischung, doch er hatte freundliche Augen, und das gefiel Ralph.

»God! God!« sagte er leise und zog an der Leine, denn

der Hund schnüffelte nun schon seit einigen Sekunden an etwas, das, wie Ralph sah, die Exkremente eines anderen Hundes waren, die im Rinnstein lagen. »Komm jetzt.«

War das nicht Elsie, die da auf ihn zukam? Ralph blinzelte. Nein. Aber aus der Ferne sah sie ihr sehr ähnlich: der beschwingte Gang, der hocherhobene Kopf, ja, aus einiger Entfernung schien sie sogar wie Elsie zu lächeln. Doch als die junge blonde Frau an ihm vorbeiging, stellte Ralph fest, daß sie gar nicht lächelte. Elsie – also *die* sollte lieber einen richtigeren Kurs steuern, bevor es zu spät war! Ein unschuldiges, naives Mädchen aus einer Kleinstadt im New Yorker Hinterland, kaum zwanzig! Es war gewiß noch nicht zu spät, und bis jetzt war sie noch nicht in Schwierigkeiten geraten. Doch was ihr gefährlich werden konnte, war ihre Einstellung: Sie vertraute einfach jedem. Offenbar fand sie die Drogensüchtigen und grell geschminkten Prostituierten an der Eighth Street und der Sixth Avenue ebenso vertrauenswürdig wie ... ganz normale Leute oder sogar ihn selbst! Elsie sagte, sie finde alle Menschen amüsant. Na ja, immerhin schien sie ihren Lebensunterhalt bislang selbst zu verdienen. Ralph hatte sie vor etwa einem halben Jahr in einem Coffeeshop in der West Fourth Street kennengelernt. Danach war sie für eine Weile von der Bildfläche verschwunden, und als er sie irgendwann auf der Straße wiedertraf, erzählte sie, daß sie in einem Coffeeshop mit 24-Stunden-Betrieb arbeite, wo man Espresso und Wein ausschenke. Elsie nahm befristete Jobs an. Ralph wußte nie, wo sie als nächstes auftauchen würde.

An Gods steifbeinigem Gang erkannte Ralph, daß der Hund gleich sein großes Geschäft machen würde. »In den

Rinnstein, God!« Ralph zerrte an dem kauernden Hund, bis alle vier Beine vom Bürgersteig herunter waren. Zerstreut registrierte Ralph, daß Gods Verdauung in Ordnung zu sein schien, holte eine Plastiktüte und eine kleine Schaufel aus der Jackentasche und hob den Haufen auf. Die Schaufel steckte er mit dem schmutzigen Ende zuerst in die Tüte. Zu Hause würde er sie abwaschen. Gerade als God seine Schritte wieder beschleunigte, fiel Ralphs Blick auf etwas, das im Rinnstein lag.

Es war eine Brieftasche, nur zwei Meter von dort entfernt, wo God seinen Haufen gemacht hatte. Ralph bückte sich und hob sie auf, ohne stehenzubleiben. Er und der Hund, dessen Nase die Brieftasche im selben Augenblick berührte wie Ralphs Hand, gingen weiter. Ralph sah starr geradeaus. Niemand eilte ihm nach, um die Brieftasche zurückzufordern. Ralph hatte sich schon immer gewünscht, so etwas zu finden: eine Brieftasche, in der Geld und vielleicht auch ein Ausweis war. Diese hier war ziemlich dick, und das Leder war weich und glatt, wahrscheinlich Kalbsleder. Ralph steckte sie in die Jackentasche. Er bog nach links in die Hudson Street ein und ging in Richtung Barrow Street, die zur Bleecker Street führte. Dort wohnte er.

Ralph und God betraten ein vierstöckiges Gebäude und gingen die Treppe zu Ralphs nach hinten gelegener Wohnung hinauf. Vor dem Eingang hatten wie immer die beiden verzogenen Kinder gestanden, die sich, als Ralph zur Tür ging, quer über die Stufen einen Ball zugeworfen hatten, und dann war er der wie immer dunkelgekleideten Italienerin begegnet, die im zweiten Stock wohnte und sich stets vor ihrer offenen Wohnungstür mit einem Eimer oder einem Besen zu schaffen machte, und wie immer hatte Ralph »'n Abend« gemurmelt, ohne darauf zu achten, ob sie ihm eine Antwort gab, doch heute ärgerte Ralph sich nicht darüber, denn er hatte eine Brieftasche gefunden.

Nachdem er die Wohnungstür hinter sich geschlossen hatte, nahm er God das Halsband ab, zog die Jacke aus und legte die Brieftasche auf den Tisch, der vor den beiden rückwärtigen Fenstern stand. An diesem Tisch saß er, wenn er aß oder las, wenn er mit einem Lineal Zeichnungen anfertigte oder Modelle mit beweglichen Holzteilen baute. Der Tisch war aus Fichtenholz und etwa eineinhalb Meter lang. Die Platte war alt und glänzte, und an den Kanten hatte die Säge Kerben hinterlassen. Ralph setzte sich auf einen Stuhl und klappte die Brieftasche vorsichtig auf.

Es waren viele Geldscheine darin, eine Menge neuer Zwanziger. Ralph zählte das Geld und kam auf zweihundertdreiundsechzig Dollar. Nun zu den Papieren, den Ausweisen. Offenbar gehörte die Brieftasche einem Mann namens John Mayes Sutherland, der mindestens drei Adressen zu haben schien: eine in einer kleinen Stadt in Pennsylvania, von der Ralph noch nie gehört hatte, eine andere in Kalifornien und eine dritte in der Grove Street. Sicher lebt er dort, dachte Ralph, vermutlich in der Nähe der Stelle, wo er die Brieftasche verloren hat. Auf einer Karte, die seine Unterschrift trug, war mit Heftklammern das Foto eines jungen Mannes in einem Rollkragenpullover befestigt; es war ein Presseausweis, der zum Besuch eines französischen Filmfestivals berechtigte. Er war bereits seit einem Jahr abgelaufen, doch das Geburtsdatum des Mannes stand darauf, und Ralph sah, daß Sutherland dieses Jahr dreißig werden würde. Außerdem befanden sich vier Kreditkarten darin, und in einem mit einer Klappe verschlossenen Fach stieß Ralph auf drei Fotos. Zwei davon zeigten eine junge Frau mit langem, glattem, blondem Haar, das dritte dieselbe Frau mit Sutherland. Auf diesem Bild lächelte Sutherland glücklich, und er sah jünger aus als auf dem Foto, das an den Presseausweis geheftet war.

Ralph wollte nicht jedes Stück Papier untersuchen, das in der Brieftasche steckte, und davon gab es etliche: Visitenkarten und Zettel mit gekritzelten Adressen und Telefonnummern. Er fragte sich, ob Sutherland im Telefonbuch stand. Ob er jetzt zu Hause war? Als er zum Telefonbuch griff, ertappte sich Ralph dabei, daß er lächelte.

Es gab mehrere Sutherlands, doch Ralph fand, was er suchte: J. M. Sutherland in der Grove Street.

Jetzt gleich? Ralph zögerte und beschloß dann, sein Vergnügen, seinen Triumph über die Unehrlichkeit noch ein paar Minuten auszukosten. Er konnte Sutherland ja auch eine Karte schicken. Heute war Mittwoch. Er würde seine Vorfreude bis Freitag genießen können. Nein, das wäre übertrieben.

Ralph legte das Telefonbuch aufgeschlagen auf den Tisch und zog das Telefon zu sich heran.

»Au-wuff!« machte God unvermittelt, starrte Ralph mit seinen dunklen Augen an und wollte ihn zum Kühlschrank lotsen.

»Na gut, zuerst du, God«, sagte Ralph und legte den Hörer wieder auf. Seine Schicht begann heute nacht erst um zehn – es blieb also genug Zeit, um zu versuchen, Sutherland zu erreichen.

2

Jack Sutherland fand, daß es ein schöner Tag gewesen war. Er war im Supermarkt gewesen und hatte alles eingekauft, was er für morgen brauchen würde, wenn seine fünfjährige Tochter Amelia kam. Dann war er Richtung Central Park gefahren und hatte Geld von seinem Bankkonto abgehoben, und anschließend hatte er sich zu einem sehr angenehmen Mittagessen mit seinem alten Studienfreund Joel MacPherson in einem Restaurant getroffen, das eher wie eine Kneipe wirkte und in der Nähe der CBS-Studios lag, wo Joel arbeitete. Jacks vier Zeichnungen – eigentlich eher Rohentwürfe – für *Halb verstandene Träume* hatten Joel gefallen, und seine Worte hatten Jack aufgemuntert: »Genau das, was ich will! Diese Leute sehen verwirrt aus, entmutigt, halb tot!« Und dann hatte er ein etwas irres Lachen hinterhergeschickt. Joels Buch hatte zweiundachtzig Seiten, und Jack sollte mindestens zwanzig Zeichnungen beisteuern. Der Titel gefiel Jack nicht, und das hatte er Joel auch gesagt, aber den Titel konnte man ja noch ändern. Das Buch handelte von einem New Yorker Ehepaar, das einen Sohn und eine Tochter hatte, die beide schon beinahe erwachsen waren; sie alle hatten Träume und Erwartungen, die sie weder dem Rest der Familie noch anderen Menschen mitteilen konnten oder wollten. Diese Träume und Phantasien wurden von denen, die sie hatten, nur halb verstanden und im täglichen Leben auch nur halb umgesetzt und von den anderen mißverstanden oder gar nicht bemerkt. Jack hatte Joel die Entwürfe gegeben und war nach dem Essen zu seinem Lieblingsgeschäft für Künstlerbedarf in der Seventh Avenue gegangen. Beladen mit einer neuen Zeichenmappe, ein paar Skizzenblöcken und einer Flasche Glenfiddich für Natalia (die übermorgen, also Freitag, kommen würde), hatte Jack sich ein Taxi gegönnt, anstatt wie sonst mit der Subway zur Christopher Street zu fahren.

Er freute sich besonders darüber, daß er einen ganzen Tag mit Amelia allein sein würde. Sie kam morgen früh in Begleitung von Susanne, ihrem inoffiziellen Kindermädchen, mit dem Bus aus Philadelphia. Da Natalia oft einen Tag später als geplant kam, würde er Amelia vielleicht sogar noch länger für sich haben.

Und Jack liebte auch die Wohnung in der Grove Street, die die ganze zweite Etage eines alten, aber gut erhaltenen Stadthauses umfaßte. Er liebte sie, weil Natalia und er eine ganze Menge Arbeit hineingesteckt hatten. Sie hatten bestimmte Räume nach ihrem Geschmack gestaltet und mit Möbeln eingerichtet, die ihnen gefielen. Eine Großtante von Natalia, die auf ihre alten Tage ein bißchen kauzig geworden war, hatte ihnen die Wohnung vor drei oder vier Jahren überlassen. Natalia und Jack zahlten nur die Steuern und die laufenden Kosten. Die Großtante besaß noch ein Haus irgendwo in Pennsylvania, aber da sie jetzt in einem Pflegeheim lebte, konnte man ziemlich sicher sein, daß sie nie mehr einen Fuß in dieses Haus oder die Wohnung in der Grove Street setzen würde. Natalia besuchte die alte Dame manchmal, obgleich diese sie oft gar nicht erkannte. Sie war jetzt sechsundneunzig, und Natalia sagte, sie könne ohne weiteres hundert werden, das liege bei ihr in der Familie.

Jack und Natalia hatten eine Wand herausreißen lassen, um das Wohnzimmer zu vergrößern, und an zwei Wänden Bücherregale aufgestellt. Jacks Arbeitszimmer befand sich am blinden Ende des Flurs und war von diesem durch einen Vorhang abgeteilt. Es war mit einem langen Tisch ausgestattet, der so hoch war, daß Jack daran stehen konnte, sowie mit einem höhenverstellbaren Bürostuhl für den Fall, daß Jack im Sitzen arbeiten wollte.

In den vergangenen drei Monaten war Jack in Philadelphia gewesen, in einem Studio in der Vine Street, das einem Freund gehörte. So war es für Jack leichter gewesen, Natalia an den Wochenenden im Haus ihrer Familie in Ardmore zu besuchen. Er hätte natürlich ebenfalls in dem großen Haus in Ardmore wohnen können – die Hälfte der Zimmer war ohnehin unbenutzt –, doch Jack arbeitete lieber in seinen eigenen vier Wänden, auch wenn es dort weit weniger luxuriös war. Natalias Mutter Lily verbrachte die Sommer in dem Haus in Ardmore, wo ihre Freunde sie besuchten und ein, zwei Tage blieben, und die Mahlzeiten wurden von Fred, dem Butler, serviert. Das war nicht so recht nach Jacks Geschmack, jedenfalls hielt er es dort nie länger als zwei Tage aus. Außerdem fand er, daß es Natalia ganz gut tat, nicht immer nur mit ihm zusammenzusein. Sie war eine Frau, die imstande war, einfach davonzulaufen, vielleicht für immer, wenn das Joch der Ehe sie auch nur ein kleines bißchen drückte. Natalia fühlte sich, wie sie es ausdrückte, »irgendwie verpflichtet«, ein paar Wochen bei ihrer Mutter zu verbringen, und diese schenkte ihr ja manchmal tausend Dollar oder auch mehr, wenn Natalia oder sie beide knapp bei Kasse waren oder eine bestimmte Anschaffung machen wollten. Jack wußte jedoch, daß Geld nicht der Grund war, warum seine Frau soviel Zeit bei ihrer Mutter verbrachte. Natalia machten diese Besuche mehr Spaß, ja, sogar Freude, als sie zugab.

In seinem Arbeitsraum packte Jack die neue Mappe aus. Sie war noch so sauber, ohne die Abdrücke von mit Zeichenkohle verschmierten Fingern, ohne die Tuschespritzer, die sie in den kommenden Monaten bekommen würde. Er löste die drei schwarzen Schleifen, mit denen sie zugebunden war, betrachtete das noch leere Innere, klappte sie zu und legte sie beiseite. Die Flasche mit dem Fixativ schob er zu den Tuschefläschchen, Farbdosen und Bechern mit Pinseln und Stiften in der hinteren linken Ecke seines Tisches und legte die Skizzenblöcke vor sich hin.

Er war hungrig. Am Vormittag hatte er Pastrami und Kohlsalat gekauft, doch vor dem Essen wollte er einen schönen, kühlen Drink. Der Barschrank war aus Bambus und hatte Schiebetüren. Natalia hatte ihn ausgesucht, und er war beileibe nicht billig gewesen. Er goß Jack Daniel's über ein paar Eiswürfel, gab etwas Leitungswasser hinzu und schaltete den Fernseher ein. Bevor er sich in den Sessel mit dem grünen Überwurf setzte, faßte er in seine rechte Gesäßtasche, um seine Brieftasche herauszuziehen. Sie war nicht da. Dann mußte sie in der Jacke sein, die er heute getragen hatte.

Jack zögerte kurz und sah auf den Bildschirm, bevor er

zum Garderobenschrank im Flur ging. Die Innentasche des blauen Baumwolljacketts war leer, ebenso die beiden Seitentaschen. Seltsam. Jack warf einen Blick in die Küche, ging dann ins Arbeitszimmer und sah schließlich im Barschrank nach, in den er den Glenfiddich gestellt hatte. Auch hier keine Brieftasche. Er öffnete die Wohnungstür. Auf dem marineblauen Fußabstreifer lag nichts.

Was war geschehen? Er hatte das Geld, mit dem er das Taxi bezahlt hatte, aus der Brieftasche genommen, das wußte er genau. Hatte er sie vielleicht im Wagen verloren? Oder war sie beim Aussteigen in den Rinnstein gefallen? Jack nahm die Hausschlüssel und rannte die Treppe hinunter. Wenn er unglaubliches Glück hatte, würde er sie auf der Straße finden. Er wußte noch, wo das Taxi gehalten hatte. Im Rinnstein lagen nur ein paar Filterzigarettenkippen und die Reißöse von einer Bierdose. Jack suchte den Boden rechts und links der Stelle ab und ging dann wieder hinauf, den Blick auf die Stufen gerichtet.

Herrgott, war das ärgerlich!

Vielleicht hatte er die Brieftasche einstecken wollen und die hintere Hosentasche verfehlt. Geschah ihm ganz recht: Warum lief er heute auch wie ein Freizeitcowboy herum, in Jeans und Turnschuhen, was er sonst so gut wie nie tat, das Geld in der Gesäßtasche? Plötzlich fiel ihm ein, daß er die Brieftasche beim Bezahlen zwischen die Knie geklemmt hatte, nachdem er einen Dollar extra als Trinkgeld herausgenommen hatte. Sie mußte auf den Boden des Taxis gefallen sein, und das bedeutete, daß er sie nie wiedersehen würde. Der nächste Fahrgast würde sie finden und einfach einstecken.

Am meisten ärgerte ihn der Verlust seines Lieblingsfotos von Natalia und ihm selbst. Es war kurz vor ihrer Hochzeit gemacht worden, etwa zu der Zeit, als Natalia schwanger geworden war. Vielleicht war sie da schon schwanger gewesen. Ich hab geheiratet, damit ich von der Schule abgehen konnte, hatte Natalia ein paarmal zu Freunden gesagt und dabei gelächelt. Sie hatten auch geheiratet, weil sie schwanger geworden war; Natalia hatte Angst vor einer Abtreibung, aber auch Angst vor der Geburt gehabt, doch sie hatte das Kind zur Welt gebracht, und glücklicherweise war die Geburt nicht allzu schwer gewesen. Es waren noch ein paar andere Fotos von Natalia in der Brieftasche. Auf einem davon war sie zweiundzwanzig und sah so jung und selbstsicher aus; sie lächelte, wie immer mit geschlossenem Mund, und das Lächeln in ihren Augen war noch größer. Die Fotos waren für immer verloren. Dieses Gesicht würde sie nie wieder für irgendeine Kamera aufsetzen.

»Verdammt!« Jack stand auf.

Und dann waren da noch die Kreditkarten von Brooks Brothers und American Express und von irgendeiner Tankstellenkette. Von welcher eigentlich? Er mußte den Gesellschaften sofort Bescheid geben und hoffte, daß er die Kreditkartennummern hier irgendwo hatte, daß sie nicht ganz hinten in dem Adreßbuch standen, das Natalia nach Ardmore mitgenommen hatte. Jack ging in die Küche, nicht mehr ganz so hungrig wie zuvor. Morgen würde er also noch einmal zur Bank gehen müssen, denn nun hatte er kein Bargeld mehr. Zum Glück war in seiner Tasche noch etwas Kleingeld für die Subway.

Er trug eine Dose Bier und den Teller mit Pastrami,

Kohlsalat und sauren Gürkchen zu dem Sessel, vor dem er einen der kleinen Klapptische aufgestellt hatte, die Natalia so verabscheute, mit denen sie sich aber abgefunden hatte. »Verdammt!« murmelte Jack – ein letzter Kommentar zu der Sache mit der Brieftasche, bevor er von dem Brot abbiß. Der Fernseher war noch immer eingeschaltet, doch Jack interessierte sich nicht mehr für das Programm. Das Gerät war wie ein Nachbartisch in irgendeinem Restaurant: eine beruhigende Geräuschkulisse.

Das Telefon läutete, und Jack stand auf. Vielleicht war das Natalia. Er hoffte, daß sie nicht jetzt schon beschlossen hatte, später zu kommen.

»Hallo? Kann ich bitte Mr. Sutherland sprechen?«

»Das bin ich.«

»Würden Sie mir bitte Ihren Vornamen sagen?«

»Ja. John.«

»Haben Sie heute etwas verloren, Mr. Sutherland?«

Worauf wollte dieser Kerl – wie ein Junge hörte er sich nicht an – eigentlich hinaus? Natürlich war er auf Geld aus, aber Jack hatte plötzlich die Hoffnung, wenigstens die Fotos zurückzubekommen. »Ich habe meine Brieftasche verloren.«

Der Mann lachte kurz. »Tja, die habe ich gefunden. Sie brauchen sich keine Sorgen zu machen. Sind Sie das auf dem Foto? Mit der blonden Frau?«

Jack runzelte angespannt die Stirn. »Ja.«

»Dann werde ich Sie ja erkennen, wenn ich Sie sehe. Nicht daß ich sie dem Falschen gebe. Ich bin in Ihrer Nähe. Soll ich sie gleich vorbeibringen? In der nächsten Viertelstunde?«

»Ja, aber… Hören Sie, vielleicht können wir uns vor meinem Haus auf der Straße treffen. Hier schläft noch jemand, und darum –«

»Natürlich, Sir. In etwa zehn Minuten vor Ihrem Haus? Acht Minuten?«

Nachdem er aufgelegt hatte, kam es Jack einige Sekunden lang so vor, als habe er geträumt. Eine sehr amerikanische Stimme war das gewesen und eher die eines älteren Mannes. Trotzdem war es klug gewesen, diesen Burschen nicht in die Wohnung zu bitten. Das Geld war natürlich weg, aber vielleicht war alles andere noch da, sofern der Mann oder jemand, der die Brieftasche vor ihm gefunden hatte, auch die Kreditkarten behalten hatte. Jack sah auf seine Armbanduhr. Gleich halb acht.

Er nahm das blaue Jackett aus dem Garderobenschrank und ging hinunter. Auf dem Bürgersteig steckte er die Hände in die hinteren Taschen seiner Jeans und blickte die Straße hinauf und hinunter. Ein schlaksiger junger Schwarzer kam auf ihn zu und ging an ihm vorbei. Dann zwei Frauen, die sich miteinander unterhielten, und drei einzelne Männer, doch keiner von ihnen sah ihn auch nur an. Die Minuten vergingen. Jetzt näherte sich ein Mann in mittleren Jahren, mit einem Hund, dahinter ein bärtiger, rasch ausschreitender Rabbi.

»Mr. Sutherland?«

Jack hatte auf den Mann mit dem Hund nicht weiter geachtet. In diesem Augenblick schaltete sich die Straßenbeleuchtung ein, obgleich es noch recht hell war.

»Ja, Sie sind es«, sagte der Mann, der ebensogroß wie Jack war, wenn nicht sogar größer. Er hatte schwarzes, graumeliertes Haar und dunkle, wachsam blickende Augen. »Tja...« Er nahm die Hundeleine von der rechten in die linke Hand und griff in die Tasche seines alten, wenn auch ziemlich gepflegten Tweedjacketts. »Dann gehört das wohl Ihnen?« Er zog die Brieftasche hervor.

»Wo haben Sie sie gefunden? Hier, vor meiner Tür?«

»Ja. Vor etwa einer Stunde.«

Da der Mann ihm die Brieftasche hinhielt, nahm Jack sie und schob den Daumen hinein. Er klappte sie auf und sah das Bündel neuer Zwanzigerscheine, hob den Deckel des Fotofachs an und sah unter dem Fenster die Bilder. Auch die Kreditkarten waren da.

»Zweihundertdreiundsechzig Dollar«, sagte der Mann mit seiner etwas rauhen, aber artikulierten Stimme. »Ich hoffe, es stimmt.«

Jack lächelte überrascht und benommen. »Wenn Sie es sagen... Ich bin... völlig überwältigt. Darf ich Ihnen hundert Dollar für Ihre Freundlichkeit anbieten?« Er wollte das Geld schon abzählen. Der Mann sah aus, als könnte er es gebrauchen.

»Nein, nein!« sagte der Fremde lachend und machte eine schüchterne, abwehrende Geste. »Es war mir ein Vergnügen. Man findet schließlich nicht alle Tage eine Brieftasche und hat Gelegenheit, sie ihrem *Besitzer* zurückzugeben. Ich glaube, das war das erste Mal in meinem Leben.« Wenn er lächelte, sah man, daß ihm der erste Backenzahn fehlte.

Jack hatte den Eindruck, daß er ein einsamer, vielleicht exzentrischer Junggeselle war. »Wenn einem jemand einen solchen Gefallen tut, will man sich aber irgendwie erkenntlich zeigen.«

»Es ist selbstverständlich, etwas Gefundenes dem Besitzer zurückzugeben, sofern man ihn herausfinden kann. Meinen Sie nicht auch? Jedenfalls, wenn wir in einer anständigen Welt leben würden.« Jetzt lächelte er nur noch schwach und hatte die Stirn über den dunklen Augen in ernste Falten gelegt.

Jack lachte und nickte zustimmend. »Und Sie sind sicher, daß Sie es sich nicht anders überlegen und Ihrem Hund ein schönes Zwanzig-Dollar-Steak kaufen wollen?« Jack zog einen Zwanziger hervor.

»Für God? Nein, ich glaube, er ist mit seinem Futter ganz zufrieden. Meistens gebe ich ihm frisches Fleisch und nicht dieses fette Hamburger-Zeug aus der Dose. Er kriegt ohnehin zuviel.« Er ruckte an der Leine. »God, sag dem Herrn da guten Tag.«

»Er heißt God?« fragte Jack und betrachtete den schwarzweißen Hund, der ihm bis zum Knie reichte. Die nach vorn geklappten Ohren und sein Ringelschwanz verliehen ihm Ähnlichkeit mit einem Schwein, nur daß die Schnauze recht spitz war.

»Ich bin Atheist«, sagte der Mann. »Darum habe ich Ihnen auch die Brieftasche zurückgegeben. Ich glaube nämlich, daß der Mensch sein Schicksal selbst gestaltet und sich Himmel oder Hölle hier auf Erden bereitet. Ich finde es zum Beispiel lächerlich, immer nur von einem einzigen Gott zu sprechen. Es gibt so viele Götter. Haben Sie schon mal daran gedacht, wie absurd es wäre, wenn in der Zeitung stünde, daß der Präsident zu Jupiter gebetet hat, um göttlichen Ratschluß zu bekommen? Oder vielleicht zu Thor? Das wäre doch lachhaft, nicht?«

Jetzt lächelte Jack, allerdings etwas unbehaglich.

»Wir nennen unseren Gott bloß ›Gott‹ – man könnte meinen, uns sind die Namen ausgegangen. Afrikaner haben alle möglichen Götter, und jeder hört auf einen anderen Namen.« Er schmunzelte.

Jack kam zu dem Schluß, daß der Mann ein Wirrkopf war und daß dieser Sermon den ganzen Abend dauern konnte, wenn er ihn nicht bremste. Er nickte. »Da könnten Sie recht haben. Tja, nochmals herzlichen Dank – das meine ich ganz aufrichtig.« Er streckte ihm die Hand hin.

Der andere ergriff sie, als schüttelte er gern Hände. »Es war mir ein Vergnügen, Sir. Sind Sie Journalist?«

Jack machte sich los und tat einen Schritt in Richtung Hauseingang. »Gelegentlich. Als freier Mitarbeiter. Einen schönen Abend, Sir, und nochmals danke.« Als er die Stufen hinaufging, hielt er den Schlüssel bereits in der Hand. Er hatte das Gefühl, daß der Mann ihn beobachtete, doch als er die Tür hinter sich schloß und auf die Straße blickte, ging der Mann mit seinem Hund in östlicher Richtung davon und sah sich nicht um.

Seltsame Geschichte, dachte Jack. In New York wußte man nie, was passieren würde.

Er setzte sich an den Schreibtisch, der in der Ecke des Wohnzimmers stand, und untersuchte die Brieftasche genauer. Es war schon verwunderlich, daß er alles wieder zurückhatte. Als erstes betrachtete er die Fotos, dann zählte er die Kreditkarten – es waren nicht drei, sondern vier, aber das hatte schon seine Richtigkeit. Das Geld zählte er nicht, denn er war sicher, daß nichts fehlte. Er setzte sich an den Klapptisch und aß mit besserem Appetit als zuvor.

Der Fernseher lief noch immer, und das Programm war noch immer uninteressant.

Ein komischer Kauz, dieser Mann mit dem Hund, der »God« hieß. Jack hatte höflich sein und ihn fragen wollen, wie er hieß und was er von Beruf war, doch jetzt war er froh, daß er das nicht getan hatte. Der Bursche war auf seine wohlmeinende Art bestimmt eine Nervensäge, und offenbar wohnte er in der Nachbarschaft. Es war eine witzige Geschichte, die er Natalia erzählen konnte.

Eine knappe Stunde später legte sich Jack die Arbeit zurecht, an die er sich morgen machen würde – vielleicht auch noch heute abend, wenn ihm danach war. Außer Joels Projekt, für das es noch keinen Vertrag und daher auch keinen Abgabetermin gab, warteten zwei Buchumschläge auf ihn, und die mußten in etwa zwei Wochen fertig sein. Auf dem einen sollte ein Haus mit drei Menschen an drei verschiedenen Fenstern sein, Neuengland-Stil, neunzehntes Jahrhundert. Auf dem anderen Umschlag sollte ein Gewimmel von Leuten sein, die einander schoben und sich drängelten wie die Menschenmassen, die um sechs Uhr abends aus den U-Bahnhöfen auf die Straßen quollen. Dem Lektor hatten die Entwürfe gefallen, die Jack ihm aus Philadelphia geschickt hatte, und gestern war Jack im Verlag gewesen, wo man sich bezüglich der farblichen Gestaltung verständigt hatte. Jack spielte mit dem Bleistift herum, kritzelte, träumte vor sich hin und experimentierte mit dem Weiß, das er für die Fassade des Hauses verwenden wollte. Das Haus sollte weiß, rosafarben und grün sein; die Konturen würde er mit dem schwarzen Tuschestift zeichnen. Morgen, wenn Amelia da war, würde er vielleicht nicht viel arbeiten können. Abgabetermine waren ihm zuwider. Am liebsten tat er so, als gäbe es sie nicht, und wenn es ihm gelang, diese Illusion aufrechtzuerhalten, konnte er die Arbeit sogar früher abgeben.

Als Hintergrundmusik legte er eine Glenn-Gould-Kassette ein, doch seine Gedanken waren gleichermaßen bei der Musik wie bei den Farben und Linien auf dem Papier unter seiner linken Hand. Es kam darauf an, das Gleichgewicht zwischen dem Träumen und dem Gestalten zu bewahren, dachte Jack und fühlte sich mit jeder Minute glücklicher.

3

Jack spähte über die Menge der Passagiere hinweg, die auf ihr Gepäck warteten. Wie konnten in einem einzigen Bus so viele Menschen gewesen sein? Wo war Susannes langes braunes Haar, wo war ihr ernstes Gesicht, das sich zu Amelia hinunterbeugte, die, weil sie so klein war, natürlich nicht zu sehen sein würde?

»Ich nehm Ihre –«

»Finger weg!« fauchte ein schmächtiger Mann einen Burschen an, der seine Koffer nehmen wollte, um sie zu einem Taxi zu tragen. Der kleine Mann packte mit jeder Hand einen Koffer und schien entschlossen, den Größeren mit Fußtritten abzuwehren.

Jack hatte an diesem Morgen gearbeitet und in dem hohen Flur der Wohnung an den Ringen trainiert. Auch heute trug er Jeans und das blaue Jackett, doch diesmal hatte er die Brieftasche in die Innentasche gesteckt.

»Susanne!« rief er und winkte.

»Hallo, Jack! Ich warte noch auf einen!« Damit meinte Susanne einen Koffer.

»Hallo, Süße!« Jack hob das kleine Mädchen in Bluejeans und T-Shirt hoch. Amelias Haar war lang und glatt wie das ihrer Mutter, nur heller.

»Hallo, Daddy«, antwortete sie ruhig. »Laß mich runter.«

»Du bist schwerer geworden.«

»Ich bin gewachsen.« Amelia griff nach ihrem kleinen Koffer.

Jack nahm Susanne einen Koffer und Amelias Rucksack ab. »Wie geht's?«

»Prima, danke.«

»Kommst du mit in die Grove Street oder –«

»Nur wenn du mich brauchst, Jack. Aber *wenn* du mich brauchst, habe ich jede Menge Zeit.« Susanne war zweiundzwanzig, ernsthaft und recht hübsch, auch wenn sie sich kaum schminkte. Sie lebte mit ihren Eltern in einer geräumigen Wohnung am Riverside Drive.

»Nein«, sagte Jack. Sie gingen zum Taxistand. »Vielen Dank, daß du diese Woche ein bißchen aufgeräumt hast.« Susanne hatte vor seiner Ankunft die Wohnung in der Grove Street geputzt und ein paar Lebensmittel in den Kühlschrank gestellt. »Und Natalia kommt also morgen?«

»Ich glaube schon.« Susanne sah ihn mit ihrem freundlichen Lächeln an und strich sich das Haar aus dem Gesicht. »Ich habe jedenfalls nichts anderes gehört.«

Sie sagte, wenn er sie brauche, um auf Amelia aufzupassen oder um einzukaufen und für Gäste zu kochen, werde sie vorbeikommen. Das war die Abmachung, die sie vor über einem Jahr mit Susanne Bewley getroffen hatten. Susanne war Studentin an der New York University und arbeitete schon seit Ewigkeiten, wie Jack fand, an ihrer Dissertation.

»Nimm du das hier.« Jack meinte das erste Taxi. »Doch, ich bestehe darauf.« Er lud ihren Koffer hinein. »Ich melde mich. Danke, Susanne.«

»Wiedersehen, Süße! Bis bald!« rief Susanne Amelia zu, als wäre sie ihre kleine Schwester.

Sogleich winkte Jack ein zweites Taxi herbei.

»Na, freust du dich, wieder in New York zu sein, Amelia?« fragte Jack, als sie in südlicher Richtung fuhren.

»Ja.« Amelia saß kerzengerade da und sah aus dem Fenster. »Ich verreise gern.«

»Wie geht's deiner Mama?«

»Ganz gut. Sie spielt Golf und –«

»Golf?« Jack lachte.

Amelia lächelte und entblößte ihre Milchzähne. In ihrem Lächeln lag eine Andeutung wissender Amüsiertheit, und die Art, wie sie ihr Haar mit einem Kopfruck aus dem Gesicht warf, erinnerte Jack an ihre Mutter. Natalia trug den Scheitel rechts, Amelia links. »Aber man muß nicht Golf spielen, um dahin zu gehen«, sagte sie.

Jack wußte, daß sie von dem Golfclub sprach. Sie waren auf der Seventh Avenue und fuhren gerade an der Twentythird Street vorbei. »Und war Louis auch da?« fragte er. Er stellte diese Frage nicht gern, aber es würde wohl die erste und letzte sein, die sich auf Louis bezog.

»Nein, Louis würde nie in den Golfclub gehen!« sagte Amelia kichernd.

Doch er ist im Haus, wollte Jack sagen, tat es aber nicht. Nie das Personal aushorchen – an diesen Satz erinnerte er sich aus seiner Kindheit, und daraus folgte, daß man auch Kinder nicht aushorchte. Louis war immer in Natalias Nähe, wie ein unentbehrliches Accessoire. Louis Wannfeld hatte ein Haus in Philadelphia und eine Wohnung in New York, in den East Sixties, die er mit seinem Freund

Bob teilte. Louis war Börsenmakler oder Investmentberater und handelte auch mit Immobilien – lauter Dinge, von denen Jack keine Ahnung hatte. Jedenfalls schien Louis unbegrenzt Zeit zu haben. In Ardmore oder in irgendeinem Restaurant in New York unterhielt er sich manchmal bis drei Uhr morgens mit Natalia, und wie Natalia konnte er am nächsten Tag ausschlafen. Da Louis schwul war, hatte Jack eigentlich keinen Grund zur Eifersucht, aber dennoch war er hin und wieder eifersüchtig. Über was, zum Donnerwetter, unterhielten sich Natalia und Louis eigentlich von zehn Uhr abends bis in die frühen Morgenstunden? Warum waren sie voneinander so angezogen? Er ist mein Seelengefährte, hatte Natalia mehr als einmal gesagt. Und ist dir je der Gedanke gekommen, ihn zu heiraten? hätte Jack fragen können – und hatte es doch nicht getan. Er war sicher, daß Natalia geantwortet hätte: Um alles zu kaputtzumachen?

Amelia akzeptierte Louis wie einen Onkel. Und Louis wiederum akzeptierte, wie Jack wußte, auf seine Art auch Jack und Amelia. Vermutlich fand er, seine Freundschaft zu Natalia sei ganz rein und unschuldig, denn schließlich hatte sie ja schon bestanden, bevor Natalia Jack kennengelernt hatte.

Sie bogen jetzt in die Barrow Street ein und näherten sich der Grove Street, und Jack zog die Brieftasche hervor, um zu bezahlen, achtete aber sorgfältig darauf, daß er sie wieder sicher in der Innentasche verstaute.

»Den kann ich nehmen!« sagte Amelia. Damit meinte sie ihren Koffer, und Jack überließ ihn ihr.

Oben verkündete sie: »Ich mag diese Wohnung«, als

hätte sie sie noch nie gesehen – dabei hatte sie den größten Teil ihres Lebens hier verbracht. Sie ging von einem Ende der Wohnung zum anderen und sah aus den vorderen und hinteren Fenstern.

»Dein Zimmer ist hier. Kennst du es noch?« Jack legte den größeren Koffer auf die blaßblaue österreichische Truhe mit dem rosafarbenen Blumenmuster.

Das Telefon klingelte.

»Wahrscheinlich für dich«, sagte Jack. »Gehst du dran, Amelia?« Er hoffte, daß es Natalia war.

»Familie Sutherland«, sagte Amelia. »Oh, hallo, Penny… Ja… Weiß nicht. Ich glaube schon.«

Jack wurde gerufen, damit er sein Einverständnis gab, daß Amelia Penny morgen bei Pennys Mutter in den East Eighties besuchte. Jack notierte sich die Adresse für den Fall, daß sie in keinem ihrer Adreßbücher stand. Um elf.

»Ich bringe Amelia dann gegen vier Uhr zurück«, sagte Pennys Mutter. »Ist Natalia da?«

»Sie kommt erst morgen«, sagte Jack.

Nachdem er den Hörer aufgelegt hatte, drehte er sich zu seiner Tochter um. »Vielbeschäftigtes Mädchen.« Er hatte nicht die leiseste Ahnung, wie Mrs. Vernon, Pennys Mutter, eigentlich aussah, doch er erinnerte sich, daß Natalia sie einige Male erwähnt hatte. Die Kinder kannten sich von Amelias Schule in der West Twelfth Street. »Was habt ihr beiden morgen vor?«

»Wir sind zu mehreren. Vielleicht vier oder fünf. Penny hat neue Videokassetten. Kann ich baden?«

»Klar.«

Amelia wollte, daß er die blauen Kügelchen aus dem großen Glas ins Wasser gab, das Badesalz, das Natalia manchmal benutzte. Jack konnte den Duft bis in die Küche riechen. Daß ich dazu beigetragen habe, eine Miniatur-Natalia zu erschaffen, dachte er lächelnd, während er das Mittagessen vorbereitete. Er deckte den Tisch mit grünen Servietten und weißen Tellern ohne Dekor. Schinken, Kartoffelsalat, Milch. Zum Nachtisch Vanillecremetorte. Neben Amelias Teller legte er ein langes, schmales, in rot gestreiftes Papier gewickeltes Päckchen.

Barfuß, in weißen Shorts und ohne Oberteil trat Amelia in die Küche. Sie erklärte, in New York sei es heißer als in Ardmore, doch die Luft gefalle ihr besser. Jack lachte, doch er wußte, was sie meinte.

»Was ist das?« fragte sie, als sie sich gesetzt hatte, und nahm das Geschenk in die Hand.

»Für dich. Mach's auf.«

Sie löste die schmale Schleife. Ihr blondes Haar, noch feucht vom Bad und dunkler als sonst, sah so golden aus wie das von Natalia, ihre Augenbrauen wirkten ebenso ungewöhnlich wie die ihrer Mutter – schwere, unweiblich gerade Balken –, doch ihr Mund war eher wie seiner: schmaler als der von Natalia, beweglicher, veränderlicher. Amelia kam ihm bei jedem Wiedersehen, selbst nach nur zwei Wochen, ein wenig größer, ein wenig verändert vor, und schon darum wurde es Jack nie müde, sie zu betrachten.

»Oh, eine... eine Plockflöte!«

»Blockflöte, Schatz. Eine echte. Damit kannst du schöne Musik machen.«

Amelia versuchte es und legte angestrengt die Stirn in Falten.

»Nicht vergessen: Du mußt alle Finger benutzen. Fast alle. Ich habe ein kleines Buch dazu, das zeige ich dir später. Jetzt laß uns erst mal essen.«

Als es Abend wurde, hatte Natalia noch nicht angerufen, was darauf hindeutete, daß sie morgen kommen würde. Amelia hatte sich mit Blockflöte und Büchlein in ihr Zimmer zurückgezogen und beinahe eine halbe Stunde lang geübt, und Jack hatte sich von den falschen Tönen nicht bei der Arbeit stören lassen. Dann hatte sie zu seiner Überraschung einen langen Mittagsschlaf gehalten. Danach war sie hungrig gewesen, doch Jack hatte sie überredet, noch eine halbe Stunde zu warten – er wolle nämlich mit ihr ausgehen.

»In ein Restaurant, wo sie riesige Portionen servieren. So groß.« Er breitete die Arme aus.

»Und wie heißt das?«

»Mexican Gardens. Wir können zu Fuß hingehen. Waren wir da nicht schon mal? Kommt mir so vor.«

Amelia konnte sich nicht erinnern. »Du hast Tusche am Finger.«

Jack betrachtete den Mittelfinger seiner linken Hand, der oft mit Tusche verschmiert war. »Na und? Ich hab übrigens eine Geschichte für dich.«

Er erzählte ihr, er habe seine Brieftasche verloren und sich sehr geärgert, weil er gedacht habe, daß er die Fotos nie mehr wiedersehen würde, und außerdem sei auch eine Menge Geld darin gewesen. Dann von dem geheimnisvollen Anruf, dem Treffen vor dem Haus, dem fremden Mann und seinem Hund namens God. Während er sprach, griff Jack zu dem Bleistift und dem Notizblock, die auf dem Küchentisch lagen.

»So sah er aus: die Haare ein bißchen zerzaust, etwas unrasiert – stirnrunzelnd und zugleich lächelnd. Und das ist der Hund, der ein bißchen wie ein Schwein aussieht – aber ein freundliches Schwein, denn er hat auch gelächelt.«

Amelia lachte und sah zu, wie der Bleistift sich über das Papier bewegte.

»Aber er hatte meine Brieftasche, und das ganze Geld war noch darin, und er wollte nicht mal zwanzig Dollar Finderlohn. Ist das nicht eine nette Geschichte? Ist das nicht ein netter Mann?«

Amelia legte den Kopf schief und betrachtete nachdenklich lächelnd die Zeichnung. »Wie alt war er?«

»Hm – etwas über fünfzig, vielleicht fünfundfünfzig.«

»Fünfundfünfzig!«

»Na ja, deine Großmutter ist auch fast fünfundfünfzig. Ja, das stimmt. Aber ist diese Geschichte nicht schöner als diese Bibelgeschichten?« fragte Jack, denn ihm fiel ein, daß Natalia ihm erzählt hatte, ihre Mutter habe Amelia ein paar Geschichten aus einer Kinderbibel vorgelesen – allerdings wohl nicht sehr viele, denn Lily war nicht sonderlich religiös. »Und noch dazu wahr.«

»Sind die Bibelgeschichten denn nicht wahr?«

»Doch. Die meisten jedenfalls. Also, Amelia, wenn du mal eine Brieftasche oder Handtasche findest und den Besitzer ausfindig machen kannst, dann machst du es hoffentlich wie dieser Mann: Du gibst sie demjenigen zurück, der sie verloren hat.«

Abermals legte Amelia den Kopf schief. »Auch wenn richtig *viel* Geld drin ist?«

»Ja!« Jack lachte. »Du hättest sehen sollen, wie glücklich der Mann war, als er mir die Brieftasche überreicht hat! Das war für ihn wirklich der Höhepunkt des Tages.«

4

Am nächsten Morgen rief Natalia an, kurz nachdem Jack Amelia zu Mrs. Vernon gebracht hatte.

»Ich hab's vorher schon mal probiert, aber... Ach so, bei den Vernons, ja, das dachte ich mir. Ich wollte nur sicher sein, daß du zu Hause bist, denn ich kann meinen Schlüssel nicht finden. Den Wohnungsschlüssel. Vielleicht ist er in irgendeinem Koffer.«

»Ich bin zu Hause. Wo bist du jetzt?«

Sie war an einer Tankstelle und sagte, sie brauche noch etwa eine Stunde.

»Hetz dich nicht. Fahr vorsichtig, Schatz.«

Jack ging wieder an seinen Arbeitstisch. Die Zeichnung der Hausfassade lag vor ihm, in zarten Bleistiftstrichen, bereit für die Tusche, doch Jack schlenderte erst einmal durch die ganze Wohnung. Er ordnete die Kissen auf dem Sofa, auch wenn Natalia nicht viel auf Ordnung gab. Es war genug zu essen da, und Natalia würde gegen Mittag ankommen, doch auch auf regelmäßige Mahlzeiten gab Natalia wenig, und man konnte nie wissen, ob sie hungrig sein würde oder nicht.

Er war tief in die Arbeit versunken und gerade dabei, mit dem Pinsel einen dünnen, aufwärts gereckten Zweig zu zeichnen, als er den Zweiklang einer Autohupe hörte, der sich für ihn von den anderen Straßengeräuschen unterschied. Er trat ans Wohnzimmerfenster und sah auf der anderen Straßenseite Natalia, die den Kofferraum ihres roten Toyotas öffnete. Die Straße war feucht von einem leichten Regen, den Jack gar nicht bemerkt hatte.

»He!« rief er. Sie sah auf. »Ich komme runter!« Sie winkte ihm zu.

Jack nahm seinen Schlüsselbund und eilte die Treppe hinunter. »Hallo, Schatz.« Sie trug den alten Regenmantel mit dem Pelzkragen, und er drückte ihren Arm und gab ihr einen flüchtigen Kuß auf die Wange. »Müde?« Er hob einen Koffer aus dem Kofferraum.

»Nein, aber in Pennsylvania hat es geschüttet wie aus Kübeln.«

Die Kotflügel des Wagens waren schlammbespritzt. »Die hier auch?« Er hielt eine Reisetasche hoch.

»Ja. Ich nehme die Büchertasche.« Sie verschloß die Wagentür, nahm eine mit dem Harvard-Zeichen bedruckte Stofftasche voller Bücher aus dem Kofferraum und verschloß auch diesen.

Oben stellte sich heraus, daß Natalia eben doch müde war – es klang so, als hätte sie, wenn überhaupt, nur zwei Stunden geschlafen. Sie hatte sich mit Louis und einigen seiner Freunde zum Abendessen getroffen, und dann hatte Louis sie in den frühen Morgenstunden noch einmal angerufen.

»Da hatte ich dann die Nase voll, und so hab ich mich ziemlich früh auf den Weg gemacht.«

Doch dann erzählte sie von Leuten, die in Ardmore zu Besuch gewesen waren, und von einem langweiligen Essen im Golfclub, mit Freundinnen ihrer Mutter, und sagte nichts mehr davon, daß sie von Louis die Nase voll hatte.

»Zieh dir doch wenigstens die Schuhe aus. Entspann dich.«

Sie trug weiße Sandalen mit Absätzen, einen Sommerrock und darüber eine Bluse. Möglicherweise hat sie sich seit gestern abend nicht umgezogen, dachte Jack.

»Willst du duschen? Einen Drink? Es ist jede Menge Glenfiddich da.«

»Ja«, sagte Natalia, setzte sich auf das Sofa und streifte die Sandalen ab. Sie zündete sich eine Marlboro an und ließ sich zurücksinken.

Jack machte ihr einen Scotch on the Rocks, in einem altmodischen, gedrungenen Glas, denn Natalia mochte keine hohen Gläser. Er atmete Natalias zarten, erregenden Duft ein. Selbst der Rauch ihrer Zigarette war erregend.

»Danke, Jack.« Sie lächelte mit geschlossenem Mund, ihre graugrünen Augen blickten warm. Unter ihren Augen waren winzige Fältchen, die sie, wenn sie gewollt hätte, unter etwas Make-up hätte verbergen können. Ihre Augen waren nicht groß, und an den inneren Winkeln liefen die Oberlider in einer Falte aus. Beim Lächeln öffnete sie selten den Mund, nur beim Lachen, denn sie schämte sich ihrer Zähne, die nicht so weiß waren, wie sie es sich wünschte, auch wenn die Verfärbungen nicht vom Rauchen stammten. Auch ihre Beine waren nicht das Attraktivste an ihr, denn sie waren ein bißchen zu dick. Was war es nur, das ihr diesen wahnsinnigen Sex-Appeal verlieh, und zwar nicht nur für Jack, sondern auch für viele andere? Vielleicht ihre Stimme, die Humor und Intelligenz verriet, auch wenn sie manchmal ein wenig belegt war und Natalia sich häufiger räuspern mußte als die meisten. Jack dachte oft, daß Natalia am Telefon nur zu husten oder sich zu räuspern bräuchte – er würde sofort wissen, daß sie es war. Er hoffte sehr, daß es ihm gelingen würde, sie in Stimmung zu bringen, damit sie mit ihm ins Bett ging, bevor Amelia zurückkehrte – das würde so gegen halb fünf sein.

»Wie kommst du mit der Arbeit voran?« fragte sie.

»Ach, das erzähle ich dir später. Ich zeige es dir. Im Augenblick mache ich Buchumschläge.« Jack kniete auf dem großen Sessel und hatte die Unterarme auf die Lehne gelegt. Am liebsten wäre er darüber hinweggesprungen, hätte sich auf Natalia mitsamt ihrem Scotch gestürzt und gleich hier auf dem Sofa mit ihr geschlafen. »Und wie geht's deiner Mutter?«

»Ach, meine Mutter«, stöhnte Natalia, sah an die Decke und lachte. »Am Sonntag kommt Teddie. Er wird sie bei Laune halten.«

Teddie war Natalias jüngerer Halbbruder aus der zweiten Ehe ihrer Mutter. Natalias Vater war tot, und Teddies Vater hatte sich scheiden lassen. Teddie war zwanzig und ging irgendwo in Kalifornien aufs College. Er war bei seinem Vater, der das Sorgerecht hatte, aufgewachsen.

Natalia bemerkte, die Wohnung sei bemerkenswert gut aufgeräumt. Das war ungewöhnlich. Jack spürte, daß ihr irgend etwas Sorgen bereitete. Sie hatte ihren Scotch erst halb ausgetrunken, als sie sich erhob und sagte, sie wolle jetzt duschen. Während sie im Badezimmer war, brachte Jack ihren Koffer ins Schlafzimmer und machte die Schließen auf, ohne den Deckel zu öffnen. Eine leise, angenehme

Erregung ließ sein Herz klopfen. »Wie kommst du mit der Arbeit voran?« Jack lächelte unwillkürlich. Meist hatte er das Gefühl, daß sie daran nicht sonderlich viel Anteil nahm. In ihren Augen war seine Arbeit wohl eine Art Zeitvertreib, mit dem er vielleicht auch ein wenig Geld verdiente. Einige seiner Zeichnungen fand sie sehr gelungen, doch im Grunde interessierte sie sich mehr für Gemälde. Gute Kunst war für sie etwas Lebenswichtiges, wie Vitamine oder das Sonnenlicht. Jack war kein herausragender Künstler. Und auf sein Geld war sie nicht angewiesen, wie er sehr wohl wußte.

In blauen Plüschpantoffeln und dem gelben Frotteebademantel, der an der Badezimmertür hing, trat Natalia wieder ins Wohnzimmer. Wie gestern Amelias Haar war auch ihres jetzt dunkler, und Jack schlug die Augen nieder, einfach weil er sie so gern ansah. Natalia verabscheute sklavische Ergebenheit, rief er sich ins Gedächtnis, ja, sie lachte nur darüber.

»Vielleicht werde ich Isabel nächste Woche ein bißchen helfen«, sagte Natalia und nahm ihr Glas, das auf dem Couchtisch gestanden hatte. »Sie hat demnächst eine Pinto-Ausstellung.« Natalia nippte an dem Scotch. »Und er ist eine echte Nervensäge. Du erinnerst dich?«

»Mhm.« Jack dachte an die Geschichten, die Natalia ihm über Pinto erzählt hatte, einen nervösen, aber sehr von sich eingenommenen jungen Künstler aus Brasilien, der ein paar Ausstellungen in Amsterdam und Paris hinter sich hatte. »Wann ist die Ausstellung?«

»Die? In ungefähr einer Woche. Ich helfe ihr nur beim Hängen und so. Sie bezahlt mir sogar was dafür – und ein kleines Zubrot kann ich immer gebrauchen. Wir, meine ich.« Sie lachte bei dem Wort »gebrauchen«.

»Dann bindet sie dir also Pinto ans Bein?« Jacks Stimme verriet seine Verachtung für Pinto.

»Sechsundzwanzig Jahre alt und hält sich für ein Genie.« Sie zündete sich eine Zigarette an. »Na ja, er ist nicht *schlecht*. Aber...« Sie zuckte die Schultern. »Er ist einfach nicht gut.«

Jack wußte, was sie meinte. Natalia hätte es vielleicht so ausgedrückt: Es kam darauf an, ein paar gute Kritiken zu bekommen und die Preise anzuheben. Jack erinnerte sich an Pintos Zeug, an die paar Bilder in der Broschüre, die Natalia ihm gezeigt hatte: rötliche Hintergründe und viele verschieden große Kreise in, so schien es, dick aufgetragenem Silbergrau.

»Vielleicht läuft das bis zum Herbst – Isabel, meine ich«, sagte Natalia.

In gewisser Weise freute sich Jack. Natalia hatte früher schon in Isabel Katz' Galerie gearbeitet. Sie war eine gute Rezeptionistin, und sie konnte Bilder verkaufen, was sie mehrfach bewiesen hatte. Natalia wirkte sympathisch, hatte gute Umgangsformen und schwatzte niemandem etwas auf. »Hast du vielleicht Hunger?«

»Nein, aber du doch sicher. Was ist denn überhaupt da?«

»Wie wär's mit Roastbeef? Und Meerrettich?«

»Lecker!« Sie hüpfte auf Zehenspitzen herum und rieb sich den Bauch wie ein Kind.

Gemeinsam deckten sie den Tisch. Es waren auch noch ein Rest Kartoffelsalat und Schinken von gestern da und das frische französische Brot, das Jack morgens gekauft hatte. Eine angenehme Brise strich durch die Vorderfenster bis zum hinteren Ende der Wohnung, wo die Fenster ebenfalls teilweise geöffnet und grüne Baumwipfel zu sehen waren. Jack schenkte sich ein Glas Chianti ein, Natalia trank noch einen Scotch. Sie sah jetzt heiterer aus, und ihr vorhin so blasses Gesicht – auf sommerliche Bräune legte Natalia keinen Wert – hatte ein wenig Farbe bekommen. Allerdings wirkte sie auch zunehmend müde.

Jack strich Butter auf ein letztes Brot. »Ich habe am Mittwoch abend meine Brieftasche verloren, und ein Mann hat sie gefunden und mir zurückgegeben. Es war alles noch da – Geld, Kreditkarten, alles.«

Sie sah ihn interessiert an. »Wo hattest du sie verloren?«

»Gleich vor dem Haus. Auf der Straße. Es ist bestimmt passiert, nachdem ich das Taxi bezahlt hatte. Um halb sechs nachmittags. Jedenfalls, ungefähr eine Stunde nachdem ich gemerkt hatte, daß sie weg war, und mir die Haare raufte, weil ich an die Kreditkarten dachte – nein, stimmt nicht, ich hab an die Fotos von dir gedacht –, läutet das Telefon und ein der Stimme nach älterer Mann fragt mich, ob ich Mr. Sutherland bin und ob ich etwas verloren habe. Also sage ich, ja, meine Brieftasche. Darauf sagt er, daß er sie gefunden hat und sie in zehn Minuten vorbeibringt. Unten, vor dem Haus. Und er ist tatsächlich gekommen und wollte keinen Finderlohn. Ich hätte ihm hundert Dollar gegeben, aber er wollte nicht mal zwanzig annehmen.« Jack schlug mit den Fingern auf die Tischkante und lachte.

»Und das ganze Geld war noch da?«

»Ja, und dabei war ich gerade bei der Bank gewesen. Es

waren über zweihundert Dollar in der Brieftasche, und er wußte es genau, denn er hatte das Geld gezählt.«

Sie lachte kurz. »Muß einer von diesen wiedergeborenen Christen gewesen sein.«

»Nein. Mir hat er gesagt, er sei Atheist. ›Darum habe ich Ihnen die Brieftasche selbstverständlich zurückgegeben‹, sagte er. Wahrscheinlich haßt er die Kirche. Ach ja, er hat einen Hund, der ›God‹ heißt. Irgendeine schwarzweiße Promenadenmischung.«

»Ein Hund namens God.« Sie schüttelte lächelnd den Kopf.

Jack seufzte glücklich. »Leg dich doch für eine Stunde hin. Nach der langen Autofahrt wird dir das bestimmt guttun.«

Natalia stand auf und holte sich noch eine Zigarette vom Couchtisch. »Ja. Ach, es ist schön, wieder hier zu sein!«

Das machte Jack noch glücklicher, doch er sagte nichts. Er deckte langsam den Tisch ab und ließ Natalia tun, was sie wollte. Sie trug ein paar Sachen in die Küche, ging ins Bad, um sich die Zähne zu putzen, und verschwand im Schlafzimmer.

»Bis nachher«, sagte sie. »Weck mich in einer Stunde, wenn ich nicht von allein aufwache.«

Als Jack eine gute Stunde später leise die Schlafzimmertür öffnete, schlief Natalia. Sie hatte die Decke beinahe bis zu den Schultern gezogen, ihre rechte Hand war unter dem Kinn zu einer lockeren Faust geballt, und ihr Profil hob sich scharf vom Kissen ab. Es war eine eigenartig gedankenvolle Pose, und Jack lächelte. Neben ihr lag ein

Kunstkatalog mit einem weißen Hochglanzeinband, auf dem in großen schwarzen Buchstaben KUNST stand. Dicht neben ihrer linken Schulter lag ungeöffnet ein Buch von Irving Howe.

Jack verschränkte die Arme und lehnte sich an den Türrahmen. Er war ganz still, und dennoch flatterten Natalias Lider, und dann schlug sie die Augen auf. »Bist du… bist du vielleicht in Stimmung?« fragte er.

Sie drehte sich auf den Rücken, breitete die Arme aus und lächelte leicht. Im Nu hatte er sich ausgezogen und schlüpfte neben ihr unter die Decke. Endlich zu Hause, dachte er, nach drei Monaten in Ardmore. Er liebte das leichte Kratzen der feinen blonden Härchen an ihren Oberschenkeln und ihre Taille, die glatt und ganz rund war, nicht vorn und hinten flach wie bei den meisten anderen Frauen. Und sie küßte ihn voll Begeisterung.

Doch letztlich war es nicht so befriedigend, wie Jack gehofft hatte. Er war sicher gewesen, daß sie bereit war, und hatte die Zügel schießen lassen und ihren Atem in seinem Ohr gespürt. Und danach hatte er an der Art, wie sie atmete, erkannt, daß sie keinen Orgasmus gehabt hatte. Er küßte ihren Busen.

»Tut mir leid. Ich weiß auch nicht, was los ist. Hat nichts zu bedeuten.«

Jack hob die Lippen von der straffen Haut unter ihren Brüsten. »Beim nächsten Mal.« Er stand auf.

Doch die nächste Stunde hatte für Jack eine eigenartige Schwere. Er war nicht müde von dem einen Glas Wein oder davon, daß er mit Natalia geschlafen hatte, und doch fühlten sich seine Füße wie Bleigewichte an. Amelia würde bald wieder dasein. Jack und Natalia sprachen über Amelias Schule in der West Twelfth Street, die Sterling Academy for Young People – ein Name, bei dem sich Natalias Mund gewöhnlich zu einem amüsierten und herablassenden Lächeln verzog.

»Findest du, daß sie ihr Geld wert ist?« fragte Natalia. Sie wirkte irgendwie gereizt.

Sie hatten schon öfter darüber gesprochen. Die Academy war ein Ort, wohin man Kleinkinder und Kinder bis zum Schulalter, ja, sogar bis zum Alter von neun Jahren bringen konnte und wo sie auch noch etwas beigebracht bekamen, nämlich Rechnen, Lesen und Schreiben. Sie war zu Fuß zu erreichen, und eine Betreuerin begleitete Amelia nach Hause, es sei denn, Jack oder Natalia riefen an und sagten, sie würden Amelia selbst abholen. Pro Woche – die ja aus nur fünf Schultagen bestand – kostete das zweihundert Dollar, und dafür bekam Amelia auch ein gutes Mittagessen.

»Ich dachte, du hättest gesagt, die Vernons fänden die Schule in Ordnung«, sagte Jack und hatte das Gefühl, als hätte er das bereits zweimal gesagt, »und die haben einen viel weiteren Weg dorthin.«

Worüber ist Natalia in Wirklichkeit besorgt?, dachte er. Vielleicht war es nichts Ernsthaftes, aber man sah ihr die kleinste Sorge sofort an.

»Wir brauchen eine Großmutter, die sich kümmert«, murmelte Natalia, »und die genug Geduld hat, ihr Rechnen und Schreiben und all das beizubringen.«

»Eine Großmutter, die bei uns wohnt?« Jack lachte.

»Nein, ich meine –« Das Telefon und die Türklingel

läuteten zugleich, und sie sprang auf und schnippte ungeduldig und nervös mit den Fingern. »Ich geh dran«, sagte sie und nahm den Telefonhörer ab.

Jack drückte auf den Knopf des elektrischen Türöffners, ließ die Wohnungstür angelehnt und lief die Treppe hinunter, um Mrs. Vernon zu begrüßen und ihr zu danken.

Doch Amelia wurde von einer jungen Frau um die Zwanzig gebracht. Jack hatte sie noch nie gesehen, nahm aber an, daß sie das Gegenstück zu Susanne war.

»Hallo«, sagte er. »Ich bin Jack Sutherland, der Vater von diesem eigenartigen Kind.«

»Oh, hallo. Ja, hier ist Amelia.« Die junge Frau lächelte. »Alles in Ordnung, glaube ich. Keine aufgeschürften Knie.« Die Frau war Engländerin.

»Gut. Tausend Dank.«

Die Frau nickte, sagte: »Wiedersehen, Amelia« und ging hinaus.

Sie stiegen die Treppe hinauf. Amelia plapperte, aber Jack hörte kaum zu. Natalia hätte vermutlich eine Bemerkung darüber gemacht, daß Amelia sich weder bedankt noch verabschiedet hatte. Wie unhöflich.

»Tag, Mr. Hartman«, sagte Jack zu einem Mann in mittleren Jahren, der aus seiner Wohnung im ersten Stock kam. »Wir sind wieder da – für eine Weile jedenfalls.«

»Schön, Sie mal wieder zu sehen. Hallo, Amelia.« Freundlich lächelnd, in der Hand einen ordentlichen verschnürten Müllbeutel, ging Mr. Hartman die Treppe hinunter.

Natalia war noch am Telefon. Sie lehnte an der Wand neben einem der Fenster zur Straße, rauchte und sprach leise in den Hörer. Jack spürte sofort, daß der Anrufer Louis Wannfeld war, blendete diese Tatsache aber einfach aus. Das konnte leicht noch eine Viertelstunde dauern.

»War's schön?« fragte Jack Amelia.

»Ja. Ich hab Durst.« Sie tat, als taumelte sie gegen die Wand. »Wir haben LSD genommen – oohh!«

»Dann trink etwas«, flüsterte Jack und verkniff sich ein Lächeln. »LSD – du lieber Himmel!«

»Ja, und jetzt fühle ich mich ganz schlecht!« Amelia lehnte mit gekreuzten Beinen an der Küchenwand und tat ihr Bestes, glasig zu blicken.

»Leise, deine Mom telefoniert.« Jack füllte ein Glas mit Wasser und reichte es Amelia.

»... wie schrecklich ...«, sagte Natalia. »Nein. Nein, das würde ich nicht tun. Paß auf, ich rufe dich zurück – hier ist im Augenblick ... In zehn Minuten? Gut.«

»Mom, ich hab LSD genommen!« Amelia schlang die Arme um die Beine ihrer Mutter.

»Au!« sagte Natalia, als das Mädchen zudrückte. »Ich glaube dir kein Wort.«

»Mom – Jack – Daddy, warum kann ein Elefant nicht Fahrrad fahren?« fragte Amelia, die merkte, daß ihr LSD-Scherz nicht ankam, und blitzschnell umschaltete.

Natalia stöhnte. »Keine Ahnung. Oh, diese schrecklichen Kinderwitze. So was höre ich zehnmal am Tag.«

»Ich weiß es auch nicht«, sagte Jack. »Warum?«

»Weil er keinen Daumen hat zum Klingeln!« sagte Amelia.

»Ohhh!« Jack tat, als wäre er tödlich gelangweilt, und mit einemmal war er das auch. Oder fühlte er sich bloß unbehaglich? Er wollte in sein Arbeitszimmer gehen und den Vorhang zuziehen. Er sah Natalia an. »Ich gehe mal ein paar Schritte vor die Tür. Wolltest du nicht zurückrufen...« Er sah zu dem weißen Telefonapparat.

Natalia wollte etwas sagen, sah Amelia an und winkte Jack, ihr ins Schlafzimmer zu folgen. Sie lehnte die Tür an, ließ die Hand auf dem Türknauf und flüsterte: »Das war Louis. Er glaubt, er hat Krebs. Ich sag's dir lieber gleich.«

Sie sagt's mir lieber gleich, dachte Jack. Glaubt sie, es würde mir das Herz brechen? »Krebs? Was für einen Krebs?«

Sie schloß die Tür ganz. »Magenkrebs. *Glaubt* er wenigstens. Sein Arzt in Philadelphia –«

»Wäre ein Geschwür nicht wahrscheinlicher?«

Natalia lachte ihr kurzes Lachen. »Das würde zu ihm passen, nicht? So nervös, wie er immer ist. Und er hat irgendwelche Blutungen. Das hat er vor Monaten schon mal erwähnt. Auch Schmerzen. Sein Arzt in Philadelphia hat ihm geraten, hier zu einem Spezialisten zu gehen, und da war er heute nachmittag. Ich hab ihn nach New York mitgenommen.«

»Aha. Aber heute werden sie noch keinen Befund haben, oder? So schnell?«

»Mommy!« Amelia war auf der anderen Seite der Tür und wollte Aufmerksamkeit.

»Er hat gesagt, sie haben heute irgendwas ausgeschabt. Klingt schrecklich.« Natalia verzog das Gesicht, als müsse sie selbst diese Prozedur gerade über sich ergehen lassen. Plötzlich sah sie Jack in die Augen. »Er erträgt es sehr tapfer.«

Das ist wohl eine Leistung, dachte Jack. »Ich verstehe, daß du mit ihm sprechen willst. Soll ich was für das Abendessen mitbringen? Oder gehen wir aus?«

»Nein, laß uns hier essen.«

Einige Minuten später ging Jack in östlicher Richtung zur Bleecker Street und bog, als er sie erreicht hatte, nach rechts und nicht wie sonst nach links ab. Die Geschäfte, in denen er gewöhnlich einkaufte, waren links. Es war erst kurz nach fünf, und es wäre nicht schlimm, wenn er erst um sieben nach Hause käme. Das rasche Gehen tat ihm so gut, daß er in einen leichten Trab verfiel. Im Nu war er am Washington Square, wo er seine Schritte wieder verlangsamte. Kinder fuhren auf Fahrrädern den grauen Betonhügel hinauf und hinunter. Es war ein winziger Hügel, winzig auch im Vergleich zu dem, was Manhattan an Attraktionen für Kinder und Jugendliche zu bieten hatte: kaum einen Meter zwanzig hoch und nur zehn Meter im Durchmesser, aber die Kleinen liebten ihn.

Seine Niedergeschlagenheit verfolgte ihn wie eine dunkle Gestalt, die er nicht abschütteln konnte, die sich ebenso schnell bewegte wie er selbst. Es war einer dieser Augenblicke – die manchmal allerdings auch Stunden dauern konnten –, in denen er das Gefühl hatte, er und Natalia seien eigentlich gar nicht zusammen und paßten auch nicht zusammen und die kleinste Krise könnte sie für immer trennen. Diese Vorstellung war für Jack äußerst beängstigend, denn er hatte das Gefühl, daß Natalia die einzige Frau war, die er je lieben würde. Er konnte sich vorstellen, in eine andere Frau verliebt zu sein, ja, sogar, sie zu heiraten – doch das war kein schöner Gedanke, denn er würde immer wissen, daß diese Frau nur die Zweitbeste und mit Natalia gar nicht zu vergleichen war.

Oder quälte er nur sich selbst? Herrschte denn in den meisten Ehen nicht ebensosehr die Angst wie die Zufriedenheit? War er anders, oder war er wie die anderen, jung und alt, dick und dünn, reich und arm?

Ach, reich. Seine Familie war nicht so reich wie die Natalias, daran gab es gar keinen Zweifel, auch wenn der Abstand klein war. Nur Natalias Mutter wäre es zuzutrauen, daß sie das jeweilige Vermögen auf die halbe Million Dollar genau ausrechnete, um einen Vergleich ziehen zu können – Natalia war das vollkommen egal. Dennoch war Jack sicher, daß sie ihn nicht geheiratet hätte, daß sie sich auf keinen Fall von ihm hätte schwängern lassen, wenn er arm gewesen wäre. Das war eine Wahrheit, sosehr sie auch Künstler liebte – und viele gute Künstler waren am Beginn ihrer Karriere sehr arm und vielleicht am Ende der Karriere ebenfalls. Jedenfalls hatten Jacks Familie, die Schulen, die er besucht hatte, und die Kreise, in denen er verkehrte, sehr gut zu denen Natalias gepaßt. Doch kaum hatte Jack Princeton hinter sich gelassen, wo seine Hauptfächer Englisch und Kunstgeschichte gewesen waren, und sich – diesmal allein – auf seine dritte oder vierte Europareise gemacht, da hatte er sich mit zwei halbseidenen Kumpels in einem jugoslawischen Gefängnis wiedergefunden, denn man hatte sie mit Heroin erwischt. In diesem Gefängnis hatte Jack vier Monate lang geschmachtet und an seinen Läusebissen gekratzt, während sein Onkel Roger, der ein größeres Herz besaß als sein Vater Charles, in Washington alle Hebel in Bewegung gesetzt hatte, um seine Freilassung zu erwirken. Jacks Kumpel hatten nicht soviel Glück gehabt. Sie waren wie er zu drei Jahren Gefängnis verurteilt worden und hatten sie, soviel er wußte, auch abgesessen. Das war ein undeutliches, verschwommenes Stück Vergangenheit, und selbst an die Gesichter der beiden anderen erinnerte er sich mittlerweile nicht mehr, nur an Unrasiertheit und ein albernes, großspuriges Feixen. Sie waren Amerikaner, er hatte sie irgendwo in Österreich kennengelernt. Leicht verdientes Geld, so ein Schmuggelgeschäft, hatten sie gesagt, und man wurde an beiden Enden der Reise bezahlt – in den Vereinigten Staaten gab es natürlich mehr, wenn man das Zeug erst einmal über Kanada ins Land gebracht hatte.

Jack ging jetzt in Richtung Mercer Street. Das schreckliche ist, daß ich in Gesellschaft dieser beiden Burschen selbst angefangen habe, das Zeug zu schnupfen und zu spritzen, dachte er und spürte eine heiße Scham. Es hatte Spaß gemacht, per Anhalter zu fahren, Karten zu studieren und manchmal im Wald zu schlafen. Es hätte gesund sein können, dachte Jack. Statt dessen hatte er sich benommen wie ein verzogenes Kind, war auf eine stille Art verwildert, hatte sich unzivilisiert verhalten, ausgerechnet dann, als er sich zivilisierter und authentischer denn je vorgekommen war. Sein Vater hatte dafür gesorgt, daß Jack diese unglückliche Episode nie vergaß. Außerdem hatte er eine etwa zwei Zentimeter lange, wie eine Delle wirkende Narbe auf der linken Seite der Stirn, knapp unter dem Haaransatz. Sie stammte nicht von einem Stockhieb eines jugoslawischen Polizisten, sondern von dem Türrahmen, gegen den er an seinem ersten Tag im Gefängnis geknallt war. An jenem

Tag war er nicht ganz klar im Kopf gewesen. Damit du es nicht vergißt, dachte Jack oft, wenn er die Narbe im Spiegel sah. Damit meinte er: Damit du nicht vergißt, daß du dich wie ein Arschloch benommen hast, ist dir diese Narbe als Mahnmal geblieben, damit so was nicht noch mal passiert. In gewisser Weise hatten Jacks vier Monate im Gefängnis ihre Fortsetzung im Haus seiner Eltern gefunden. Seine Mutter war freundlich und wollte ihm verzeihen, doch es war sein Vater, der den Ton angab. Jack hatte ein paar Strafpredigten seines Vaters über sich ergehen lassen müssen, und von den versprochenen zwanzigtausend Dollar, die ihm in New York den Start als Journalist oder Künstler hätten ermöglichen sollen, von dieser Unterstützung für die Zeit, bis die ersten Aufträge kamen, war plötzlich keine Rede mehr. Die Aktien von Jacks Bruder Christopher waren gestiegen, denn von da an hatte sein Vater all seine Hoffnungen auf Christopher gesetzt. Und der, drei Jahre jünger als Jack, war nach seinem Harvard-Studium brav in die Firma des Vaters eingestiegen.

Und dann, kurz bevor er aus dem Nest, aus dem goldenen Käfig geflohen war, um sein Glück in New York zu versuchen, hatte er Natalia kennengelernt, auf einer Party, zu der er auf Drängen seiner Mutter gegangen war, formelle Abendkleidung, irgendein Wohltätigkeitsball. Das war in der Nähe von Trenton gewesen, im Haus von irgendwelchen Leuten. Jacks Familie hatte damals ein Sommerhaus bei Trenton gehabt, und Jack war mit den anderen dorthin gefahren. Aus heiterem Himmel, inmitten der Langeweile und der Scham, die ihn noch immer heimsuchte, hatte Natalia vor ihm gestanden und mit ihrer leisen, verführerischen Stimme eine witzige Bemerkung gemacht, als sie, Champagnergläser in den Händen, vor der Eröffnung des Büffets in irgendeinem großen Raum gestanden hatten. Jack glaubte, daß er sich auf den ersten Blick in sie verliebt hatte. So etwas gab es, das wußte er, und er hatte sich sofort in ihre Stimme verliebt. Er hatte sie eine halbe Stunde lang verloren, sie dann aber gefunden und um ihre Telefonnummer gebeten. Ich habe einen Wagen, hatte er sagen wollen. »Ich habe einen Wagen«, hatte Natalia gesagt. »Los, hauen wir ab.« An diese Worte konnte er sich genau erinnern.

Wie kam es nur, daß er an diesem Abend alles richtig gemacht hatte? Er konnte sich nicht erinnern, besonders brillant gewesen zu sein. Sie hatten viel gelacht, und was ihn betraf, so rührte das Lachen von unterdrückter Erregung. Er hatte die Frau seines Lebens gefunden. Und es war wie in den alten Liedern: O Wunder, sie fand Gefallen an ihm. Jack wußte auch, warum: Er war Rebell, aber nicht zuviel Rebell. Vielleicht wäre es eine kleine Affäre geblieben, doch dann wurde Natalia schwanger. Damals war Jack nicht ganz sicher gewesen, doch heute wußte er genau, daß sie hätte abtreiben lassen, wenn sie nicht sein Kind hätte haben wollen. Ihre Familie hatte keine Einwände – immerhin stammte Jack aus den richtigen Verhältnissen, aus einer geachteten Familie mit genügend Geld im Hintergrund, und er hatte zwar seine Laufbahn noch nicht recht begonnen, doch es bestand ja die Hoffnung, daß er zur Vernunft kommen, dieses Kunstzeug aufgeben und in eine der Firmen seines Vaters eintreten würde, die Unkrautvertilger und Medikamente herstellten.

Jack trat in einen Coffeeshop. Er wußte nicht, wo er war, und es war ihm eigentlich auch gleichgültig, vermutlich irgendwo am oberen Ende der Greene Street. Er bestellte einen Kaffee mit Milch.

Und jetzt also Louis in der Krise. Krebs. Vielleicht. Er erträgt es sehr tapfer, hatte Natalia gesagt, mit seltenem, aber angemessenem Ernst, wie Jack fand – immerhin war Krebs eine ernste Sache.

Das war ja geradezu ein Suhlen im Leid! Natalias bester Freund, ihr Seelengefährte Louis, der aus einem Viertel von Philadelphia stammte, das das Gegenstück zur Lower East Side war. Wannfeld war nicht sein richtiger Name, sondern das Ergebnis einer kleinen Veränderung seines ursprünglichen Namens. Jack glaubte sich zu erinnern, daß Louis halb jüdisch war. Er las allerdings nicht besonders viele Bücher, jedenfalls nicht die, die Natalia las. Dennoch war er im Haus von Natalias Mutter Lily ein äußerst gern gesehener Gast, selbst wenn er mit seinem Freund Bob Campbell erschien. Lag das daran, daß Louis damals, als Natalia um die Zwanzig gewesen war, keine Gefahr dargestellt hatte? Oder wollte Lily …? Nein, Lily hatte es nicht nötig, ihre Toleranz und Vorurteilslosigkeit zur Schau zu stellen. So snobistisch war sie nicht. Louis war ein stiller, beinahe unscheinbarer Mann, und seine Umgangsformen waren elegant und die eines Gentlemans, das mußte Jack zugeben. Der formellste Anlaß konnte Louis nicht schrekken, und er war nicht aus der Ruhe zu bringen.

Jack trank seine Tasse aus und schob sie von sich – er ärgerte sich, weil er sich wieder mal mit diesen alten Geschichten befaßte. Was hatte Louis ihm denn getan? Nichts, außer daß er Natalias Zeit unverhältnismäßig viel in Anspruch nahm. Aber hatte das nicht auch sein Gutes? Durch dieses Arrangement blieb Jack mehr Zeit für die Arbeit, und vielleicht sorgte es auch dafür, daß Natalia sich nicht mit ihm langweilte. Doch auch das war ein alter Gedanke.

Er zahlte und ging. Es war Zeit, zurückzugehen und die Augen offenzuhalten nach etwas Interessantem für das Abendessen, vielleicht nach etwas Chinesischem, wenn er ein Restaurant mit Straßenverkauf finden konnte. Amelia freute sich immer über Pizza, aber ihren Eltern konnte das zuviel werden. Jack stieß auf etwas Unerwartetes: einen griechischen Imbiß. Er kaufte ein paar ölige Tüten und Schachteln und ging, nunmehr besserer Laune, in westlicher Richtung weiter. Es gab Arbeit und die schöne Aussicht, zusammen mit Joel einen Vertrag für *Halb verstandene Träume* zu bekommen – sofern seine Zeichnungen gut ankamen. Einige Verlage waren interessiert, wollten aber zuerst die Illustrationen sehen. Wenn Jack sich seine bisherige Produktion ansah, mußte er zugeben, daß er mit etwas mehr Eifer auch mehr vorzuweisen gehabt hätte – so stand es ja auch in einigen seiner Schulzeugnisse. Nach der Jugoslawien-Episode hatte sein Vater den Fonds, den er ihm für die Zeit nach dem Studium versprochen hatte, nicht eingerichtet, und Jack hatte das Thema vermieden. Die bescheidenen Zahlungen aus diesem Fonds hätten es ihm ermöglicht, in New York zu leben, einige Stunden pro Woche an der Art Students League zu studieren und sich als Journalist und Zeichner zu versuchen. Onkel Roger dagegen setzte weiterhin große Hoffnungen in ihn und stattete ihn in New York mit ein paar Tausendern aus, die er als Geschenk bezeichnete. Jacks Vater hielt nichts von der Berufswahl oder vielmehr den Berufswahlen seines Sohnes, doch mit der Heirat war er sehr einverstanden gewesen. Wie nicht anders zu erwarten. In den vergangenen Jahren hatte Jack mehr Zeit mit Zeichnen verbracht als mit Schreiben, das sich auf gelegentliche Artikel über Reisen, Küchengeräte oder Inneneinrichtungen beschränkte. Zeichnen machte mehr Spaß, es war einfach befriedigender. Mit einem warmen Gefühl der Dankbarkeit dachte Jack daran, daß Onkel Roger auch das Geld für die Art Students League bezahlt hatte, als Amelia ein Baby gewesen war.

Als Natalia auf sein Klopfen öffnete, spürte Jack plötzlich, daß er nicht nur glücklich, sondern vom Glück begünstigt war. Die Wohnung sah wunderschön aus. Was hatte Natalia in seiner Abwesenheit gemacht? Der weiße Tisch war gedeckt. Amelia lag auf dem Boden vor dem Fernseher, der nicht allzu laut eingestellt war. In der Küche zeigte Natalia sich über seine Einkäufe so begeistert, als wäre er ein Jäger, der seltene und schwierige Beute gemacht hatte.

»Du hast ganz rote Wangen«, sagte sie und probierte eine schwarze Olive.

Er legte die Arme um sie, drückte sie an sich und atmete ihren Duft ein. Sicher hielt Louis sie nie so im Arm, sicher wollte er das gar nicht. Warum zweifelte er, fragte Jack sich, warum zweifelte er an Natalia, warum zweifelte er manchmal an dem Wunder, das seine Tochter war, warum zweifelte er an der Wirklichkeit? Vielleicht waren diese Zweifel normal, sogar gesund und vernünftig? Wann würde er auf diese Frage je eine endgültige Antwort bekommen?

Natalia sagte, sie werde das Essen anrichten und natürlich habe er noch genug Zeit für eine Dusche. Und heute nacht werden wir im selben Bett schlafen, dachte Jack, heute nacht und in unzähligen anderen Nächten, die noch kommen werden.

5

Um kurz nach vier Uhr morgens ging Ralph Linderman in das Büro des Parkhauses, in dem er arbeitete, und zog ohne nachzudenken eine Tischschublade auf, in der zwei Pistolen lagen, eine davon in einem Halfter mit Gürtel. Ralph trug im Dienst keine Waffe, doch er hatte sich bei Arbeitsbeginn und -ende davon zu überzeugen, daß sie an ihrem Platz waren.

»Na, Feierabend, Ralph?« sagte Joey Fischer, ein schlaksiger junger Mann im Overall, der zufällig gerade im Büro war.

»Was denn sonst? Irgendwas Neues?« sagte Ralph in einem Ton, als erwarte er gar keine Antwort. Er sah auf seine Armbanduhr, trug seinen Namen und die Uhrzeit in das Wachbuch ein, das auf dem Tisch lag, und unterschrieb. »Und weit und breit –«

In diesem Augenblick jagte ein Krankenwagen mit heulenden Sirenen an dem kleinen, mit Glas abgeteilten Büro in der West Forty-eighth Street vorbei. Ein Passant starrte dem Wagen nach und stieß mit einem Mann zusammen, der ihm entgegenkam. Dann wischte der Scheinwerferstrahl eines ins Parkhaus einfahrenden Wagens über Joeys junges Gesicht und durch das Büro.

»Und weit und breit kein Conlan, wollte ich sagen«, fuhr

Ralph fort. Conlan war der Wachmann, der ihn um vier Uhr ablösen sollte.

»Ach, er wird bestimmt gleich kommen«, sagte Joey und ging aus dem Büro in das Halbdunkel des Parkhauses, um den Wagen in Empfang zu nehmen und dem Mann zu zeigen, wo er parken sollte.

Wenn jemand Midtown-Parking vor Conlans Dienstantritt überfallen wollte, dann wäre jetzt der richtige Augenblick, dachte Ralph. Conlan war für Ralph der Inbegriff aller Eigenschaften, die man als Wachmann nicht haben sollte. Der alte Knacker war mindestens vierundsechzig und ließ sich ganz schön gehen: Er schlurfte herum und sah aus, als würde er fünf Minuten brauchen, um die Pistole zu ziehen, und immer kam er zehn bis fünfzehn Minuten zu spät. Das mindeste, was man von einem Mann erwarten konnte, dachte Ralph, war, daß er frühzeitig oder jedenfalls rechtzeitig aus den Federn oder was auch immer kam und pünktlich zu der Arbeit erschien, für die man ihn bezahlte. Im Augenblick zum Beispiel begrüßte Joey Fischer den neuen Kunden, der ebensogut ein Gauner sein konnte, und das Büro war unverschlossen und theoretisch unbesetzt – nur daß eben er noch hier war und eine Pistole in Reichweite hatte. Man konnte nie wissen, wer da alles bei Tag und bei Nacht nur drei Meter entfernt auf der Straße vorbeiging, man konntc nie wissen. Drogensüchtige brauchten ihren nächsten Schuß, brauchten Geld, zu jeder Tages- oder Nachtzeit. Ralph musterte die Passanten kritisch, ohne Hintergedanken an irgendwelchen Ärger, beschloß aber dennoch zu warten, bis Conlan auftauchte. Joey kehrte mit der Hälfte des Parkscheins, den er dem neuen Kunden gegeben hatte, zurück und befestigte ihn an einer Tafel.

»Noch immer da?« sagte er im Umdrehen und steckte sich eine Zigarette an.

»Nicht mehr lange«, antwortete Ralph, denn er hatte soeben Frank Conlan entdeckt, der aus nördlicher Richtung kam und die Straße überquerte. »Da ist er ja endlich. Nacht, Joey.« Ralph setzte ein Lächeln auf, was er nicht oft tat. Joey Fischer war ein anständiger, ehrlicher Bursche, der gut zupacken konnte. Hatte kürzlich erst geheiratet. »Morgen, Mr. Conlan.«

»Hallo-o«, sagte Conlan gutgelaunt. »Ich weiß, ich bin ein bißchen spät dran. Mußte elend lange auf den Bus warten. Wie geht's, Joey?«

»Prima«, sagte Joey und lächelte Ralph an.

Ralph nickte Joey zu und ging. Er sah zum Himmel, wo nichts auf den baldigen Sonnenaufgang hindeutete – der würde erst später kommen, wenn er am Sheridan Square aus dem Bus stieg. Er genoß die frühen Morgenstunden und führte God aus, der sich nach diesen etwa acht Stunden unbändig freute, ihn zu sehen. Tief atmete er die Luft ein, die um fünf Uhr früh natürlich viel weniger verschmutzt war als später, um neun. Man mußte auch für Kleinigkeiten dankbar sein, fand Ralph.

Er war am Sheridan Square aus dem Seventh-Avenue-Bus ausgestiegen und gerade ein paar Schritte in die Christopher Street gegangen, als ein betrunkenes Kreischen die Stille zerriß. Ralph sah sie: Drei oder vier Burschen und einige junge Frauen gingen auf der anderen Seite der Christopher Street in östlicher Richtung, stolpernd, lachend, einander schubsend. Sie hatten natürlich die Nacht durchgemacht, wahrscheinlich in einer der Spelunken in der Christopher Street. Als die Gruppe genau auf seiner Höhe war, sah er kurz hinüber und erkannte Elsie, und er spürte den Schock, den plötzlichen Schmerz, als wäre sie seine eigene Tochter oder jedenfalls sein geliebtes Mündel.

»Ah-ha-ha!« Das war *ihr* Lachen. Taumelnd ließ sie sich in die Arme des großen Kerls sinken, der hinter ihr ging.

»He, Billy-o, wo *wohnen* diese Bräute eigentlich?« rief eine rauhe männliche Stimme.

Noch mehr Gelächter. Geplapper.

Ralph stand wie angenagelt. Entsetzt. Er starrte der Gruppe nach, als könnte er sie mit seinen Blicken vernichten – alle außer Elsie natürlich. Wenn er nur den Mut gehabt hätte, ihr nachzulaufen! Aber diese Burschen würden ihn zusammenschlagen. Sie würden ihn an eine Hausmauer drängen und ihn mühelos k. o. schlagen. Nein, das war nicht die richtige Methode. Ein wohlerwogener Rat – das war wohl das Richtige, und auch damit durfte er es nicht übertreiben, aber… Ralph fühlte sich mit einemmal ganz hilflos, hoffnungslos. Eine jähe Traurigkeit erfüllte ihn und ließ sein Herz für einen Augenblick aussetzen.

Lachhaft! Er zwang sich weiterzugehen. Er kannte Elsie ja kaum. Er wußte, daß sie ihn albern und altmodisch fand und dachte, er habe vielleicht eine Schraube locker. Damit mußte er sich eben abfinden. Möglicherweise gelang es ihm doch noch, Elsie zu retten, sie vor der Gosse, der Drogensucht, der Gelegenheitsprostitution zu bewahren, mit der sie sich vielleicht ein kleines Zubrot verdienen wollte.

Sie war es wert, gerettet zu werden. Denk darüber nach. Denk daran, was du als nächstes tun mußt.

Tja, God wartete auf ihn. Und am Himmel war jetzt ein Hauch von Helligkeit. Und in der Grove Street wohnte dieser nette junge Mann, der sich so gefreut hatte, seine Brieftasche zurückzubekommen! Jedesmal, wenn Ralph an diese Szene dachte, war er ganz glücklich. Er hatte Elsie davon erzählt, um ihr vor Augen zu führen, was Menschen füreinander tun konnten, sofern ihnen daran gelegen war, in einer anständigen Welt zu leben. Elsie hatte ihn mit offenem Mund angestarrt, doch schließlich hatte sie genickt und die Theke vor ihm abgewischt. Sie arbeitete jetzt in der Seventh Avenue, in einer Snackbar. Was wußte sie mit ihren zwanzig Jahren schon vom Leben, besonders da sie doch erst vor ein paar Monaten aus einem winzigen Nest hierhergekommen war? Was würde heute nacht mit ihr geschehen? Wo würde sie die Nacht oder das, was davon noch übrig war, verbringen? Schon allein die Vorstellung war entsetzlich, entsetzlich!

Ralph stieg gerade die letzte der vier Treppen hinauf und hörte bereits Gods eifriges Winseln, das erwartungsvolle Hecheln, mit dem er hinter der Tür auf und ab sprang. Ralph hatte ihm beigebracht, hatte ihn ernsthaft ermahnt, nicht zu bellen, wenn er jemanden kommen hörte, ganz gleich, um welche Uhrzeit.

»Hallo, Goddy, hallo!« flüsterte Ralph, tätschelte den auf und ab hüpfenden Hund und versuchte zugleich, ihn zu beruhigen. Er nahm die Leine vom Haken.

Dann waren sie unten auf der Straße, und God pinkelte sogleich an eine Hauswand. Ralph hörte das Scheppern eines Bierfasses auf dem Bürgersteig, außer Sicht, in einer Seitenstraße. An der Seventh Avenue setzte bereits das Zischen und Summen des Verkehrs ein. Ralph wollte eine Kleinigkeit essen, dann mit der *Times* zu Bett gehen – mit der von gestern, die er noch nicht ausgelesen hatte – und so lange schlafen, wie er wollte, vielleicht bis um eins, und dann würde er zur Leihbücherei in der Leroy Street gehen und seine Bücher umtauschen.

Ralph bog nach Westen in die Morton Street ab. Er hatte sich Gods Tempo angepaßt, das recht langsam war, weil der an allem schnuppern mußte. Ralph ging morgens oft diesen Weg: rechts in die Bedford Street, über die Commerce Street mit ihren hübschen, zurückhaltenden Fassaden bis zur Grove Street und an der Bleecker Street wieder rechts. In der Bedford Street stand die alte Grundschule Nr. 3. Die Fenster in der unteren Etage waren mit schwerem Maschendraht gegen Vandalismus und Wurfgeschosse geschützt, und darüber stand in erhabenen Lettern: KINDHEIT WEIST DEN MANN. Ein wahreres Wort wurde nie gesprochen oder gemeißelt, dachte Ralph. Er las den Satz gern. Irgendwo klapperte ein Mülleimer. Die Straßenbeleuchtung war ausgeschaltet worden. Ralph gefiel auch der Anblick der wenigen erleuchteten Fenster der Privatwohnungen in der Bedford Street, der gelbliche Schein hinter den dünnen Vorhängen, und er fragte sich, warum diese Leute wohl so früh schon auf den Beinen waren – Arbeit, Krankheit, Schlaflosigkeit? Ein Jogger war bereits unterwegs. Er kam Ralph auf der anderen Seite der Bedford Street entgegen, in Laufschuhen und einem blauen Jogginganzug mit weißen Streifen an den Beinen. Bei näherem Hinsehen stellte Ralph fest, daß es Mr. Sutherland war, John Sutherland, dem er die Brieftasche zurückgegeben hatte.

Ralph unterdrückte den Impuls, ihn mit einem »Morgen, Mr. Sutherland!« zu begrüßen. Mr. Sutherland hatte die Stirn ein wenig gerunzelt und sah starr geradeaus. Was für ein erfreulicher Anblick: ein gesunder junger Mann, der Sport trieb, bevor der Rest der Stadt überhaupt aufgestanden war, der seine Lungen und Muskeln trainierte. Sein blondes Haar wirkte dunkler, als Ralph es in Erinnerung hatte, doch es war zweifellos Sutherland. Ralph drehte sich um und sah der blauen Gestalt nach, die mit leisen, elastischen Sprüngen um die Ecke in die Morton Street in Richtung Westen verschwand. Sutherland joggte wohl nicht jeden Morgen, sonst hätte Ralph ihn schon früher einmal bemerkt. Er war jetzt seit zwei Wochen auf Nachtschicht.

Ralph bog in die Grove Street ab und ging in Richtung Bleecker Street. Ob Sutherlands Frau noch schlief? Wahrscheinlich. Von den Fotos in der Brieftasche wußte er, wie sie aussah, konnte sich aber nicht erinnern, ihr je in dieser Gegend begegnet zu sein.

Der Lebensmittelladen in der Bleecker Street wurde gerade geöffnet. Die Türen standen offen, und Johnny hatte eine Schürze umgebunden und zog die Holzgestelle, auf denen er gleich seine Ware ausbreiten würde, auf den Bürgersteig vor dem Geschäft. Ralph ging hinein. God lief an der Leine im Kreis herum und schnupperte den Duft von Mortadella, Leberwurst, Salami und Käse.

»Morgen, Mr. Linderman!« sagte Johnny, als er in den

Laden trat. »Sie sind heute mein erster Kunde. Wird langsam zur Gewohnheit.«

Ralph freute sich. Er lächelte und richtete sich ein wenig auf. »Morgen, Johnny. Wie ist die Leberwurst heute?«

»So gut wie immer. Verkauft sich prima, kann mich nicht beklagen.«

Ralph kaufte ein Stück Leberwurst, außerdem Salami und Krautsalat und nahm von einem Regal ein paar Dosen Katzenfutter für God. Katzen waren heikler als Hunde, und darum war Katzenfutter besser. Zu Hause gab es für God noch etwas Leber und Rumpsteak. Und Butter brauchte Ralph noch. Johnny rechnete alles auf seinem Taschenrechner zusammen. Johnny war ein netter Bursche, auch wenn Ralph Italienern normalerweise nicht traute, weil sie Katholiken waren und die Mafia noch immer hauptsächlich aus Italienern bestand. Früher hatte er die Italiener gehaßt, so wie er heute noch die Schwarzen, wie sie sich selbst nannten, haßte und ihnen zutiefst mißtraute. »Bimbos« nannte Ralph sie bei sich. Neger natürlich auch, warum nicht – aber nein, sie wollten unbedingt als Schwarze bezeichnet werden. Ein deprimierendes Wort, eine deprimierende Farbe. Viele fleißige Italiener hatten es in Amerika zu etwas gebracht, doch Ralph mußte immer an die Mafia denken, an diese reichen und skrupellosen Familien, an dieses Sinnbild des Bösen, an all die Mörder und Erpresser und Förderer des Lasters. Auch die Juden hatten sich nach Ralphs Meinung nicht verändert, und im großen und ganzen mochte er sie ebenfalls nicht, mit ihrer Vetternwirtschaft und ihrem Geld, das sie benutzten, um andere zu kaufen, wobei jedoch diejenigen, die es nahmen, natürlich noch schlimmer waren. Ralph bezahlte acht Dollar und dreiundsiebzig Cents.

»Und wie geht's God?« fragte Johnny, beugte sich über die Holztheke und sah den Hund an. »Hallo, God, mein Lieber.« Johnny lachte.

Ein Pickel auf Johnnys Oberlippe schien kurz davor zu platzen. Dort wurde der Flaum zu dunklem Haar. Johnny war etwa siebzehn und hatte die Highschool ohne Abschluß verlassen, aber wenigstens arbeitet er für seine Eltern, die vermutlich noch schlafen, dachte Ralph, und das war ihnen ja auch gegönnt, denn sie hatten bis kurz vor Mitternacht im Laden gestanden.

»God geht's gut, danke«, antwortete Ralph und nahm die braune Papiertüte. »Bis dann, Johnny.«

»Wiedersehen. Schönen Tag noch, God«, sagte Johnny grinsend.

Ralph Linderman hatte einen wunderschönen Tag. Am Mittag holte er sich beim Zeitungsmann am Sheridan Square die *Times* ab, die dieser für ihn zurückgelegt hatte, und dann tauschte er in der Leihbücherei in der Leroy Street fünf Bücher um und verlängerte Thomas Manns *Letzte Essays*, weil er ein Buch wie dieses langsam lesen wollte. Er las alles oder beinahe alles langsam, er ließ den Inhalt in sich einsinken. Einige Bücher, die er ausgeliehen hatte, hatten sich als Fehlgriffe erwiesen, denn sie waren langweilig oder wertlos gewesen. Ralph las Sachbücher ebenso gern wie Romane. Er hatte *1984* noch einmal lesen wollen, aber die Warteliste war so lang gewesen, daß er sich eine Taschenbuchausgabe gekauft hatte. Er liebte Robert Louis Stevenson, den er zur Unterhaltung las. Er lieh ein Buch über Semiotik aus, weil es interessant aussah. Außerdem einen Roman von Iris Murdoch, deren Bücher ihm gefielen, weil die englische Welt, die sie darin beschrieb, zwar zeitgenössisch und offenbar realistisch geschildert, für Ralph jedoch ganz phantastisch war und ihn an die Handlungen von Wagner-Opern denken ließ: Jemand liebte einen Menschen, den er unmöglich bekommen konnte, jemand anders haßte einen Menschen aus den nichtigsten Gründen, die jedoch riesig vergrößert wurden. Ralph war nie in England gewesen, und er fragte sich, ob es auch heute noch viele Engländer gab, die sich so verliebten und es nur selten, sozusagen hinter der Fassade äußerer Gelassenheit, erkennen ließen.

God hatte er natürlich nicht in die Leihbücherei mitgenommen, und so konnte Ralph in zügigem Tempo nach Hause gehen. Das tat seiner Gesundheit gut. Der Coffeeshop, wo Elsie arbeitete, lag südlich der Leroy Street, aber Ralph hatte keine Lust, dort vorbeizuschauen. Vielleicht hatte Elsie heute nicht einmal Dienst.

Später am Nachmittag räumte Ralph in dem Regal unter der Küchenspüle auf, warf alte Lappen und überflüssige Papiertüten weg, entdeckte ein Stück Stahlwolle und eine Flasche Fensterreinigungsmittel, von der er gar nichts mehr gewußt hatte, wischte die mit Wachspapier bezogenen Regalbretter ab und stellte die meisten Sachen wieder hinein. Dann schrieb er einen Brief an seine Mutter. Sie war beinahe achtzig und lebte in einer kleinen Wohnung in einer Stadt in New Hampshire. Ralph schickte seiner Mutter einmal im Monat Geld und schrieb ihr etwa alle drei Wochen. Er war ihr einziges Kind.

15. September 19–

Liebe Mutter,

alles ist mehr oder weniger wie immer. Das Wetter ist recht angenehm, und die schlimmste Hitze scheint vorüber zu sein. Ich arbeite noch immer in dem Parkhaus in der Forty-eighth Street. Sechs Dollar fünfzig die Stunde ist nicht schlecht, mehr als sieben Dollar kriegt man nirgends. Weißt Du noch – vor gar nicht so langer Zeit habe ich noch Mindestlohn verdient, fünf Dollar fünfzig. Heute würde ich dafür nicht mehr arbeiten, das habe ich nicht nötig. Meine Personalakte ist übrigens makellos.

Was macht Deine Arthritis? Vergiß nicht, Dir rechtzeitig die Handschuhe rauszusuchen – bis zum Herbst dauert es nicht mehr lange. Und ich hoffe, Du nimmst nicht mehr als vier Aspirin am Tag.

Dog geht's prima, er läßt Tissy Cat grüßen.

Ralph hielt inne und dachte nach, und in Gedanken sah er die schwarzweiße Tissy Cat vor sich, die langes Haar hatte wie eine Perserkatze, aber sonst ganz gewöhnlich war, ein langweiliges Tier, das auf seinem Kissen lag und die Menschen betrachtete, als verachte es sie zutiefst.

Gesegnete Tage wünscht Dir Dein Dich liebender Sohn
Ralph

Seine Mutter war eine eifrige Kirchgängerin. Darum hatte Ralph ihr gesegnete Tage gewünscht – um ihr eine Freude zu machen. Wer oder was sollte ihre Tage schon segnen? Das Schicksal? Das Glück?

6

Gegen halb neun hatte sich die Wohnung gefüllt, und es begann nach einer Party auszusehen. Man sprach lauter, um gehört zu werden, und Sylvia Kinnocks Lachen – ein gelegentlicher schriller Aufschrei – klang gedämpft. Louis Wannfeld war da, ebenso wie Isabel Katz, Natalias langjährige Freundin, der die Katz-Galerie gehörte. Es war Natalias achtundzwanzigster Geburtstag, doch bei der Einladung hatten weder sie noch Jack dies erwähnt; sie hatten lediglich gesagt, man solle nach sieben auf einen Drink kommen und vielleicht werde es auch etwas zu essen geben. Nur Natalias engste Freundinnen brachten das Datum mit ihrem Geburtstag in Verbindung. Natalia hatte an ihrem Geburtstag gern Menschen um sich, wollte aber nicht, daß sich irgend jemand verpflichtet fühlte, ihr etwas zu schenken.

Joel MacPherson war ebenfalls gekommen, und Jack hatte ihm vier neue Entwürfe für das *Träume*-Buch gezeigt, außerdem zwei fertige Zeichnungen in den blassen Rosa-, Blau- und Grüntönen, die er durchgehend verwenden wollte. Joel war begeistert.

»Stellen wir sie doch auf – hier, auf dem Tisch.« Er demonstrierte es, indem er eines an die Wand am Ende des Arbeitstisches lehnte, ganz vorsichtig, als wäre es sehr kostbar. Er breitete die Hände aus und flüsterte: »Wir werden alle hereinbitten und sie fragen, wie sie sie finden. Na, was hältst du davon?« Joels rundes Gesicht strahlte, als wäre ihr Buch schon erschienen.

Jack zögerte; die Idee gefiel ihm nicht. »Aber das ist mein privates Refugium, Joel!« sagte er lachend.

Joel machte ein Gesicht wie ein enttäuschtes Kind. »Der alte Großvater gefällt mir besonders – sieht aus wie Jehova oder so. Und sein Sohn – so unterwürfig.« Joel zeigte, jetzt wieder lächelnd, auf die kleine Gestalt von Caspar, dem Mann in mittleren Jahren, der auf dem Bauch auf seinen dösenden und dennoch alles beherrschenden Vater zukroch. »Und die Sexszenen, also...« Joel schienen die Worte zu fehlen.

Jack nickte in Richtung Wohnzimmer. »Laß uns zu den anderen gehen.«

Sobald er ins Wohnzimmer trat, wo die Mehrzahl der Gäste nicht saß, sondern stand, fiel sein Blick auf Louis' hochgewachsene Gestalt – dunkelblauer Sommeranzug, weißes Hemd, todschicke blaue Fliege. Er stand mit Natalia am Fenster und überreichte ihr ein kleines, in weißes Seidenpapier verpacktes Geschenk. Jack sah, daß Natalia freudig überrascht den Mund öffnete, und dann hielt sie etwas hoch, das wie eine schwere Silberkette mit einem roten Anhänger aussah.

»Jack, wo ist dein Drink?« fragte Isabel Katz und sah ihn aus Augen an, deren Oberlider von einem intensiveren Blaßblau waren als das in einigen von Jacks Bildern. »Ich hab meinen gerade erst gekriegt. Ich wollte auf Natalias Gesundheit anstoßen. Ganz privat.«

Isabels geschminktes Gesicht stand in starkem Kontrast zu dem von Natalia, die sich bis zum letzten Augenblick von irgendwelchen Vorbereitungen hatte aufhalten lassen: Sie hatte die Guacamole zusammengerührt, war in gespielter Party-Angst unruhig auf und ab gelaufen und hatte, als die ersten Gäste eintrafen, noch nicht einmal Lippenstift aufgelegt. Isabel war eher klein und zierlich und trug ihr schwarzes Haar im Nacken aufgesteckt. Sie war mindestens fünfundvierzig und brauchte Make-up, war aber eigentlich nicht der geschminkte Typ. Isabel Katz lebte für die Kunst – nicht für die Kunst als Geschäft oder die Art von Kunst, die man zu Geld machen konnte, sondern für die Kunst an sich. Sie malte auch, sprach aber nur sehr bescheiden darüber. Und was hielt sie von seinen Arbeiten, von seinem Talent?, fragte sich Jack – sofern sie überhaupt einen Gedanken daran verschwendete. »Ich hab mit Weißwein angefangen«, sagte Jack. »Ich hole mir Nachschub.« Als er sein Glas gefüllt hatte, erhob er es.

»Auf Natalia«, sagte Isabel und hob ihren Scotch mit Wasser.

»Auf Natalia«, sagte Jack und trank einen Schluck.

»Kanapees«, sagte plötzlich ein Stimmchen von unten. Amelia hielt eine Platte mit pikanten Würstchen, in denen Zahnstocher steckten. Bei Partys war Amelia eine aufmerksame Gastgeberin, die bedächtig und unermüdlich Essen und Trinken anbot. »Bitte, Daddy.«

Isabel wollte kein Würstchen, aber Jack nahm eines, seiner Tochter zuliebe. Amelia ging weiter zum Sofa.

»Du siehst blaß aus«, sagte Isabel.

»Blaß?« Jack war überrascht.

»Ganz plötzlich. Alles in Ordnung, Jack?«

»Ja, alles prima.«

»Natalia sieht gut aus, findest du nicht? Sie wirkt glücklicher – schon das ganze letzte Jahr.«

Das hörte Jack gern. »Du mußt es ja wissen. Ich hoffe jedenfalls, daß sie glücklicher ist.« Natalia arbeitete inzwischen an fünf Tagen pro Woche jeweils fünf bis sechs Stunden in Isabels Galerie.

»Wer ist die Frau mit den langen dunklen Haaren?« fragte Isabel.

»Das ist Sylvia … Kinnock. Alte Freundin von Natalia. Schulfreundin, glaube ich. Weißt du nicht mehr? Natalia ist doch vor ein paar Jahren für einige Monate nach Europa gefahren, mit Sylvia. Ich dachte, du kennst sie.«

»N-nein. Ich weiß nur, daß Natalia in Europa war. Die Frau hat im Gesicht etwas Wildes. Interessant.« Isabel lächelte.

Jack betrachtete Sylvia mit neuen Augen. Ihr Gesicht, ihre ganze Art hatte etwas Zigeunerhaftes, obgleich Jack sich erinnern konnte, daß Natalia gesagt hatte, ihre Familie sei streng katholisch. Sylvia war so alt wie Natalia, unverheiratet und hatte einen Beruf, bei dem sie viel unterwegs war, irgend etwas mit Public Relations. Seltsam, daß Isabel Sylvia in all den Jahren nie kennengelernt hatte – doch Isabel verbrachte die Abende meist allein und traf sich selbst mit ihren besten Freundinnen höchstens unter vier Augen auf einen Drink oder zum Abendessen.

»Kennst du –« Jack hatte Isabel gerade mit Sylvia bekannt machen wollen, doch die begrüßte im selben Augenblick jemanden mit einem freundlichen *»Hallo-o!«*, und

Jack wußte, daß sie für eine Weile beschäftigt sein würde. Er nahm einen Schluck Weißwein, dabei wollte er eigentlich gar nichts trinken, obgleich es ein ausgezeichneter kühler Frascati war. Sylvia. Jack hatte beinahe ein Jahr nicht mehr an sie gedacht. Er stellte fest, daß er eine leichte Abneigung gegen sie hatte, weil Natalia auf dieser Reise soviel Zeit mit ihr verbracht hatte, damals, als Amelia zwei gewesen war. Es war ihm vorgekommen, als wollte Natalia alle äußeren Zeichen der Ehe abschütteln, als wollte sie vergessen, daß sie Ehefrau und Mutter war, und sich wieder unabhängig fühlen. Amelia war bei der Großmutter in Ardmore geblieben, versorgt von einem Kindermädchen, an dessen Gesicht Jack sich erinnern konnte, nicht aber an den Namen. Natalia war mindestens sechs Monate fort gewesen. Sylvia war zwischendurch nach New York zurückgekehrt, aber Natalia war nach Mexiko weitergereist, und Sylvia war dort wieder zu ihr gestoßen. Nach ihrer Rückkehr hatte Natalia deutlich bessere Laune gehabt, doch über die Reise selbst hatte sie kaum ein Wort verloren. *Immerhin war ich ja nicht zum ersten Mal in Europa oder Mexiko.* Jack hatte ihre Stimme noch immer im Ohr.

»Hallo, Jack! Du siehst so gedankenvoll aus.« Louis Wannfeld lächelte ihn freundlich an. Er hatte einen breiten Mund mit vollen, rosigen Lippen, große Zähne und eine Glatze. »Tolle Party. Es ist schön, hier zu sein.«

Was sollte man darauf antworten? Jack murmelte etwas gleichermaßen Freundliches und fragte Louis, ob er versorgt sei.

»Ja, danke. Sieht aus wie eine Bloody Mary, ist aber bloß Tomatensaft«, sagte Louis. »Ich höre, du hast ein paar neue

Zeichnungen. Für ein Buch.« Der Strahler hinter ihm, der hauptsächlich gegen die Decke gerichtet war, umgab Louis' Glatze mit einem silbrigen Heiligenschein.

»Tja... stimmt. Aber sie sind noch nicht fertig. Auch nicht vorzeigbar. Eigentlich –« Jack lächelte jetzt. »Joel und ich haben noch nicht mal einen Vertrag für das Buch, bloß ein paar ernsthafte Interessenten.«

»Ja, Joel«, sagte Louis und nippte an seinem Glas. »Natalia sagt, du zeichnest nicht mal mit Bleistift vor.«

Nein, antwortete Jack, nicht unter idealen Bedingungen, und nur, wenn es keine Auftragsarbeit war. Das Neueste war, daß Louis *nicht* Krebs hatte, obgleich Natalia aufgrund dessen, was Louis ihr erzählt hatte, drei Wochen felsenfest davon überzeugt gewesen war. Der New Yorker Arzt hatte ihn mit einer neuen Diagnose gerettet. Was hatte Louis noch mal? Irgendwas, weswegen er auf seine Ernährung achten und Kaffee und möglichst auch Alkohol vermeiden mußte. Jack hatte das unangenehme Gefühl, daß Louis sich nur aus Höflichkeit mit ihm unterhielt, und so lotste er ihn zu Sylvia, die mitten im Wohnzimmer stand und sich mit Joel unterhielt.

»Louis«, sagte Sylvia, »was bist du heute: Prediger oder Strandhaubitze?«

Louis lachte. Seine große, schlanke Gestalt machte eine höfliche Verbeugung. »Keine Strandhaubitze jedenfalls. Ich bin trocken.«

Jack hatte nicht gewußt, daß Sylvia und Louis sich so gut kannten. Er schlenderte in die Küche, um zu sehen, wie Susanne zurechtkam, die gerade dabei war, mit einem sehr scharfen Messer Schinken zu schneiden und ihn zusammen mit Dillgurken, Oliven und Ananasstückchen auf einer Platte zu arrangieren. Sie wirkte dabei kein bißchen hektisch – sie hatte eine wunderbare entspannte Art. Amelia stand neben ihr und wartete ungeduldig darauf, daß Susanne ihr einen Teller oder irgend etwas, das sie herumreichen konnte, in die Hand drückte.

»So, Schätzchen, jetzt wird's ernst«, sagte Susanne. »Jetzt darfst du nämlich einiges davon auf den Tisch stellen.«

»Und dann noch *das.*« Das war Joels Stimme, entfernt, aber deutlich zu verstehen.

Jack ging durch den Flur und fand Joel und ein paar andere in seinem Arbeitszimmer, dessen Vorhang halb zurückgezogen war. »He, Joel«, sagte Jack. »Was ist denn hier los?«

»Ich wollte sie nur Louis zeigen. Er hat mich danach gefragt – ich habe ihm nur die paar gezeigt, die herumlagen.« Joel sah etwas betreten aus, allerdings nicht sehr.

Und da war auch Isabel, die, wie Jack fand, höflich lächelte. Und eine andere Frau, an deren Namen Jack sich nicht erinnern konnte. »Na ja, wie gesagt... die sind noch nicht fertig. Nicht ganz. Aber, zugegeben, bloße Entwürfe sind es auch nicht.«

»Ich weiß, du machst keine Entwürfe«, sagte Louis mit seiner leisen, akzentuierten Stimme.

Nur manchmal, dachte Jack, aber wen interessierte das schon?

Isabel Katz kniff ihre scharfen Augen ein wenig zusammen und musterte die feinen Linien der Zeichnung, die Jack insgeheim *Väterliche Masturbationsphantasien* nannte.

»Tja, Leute, das war's dann. Ihr müßt euch gedulden, bis das Buch erscheint.« Er wollte, daß sie sein Arbeitszimmer verließen. »Nein, Joel!« Joel griff schon nach den nächsten Blättern.

»Raus! Raus!« sagte Isabel und schob die anderen hinaus. »Die Zeichnungen gefallen mir, Jack.«

Das war ein Urteil, das ihm etwas bedeutete. Jack sah zu Boden und drehte sich um. Alle verließen sein Arbeitszimmer. Reg dich nicht auf, sagte Jack zu sich selbst, während er durch das Wohnzimmer ging, in dem sich die Gäste drängten. Mach Joel keinen Vorwurf – er ist so extrovertiert, er will, daß die Leute an allem teilhaben, noch bevor es fertig ist. Jack schenkte sich an dem Bambus-Barschrank einen Jack Daniel's ein.

Man hatte begonnen zu essen. Amelia ging mit Papptellern und Papierservietten herum und sah in ihren Bluejeans und dem rot-weiß karierten Hemd wie ein kleiner Roboter aus, der sich ferngesteuert zwischen den Gästen bewegte, ohne ein einziges Mal anzustoßen. Natalia beugte sich zu ihr hinunter und drückte ihre Schultern, und für einen Augenblick sahen sie aus wie Duplikate – eine große und eine kleine Version derselben Person –, hauptsächlich wohl wegen ihrer langen blonden Haare.

Plötzlich donnerte es. Einige sagten: »Ahh!« in der Hoffnung, daß der Regen für etwas Abkühlung sorgen werde. Es war Ende September, und noch immer herrschte eine ungewöhnliche Hitzewelle. Draußen sah es jedoch nicht nach Regen aus – der Himmel war düster und gleichgültig. Jack bemerkte, daß Joel mittlerweile ziemlich aufgekratzt war. Sein Gesicht war gerötet, und er redete wild gestikulierend auf einen Mann ein, der mit Isabel gekommen war. Joel war beinahe dreißig und trotzdem noch immer wie ein Teenager: abwechselnd himmelhoch jauchzend und dann wieder, meist länger, zu Tode betrübt, ständig mit sich und manchmal auch mit Jack im Widerstreit über Sinn und Zweck des Lebens. Er wollte seinen Job hinwerfen, konnte sich das aber eigentlich nicht leisten, denn er verdiente gutes Geld. Jack fühlte sich mit einemmal überflüssig – *de trop,* das Wort schoß ihm von irgendwoher durch den Kopf, doch im Grunde wollte er sich bloß Bewegung verschaffen, allein sein. Es wäre unhöflich, sich einfach davonzuschleichen, auch wenn Natalia und Sylvia und Louis in einer Ecke beisammenstanden und ganz in ihr Gespräch vertieft zu sein schienen. Einigen würde es beim Abschied auffallen, daß er fehlte. Und wann würde das sein? Drei oder vier waren bereits gegangen. Andere würden bis in die frühen Morgenstunden bleiben.

Amelia kam mit ihrem eigenen Teller zu ihm, was Jack schmeichelte. Er saß am Ende des Sofas, neben ihm hatte Joel Platz genommen, und Amelia hockte zufrieden auf dem Boden, wo ihr Teller, wie Jack ihr gesagt hatte, sicherer sein würde. Alle drei verhaßten Beistelltische waren aufgestellt. Joel hatte eine Frau mitgebracht, um die er sich wenig kümmerte. Sie hieß Terry und hatte rötliches Haar. Jack hatte es noch nie erlebt, daß Joel sich wirklich für eine Frau begeistert hatte. Hatte denn jeder irgendeine kleine Deformierung, die verhinderte, daß er ganz glücklich war, die ihn vielleicht sogar fast unglücklich machte?

»Du bist doch nicht sauer auf mich?« sagte Joel kauend, aber mit einem etwas besorgten Blick.

»Wegen der Zeichnungen? Nein, keine Sorge«, antwortete Jack.

»Übrigens: Bei der Zeichnung, wo der Mann, der Ehemann, auf dieser... Klippe steht und kurz davor ist hinunterzufallen –«

»Du meinst ein Fenstersims. Ja, was ist damit?«

»Wo er auf dem Sims steht, ja. Wie wär's, wenn unten ein paar Frauen stehen würden, die ihn auszulachen scheinen? Viele kleine Frauen, ein paar mit ausgestreckten Armen, als wollten sie ihn auffangen, während andere –«

Jack lachte. »Ja. Ich verstehe.« Auf der Zeichnung war genug Platz für diese kleinen Frauen, und vielleicht war es eine gute Idee.

Natalia lachte, schloß die Augen und stellte sich auf die Zehenspitzen. Sie stand noch immer bei Louis und Sylvia. Isabel Katz hatte sich zu ihnen gesellt, allerdings nur, um sich zu verabschieden. Sie verließ die Party in Begleitung des Mannes, mit dem Terry sich unterhalten hatte.

»Gute Nacht, Jack. Danke für die Einladung«, sagte Isabel. »Nein, nein, bleib sitzen.«

Wenig später war es auch Jack gelungen, die Party unauffällig zu verlassen. »Ich begleite Joel hinunter«, sagte er zu Natalia. Er warf Sylvia und Louis einen kurzen Blick zu und sagte: »Bis bald.«

Joel und Terry, die ebenfalls bei CBS arbeitete, mußten um elf eine bestimmte Fernsehsendung sehen. Jack begleitete sie noch bis zur Seventh Avenue, wo sie am ehesten ein Taxi bekommen würden.

»Ich kann Ihnen gar nicht sagen, wie sehr es mir gefallen

hat.« Terry strahlte ihn an. »Und was für eine tolle Wohnung! Wiedersehen!«

Sie hatten ein Taxi herbeigewinkt. Ein Windstoß wirbelte vorbei, und Jack spürte die ersten Regentropfen auf dem Gesicht. Der Regen machte ihm nichts aus, er würde einfach eine halbe Stunde spazierengehen, und wenn er dann in die Wohnung zurückkam, würden Natalia und Louis es sich auf dem Sofa gemütlich gemacht haben und vermutlich Espresso trinken, den Louis so gern mochte, auch wenn der Arzt es ihm verboten hatte. Susanne würde nach Hause gegangen sein, nachdem sie so viele Gläser wie möglich in die Spülmaschine gestellt und diese eingeschaltet hatte. Und weil es ihr Geburtstag war, würde Natalia wohl bis zwei Uhr aufbleiben und sich mit ihrem Seelengefährten austauschen: Die beiden würden, jeder in seiner Sofaecke, dasitzen, zwischen sich den Rest des Sofas.

Jack leckte sich den Regen von der Oberlippe. Seine Schuhe waren schon ganz durchnäßt. Wo war er? Jedenfalls ein ganzes Stück südlich der West Houston Street. Er kehrte um und schlug ein schnelleres Tempo an. Die wenigen Menschen, die in diesem Wolkenbruch unterwegs waren, rannten oder trugen Regenschirme. Jack schob die nassen Hände in die Taschen, zog den Kopf ein und trabte nach Norden. In der rechten Tasche hatte er ein paar Münzen, genug, um irgendwo einen Kaffee zu trinken und sich für ein paar Minuten unterzustellen. Die Straßenlaternen und die beleuchteten Schaufenster spiegelten sich in der nassen Fahrbahn der Seventh Avenue wider. Jack überquerte sie, obgleich eine Ampel rot schimmerte. Er hatte auf der anderen Straßenseite einen Coffeeshop entdeckt.

Jack fuhr sich mit der Hand über das Gesicht, stampfte ein paarmal mit den Füßen auf und trat ein. Es roch nach Hamburgern, Zwiebeln und anderen Küchendünsten, und das Licht war grell und gelblich, aber immerhin war es hier trocken. Jack stellte sich an einen der Stehtische, die an der Wand befestigt waren. Andere Leute kamen herein und unterhielten sich über den Wolkenbruch. Jack ging schließlich zur Theke, die geschwungen war, um möglichst vielen Kunden Platz zu bieten. Alle Barhocker schienen besetzt zu sein. Als die Bedienung zu ihm hersah, bestellte Jack einen Kaffee mit Milch, bezahlte und kehrte zu seinem Platz am Stehtisch zurück.

»Sie sehen aus, als würde es draußen regnen«, hatte die blonde Bedienung gesagt, als sie ihm die Tasse reichte.

Darüber mußte Jack noch immer lächeln. Die Frau hatte eine freundliche Stimme – in New York war das eine Besonderheit. Jack sah ihr bei der Arbeit zu: Sie servierte ein Stück Gebäck auf einem Teller, sie stellte einem anderen Gast eine Flasche Ketchup hin, und dabei lächelte und lachte sie, auch wenn Jack ihr Lachen in all dem Lärm nicht hören konnte. Sie schien für beinahe jeden ein freundliches Wort zu haben. Jack war wie gebannt von ihrer Energie. Er bemerkte, daß die Kunden darauf reagierten und ihr Lächeln erwiderten. Hinter der langen Theke arbeiteten noch andere Frauen, die aber weit weniger attraktiv waren als diese kleine Blondine, die nicht älter aussah als sechzehn.

»Juii!« sagte ein hochgewachsener Schwarzer, der mit einem anderen hereinkam. Sie stampften mit den Füßen auf den inzwischen recht schmutzigen Boden. *»Mann!«*

Die beiden Schwarzen wirkten, als seien sie high. Sie gingen zum hinteren Ende des Lokals und unterhielten sich aufgeregt.

Jack nippte an seinem dünnen Kaffee und sah weiter der blonden Frau zu. Sie beugte sich weit hinten, zu seiner Linken, über die Theke, die Lippen leicht geöffnet. Sie schüttelte rasch den Kopf, lachte wieder und wollte weggehen, sah sich aber nach dem Mann um, der auf einem Hocker saß und mit ihr redete. Er drohte ihr mit dem Finger.

»*Nein! Nein,* Sie sind –« Sie entfloh Richtung Kaffeemaschine.

Jack betrachtete den Mann, an den diese Worte gerichtet waren, und erkannte ihn. Es war der, der ihm seine Brieftasche zurückgegeben hatte. Ja, kein Zweifel. Er hatte seinen häßlichen Hund an der Leine. Nun stand er auf und wandte sich zum Gehen. Jack drehte sich zur Wand, um nicht etwa erkannt und in ein Gespräch verwickelt zu werden. Er wußte ja, daß der Typ eine Nervensäge war. Offenbar ging er der Blonden ebenfalls auf die Nerven. Als der Mann bei der Tür war, riskierte Jack einen Blick und sah ihn mitsamt seinem Hund hinausgehen.

Der Regen ließ nach. Fünf weitere Leute verließen das Lokal.

Jacks Neugier war geweckt: Wer war die Frau, was wollte der Mann von ihr, und was hielt sie von ihm? Er setzte sich auf einen der Hocker an der Theke.

»Einen Kaffee mit Milch, bitte«, sagte er zu einer anderen Bedienung. Der Kaffee kam. Die Kellnerin hatte viel zu tun und kassierte die beiden 25-Cent-Stücke, die Jack auf den Kassenzettel gelegt hatte, nicht gleich, doch schon kam die blonde Frau angesaust wie ein Kanarienvogel und schnappte sich das Geld. Jack sah ihr amüsiert nach. Im Nu kehrte sie mit dem eingerissenen Kassenzettel und drei Cent Rückgeld von der Kasse zurück, und als Jack seine Hand ausstreckte, um das Geld in Empfang zu nehmen, berührten sich ihre Finger, und die Frau lächelte. Sie hatte strahlendweiße Zähne und blaue Augen, die nicht sehr groß waren, aber klar und intelligent blickten. Zu ihrem Haar fiel ihm nur das Wort »Flachs« ein. Es war glatt, nicht sonderlich dick und recht kunstlos kurz geschnitten.

»Da sind Sie ja wieder«, sagte sie.

»Ja. Sagen Sie... dieser Mann, mit dem Sie sich eben unterhalten haben... der mit dem Hund...« Jack zeigte auf den Hocker, auf dem der Mann gesessen hatte.

»Ach, der! Der spinnt!« Sie lachte kurz.

»Inwiefern?«

Die Frau blickte sich kurz um, ob sie irgendwo anders gebraucht wurde. »Er hält mir die ganze Zeit Vorträge. Ach, New York ist voller Spinner.« Sie wollte gehen.

»Ich hatte schon einmal mit ihm zu tun.«

»Tatsächlich? Er kommt... Okay, Lorrie!« Die Frau ging zur Durchreiche, wo eine Bestellung bereitstand.

Jack hob die heiße Kaffeetasse an den Mund.

Die Frau kehrte zurück. »Er wohnt irgendwo hier in der Gegend. Er sagt, er ist Wachmann. Man könnte meinen, er wird dafür bezahlt, auf *mich* aufzupassen. Man könnte meinen, er verfolgt mich. Nur daß ich nicht gerade paranoid bin. Hoffe ich jedenfalls. Woher kennen Sie ihn?«

Jack lächelte. »Ich hatte meine Brieftasche verloren, und

er hat sie mir zurückgegeben. Ehrlich ist er, das muß ich ihm lassen.«

»Ach, *Sie* sind das!« Sie sah ihn neugierig an. »Das hat er mir ausführlich erzählt. Er fand es absolut toll, das reinste Wunder. Und Sie findet er auch toll. Diese Brieftaschengeschichte hat ihn ganz aus dem Häuschen gebracht. Jedenfalls bin ich froh zu hören, daß die Geschichte stimmt. Da war ich mir nämlich gar nicht sicher. Er ist so verrückt. Und jetzt...« Sie sah für einen Augenblick verträumt in die Ferne, als suchte sie nach Worten. »Er erzählt mir andauernd, ich soll auch so sein – ehrlich und so weiter. Ha, ha!« Sie bog sich vor Lachen und mußte sich an der Theke festhalten.

»El-*sie*!« rief eine der anderen Kellnerinnen.

»Ich bin gleich wieder da.« Sie eilte davon.

Jack ertappte sich bei einem Lächeln. Elsie hätte Schauspielerin sein können, dachte er, oder beschränkte sich ihre Intensität auf Dinge, die sie selbst erlebt hatte?

»Verdammter Lammeintopf«, murmelte sie, als sie zurückkam. »Also, dieser Irre hält mir Predigten über mein *Sexleben*, Herrgott, über Moral! Dabei weiß er gar nicht, was für ein braves Leben ich führe! Denkt er vielleicht, daß ich auf den Strich gehe oder was? Was ist eigentlich mit *ihm?*, denke ich oft. Und das sage ich auch. Klar, das sage ich auch zu ihm. ›Waren Sie denn nie jung und glücklich?‹ Vielleicht nicht. Dann ist er eben einfach verklemmt, und inzwischen dürfte er zu alt sein, um daran etwas zu ändern.« Sie lachte ohne Bitterkeit, so ausgelassen, daß sie feuchte Augen bekam. »Er ist schon ein komischer Vogel! Besonders weil er's ja gar nicht mit der Religion hat. Wußten Sie, daß er seinen Hund ›God‹ genannt hat?«

Jack nickte. »Ich weiß.«

»Sagen Sie, schleicht er Ihnen eigentlich auch nach?«

Jack grinste. »Ich glaube nicht. Ist mir jedenfalls nicht aufgefallen.«

»Passen Sie auf. Er will die Welt verbessern. Ich glaube, er wohnt in der Bleecker Street. Und er hat gesagt, daß Sie in der Grove Street wohnen.«

»*Elsie!* Die Burger mit allem sind fertig! Hier, für deine Seite!«

Wieder eilte sie davon.

Jack wünschte, er hätte einen Bleistift oder Kugelschreiber dabei. Die Form ihrer Augenwinkel, wenn sie lachte, war genau das, was er für Suzuki brauchte, die Phantasie-Freundin des Jungen in dem *Träume*-Buch. Ob er sie sich einprägen konnte? Am besten war es von der Seite zu sehen, im Profil, mit aufwärts gerichteten Mundwinkeln. Jack streckte die linke Hand aus und griff nach einem Bleistift, der plötzlich auf der Theke lag, ein paar Zentimeter von seinem Arm entfernt. Er machte eine rasche Skizze auf der Rückseite des Kassenzettels und blickte dabei immer wieder von dem Papier zu Elsie. Fertig. Ha! Gut! Er fühlte sich, als hätte er einen Fisch gefangen. Mit schnellen Strichen zeichnete er noch Halslinie und Hinterkopf.

»Malen Sie *mich*?«

»Schon fertig. Vielen Dank.« Jack lächelte freundlich und steckte den zusammengefalteten Kassenzettel sorgfältig in die hintere Hosentasche.

»Sind Sie Künstler?« fragte Elsie mit plötzlich kindlicher Neugier. »Ralph sagte, daß Sie Journalist sind.«

»Wer ist Ralph?«

»Der Typ mit dem Hund.«

»Nein, ich bin eher Künstler – hoffe ich jedenfalls. Ich wollte Ihren Augenwinkel festhalten. Das Auge im Profil. Und ich hätte Sie ja nicht gut fragen können, ob Sie mitkommen würden in mein Studio, nicht? Das wäre so gewesen, als hätte ich Sie gefragt, ob ich Ihnen meine Briefmarkensammlung zeigen soll.« Jack unterdrückte ein ausgelassenes Lachen, und tatsächlich hatte der ernsthafte, taxierende Blick der jungen Frau etwas Komisches – es war, als müßte sie über seine letzten Worte scharf nachdenken. »Jedenfalls danke, Elsie.« Er stand auf.

»He – ich komme zu Ihnen, wenn Sie ein Modell brauchen. Gratis.«

Jack lächelte verwundert. »Und wo finde ich Sie dann? Hier?«

Ein perlendes Lachen. »Vielleicht noch eine Woche. Ja. So lange bin ich wohl noch hier.« Sie winkte lässig zum Abschied und wandte sich wieder ihrer Arbeit zu.

Der Regen hatte nachgelassen, es tröpfelte nur noch. Jack war glücklich – es war, als hätte er sich soeben verliebt. Er kannte dieses Gefühl, auch wenn er es bisher nicht oft gehabt hatte. In der Zeichenklasse hatte er das an guten Tagen hin und wieder erlebt, wenn ihn ein weibliches Modell – nicht unbedingt jung und hübsch – zu einer guten Kohleskizze oder Federzeichnung oder was auch immer inspiriert hatte: Dann hatte er plötzlich das Gefühl gehabt, dieses Modell zu lieben, und diese Frau, und nur sie, habe die besondere Gabe, sein Talent zum Vorschein zu bringen. Das hatte jedoch nie angehalten. Jack konnte aber gut verstehen, daß Künstler wie Modigliani und andere nach

Vollendung eines guten Bildes mit ihrem Modell ins Bett gegangen waren. Es war absurd, wenn man bedachte, daß sein Werk aus ein paar mit einem stumpfen Bleistift gezeichneten Strichen auf der Rückseite eines mit dünnen blauen Linien bedruckten Kassenzettels bestand. Er hätte diese Elsie am liebsten umarmt, wie um sich zu vergewissern, daß sie aus Fleisch und Blut war.

Elsie hatte am Mittelfinger der linken Hand einen billigen Ring getragen, einen von Schlangen umwundenen Totenschädel. Ihre Fingernägel waren sorgfältig und leuchtend rot lackiert, die Hände elegant und eher schmal. Ein paar junge Burschen hatten sie angestarrt, ihr übertriebene Komplimente über ihre blauen Augen gemacht und sie gefragt, wann sie Feierabend habe. Elsie hatte sie vollkommen ignoriert.

Jack öffnete leise die Wohnungstür, hörte das Gemurmel der Unterhaltungen und schlich nach rechts zum Badezimmer, wo er sich erst einmal kämmte. Die Säume seiner Hosenbeine waren noch feucht, aber das machte nichts. Er ging ins Wohnzimmer, wo es nach Parfüm und Zigaretten roch. Natalia hatte es sich auf dem Sofa bequem gemacht, rechts von ihr saß Louis, und Sylvia hatte sich ihnen gegenüber in den großen grünen Sessel gesetzt. Sie sah ihn als erste.

»Hallo, Jack! Warst du weg?«

»Ich habe Joel und seine Freundin hinunterbegleitet.« Jack sah sein halb ausgetrunkenes Glas Jack Daniel's auf einer Ecke des Bambusschranks stehen und nahm es in die Hand. Es war noch ein Fingerbreit Whiskey darin. Er hatte das Gefühl, in eine andere Welt zurückzukehren, in eine Welt, die er für eine Weile beinahe vergessen hatte.

»Und dann«, sagte Natalia leise lachend mit ihrer recht dunklen Stimme, »sollte ich ihm noch einen Rahmen besorgen, ohne Aufpreis, versteht sich. Nach all dem Theater…«

Louis hörte ihr aufmerksam zu.

Natalia balancierte einen mit Wasser verdünnten Scotch ohne Eis auf ihrem Brustbein – oder Sternum, wie die Lehrer auf der Kunstschule dazu sagten – und hatte seine Abwesenheit und Rückkehr möglicherweise gar nicht bemerkt, dachte Jack. Er setzte sich auf einen Stuhl. Natalia erzählte inzwischen eine andere Geschichte aus der Galerie Katz: wie sie einen Pinto verkauft hatte, dessen Preis sie aus einer Anwandlung heraus versehentlich erhöht und tatsächlich bekommen hatte. Der Preis sei noch gar nicht festgesetzt gewesen. Es war der größte, aber beileibe nicht der beste Pinto gewesen, eher sogar der schlechteste, aber irgendein Idiot hatte ihn gekauft, und Isabel war selbstverständlich hoch erfreut gewesen. Jack fühlte sich jetzt besser. Er betrachtete Natalia und hörte mit halbem Ohr der Unterhaltung zu. Als er ins Wohnzimmer getreten war, hatte er gedacht, daß er zu diesem Trio, das in gewisser Weise ein Triumvirat war, keinen Zugang hatte. Sie waren alte Freunde, seit fast zehn Jahren, während er Natalia erst seit sechs Jahren kannte, auch wenn sie seine Frau war. Eine eigenartige Angst, ja, beinahe eine Verbitterung hatte ihn beim Anblick der drei durchzuckt, doch das war vergessen, als Natalia, während sie sprach, ihren Blick auf ihn richtete und, ohne daß sich ihr Gesichtsausdruck veränderte, auf ihm ruhen ließ und dann Sylvia ansah. Er gehörte ihr ebenso, wie sie ihm gehörte, oder etwa nicht? Sie gehörten zusammen, sie lebten zusammen. Bedeutete das nicht eine Menge? Ja, sofern Natalia glücklich war. Und war sie glücklich? Das war die Art von Frage, die man Natalia nicht stellen durfte. Wer ist denn jemals wirklich glücklich?, würde sie dann antworten, leichthin oder auch verärgert über die Dummheit der Frage. Jack nahm an, daß Menschen nicht zusammenblieben, wenn sie nicht glücklich miteinander waren, es sei denn, sie waren Sadisten oder Masochisten, die sich ineinander verkrallt hatten, oder eine passende Kombination aus beidem.

Louis stand auf und entschuldigte sich: Er müsse ein paar Tabletten nehmen. »Nein, nur Leitungswasser. Ich hole es mir schon selbst, Jack.« Er ging zum Badezimmer.

Als er zurückkehrte, küßte er Natalia auf die Stirn, wünschte ihr noch einmal alles Gute zum Geburtstag und sagte gute Nacht. Sylvia schloß sich ihm an. Es war kurz vor eins.

»Ruf mich an«, sagte Sylvia zu Natalia. »Ich kann mich eigentlich jeden Tag zum Mittagessen mit dir treffen. In der Gegend, wo du arbeitest, meine ich. Oder ich bringe Sandwiches mit, falls Isabel nicht auf dich verzichten kann«, sagte sie mit einem freundlichen Lächeln.

Endlich schloß sich die Wohnungstür hinter ihnen.

Jack ging mit ausgebreiteten Armen auf Natalia zu und genoß es, daß sie sich geradezu in seine Umarmung sinken ließ, so daß er sie stützen mußte. »Liebling – ich liebe dich, ich liebe dich, ich liebe dich.«

»Jetzt gleich?« fragte sie überrascht.

»Was hat Louis dir geschenkt? Es sah aus wie eine Halskette.«

»Die hat früher seiner *Maman* gehört. Er hätte sie nicht verschenken dürfen. Wo ist sie nur?« Natalia hatte die Schachtel und das Geschenkpapier auf das Bücherregal gelegt. Sie hielt die Kette hoch. »Das hier. Ein Granat. Schöne Kette, findest du nicht auch? Aber der Granat…« Der Stein war recht groß und ließ einen an eine viktorianische Matrone denken, die ihn über einem ausladenden Busen trug. Er hatte die Größe einer kleinen Limone, war aber ganz flach. »So was nennt man ein Familienerbstück«, sagte Natalia lächelnd. »Er sagt, seine Mutter hat es ihm vor Jahren gegeben, damit er es seiner Freundin schenken kann.«

Jack lachte schallend. Die Vorstellung, daß Louis dieses Schmuckstück seiner Geliebten, seiner Anverlobten schenkte! »Hübsch«, sagte er. »Weißt du was? Du kriegst noch ein Geschenk.« Er ging ins Schlafzimmer und zog eine Plastiktüte aus der Hemdenschublade.

Natalia öffnete sie. Bevor die Party begann, hatte Jack ihr eine Kollegmappe aus braunem Kalbsleder geschenkt, ein sogenanntes Portfolio von Dunhill. Auf eine selbstgemachte Karte mit einer Zeichnung von Natalia, die mit schmerzlichem, geistesabwesendem Gesicht an ihrem Empfangstisch in der Galerie Katz saß, hatte er geschrieben: *Für die ernsthaft strebende Geschäftsfrau.* In der Plastiktüte waren eine Kassette mit Prokofjew-Sonaten für Streicher, darunter eine, von der Jack wußte, daß Natalia sie besonders gern mochte, und eine Taschenbuchausgabe von *The Unquiet Grave*, einem Buch, das Natalia vermißte, seit es sich jemand ausgeliehen und nicht zurückgegeben hatte. Diese Geschenke waren nicht verpackt.

»Oh, wunderbar«, rief Natalia. »Wie schön, Jack!«

»Ist Amelia eigentlich hier? Im Bett?« fragte er mit plötzlich leiser Stimme. Wenn sie eine Party veranstalteten, nahm Susanne Amelia manchmal über Nacht mit zu sich nach Hause und brachte sie am nächsten Morgen zurück.

»Amelia«, sagte Natalia, als wäre ihr eben erst eingefallen, daß sie eine Tochter hatte. »Ja, Susanne hat sie vor ein paar Stunden zu Bett gebracht.«

Jack öffnete die Tür zu Amelias Zimmer einen Spaltbreit und spähte in die Dunkelheit. Auf der Grove Street fuhren einige Wagen vorbei und übertönten das Geräusch ihrer Atemzüge, doch er konnte ihre Umrisse unter der Bettdecke erkennen.

»Schläft sie?« fragte Natalia.

Jack schloß leise die Tür. »Ja.« Natalia stand ganz dicht neben ihm, und er hätte sie am liebsten nochmals umarmt, fürchtete aber, das könnte sie verärgern.

Sie inspizierten das Wohnzimmer und trugen ein paar Gläser und Aschenbecher in die Küche, doch Susanne hatte schon das meiste aufgeräumt. Die Geschirrspülmaschine war einmal durchgelaufen. Das wenige schmutzige Geschirr, das noch herumstand, paßte in die Spüle. Alles war bestens. Und Herrgott, was für ein Glück wir haben! dachte Jack. Wir wohnen in einer schönen Wohnung, ohne Geldsorgen, wir können uns eine zuverlässige Hilfe wie Susanne leisten, wir haben ein gesundes Kind.

Natalia war unter der Dusche.

Jack holte tief Luft. Seine Welt war ganz und gar in Ordnung.

7

Als Jack aus Rossi's Fruit and Deli trat, hatte er zwei Papiertüten in den Armen. Eine kalte Flasche Cola für Amelia drohte, den aufgeweichten Boden der einen Tüte zu zerreißen, und Jack stützte sie vorsorglich mit einer Hand. Johnny Rossi lieferte heute nicht ins Haus, denn sein Vater lag mit Bronchitis im Bett, und Johnny konnte den Laden nicht verlassen. Jack hatte es jedoch nicht weit. *Manchmal bist du so naiv, Jack.* Er verzog das Gesicht. Warum bekam er diesen Satz nicht aus dem Kopf? Natalia hatte ihn lächelnd gesagt, doch er hatte weh getan, vielleicht weil Isabel Katz dabeigestanden und still in sich hineingelächelt hatte. Gestern abend, als sie zu Abendessen und Drinks in Isabels Studio in der East Forty-first Street gewesen waren, hatte Natalia von »Sylvias neuer Freundin« gesprochen, die laut Isabel Biochemikerin und außerdem recht attraktiv war, und sowohl sie als auch Natalia hatten gesagt, Sylvia sehe sehr viel besser und glücklicher aus, seit sie sie vor einem Monat kennengelernt hatte. »Freundin?« hatte Jack ehrlich überrascht gefragt, unsicher, ob sie tatsächlich Sylvia Kinnock meinten. »Sag bloß, du wußtest nicht, daß sie lesbisch ist, Jack«, hatte Natalia mit einem kleinen Lachen gesagt, das beinahe klang, als müßte sie sich für ihn entschuldigen, und sich dann wieder Isabel zugewandt. Jack hatte nichts mehr dazu gesagt, auch nicht, als sie wieder zu Hause gewesen waren. Nein, er hatte es nicht gewußt. Sylvia sah gar nicht aus wie eine Lesbe – sie war immer sorgfältig zurechtgemacht, und auch ihre Garderobe war, wenn er es recht bedachte, ausgesprochen feminin. Bei der Enthüllung über Sylvias sexuelle Neigungen mußte Jack an die sechs Monate denken, die Natalia mit Sylvia durch Europa und so weiter gereist war. Hatten sie damals eine Affäre gehabt? Jack würde Natalia nicht danach fragen. Den Gedanken an diese Möglichkeit fand er jedoch ein wenig beunruhigend.

»Hallo!«

Jack war in der Grove Street. Die Stimme war von hinten gekommen. Sogleich erkannte er das Gesicht über der Jeansjacke, unter der Matrosenmütze: die blonde Frau aus dem Coffeeshop. Elsie. Er lächelte. »Hallo. Wie geht's?« Er ging weiter und merkte, daß sie ihm folgte. Dann hatte sie ihn eingeholt.

»Warten Sie, ich nehme Ihnen eine ab.«

»Prima. Danke. Es ist nicht mehr weit.« Jack hielt die beschädigte Tüte fest und ließ Elsie die andere nehmen. »Da sind wir schon.« Er wies mit dem Kinn auf die Haustür. »Ich stelle die hier in den Hausflur, und dann…« Er schob mit der freien Hand den Schlüssel ins Schloß.

»Ich trage sie Ihnen noch hinauf«, sagte Elsie. »Hier wohnen Sie also? Ich würde mir gern Ihre Zeichnungen ansehen. Wenn Sie nicht zuviel zu tun haben.«

»Nein. Okay. Wenn Sie sie sehen wollen.«

Sie stieg neben ihm die Treppe bis zum zweiten Stock hinauf. Außer der Jacke trug sie Jeans und weiße Turnschuhe.

»Hier ist es.« Mit einem anderen Schlüssel schloß Jack die Wohnungstür auf.

Die Frau sah sich im Wohnzimmer um. »Was für eine Wohnung! Hier wohnen Sie?«

»Allerdings. Stellen Sie's einfach auf den Tisch da. Vielen Dank.«

Sie stellte die Tüte ab und betrachtete ein kleines Aquarell, das an der Wand hing. »Ist das von Ihnen?«

»Ha! Danke. Das ist ein de Kooning.« Und vermutlich das wertvollste Stück im ganzen Haus, dachte er.

»Und die Stereoanlage! Das ist wirklich die schönste Wohnung, die ich in New York zu Gesicht bekommen habe. Und so hohe Decken!«

»Es ist eben ein altes Haus.« Er stellte die große Cola-Flasche für Amelia in den Kühlschrank. Der Rest konnte warten.

Sie stand, die Hände in die schrägen Jackentaschen gesteckt, im Wohnzimmer und sah ihn an. Groß war sie nicht – vielleicht eins fünfundsechzig. »Wo arbeiten Sie?«

»Hier.« Es fühlte sich seltsam und ganz ungewöhnlich an, den Vorhang beiseite zu ziehen und zu sehen, wie Elsie sein Allerheiligstes betrat. War er verrückt geworden? Wollte er etwas aufs Spiel setzen? Und wenn ja, was? »Und das…«, sagte Jack und zeigte auf eine alte Skizze, eigentlich die einzige der vielen Skizzen für Joels Buch, die er verworfen hatte und die nun links hinten auf seinem Arbeitstisch an der Wand lehnte, »das hier ist unvollendet. Ich werde es auch gar nicht verwenden. Es gehört zu –«

»Es ist seltsam«, sagte sie bewundernd. »Und die hier? Sind die alle von Ihnen?«

»Alles hier, ja.« Alles, alles: die schwarzweißen, mit Feder und Pinsel gezeichneten abstrakten Bilder, das Experiment, bei dem er auf eine kleine Pappmachéfrau farbige Papiertücher geklebt hatte, die ein Partykleid darstellen sollten, ein großes und nicht übles Aquarell der Aussicht aus einem der vorderen Fenster, das Elsie entdeckte und sogleich als die Häuserzeile gegenüber erkannte.

»Mann, Sie haben nicht gelogen. Sie sind ja wirklich ein Künstler. Wo ist die Zeichnung, die Sie von mir gemacht haben?«

Jack lächelte. »Auf dem Kassenzettel?« Er ging zu einer Wand, an der allerlei Zeug lehnte, und zog einen großen Zeichenblock hervor. Er hatte die kleine Skizze – sein Kleinod – mit Büroklammern an einer oberen Ecke befestigt. Das Papier war mit zwölf oder fünfzehn Zeichnungen bedeckt: Elsies Gesicht im Profil, im Halbprofil, von vorn.

»Mensch! Das bin ja wirklich ich!« Ihre blauen Augen wurden groß. »Ich finde sie –« Sie schüttelte den Kopf und wußte nicht, was sie sagen sollte. »Ich werde Ihnen Modell stehen. Hab ich Ihnen ja gesagt. Gratis. Wenn Sie so gut sind...«

Da die Skizzen, die sie betrachtete, nicht sonderlich gut getroffen waren – abgesehen vielleicht von den Augenwinkeln –, war Jack überrascht, daß sie ihr gefielen. »Tja, möglicherweise komme ich irgendwann darauf zurück. Danke für das Angebot.« Sie war bemerkenswert hübsch, fand Jack. Er sah sie im Profil, während sie die Skizzen auf dem Zeichenblock musterte, den sie vorsichtig mit beiden Händen hielt. Ihre Nase war ziemlich schmal. Sie hatte kein

Make-up aufgelegt. Er stellte sie sich mit etwas Lippenstift und in einem langen, rosafarbenen Gewand vor. Sie würde aussehen wie eine zum Leben erwachte Feenkönigin.

»Wollen Sie jetzt gleich ein paar Zeichnungen von mir machen?«

Jack schüttelte den Kopf. »Jetzt nicht.« Er war nicht in der Stimmung zu zeichnen, er wollte sie nur ansehen. »Setzen Sie sich doch, wenn Sie ein bißchen Zeit haben. Im Wohnzimmer.«

»Vielleicht wollen Sie ja auch arbeiten«, sagte sie wie ein wohlerzogenes kleines Mädchen.

»Wenn ich arbeiten wollte, würde ich Ihnen keinen Platz anbieten.«

Sie setzte sich auf das Sofa, er auf den grünen Sessel.

»Woher stammen Sie eigentlich?« fragte Jack.

»Aus dem New Yorker Hinterland. Aus einem Kaff, das keiner kennt – ich will den Namen gar nicht aussprechen.« Sie sah Jack an, lachte und zeigte ihre spitzen weißen Eckzähne. »Ich bin davongelaufen, mit fünfzig Dollar in der Tasche. Zu Hause gab's immer Streit – ich hatte die Nase voll. Meine Eltern wollten, daß ich den Job im Supermarkt behalte. Aber ich hab mich so gelangweilt, ich konnte einfach nicht. Garnspulen und so verkaufen.« Sie verzog das Gesicht, als fände sie schon den Gedanken daran unerträglich. »Also bin ich mit dem Bus nach New York gefahren und an der Thirty-fourth Street ausgestiegen. *Mann!* Ich hatte eine Freundin in der King Street. *Hatte.* Wir haben uns irgendwie zerstritten, aber damals hat sie mich aufgenommen, und ich hab auf dem Sofa geschlafen und ihr ein bißchen was dafür bezahlt. Sie konnte mich nicht besonders gut leiden. Eigentlich kannte sie mich gar nicht – ich war bloß eine Freundin von einer Freundin von ihr, die in meinem Kaff lebte, wenn Sie mir folgen können, und so... Na ja, in New York ist es kinderleicht, einen Teilzeitjob zu kriegen. Jetzt wohne ich mit einer Frau, die ich ganz gern mag, in der Minetta Street. Wir teilen uns die Miete.« Sie zuckte die Schultern. »Aber New York! Ich liebe diese Stadt. Besser als ein Zirkus. Man weiß nie, was einem als nächstes für Leute über den Weg laufen. Witzige Leute, intelligente Leute, Leute, mit denen man reden kann, die einen aber auch in Ruhe lassen.« Sie sah Jack ernst an und preßte die Hände zwischen ihren Knien zusammen. Ihr Blick fiel auf die Marlboro-Schachtel, die auf dem Couchtisch lag. »Kann ich eine haben?«

»Klar.« Jack erhob sich, nahm Natalias Jadefeuerzeug und gab ihr Feuer.

»Danke.« Als Jack das Feuerzeug auf den Tisch gestellt hatte, griff sie schnell danach, strich mit dem Daumen über die flache, mit Gold eingefaßte Seite und stellte es wieder hin. »Das ist schön. Sie rauchen nicht?«

»Nein. Die Zigaretten gehören meiner Frau.«

»Ja, stimmt. Der alte Ralph hat mir erzählt, daß Sie verheiratet sind und eine kleine Tochter haben. Wo ist sie?«

»Woher weiß er, daß ich eine Tochter habe?«

Sie lächelte. »Ich habe Ihnen doch gesagt, daß er allen Leuten nachspioniert. Er wohnt hier um die Ecke, in der Bleecker Street.« Sie machte eine Geste mit dem linken Arm. »Ich versuche, ihm aus dem Weg zu gehen. Ha! Und er weiß es genau. Andauernd redet er von meiner Moral. *Moral!* Lachhaft! Er kapiert anscheinend nicht, daß ich den

Leuten – Männern jedenfalls, allen möglichen Kerlen – sage, sie sollen abhauen. Wenn mir danach ist. Und dann hauen sie ab!« Jetzt lachte sie ausgelassen. »Ehrlich, ich weiß nicht, was mit meiner Moral nicht in Ordnung sein sollte.«

Auch Jack mußte lächeln. »Wie lange kennen Sie diesen Ralph schon?«

»Kennen? Ich kenne ihn nicht. Er spaziert immer hier in der Gegend herum. Er hat genauso komische Arbeitszeiten wie ich. Er ist Wachmann, sagt er. Und darum –«

»Arbeitet er hier in der Gegend?«

»Keine Ahnung. Ich weiß es nicht. Aber wenn ich in irgendeinem Coffeeshop oder in einer Bar arbeite... Vielleicht würde er ja nicht in eine Bar gehen, aber in einen Coffeeshop... Da kommt er dann irgendwann hereinspaziert, zu jeder Tages- oder Nachtzeit. Das geht jetzt schon seit ungefähr fünf Monaten so. Vor ein paar Wochen – das war komisch! Ich war nach der Arbeit, also nach zwei Uhr morgens, in einer Disco in der Christopher Street und danach noch bei jemandem zu Hause, und dann bin ich mit meiner Freundin Genevieve und ein paar Kumpels in Richtung Heimat gegangen, da war es schon beinahe *Morgen*, und der alte Ralph war wohl auf dem Heimweg von der Arbeit und hat mich mit diesen lauten Leuten gesehen, obwohl es noch nicht mal hell war. Er stand im Dunkeln auf der anderen Straßenseite und hat geglotzt. Ich mußte so lachen! Genevieve weiß von ihm – ich hab ihr von ihm erzählt. Er ist ganz harmlos. Er denkt bestimmt, daß wir zu irgendeiner wilden Sexorgie oder so wollten, die drei Burschen, Genevieve und ich.« Beim Gedanken daran brach sie wieder in lautes Gelächter aus; sie sah an die Decke, und aus ihrem Mund quoll Rauch. »Ich weiß genau, was er gedacht hat, denn das nächste Mal, als ich ihn gesehen hab, hat er mir einen Vortrag über durchfeierte Nächte, Drogen und Alkohol gehalten. Ha, ha! Er scheint nicht zu wissen, daß ich den ganzen Tag schlafen kann, wenn ich will.«

»Wie alt sind Sie eigentlich, wenn ich fragen darf?«

»Gerade zwanzig geworden. Alt genug, um mir einiges von der Welt anzusehen, meinen Sie nicht auch?«

»Äh, ja. Und wie heißen Sie mit Nachnamen?«

»Tyler. T-y-l-e-r. Ich hasse diesen Namen. Klingt so langweilig. Gehen Sie manchmal ins Museum of Modern Art?«

»Natürlich.«

»Ich gehe gern dorthin. Manchmal gehe ich –«

»Zeichnen oder malen Sie auch selbst?«

»Nein. Aber ich mag Bilder. Ich möchte vielleicht Schauspielerin werden. Ich hab angefangen, Schauspielunterricht an einer Schule zu nehmen, die nichts kostet – na ja, fast nichts kostet. Am Cooper Union College. Aber dann bin ich nicht oft genug hingegangen. Das war vor ein paar Monaten. Ich bin jetzt seit ungefähr acht Monaten in New York. Ich dachte, ich sehe mich erst mal ein Jahr um, bevor ich ernsthaft anfange, an irgendwas zu arbeiten. Eigentlich weiß ich noch gar nicht, was ich werden will.« Wieder sah sie Jack an.

Ein Mädchen, aus dem noch was werden kann, dachte Jack, unbeschwert und frei, unschuldig und hübsch anzusehen, doch er spürte auch eine Festigkeit: Sie würde nicht zu allem, was ihr begegnete, einfach ja sagen. Tausende junger Leute kamen nach New York, um ihr Glück zu versuchen, doch was Elsie Tyler von ihnen unterschied, war ihre

Energie, ihre Frische, ihr offenes Gesicht. »Die Männer laufen Ihnen sicher nur so nach«, sagte Jack.

Erneutes Schulterzucken. »Die interessieren mich nicht besonders. Es langweilt mich, wenn sie sagen, daß sie in mich verliebt sind. Wie lange hält so was schon vor? Zwei Wochen? Oder sie wollen bloß mit mir ins Bett. Das ist vielleicht noch schlimmer. Ich will mich nicht festlegen lassen, von nichts und niemandem.« Plötzlich nahm sie die Mütze ab, legte sie auf ihren Schoß und setzte sich auf, als wollte sie aufstehen und gehen.

Jack hätte sie jetzt doch gern gezeichnet. Würde er sich später daran erinnern, wie sie in diesem Augenblick ausgesehen hatte? Die straffen Muskeln unter dem blauen Stoff der Hose, sprungbereit, das ungewöhnlich glatte, schlichte blonde Haar, das die Schönheit ihres Gesichts lediglich durch seine Helligkeit betonte. Und die rastlosen Augen.

»Ich muß jetzt los.« Schon war sie aufgestanden. »Muß kurz vor sechs in der Arbeit sein. In dem Coffeeshop.« Sie lächelte ihn an. »Haben Sie wirklich eine Tochter?«

Es läutete an der Tür. Kurz nach vier. Susanne holte Amelia heute von der Schule in der Twelfth Street ab.

»Ja«, sagte Jack und drückte im Flur auf den Knopf des Türöffners. »Sie werden sie gleich sehen.«

Elsie setzte die Mütze auf. »Danke für die Einladung. Es hat mich wirklich gefreut – auch wenn *ich* die ganze Zeit geredet habe. Hab ich doch, oder?«

Sie schien zu wollen, daß er ihr widersprach. Jack sagte jedoch nichts, sondern ging zur Wohnungstür und öffnete sie. Er hörte das Murmeln von Amelia und Susanne, die sich auf der Treppe unterhielten.

»Hallo, Jack«, sagte Susanne und ließ Amelias Hand los.

»Daddy, ich hab einen *Vogel* für dich gemacht!« Amelia warf sich gegen seine Beine und reichte ihm einen blauen Papiervogel, der mit den Flügeln schlagen konnte. Jack hatte solche Vögel schon oft für sie gemacht.

»Sehr schön, Schätzchen. Vielen Dank. Das ist Elsie Tyler«, sagte Jack. »Und das sind Amelia und Susanne Bewley.«

»Guten Tag.« Susanne lächelte Elsie an und ging in die Küche.

»Hallo.« Amelia sah zu Elsie auf. »Was ist das für eine Mütze?«

»Eine Matrosenmütze«, sagte Elsie. »Eine englische Matrosenmütze.«

Amelia streckte die Hand danach aus.

»Nein, laß das, Amelia«, sagte Jack. Amelia war spontan wie immer – sie wollte die Mütze in die Hand nehmen, sie aufprobieren.

Elsie gab sie ihr. »Willst du sie haben? Du kannst sie behalten. Ich weiß, wo ich eine neue herkriege«, fügte sie, zu Jack gewandt, hinzu.

Amelia hatte die zu große Mütze bereits aufgesetzt, doch Jack nahm sie ihr ab. »Nein. Man nimmt nicht einfach Sachen, die anderen Leuten gehören, Amelia. Das gehört sich nicht.«

Amelia war nicht beleidigt. Sie sah Elsie neugierig an.

Jack brachte Elsie zur Wohnungstür. Er folgte ihr die Treppe hinunter, um sie zur Haustür zu begleiten.

»Was haben Sie gemeint, als Sie gesagt haben, die Zeichnungen wären nur Studien?« fragte Elsie, als sie die Haustür öffnete. »Haben Sie noch eine andere von mir gemacht?«

»Ich habe eine fertiggestellt.« Jack ging die Stufen zur Straße hinunter. »Für ein Buch, das ich illustriere. Gestern habe ich alle Zeichnungen im Verlag abgegeben.«

»Ein Buch?«

»Ein Buch von einem Freund von mir. Ich weiß noch nicht, ob es auch wirklich erscheint. Aber es ist eine schöne Zeichnung von Ihnen.«

»Sie meinen, mein Gesicht wird in einem Buch zu sehen sein?«

Jack lachte. »Ich sag's Ihnen, wenn es soweit ist.«

Sie hob den rechten Arm, winkte ihm zum Abschied, drehte sich um und ging zur Ecke Grove und Bleecker Street.

Jack schob die Hände in die hinteren Hosentaschen und sprang die Eingangstreppe hinauf. Jetzt mußte *er* läuten, um eingelassen zu werden. Susanne hatte zwar einen Schlüssel – Jack hatte ihn in ihrer Hand gesehen –, aber manchmal läutete sie auch, als wollte sie ihr Kommen ankündigen. Oben stellte Jack fest, daß die Wohnungstür angelehnt war.

Susanne hatte seine Einkäufe weggeräumt und wusch etwas in der Spüle.

Jack stand in der Küchentür. »Was macht deine Dissertation?« Manchmal konnte er sich beim besten Willen nicht daran erinnern, worum es darin ging, doch mit einemmal wußte er es wieder: familiäre und außerfamiliäre Beziehungen in den dreizehn Kolonien zur Zeit des Unabhängigkeitskrieges.

»Ach, frag mich lieber nicht«, sagte Susanne und drückte einen Schwamm aus. »Ich bin fest entschlossen, bis Ende November fertig zu sein. Im Augenblick tippe ich die Reinschrift. Aber über eben dieses Thema ist gerade ein Buch erschienen, das ich mir bestellt –«

»Lies es nicht! Wie lange soll das denn noch weitergehen?«

»Aber du solltest die Rezensionen sehen, die es gekriegt hat! Ach, na ja...« Sie wandte Jack ihr sommersprossiges Gesicht zu und lächelte traurig.

Susanne war ebensowenig zurechtgemacht wie Elsie Tyler. Sie trug eine ausgebeulte Kordhose, eine Bluse und eine Strickjacke sowie braune Mokassins. Susanne war eine durch und durch praktisch veranlagte Frau, auch wenn sie ihre Dissertation noch nicht abgeschlossen hatte. Sie wollte Geschichte unterrichten und arbeitete auf eine Anstellung an einer Universität hin. Ihr Freund hieß Michael und hatte irgendwo eine Stelle als Assistenzprofessor, und wie ihre Dissertation zog sich diese Beziehung seit mindestens zwei Jahren unauffällig hin.

»Was gibt's Neues vom *Träume*-Buch, Jack?« fragte sie.

»Ich hab die Zeichnungen gestern abgegeben. Nett, daß du fragst. Der zuständige Lektor hatte bisher nur die Hälfte gesehen, aber gestern hab ich ihm die ganze Serie gebracht, alle vierundzwanzig. Zu Dartmoor, Aegis.«

»Ich merke schon, wie aufgeregt du bist«, sagte Susanne mit ihrer ruhigen, beinahe schläfrigen Stimme. »Ich finde die Zeichnungen faszinierend, Jack. Sie sind witzig und ernsthaft zugleich.«

Ja, das war wohl auch das, was er beabsichtigt hatte. Er

sah zu, wie Susanne die braune Aktentasche, die sie fast immer dabeihatte, auf den rechteckigen weißen Eßtisch stellte und öffnete. Sie holte ein paar Bücher und einen Stoß Papier hervor. Susanne würde heute abend hier sein, bis Jack und Natalia irgendwann zwischen elf und zwölf vom Theater zurückkamen. Jack sollte Natalia um sechs in der Galerie Katz abholen.

Als Jack dort eintraf, saß Natalia noch am Empfangstisch, und er mußte warten, bis sie ein Telefongespräch beendet hatte. Dann entschwand sie durch den Flur, um sich die Hände zu waschen, die ziemlich schmutzig waren, weil sie und Isabel mit Bilderrahmen, Drähten und allerlei Werkzeug hantiert hatten. In der Eingangshalle hingen zwei Pintos, deren vorherrschender Farbton jenes bläuliche Rot war, das Jack besonders verabscheute. Darüber waren silbrige Kreise in verschiedenen Größen gemalt. Was sahen die Leute nur in diesen idiotischen Kompositionen? Dieses Rot wirkte verbraucht, es war häßlich und deprimierend zugleich. In den vergangenen Wochen hatte Natalia mit kühlem Verkaufsgeschick Tausende von Dollars umgesetzt, indem sie dieses Zeug noch vor der eigentlichen Ausstellung verkauft hatte. »Mit dem Geld, das Isabel mit diesen Schinken verdient, kann sie einen wirklich guten Künstler fördern«, hatte Natalia zu Jack gesagt. »Vielleicht eine junge Malerin oder irgendeinen Nachwuchskünstler, der eine Ausstellung braucht. Frag mich nicht, warum Pinto sich so gut verkauft.«

Jack sah Isabel zu, die in alten Jeans mit ausgefransten Säumen die Standaschenbecher und schließlich auch den Papierkorb an Natalias Tisch leerte und das Licht in dem großen Raum ausschaltete, dessen Fenster zur Straße gingen. Die Galerie Katz schloß offiziell um sechs Uhr.

»War es ein guter Tag, Isabel?« Jack hatte den Mantel, den er auf Natalias Bitte hin mitgebracht hatte, zusammengefaltet über den Arm gelegt. Isabel war so beschäftigt, daß sie ihn noch gar nicht bemerkt hatte.

»Hallo, Jack. Ja, es war ein guter Tag, und jetzt bin ich müde!« sagte Isabel gutgelaunt.

Natalia kam zurück. »Fertig!« Sie zog den Mantel an, den Jack ihr hielt.

Sie nahmen ein Taxi zur West Forty-second Street, ganz in der Nähe des Theaters, und gingen auf einen Drink und einen kleinen Imbiß in den Blarney Rock Pub. Natalia bestellte zu ihrem Scotch mit Wasser ein Schälchen Chilies. Sie und Isabel hatten heute gemeinsam ein Bild von einem gewissen Howard Branston verkauft. Der Name sagte Jack nichts. Natalia sagte, er sei »ein unbeschriebenes Blatt«. Das Bild hatte an der Wand neben dem Empfangstisch gelehnt, und ein Kunde, dem es gefiel, hatte nach dem Preis gefragt.

»Ich hab gesagt: fünfzehnhundert, einfach so«, sagte Natalia, »und dann bin ich zu Isabel gegangen und hab sie gefragt. Sie sagte: ›Mein Gott, für den Schinken? Na gut, versuch's.‹ Und so hab ich ihn dann verkauft. Isabel sagte, sie habe das Bild an Branston zurückschicken wollen, und um es nicht zu vergessen, habe sie es in die Eingangshalle gestellt.«

»Vielleicht sollte Isabel alle Bilder einfach nur an die Wand lehnen«, sagte Jack. »Dann wirken sie nicht so ehrfurchtgebietend.« Er bewunderte Natalias Gesicht, das gut aussah, aber nicht hübsch im landläufigen Sinne war, und den persönlichen Stil, mit dem sie sich kleidete: Heute war es die schwarze Satinbluse, die sie von daheim mitgenommen hatte, um sie heute abend anzuziehen. Er dachte daran, um wieviel interessanter, wichtiger und daher auch verführerischer Natalia war als diese junge Frau namens Elsie Tyler mit ihrem Kindergesicht, so aufregend sie auf ihre seltsame Art auch sein mochte. Er warf einen Blick auf seine Armbanduhr. Es blieb genug Zeit, noch eine Viertelstunde. Sie würden sich Sam Shepards *Liebestoll* ansehen.

8

Zwei Tage später, an einem Samstagmorgen, erhielt Jack einen Brief von Dartmoor, Aegis. Die maschinengeschriebenen Initialen über dem Verlagslogo auf dem Briefumschlag lauteten T. E. W., und so wußte Jack, daß er von Trelawney E. Watson war, dem zuständigen Lektor, den jedermann Trews nannte. Jack hatte ihn zusammen mit Joel vor einigen Wochen flüchtig kennengelernt. Jack nahm an, in dem Brief werde stehen, die Zeichnungen hätten Trews gefallen – so war es jedenfalls bei denen gewesen, die Jack ihm vorab gezeigt hatte –, er habe jedoch noch »einige Änderungsvorschläge«. Lektoren hatten immer Änderungsvorschläge.

An einem der vorderen Fenster öffnete Jack den Umschlag.

Lieber Mr. Sutherland –

ich wollte Ihnen nur rasch mitteilen, daß ich Ihre achtundzwanzig Zeichnungen hervorragend finde. Jede einzelne ist von einer solchen Freiheit und Frische, und ich möchte Ihnen auf keinen Fall vorschlagen, etwas hinzuzufügen oder wegzulassen. Mit einem Wort: Bitte keine Änderungen, denn dann wären sie vielleicht nicht mehr so gut. Diese Zeichnungen wirken wie schnell hingewor-

fen, sie wirken so persönlich und echt. Dabei ist echt *natürlich nicht das richtige Wort – ich will damit sagen: Sie sehen aus, als hätten Sie sie aus dem Ärmel geschüttelt. Ich gratuliere!*

Trews
Trelawney E. Watson

Jack lächelte, blickte sich im Wohnzimmer um, ohne irgend etwas zu sehen, und spürte, daß sein Herz sekundenlang schneller klopfte. Von *Trews*. Er hatte es geschafft! Ob er Joel anrufen und es ihm sagen sollte? Nein, immer mit der Ruhe, befahl er sich. Wahrscheinlich hatte Joel heute morgen ebenfalls einen Brief von Dartmoor, Aegis bekommen, in dem ihm ein Vertrag zugesichert wurde. Das Lob für seine Zeichnungen konnte ja nur bedeuten, daß man nun einen Vertrag abschließen würde.

Es war etwa neun Uhr, und Natalia schlief noch. Susanne war mit Amelia in den Zoo gegangen und würde sich den ganzen Tag um sie kümmern. Und Natalia mußte erst gegen Mittag in der Galerie sein.

Jack war früh aufgestanden und durch die Bedford Street, über den Hudson und wieder zurück gejoggt. Er hatte diesen Ralph gesehen, der seinen God ausführte, und wenn Jack nicht alles täuschte, hatte Ralph die Hand oder den Finger gehoben, als wollte er mit Jack sprechen, doch er hatte so getan, als hätte er den anderen nicht bemerkt. Um sechs Uhr morgens im Trainingsanzug von einem Mann aufgehalten werden und sich womöglich eine Predigt über Tugendhaftigkeit oder »Moral«, wie Elsie Tyler es genannt hatte, anhören müssen – lieber nicht!

Er las Trews' Brief noch einmal durch und sah, daß rechts unten in winziger Schrift »B.W.« stand. Auf der Rückseite des Briefes stand ein handschriftlicher Zusatz:

Ich hätte noch ein anderes Projekt, das Sie interessieren könnte. Rufen Sie mich bald an.

Der Tag fing gut an. Jack ging in sein Arbeitszimmer und betrachtete seinen neuesten Entwurf für ein Gemälde. Sein Ziel war eine ausgewogene Komposition, die den Eindruck jener schwebenden Ruhe vermittelte, den er an Braques abstrakten Bildern so bewunderte. Er arbeitete mit Bleistift, Radiergummi und Farbstiften daran. War es gut, sich anzustrengen, fragte er sich, oder war das eher fatal? Von den etwa fünfundzwanzig Bildern, die Jack gemalt und behalten hatte, war er mit nur vier oder fünf wirklich zufrieden. Sollte er lieber beim Zeichnen bleiben? Würde er sich in zehn Jahren dieselbe Frage stellen, würde er dann noch immer versuchen zu malen? Wahrscheinlich schon.

Als Natalia aufgestanden war, hatte Jack bereits Kaffee gekocht und den Küchentisch für ein Frühstück mit den Croissants gedeckt, die er zuvor gekauft hatte. Er zeigte Natalia Trews' Brief.

Natalia erklärte, er sei »großartig«. »Ich hoffe, sie stekken reichlich Werbung in das Buch. Müßte eigentlich im Vertrag stehen. Wieviel soll es kosten?«

»Im Verlag hieß es, sechzehn Dollar fünfundneunzig. Schade, daß es so dünn ist. Bei *dem* Preis.«

»Für Zeichnungen sind die Leute bereit zu bezahlen«, sagte Natalia gelassen und biß in ein Croissant. »Ich werde es Isabel sagen und sie fragen, ob wir nicht ein paar Exemplare auf einem Tisch in der Galerie auslegen können. Ich glaube, sie hat es schon einmal angeboten.«

Jack war in seinem Arbeitszimmer, als Natalia den Vorhang zur Seite schob und sagte, sie werde jetzt gehen.

»Ich hoffe, ich bin gegen halb sieben zurück. Ich habe Amelias Zimmer ein bißchen aufgeräumt. Vielleicht animiert das Susanne, auch noch etwas zu tun. Du liebe Zeit, was für ein unordentliches kleines Mädchen!« sagte sie und betonte die beiden letzten Worte.

Jack lachte.

Einige Minuten nachdem die Wohnungstür ins Schloß gefallen war, rief Jack dann doch Joel MacPherson an.

Joel meldete sich nach dem neunten Rufton. Er war außer Atem. »Ich wollte gerade einkaufen gehen – mußte noch mal die Wohnungstür aufschließen.«

»Kannst du denn nicht Terry zum Einkaufen schicken?«

»Terry ist nicht hier. Denkst du, wir leben zusammen?«

»Ich stelle keine indiskreten Fragen.«

»Dann mach auch keine diskreten Anspielungen«, sagte Joel.

»Ich rufe an, weil ich einen netten Brief von Trews bekommen habe. Meine Zeichnungen gefallen ihm. Keine Änderungswünsche.«

»Im Ernst? Keine Änderungen! Das heißt, wir kriegen einen Vertrag. Danke, Jack.«

»Ich werde dir den Brief demnächst mal zeigen. Sein Lob für meine Zeichnungen klingt geradezu lyrisch. Sieh doch mal in deinen Briefkasten.«

Dann war alles still. Jack arbeitete und vergaß die Zeit.

Er probierte verschiedene Farben aus – Braun, Lindgrün, Ocker – und versuchte sie sich in Öl vorzustellen. Die gelbe Fläche war mandelförmig und schwebte. Er stellte den Entwurf auf den Tisch und trat einen Schritt zurück, um ihn zu begutachten.

Die Türklingel läutete kurz.

»Verdammt«, sagte Jack leise. Vielleicht waren es Kinder, die sich den Samstagmorgen mit Streichen vertrieben. Er öffnete die Wohnungstür und wollte hinuntergehen, um nachzusehen, wer geläutet hatte, bevor er auf den Knopf des Türöffners drückte, doch da hörte er ein Gemurmel: die leise, aber klare Stimme von Susanne und dann die von Amelia. Jack hatte die beiden nicht vor dem späten Nachmittag zurückerwartet und war etwas verärgert. Er beugte sich über das Geländer, und als sie in der ersten Etage angekommen waren, rief er hinunter:

»Ist irgendwas, Susanne?«

»Nein, Jack. Amelia braucht nur ihre Jacke.«

Es werde draußen langsam kalt, berichtete Susanne. Amelia behauptete, sie sei bereits erkältet, aber Susanne widersprach ihr und sagte, sie solle nicht so übertreiben. Sie hatte etwas zum Mittagessen mitgebracht, das ihre Mutter zubereitet hatte, und fragte Jack, ob er ebenfalls etwas essen wolle, doch er lehnte dankend ab.

»Wir machen die Küchentür zu, Jack – du wirst uns gar nicht hören. Du willst sicher arbeiten«, sagte Susanne.

Das wollte Jack allerdings. Nach dem Mittagessen würden die beiden wieder aufbrechen.

»Ach, es ist übrigens Post im Briefkasten, Jack. Ich hätte sie mitgebracht, aber ich habe ja keinen Schlüssel.«

»Ich habe die Post doch heute morgen geholt. Sieht es nach etwas Wichtigem aus?« In der Tür des Briefkastens war eine blumenförmige Aussparung, durch die man sehen konnte, ob etwas darin war.

»Ich weiß nicht. Ein weißer Umschlag. Soll ich hinuntergehen?«

»Nein, nein, mach ich schon.«

Jack ging aus reiner Neugier. Der Brief war nicht frankiert und handschriftlich an John M. Sutherland adressiert, mit Postleitzahl und vollständiger Adresse. Er wollte ihn gerade öffnen, als er Mrs. Farley mit ihrem Einkaufswägelchen voller Lebensmittel sah, und so trug er zuerst den Wagen die Eingangsstufen und dann in den ersten Stock hinauf, wo Mrs. Farley wohnte. Sie war über siebzig und lebte allein.

»Das ist sehr freundlich von Ihnen, Mr. Sutherland! Wie stark Sie sind!«

»War mir ein Vergnügen, Mrs. Farley.« Jack grinste schnaufend. Er wartete, bis sie den Wagen in ihre Wohnung bugsiert hatte, und ging dann hinauf.

Der Brief war von Ralph Linderman. Jack begann zu lesen und runzelte dabei mit wachsender Verwunderung die Stirn.

Samstag vormittag

Lieber Mr. Sutherland!

Ich glaube, ein Brief wird Ihnen weniger lästig als ein Telefonanruf sein, und vielleicht kann ich mein Anliegen auf diese Weise auch deutlicher darlegen. Es geht um Elsie – ich bin sicher, daß Sie inzwischen ihren Namen kennen –, die ich gestern in Ihrer Begleitung aus Ihrem Haus kommen sah. Ich weiß nicht, was sich zwischen

Ihnen abgespielt hat. Elsie ist ein sehr beeinflußbares Mädchen, sehr schwach in dem Sinne, daß ihr Charakter noch nicht gefestigt ist. Sie kann leicht auf Abwege geführt werden und hat bereits begonnen, vom geraden Weg abzuweichen. Sie ist vor kurzem – vor sehr kurzer Zeit – in diese große Stadt gekommen, sie weiß sich nicht zu schützen, und sie ist bereits in Gesellschaft geraten, die man nach allgemeinen Maßstäben nur als schlecht bezeichnen kann. Die Frau, mit der sie sich die Wohnung teilt, ist zwar ebenfalls sehr jung, aber, wie ich glaube, eine gewöhnliche Prostituierte. Elsie hat nicht viel Geld, und Sie kennen ja die Versuchungen der Großstadt.

Sie sind ein verheirateter Mann, aber viele verheiratete Männer sind schon in Schwierigkeiten geraten, ohne es zu wollen. Zweierlei könnte geschehen: Elsie könnte auf ihre Weise versuchen, Geld von Ihnen zu bekommen, oder einer der Taugenichtse, mit denen sie sich umgibt, könnte aus irgendeinem Grund beschließen, Sie zu überfallen. In dieser riesigen Stadt, in der so viele halbverrückte Menschen leben, ist nichts unmöglich. Ich habe für Sie und Elsie nur das Beste im Sinn. Ich möchte mich nicht in Ihre Angelegenheiten mischen oder Sie beleidigen, aber ich halte es für das beste, wenn Sie und Elsie sich nicht mehr sehen.

Wenn Sie bereit sind, mir zuzuhören, werde ich Ihnen meine Ansicht gern ausführlicher begründen. Wenn nicht, dann nehmen Sie diese meine Worte so, wie sie gemeint sind: als einen freundlichen, konstruktiven, hoffnungsvollen Rat.

Mit besten Grüßen
Ralph Linderman

Dieser alte Kerl hatte offenbar wilde Phantasien mit schlüpfrigen Untertönen. Der Brief bereitete Jack Unbehagen – irgendwie fühlte er sich bedroht. Es war ein beidseitig beschriebener Bogen Schreibmaschinenpapier, wie es die meisten Leute nicht im Haus hatten. Schrieb Ralph Linderman in seiner Freizeit Romane? Essays über moralische Fragen? Seine Handschrift war klein und leserlich, alle Buchstaben eines Wortes waren miteinander verbunden.

Am besten sollte er den Brief wohl ignorieren, dachte Jack. Der alte Kerl wollte doch bloß Aufmerksamkeit, einen Gesprächspartner. Doch es ärgerte Jack, daß Ralph Linderman durch das Viertel zu patrouillieren und sogar Jacks Haustür im Auge zu behalten schien. Jack hatte zwar nicht vor, Elsie Modell sitzen zu lassen – aber angenommen, er würde es tun? Wer war dieser Irre, daß er sich darüber aufregte? Ralph Linderman hatte keinen Absender angegeben. Jack schlug im Telefonbuch unter Linderman nach. Zu seiner Überraschung – er hatte nicht damit gerechnet, daß Linderman einen Telefonanschluß besaß – gab es tatsächlich einen Linderman, Ralph W. in der Bleecker Street, wie Elsie gesagt hatte. Das verlieh ihm eine gewisse Respektabilität, aber nicht einmal das gefiel Jack.

Jack hatte Natalia noch am selben Abend von Elsie, ihrem Überraschungsbesuch und ihrer Verbindung zu dem Mann, der ihm die Brieftasche zurückgegeben hatte, erzählen wollen, es aber nicht getan, weil sie sich so lange über das Stück *Liebestoll* unterhalten hatten, das übrigens mehr nach Natalias als nach seinem Geschmack gewesen war. Wenn er ihr jetzt von Elsie und Lindermans Brief erzählte, würde sie sich vielleicht nur aufregen, und so komisch war die Geschichte nun auch wieder nicht, daß sie einen echten Unterhaltungswert besaß.

Er erinnerte sich an einen Morgen vor etwa drei Wochen, als er mit Amelia hinuntergegangen war, um bei Rossi's etwas einzukaufen. Mit einemmal hatte Amelia mit dem Finger gezeigt und gesagt: »Da, Daddy! Da ist der Mann, den du *gezeichnet* hast, Daddy! Mit dem Hund!« Und tatsächlich: Auf der anderen Straßenseite hatte Linderman gestanden und zugesehen, wie God das Bein gehoben hatte. »Willst du ihm nicht hallo sagen?« Nein, hatte Jack gesagt, jetzt nicht, und seine Tochter weitergezogen.

Ralph hatte einen unregelmäßigen Tagesablauf. Das war ein weiteres Ärgernis, denn Jack kam es so vor, als würde er von drei Männern im Schichtbetrieb rund um die Uhr beobachtet. Aber auch Elsie hatte einen unregelmäßigen Tagesablauf und er selbst ebenfalls: Manchmal arbeitete er bis zwei Uhr morgens, und wenn er dann Hunger bekam, aß er in irgendeinem Coffeeshop in der Nachbarschaft, der die ganze Nacht geöffnet hatte, einen Hamburger.

Jack beschloß, Linderman nicht weiter zu beachten, und wenn dieser versuchen sollte, ihn auf der Straße anzusprechen, würde er ihn einfach ignorieren. Linderman würde es leid werden und sich hoffentlich irgendeinem anderen von Elsies Bekannten zuwenden.

Da Ralph Linderman God in der Bedford Street auszuführen schien, begann Jack bei seinen Morgenläufen, die er ohnehin nicht täglich machte, diese Straße zu meiden und statt dessen durch die Grove Street zum Hudson zu laufen. Manchmal war Natalia frühmorgens in Stimmung und weckte ihn, indem sie mit dem Arm über seine Taille strich; von allen Körperpartien war es ausgerechnet diese, die ihn, zumindest beim Vorspiel, am meisten erregte. Danach fiel Natalia oft noch einmal in tiefen Schlaf, und das machte Jack zufrieden, weil er dann denken konnte, er habe sie glücklich gemacht, und wenn sie aus irgendeinem Grund um eine bestimmte Zeit aufstehen mußte, weckte er sie mit einer Tasse schwarzem Kaffee, wenn nicht, ließ er sie schlafen, bis sie von allein erwachte.

Die folgende Woche brachte eine kleine Enttäuschung und eine kleine Aufmunterung. Die Enttäuschung war, daß das Buch, das man Jack zum Illustrieren anbot, seiner Meinung nach vulgär, bemüht und ganz und gar unkomisch war. Das Angebot stammte von einem anderen Verlag namens Flagship. Das Buch war im Grunde nichts weiter als ein Witzbuch – Joels *Halb verstandene Träume* waren im Vergleich dazu hohe Literatur –, und so lehnte Jack höflich ab. Ein Blick auf das Manuskript mit den gesammelten Witzen im Büro des Lektors hatte ihm genügt. Einer der Witze war ein krudes Wortspiel mit dem Wort »einführen«. Jack nahm an, daß seine Zeichnungen das Buch aufwerten und ihm zum Erfolg verhelfen sollten. Bestimmt hatte Trews nicht gewußt, wie geschmacklos es war. Auch den Lektor, mit dem er sprechen mußte, mochte Jack nicht besonders, vielleicht aber auch nur wegen der Verbindung zwischen ihm und diesem Witzbuch, und so schraubte Jack seine Forderungen in die Höhe. »Mein Honorar beträgt inzwischen tausend pro Zeichnung, plus prozentuale Beteiligung und …« Ob der Lektor ihm glaubte? Er machte jedenfalls große Augen, und vielleicht würden sich seine Preise herumsprechen, was, wie Natalia sagen würde, auch nicht schaden konnte. Jack beschloß, Trews nichts von diesem Reinfall zu sagen, es sei denn, dieser fragte ihn, wie es bei Flagship gelaufen sei.

Die erfreuliche Nachricht kam in Form einer Postkarte von Elaine und Max Armstrong, ihren liebsten Nachbarn, die in der West Eleventh Street wohnten. Sie würden Anfang November aus Paris zurückkehren und hofften, Natalia und Jack würden dann in der Grove Street sein. Max war Rechtsanwalt, Ende Dreißig und von seiner Firma für vier Monate nach Paris geschickt worden. Die Armstrongs hatten einen sechsjährigen Sohn, Jason, und das war auch der Grund, warum die beiden Ehepaare sich im Little People's Theater im Village kennengelernt hatten. Elaine arbeitete für einen Innenarchitekten und war einige Jahre jünger als Max. Es war Max' zweite Ehe.

»Sie haben mir gefehlt«, sagte Natalia, kurz nachdem sie die Postkarte gelesen hatte. Sie sagte es mit der ernsten Stimme, mit der sie manchmal sprach, stirnrunzelnd und ohne Jack anzusehen, als hätte sie nur laut gedacht. In solchen unkomplizierten Augenblicken betete Jack sie an.

Sie hatte eine gleichermaßen schlichte Bemerkung über das Shepard-Stück *Liebestoll* gemacht. »Ich verstehe sehr gut, daß Halbbruder und Halbschwester einander intensiver lieben können als Leute, die nicht miteinander verwandt sind.« Natalia war überzeugt, daß es in jedem einen starken Impuls zum Inzest gab und daß dies der Grund war, weswegen er mit einem Tabu belegt worden war. Sie sprach von Geschwistern, die schon als kleine Kinder gemeinsam auf dem Boden herumgekrabbelt waren, worauf Jack bemerkte, die beiden Figuren in dem Stück hätten einander erst mit fünfzehn kennengelernt. »Trotzdem wußten sie, daß sie Halbbruder und -schwester sind«, hatte Natalia gesagt, »und das, was ich meine, ist so primitiv wie zwei kleine Katzen, die sich paaren, sobald sie alt genug dafür sind.« Jack verstand, was sie meinte, doch er verstand nicht die Gefühle, von denen sie sprach, nicht, wenn sie mit Menschen verknüpft waren. Bei Natalia passierte ihm das oft.

Natalia verbrachte ebensoviel Zeit ohne ihn wie mit ihm, dachte Jack. Louis Wannfeld machte ständig Geschäftsreisen nach Philadelphia oder New York, so daß er, wenn Jack glaubte, er sei in der einen Stadt, womöglich gerade in der anderen war, und Natalia war vielleicht ebenfalls gerade dort und verabredete sich nicht mit Louis, sondern traf ihn ganz zufällig. Natalia ging gelegentlich mit Louis »irgendwohin« aus oder besuchte ihn in seiner Wohnung und kam dann um zwei oder drei Uhr morgens nach Hause, aber wenn sie am nächsten Morgen zu müde war, konnte sie Isabel, die gewöhnlich um zehn in der Galerie war, anrufen und sagen, sie werde erst um zwei kommen, was ihr Isabel, soweit Jack wußte, nie übelnahm. Jack wußte, daß er Natalia an ihren Louis-Abenden hätte begleiten können, doch er wußte auch, daß Louis' Freundeskreis vorwiegend aus Männern bestand, aus Homosexuellen, in deren Gesellschaft sich Jack ein wenig fehl am Platz fühlte.

»Wir reden nicht über Sex oder erzählen uns Witze«, sagte Natalia geradezu beteuernd. »Wenn du mich fragst, spielt das ganze Sexgerede auf Heteropartys eine viel größere Rolle.«

Laut Natalia sprachen sie über alles *außer* Sex. Aber sie (die Jungs) fanden es ganz schön, wenn ein oder zwei junge oder eine ältere Frau dabei waren. Natalia eine ältere Frau, mit achtundzwanzig! Andererseits hatte Jack erfahren, daß einige der Jungs erst zwanzig waren. Jack war nicht verärgert oder böse, denn zu den Voraussetzungen ihrer Ehe gehörte die Respektierung gegenseitiger Unabhängigkeit, damit beide, wie Natalia es ausgedrückt hatte, sich »nicht aneinandergekettet« vorkämen. Jack fand das sehr logisch und vernünftig. Zum einen verringerte es die Wahrscheinlichkeit, daß sich Langeweile breitmachte, und konnte sie vielleicht sogar ganz verhindern. Vor ihrer Hochzeit hatte Jack Natalia diese Art von Unabhängigkeit versprochen, und er hatte nicht vor, sein Versprechen jetzt zurückzunehmen. Zum anderen – und darüber konnte Jack sich nicht beklagen – ließ ihm das Arrangement mehr Zeit zum Arbeiten.

Natalia respektierte seine künstlerischen Bemühungen und wollte nie sehen, woran er gerade arbeitete. In letzter Zeit versuchte sich Jack an meist länglich verzerrten seltsamen Gestalten in Acryl auf Leinwand. In blassen Pastellfarben mit ganz feinen, zum Teil nur angedeuteten schwarzen Umrissen sahen sie recht gut aus. Natürlich war er nicht einmal mit einem dünnen Pinsel so schnell wie mit der Zeichenfeder, doch die ersten zehn Versuche waren gar nicht übel, und am besten gefiel ihm das Bild mit dem Titel *Der Selbstmörder*: Eine Gestalt unbestimmten Geschlechts beugte sich über eine beinahe randvolle Badewanne und hielt einen Strick, ein Rasiermesser und einen Blumenstrauß in den Händen.

Obgleich er die Bedford Street mied, traf Jack eines Morgens, als er von der Hudson in die Barrow Street abbog, Ralph Linderman, der mit dem wie immer angeleinten God gerade die Barrow Street überquerte. Auf der nördlichen Seite der Barrow Street angekommen, entdeckte Linderman Jack und rief: »Ach, Mr. Sutherland! Darf ich einen Augenblick –«

Auf der anderen Straßenseite trabte Jack weiter, als hätte er nichts gehört. Seit Lindermans Brief, den Jack zerrissen und weggeworfen hatte, waren mindestens zwei Wochen vergangen.

9

Die zweite Oktoberhälfte und die ersten Novembertage brachten nichts als unerfreuliche Überraschungen in Ralph Lindermans Leben. Im Oktober erhielt er ein Telegramm: Seine Mutter sei gestorben, und seine »Dienste« würden »benötigt«. Er solle sich mit »der Unterzeichneten Mabel Haskins« in Verbindung setzen – ihre Telefonnummer hatte sie angegeben. Ralph kannte den Namen und glaubte sich zu erinnern, daß er sie einmal kennengelernt hatte. Sie war die Nachbarin seiner Mutter und in den letzten Jahren ihre beste Freundin gewesen. Also rief Ralph sie an und erfuhr, daß seine Mutter beinahe vierundzwanzig Stunden auf dem Boden des Wohnzimmers gelegen hatte, bevor sie von Mabel und dem Hausmeister, der einen Zweitschlüssel besaß, gefunden worden war. Wenn Ralph an der Beerdigung teilnehmen wolle, solle er sofort kommen.

Ralph wollte nicht an der Beerdigung teilnehmen, doch er benachrichtigte Midtown-Parking von dem Trauerfall und fuhr nach New Hampshire, nur um zu erfahren, daß seine Mutter sechs Stunden zuvor beigesetzt worden war. Der Leichenbeschauer kam eigens in die Wohnung seiner Mutter, um mit ihm zu sprechen. Die Beerdigung war gemäß den Vorgaben in ihren Versicherungspolicen arrangiert worden. Es sei eine schöne Beerdigung gewesen, sagte Mabel Haskins, die gerade da war, als der Leichenbeschauer eintraf. Es gab einige Papiere, die Ralph unterschreiben mußte. Was Mabel Haskins von den Angelegenheiten seiner Mutter wußte, war wenig, aber immerhin besser als nichts. Sie wußte, wo seine Mutter ihr Scheckheft aufbewahrt hatte, und anscheinend standen nur einige kleine Rechnungen in der Nachbarschaft offen. Ralph mußte sich darum kümmern, daß die Möbel – nichts Wertvolles – versteigert oder von der Heilsarmee abgeholt wurden. Mrs. Haskins war so freundlich, ihm ein Bett in ihrem Haus anzubieten – auch sie war Witwe und hatte ein Zimmer, das sie nicht benutzte –, und Ralph nahm die Einladung an. Seine Gedanken, das fremde Zimmer und die Tatsache, daß er es nicht mehr gewohnt war, nachts zu schlafen, hielten ihn wach, doch das machte nichts. Er hatte um einen zusätzlichen Urlaubstag gebeten, um alle Dinge zu ordnen. Für die Beerdigung hatte er noch elfhundert Dollar zu zahlen. Er stellte einen Scheck über zweihundert Dollar aus und versprach, den Rest innerhalb eines Monats zu bezahlen. Seine Mutter hatte etwas Schmuck hinterlassen, und nach einigem Zögern entschied Ralph sich, einen Ring zu behalten, an den er sich aus seiner Kindheit erinnerte und für den die Finger seiner Mutter in den vergangenen Jahren vermutlich zu knotig geworden waren. Von den Schmuckstücken seines Vaters wollte Ralph nichts – keine Krawattennadel, keine Manschettenknöpfe. Verschiedene Dinge, die sie gebrauchen oder auch verkaufen konnte, schenkte er Mrs. Haskins. Sie war eine kleine und gebeugte, aber sehr rüstige alte Dame. Eines ihrer braunen Augen war getrübt, infolge eines Unfalls, wie sie sagte. Letztlich war er dankbar für ihre Hilfe. Nach zwei Tagen war er noch immer nicht am Grab seiner Mutter gewesen, und zwar einfach, weil er nicht wollte. In den beiden beinahe schlaflosen Nächten hatte Ralph in eine dunkle Ecke der cremefarbenen Zimmerdecke gestarrt und daran gedacht, wie sehr er als Zehn-, Zwölfjähriger seine Mutter geliebt hatte und daß er sogar eifersüchtig auf seinen Vater gewesen war, weil er die Liebe der Mutter für den Vater gespürt hatte. Dann, als er zwölf gewesen war, hatte seine Mutter ihn zurückgestoßen – so war es ihm jedenfalls vorgekommen –, und er war zutiefst verletzt gewesen, hatte seinen Schmerz aber niemandem gezeigt. Sie hatte weiterhin für ihn gesorgt, ihm das Essen gekocht und so weiter, doch Ralph hatte eine schreckliche Kälte gespürt, die von ihr ausgegangen war. Er hatte das überwunden, indem er sich eine Zeitlang einredete, er hasse seine Mutter, auch wenn das gar nicht stimmte. Mit achtzehn war er dann für eine Weile aufs College gegangen und hatte erkannt, wie beschränkt seine Mutter war, doch dann hatte er beschlossen, sie so zu akzeptieren, wie sie war, und, nachdem sein Vater gestorben war, seine Pflicht als Sohn zu erfüllen. Aber sie lieben? Nein, das war vorbei. Sie hatte ihn auch gezwungen, in die Kirche zu gehen, selbst als er schon fünfzehn oder noch älter gewesen war. Sogar sein Vater hatte sich an vielen Sonntagen mit lahmen Ausreden um den Kirchgang gedrückt. Seine Mutter hatte dazu beigetragen, daß er die Kirche haßte, und das war ja auch nur gut. Erst als sein Vater gestorben war und Ralph das College hatte verlassen und eine Arbeit finden müssen, hatte er sich geweigert, jemals wieder einen Fuß in eine Kirche, irgendeine Kirche, zu setzen. Was hatte die Kirche mit Moral zu tun? Herzlich wenig, und selbst dabei befaßte sie sich mehr mit den Verstößen gegen die Regeln als mit ihrer Einhaltung. Ralph sah wohl, daß die Kirche schöne Trauergottesdienste veranstaltete und den Hinterbliebenen das Gefühl gab, das Rechte zu tun, indem sie den Toten Respekt zollten. Schön und gut. Doch die Kirche hatte Recht und Unrecht seit jeher so verdreht, wie es ihr am besten paßte, und sich gewöhnlich an die herrschenden Mächte angelehnt, und das wiederum bedeutete, daß sie die meiste Zeit gegen die Armen gewesen war, um die gesellschaftliche Ordnung nicht zu gefährden. Inzwischen waren die wohlhabenden Amerikaner allesamt Kirchgänger, lauter proper wirkende weiße Protestanten angelsächsischer Herkunft, und Gott machte Reklame für die Republikanische Partei. Eine schmutzige Sache! Nur in Polen schien es anders zu sein, dort begehrte die Kirche gegen die Herrschenden auf. Solche Gedanken gingen Ralph in den frühen Morgenstunden durch den Kopf, bis hinter den fremden Fenstern spät und trübselig der Wintermorgen anbrach.

»Ich glaube nicht an ein Leben nach dem Tod«, antwortete er auf eine besonders langweilige Bemerkung von Mrs. Haskins. »Und es ist geradezu barbarisch, Leichname einzubalsamieren und in einen schweren Sarg zu legen, wo sie dennoch verfaulen werden – da ist Feuer doch viel sauberer, und Asche braucht weniger Platz.«

Mrs. Haskins sagte, er sei nur ein wenig durcheinander.

Das nächste unangenehme Erlebnis hatte er eines Nachts bei Midtown-Parking: Ralph stand gerade in dem mit Glas abgeteilten Büro, als zwei Schwarze und ein Dritter, der eher hispanisch als schwarz aussah, hereinkamen. Einer zielte mit einer Pistole auf ihn.

»Kasse auf oder es knallt! Los!«

Einer der drei kicherte nervös, doch alle standen da wie Statuen, alle in Turnschuhen, einen Fuß vorgestellt, und starrten ihn an, und es wäre unklug gewesen, die Schublade zu öffnen und eine der Pistolen hervorzuholen. Joey war eben zur Toilette gegangen, die sich in der Mitte der langen Garage befand, das hatten die drei sicher beobachtet. Ralph trat einen Schritt zurück, dorthin, wo der Tisch die Wand berührte, und drückte mit der rechten Hand auf einen Knopf. Es war ein stummer Alarm, der die nächstgelegene Polizeiwache benachrichtigte.

»Keine Bewegung!« sagte einer der Burschen und beulte die Jackentasche aus, als hätte er darin eine Pistole.

»Ich hab nichts gemacht! Da ist das Geld«, sagte Ralph und zeigte mit dem Kinn auf die Kasse, die auf einem anderen Tisch weiter vorn stand. Wenn sie sich dorthin umdrehten oder die Kasse mit einem Schuß öffneten, wollte Ralph nach der Pistole greifen.

Im selben Augenblick platzte Joey herein, die drei fuhren herum, und Ralph nahm eine der Pistolen und legte den Sicherungsbügel um. Wie der Blitz rannten die Burschen aus dem Büro und nach links um die Ecke, während die Polizeisirene schon zu hören war.

Soviel dazu. Es war nichts passiert. Die Polizisten nahmen Ralphs Aussage auf. Joey hatte sie ebenfalls gesehen. Aber wie sollte man Affen beschreiben? Kurzes, gekräuseltes schwarzes Haar, alle etwa achtzehn Jahre alt. Nicht mal die Bluejeans, die Turnschuhe, die schwarzen Kunstfaserblousons waren verwertbare Hinweise, denn diese Kleidung war wie eine Uniform. Die Pistole war vielleicht bloß eine Attrappe gewesen, dachte Ralph, doch das sagte er nicht laut, denn viele unecht aussehende Pistolen waren eben doch echt, und umgekehrt.

Nein, eigentlich war nichts passiert, und doch erschien Ralph dieser Vorfall wirklicher als der Tod seiner Mutter, die Tatsache, daß sie nicht mehr da war. Auch das Eintreffen der Polizei war wirklich gewesen. Niemand hatte Ralphs Mut gepriesen, und vielleicht hätte er ein solches Lob auch nicht verdient, aber er hatte das Richtige getan. Der Überfall war wirklich gewesen, das zumindest war ihm klar.

Doch der Tod seiner Mutter – nein. Sie war bloß jemand, dem er nun nicht mehr ein- oder zweimal im Monat würde schreiben müssen. Er würde sie vermissen, auch wenn sie ihm nur selten geantwortet hatte und ihre Briefe alle gleich langweilig gewesen waren. Die elfhundert Dollar, die er noch bezahlen mußte, waren für ihn kein Ärgernis; er schämte sich eher ein wenig und fühlte sich herzlos, als er den Scheck über die restlichen neunhundert Dollar ausstellte – wollte er sich damit von etwas loskaufen, war dies sein kalter Abschied von der Mutter?

Eine weitere Sorge waren Elsie und, in geringerem Ausmaß, dieser junge Mann, John M. Sutherland, von dem er noch vor wenigen Wochen so viel gehalten hatte. Elsie war vielleicht, wahrscheinlich, bereits tief gesunken, doch weil sie so jung war, konnte sie noch gerettet werden. Hoffentlich wurde sie nicht schwanger oder zog sich eine dieser schrecklichen Geschlechtskrankheiten zu: Syphilis zum Beispiel (die aber, wie Ralph wußte, geheilt werden konnte) oder Herpes (der, soviel er wußte, unheilbar war) oder diese neue Krankheit namens AIDS, die von Homosexuellen auf normale Menschen übertragen wurde. Heutzutage ging ja alles drunter und drüber, viele Homosexuelle waren verheiratet, und nur noch wenige Menschen schienen irgend jemanden genügend zu lieben, um mit ihm ihr ganzes Leben verbringen zu wollen. Dieser John Sutherland zum Beispiel. Ralph war sich nicht sicher, wie freizügig er in sexueller Hinsicht war, doch sein Erscheinungsbild hatte etwas Grelles, Egozentrisches. Er hatte auf den Brief nicht geantwortet – nachdem Ralph den Brief in Sutherlands Kasten geworfen hatte, war ihm eingefallen, daß er den Absender vergessen hatte –, und als Ralph ihn auf der Straße hatte ansprechen wollen, hatte er ihn ignoriert. Ralph hatte diesen Brief mit Sorgfalt verfaßt und es nicht an Höflichkeit fehlen lassen. Wenn Mr. Sutherland in Hinsicht auf Elsie keine Absichten hatte, warum sagte er dann nichts, warum weigerte er sich, auf der Straße mit Ralph zu sprechen? Er hätte ja auch Ralphs Namen im Telefonbuch nachschlagen und sich auf irgendeine Weise mit ihm in Verbindung setzen können, doch eben das hatte er nicht getan.

Ja, Elsies und John Sutherlands Wohlergehen bereiteten Ralph unterschiedlich große Probleme. Bei Elsie war das Problem größer, bei Sutherland kleiner: gleich einer Wolke, klein wie eines Mannes Hand, wie es irgendwo in der Bibel hieß. In den vergangenen drei Wochen hatte er Elsie zweimal ganz kurz gesehen, und selbst das war schwierig gewesen. Sie arbeitete noch immer in dem Coffeeshop in der Seventh Avenue, wenn auch zu wechselnden Zeiten. Und nicht nur das – sie verschwand in der Küche, sobald er hereinkam, oder bat eine Kollegin, ihm den Kaffee oder was auch immer zu bringen. Ach, lassen Sie mich doch in Ruhe! hatte sie beim ersten dieser beiden Male gesagt und die Stirn gerunzelt, als er sie angesprochen hatte, und sich ab da von einer Kollegin vertreten lassen. Ralph hatte gesehen, wie die anderen beiden Bedienungen einander verständnisinnig zugelächelt hatten, und sich gefragt, ob sie wohl mehr über Elsies nächtliche oder tägliche Eskapaden wußten als er. Beim zweiten Mal hatte er leise, aber beharrlich ihren Namen gerufen, damit sie einmal für eine halbe Minute innehielt, und sie hatte sich schließlich vor ihm aufgebaut und über die Theke hinweg gesagt: kümmern Sie sich um Ihren eigenen Kram, oder ich hole die Bullen. Das ist nicht mehr witzig.« Und dann hatte sie etwas von einem Geschäftsführer gesagt, der im Augenblick in der Küche sei (Ralph glaubte nicht, daß es in der Küche einen Geschäftsführer gab), und sie werde dafür sorgen, daß er Lokalverbot bekomme. Das war bedauerlich. Aber Menschen, die geführt werden mußten, die einen guten Rat brauchten, wehrten sich ja immer mit Händen und Füßen. Hätte er ihr die Nachfolge Jesu oder so gepredigt, dann hätte er verstehen können, daß sie damit verschont werden wollte, aber was er ihr bot, war doch nichts anderes als gesunder Menschenverstand! Sie war so verletzlich! Ralph wurde wütend, wenn er daran dachte, daß sie zu allen möglichen Zeiten hinter dieser Theke stand, von fünf oder sechs Uhr abends bis zwei Uhr morgens oder von acht Uhr morgens bis nachmittags um vier Uhr, so jung und hübsch, so gesund und unschuldig, wie sie war. Unschuldig! Ihre Unschuld wirkte doch geradezu wie ein Magnet auf die sexuell verkommenen Männer, die sie beäugten. Ralph hatte diese anzüglichen Blicke gesehen, zu jeder Tages- und Nachtzeit! Bei einigen von diesen Typen hatte er Elsie sogar stehenbleiben und lachen und scherzen sehen, er hatte gesehen, wie sie das Tuch, mit dem sie die Theke abwischte, in die Gesichter dieser Männer schnalzen ließ, die vor Entzücken über soviel Aufmerksamkeit beinahe von ihren Hockern fielen. Alle wollten sich mit ihr verabreden, und Ralph hatte keinen Zweifel, daß sie sich tatsächlich mit dem einen oder anderen traf. Er konnte sich gut vorstellen, daß sie sich, wenn sie um zwei Uhr morgens Feierabend hatte, von einem dieser Typen zu einem Drink einladen ließ, und danach würde der sie natürlich nach Hause bringen wollen. Und dann? Ralph hatte herausgefunden, daß sie in der Minetta Street wohnte, und die Frau gesehen, mit der sie die Wohnung teilte. Er hatte Elsie und eine andere Frau eines Samstags, als er frei gehabt hatte, aus dem Supermarkt in der Sixth Avenue kommen sehen und war den beiden bis zu dem Haus in der Minetta Street gefolgt. Die andere war etwa fünfundzwanzig gewesen, größer als Elsie, mit dunkelrotem Haar, und sie hatte ausgesehen, als stammte sie aus einem türkischen Harem: rosafarbene Pluderhosen, die an den Knöcheln mit Kettchen gerafft waren, spitze, goldene Pantöffelchen – im Oktober! –, alles in allem eine typische Hure. Vielleicht unterhielt die langhaarige junge Frau in der Minetta Street einen Callgirlring, und Elsie war eines ihrer Mädchen und verdiente sich ein

Taschengeld. Ralph wußte noch, daß die Augenlider der Haremsdame in einem gräßlichen Grünton geschminkt gewesen waren – oder war es Dunkelviolett gewesen? Vielleicht noch ein Relikt aus der Nacht zuvor. Ungewaschen hatte sie jedenfalls gewirkt, und sie war Ralph vollkommen gleichgültig gewesen. Elsie war anders, auch an jenem Samstag. Obgleich sie die Arme voller Einkaufstüten gehabt hatte, war sie in ihren weißen Turnschuhen neben der Haremsdame einhergehüpft und hatte sich mit ihr unterhalten. Ralph hatte erwartet, sie würde der anderen die Tüten an der Tür übergeben und sich verabschieden, doch Elsie war mit ihr im Haus verschwunden, wie jemand, der dort wohnte. Vorher hatte Elsie in der King Street gewohnt, das wußte er, weil er ihr ein paar Male gefolgt war, und dann einige Wochen lang in der Eighth Street, in einer Wohnung, die natürlich ebenfalls nicht ihr gehörte. Einem Mann oder einer Frau? Ralph hatte es nicht herausfinden können. Wie sollte eine junge Frau jemals das Gefühl entwickeln, irgendwohin zu gehören, wie je ein Gefühl für Anstand und Sicherheit bekommen, wenn sie ständig so durchs Leben tänzelte?

Und wie zur Krönung all diesen Übels, dieser langen Serie von Ungerechtigkeiten, mußte Ralph feststellen, daß ihm mal wieder jemand eine seiner Erfindungen weggeschnappt hatte. Es handelte sich um eine einfache und kostengünstige Meerwasser-Entsalzungsanlage. Die Skizze in der *Times* hatte große Ähnlichkeit mit der, die Ralph vor vier oder sechs Jahren in sein Notizbuch gezeichnet hatte. Ein Wassereinlaß für das *warme* Oberflächenwasser, ja, genau, das dann durch eine Wärmekammer geleitet wurde, wo es verdampfte, und natürlich war auch die Vakuumpumpe da, die Ralph in seine Konstruktion eingebaut hatte, damit der Luftdruck gesenkt wurde und das Wasser bei einer niedrigeren Temperatur kochte. Selbstverständlich brauchte man dafür eine Turbine und einen Generator, die hatte Ralph eingeplant, genau wie auf der Skizze in der *Times*. Ralphs Entwürfe und Erläuterungen standen in den unlinierten Notizbüchern auf dem Regal über dem Tisch. Er hätte die Zeichnung leicht finden können, wenn er das richtige Jahr gewußt hätte, doch er machte sich nicht die Mühe zu suchen. Es war natürlich seine Schuld: Er hätte ein kleines, zur Not auch fehlerhaftes Modell bauen und an das Patentamt in Washington schicken sollen. Wie oft war ihm das schon passiert? Fünfmal? Sechsmal? Es lohnte sich nicht, sie zu zählen. Es hätte ihn nur noch wütender gemacht.

Er hatte noch etwas weiße Lackfarbe und kaufte weitere dazu. An den beiden freien Tagen in der Mitte der Woche lackierte er seine beiden Bücherregale und staubte die Bücher, Notizbücher und Stapel alter Zeitschriften ab, und während die Farbe trocknete, räumte er die Oberschränke in der Küche aus und putzte sie. Er war schon beinahe entschlossen, sie ebenfalls komplett neu zu lackieren, beließ es dann aber bei den Außenseiten. Diese Oberschränke waren fest an der Wand montiert. Ralph sah vermutlich noch immer ziemlich grimmig aus, denn als er den Lebensmittelladen betrat, sagte Johnny sofort: »Heute nachmittag keine Predigten, Mr. Linderman! Ich bin dafür nicht in Stimmung! Und ich schwöre, ich bin brav gewesen!« Johnny machte lachend das Kreuzzeichen. »Kein Herumalbern mit den Mädchen, ich schwöre!«

»Wer hat was von einer Predigt gesagt, Johnny?« antwortete Ralph und zwang sich zu einem Lächeln.

»Ich glaub eben an Gott. Stimmt's, God?« Wieder lachte Johnny. Er beugte sich über die Theke zu dem Hund, der schwanzwedelnd an der Leine zerrte.

10

Also, wir haben es überstanden«, sagte Natalia, als sie gegen Mitternacht aus dem Waverley Theater 2 traten.

»Ja. Keine gute Idee von mir«, sagte Jack. »Tut mir leid.«

»Wenigstens war in den letzten zehn Minuten was los. Diese Frau, die Ehefrau, hat mich so gelangweilt! Wenn die Hauptperson eine solche Trantüte ist, kann man einfach kein Interesse für die Handlung aufbringen, findest du nicht?«

»Von was für einer Handlung redest du?«

Sie waren auf dem Heimweg. Der deutsche Film, den sie sich angesehen hatten und in dem es um zwei Frauen ging, die eine »tiefe Freundschaft« entwickelten, hatte gute Kritiken bekommen.

»Ist dir aufgefallen, daß die Männer allesamt trübe Tassen waren?« fragte Jack. »Nichts als Pappfiguren mit dem Etikett ›Ehemann‹.«

»Das war beabsichtigt. Ach, all dieses Gerede über Rivalitäten und den Krieg der Geschlechter. Das ist doch ein alter Hut.« Natalia ging angespannt, warf ihm einen kurzen Blick zu und sah dann wieder weg.

»Willst du noch irgendwo was trinken? Heute ist ja schließlich unser großer Ausgehabend.« Jack lachte. Ihre Tochter war heute bei Susanne in ihrer Wohnung am Riverside Drive; sie mußten also nicht gleich nach Hause gehen.

»Ich weiß nicht«, sagte Natalia, als hätte sie gerade an etwas anderes gedacht. »Laß uns einfach ein bißchen gehen.«

Ein paar Minuten später sagte Natalia mit jenem Stirnrunzeln, mit dem sie oft etwas Lustiges ankündigte: »Komm, wir gehen hier rein. Irgendwas trinken oder so.«

Sie war an einer Stelle stehengeblieben, wo eine Treppe vom Bürgersteig zu einem Souterrain führte. Man hörte pulsierende Discomusik. Sie gingen hinunter. Über der Tür, vor die ein Vorhang gezogen war, stand in grüner Schrift auf schwarzem Grund BIRD'S NEST. Drinnen war es eng, dunkel und sehr voll. Ein rotes Licht ging rhythmisch an und aus, und jedesmal, wenn es erlosch, war es stockfinster.

»Setzen?« fragte Natalia. »Lieber stehen.« Sie steuerte auf die Theke zu, die links vom Eingang lag. Sie wollte einen Ballantine's.

Jack rief dem Barmann ihre Bestellung zu. »Und ein Bier! Ein Bud!«

Auf der Tanzfläche ging es lebhaft zu: junge Leute in Bluejeans, ein schwarzes Pärchen, zwei Schwule, zwei Gestalten, die für sich allein tanzten, ein paar lebenslustige ältere Semester. Eine rothaarige junge Frau in engen weißen Hosen versprühte Energie wie eine explodierende Bombe, das rote Haar zu einer Afrofrisur, so groß wie ein Kissen, aufgedonnert.

»Tanzen?« fragte Jack Natalia.

»Gleich.« Sie nippte an ihrem Whisky.

»Da hast du einen guten Laden gefunden.«

»Ja, nicht? Sieh dir das an!« Natalia lachte schallend und zeigte auf die Tür.

Ein junger Mann wurde auf klassische Art hinausgeworfen. Der Rausschmeißer hatte ihn mit einem schmerzhaft wirkenden Griff am Hosenboden gepackt und hielt ihn mit der anderen Hand am Kragen des Pullovers fest. Nicht ganz einfach, einen Mann die Treppe *hinauf*zuwerfen, dachte Jack.

»Diese Rothaarige da...« Natalia beugte sich zu Jack, ohne die Tanzenden aus den Augen zu lassen. »Wovon ist die wohl high? Sie tanzt jedenfalls sehr gut.«

Die Frau tanzte mit einem schlanken Jungen, der ebenfalls ein guter Tänzer war und dem Aussehen nach Puertoricaner. Einige der Gäste sahen den beiden zu und klatschten im Rhythmus der Musik. Irgend etwas am Profil der jungen Frau erinnerte Jack an Elsie, doch sie drehte sich so schnell, daß er sie nicht richtig erkennen konnte.

»Na los, Junge!« rief jemand.

Einer der Tänzer stürzte, riß ein paar Stühle zu Boden und hätte beinahe einen Tisch umgeworfen. Die Gläser, die darauf standen, fielen um.

Wah-wah-wah... Die elektronische Musik hämmerte ihren Rhythmus und schien, wie der Film, den sie vorhin gesehen hatten, weder ein Ende noch eine erkennbare Richtung zu haben. Natalia ließ sich dennoch anstecken und ging mit Jack zu einem freien Fleckchen auf der Tanzfläche. Sie trug noch ihren Mantel. Egal. Jack sprang mehrmals hoch in die Luft, einfach weil es sich gut anfühlte. Die rothaarige Frau warf beim Tanzen den Kopf hin und her, so heftig, dachte Jack, als wolle sie sich den Hals brechen. Als sie plötzlich auf einen Meter herankam, sah Jack, daß es tatsächlich Elsie war, die sich eine verrückte Perücke aufgesetzt hatte. Elsies blaue Augen entdeckten ihn. Sie nickte kurz, und ihr offener Mund verzog sich zu einem Lächeln.

Die Musik wurde leiser. Das Stück war zu Ende, doch der Rhythmus hämmerte weiter wie ein Herzschrittmacher, der weder aufhören noch langsamer arbeiten kann.

In hochhackigen Schuhen ging Elsie lächelnd von der Tanzfläche, den Arm lässig um die Taille des dunkelhaarigen Jungen gelegt, der sie auf den Mund küssen wollte, aber nur ihre Wange erwischte. Als sie aus dem Licht der Scheinwerfer über der Tanzfläche trat und zu den Tischen ging, die im Dunkel an der Wand standen, riß sie sich die Perücke vom Kopf.

»Die ist ja blond«, sagte Natalia und starrte Elsie an. »Ein süßes Mädchen!«

»Ja, nicht?« Jack stellte fest, daß sein Herz wild pochte, und zwar nicht nur vom Tanzen. Komisch. Vielleicht würde Elsie gleich herüberkommen und ihn begrüßen. Das sähe ihr ähnlich. Vielleicht sähe es ihr ähnlich – er war sich nicht sicher. In diesem Fall würde er Natalia sagen, er habe sie in einem Coffeeshop in der Seventh Avenue kennengelernt. Er wollte Natalia nicht in diesem Getöse erzählen müssen, wie es kam, daß Elsie in ihrer Wohnung gewesen war.

Ihre Gläser standen noch da, wo sie sie abgestellt hatten.

Jack fragte sich, ob dieser Latino Elsies neuester Freund war. Kein Wunder, daß Linderman sich Sorgen um sie machte!

»Warum lächelst du?« fragte ihn Natalia.

»Die Frau da«, sagte Jack, mitten in die wieder einsetzende Musik hinein. »Sie arbeitet in einem Coffeeshop mit Schnellimbiß in der Seventh Avenue. Da hab ich sie mal gesehen.« Er mußte schreien, um sich verständlich zu machen.

Natalia nickte und trat näher an Jack und die Theke. »Schnellimbiß! Die könnte für Geld auftreten!«

Jack sagte nichts. An Elsies Tisch saßen ein Schwarzer und eine Frau mit langen dunklen Haaren – falls das nicht ebenfalls eine Perücke war.

»Sollen wir gehen? Oder willst du noch ein Bier?« fragte Natalia.

Sie gingen.

Am Freitag abend derselben Woche waren Jack und Natalia bei den Armstrongs zum Essen eingeladen. Jack gefiel die Wohnung der Armstrongs. Sie war langgestreckt und lag im Hochparterre, und es gehörte ein Garten dazu, in dem Max und Elaine nach Lust und Laune Gemüse anbauten. In dem Garten standen Rosensträucher und einige Apfelbäume, und auf einer mittelgroßen Terrasse konnte man auch grillen. Es war ein Heim, das den Namen verdiente, denn es wirkte, als würden die beiden nicht erst seit drei oder vier Jahren, sondern schon seit Jahrzehnten dort wohnen. Das Sofa hing, wie die Sessel, ein wenig durch. Max und Elaine hatten die meisten Möbel gebraucht gekauft.

»Wenn ich den ganzen Tag dieses schicke Zeug gesehen habe, sehne ich mich nach Bücherregalen aus Apfelsinenkisten«, hatte Elaine einmal gesagt. Sie arbeitete als Innenarchitektin.

Der offene Kamin im vorderen Zimmer, der Heimat des

alten Sofas, zog wunderbar und war nicht erst vor kurzem eingebaut worden. Die Armstrongs hatten Feuer gemacht und in Alufolie gewickelte Kartoffeln in die Glut gelegt. Die Kinder spielten lärmend im Kinderzimmer, wo Jason, wie Elaine sagte, seine Eisenbahn aufgebaut hatte, und zwischen dem Gebrüll war gelegentlich das Piepen eines Computerspiels zu hören. Die vier Erwachsenen saßen vor dem Kamin und tranken einen Aperitif. Für die Steaks hatte Max Holzkohle auf das Feuer gelegt, und da das Essen, wie er sagte, heute seine Aufgabe war, begleitete Jack ihn in die Küche. Natalia und Elaine saßen auf dem Sofa und waren in ein Gespräch vertieft.

»Wie finden die bloß immer ein Thema, über das sie reden können?« fragte Jack.

»Wer?«

»Die Frauen.« Jack wies in Richtung Wohnzimmer. »Manchmal wünsche ich mir, ich würde diesen Trick beherrschen.«

»Tatsächlich? Ich nicht. Ich finde das ermüdend.« Max nahm den Salzstreuer und die Essigflasche und zog die Salatschüssel zu sich heran.

Jack nahm die Salatblätter aus der Spüle, legte sie in die Salatschleuder und trat auf die Terrasse.

»Daddy, mein Kassettenrekorder geht nicht!« Der sechsjährige Jason stand mit zerzaustem braunem Haar in der Tür und runzelte die Stirn.

»Tja, darum kann Daddy sich jetzt nicht kümmern. Wieviel Krach wollt ihr eigentlich noch machen?«

Jason drehte sich um und marschierte davon wie ein Soldat, der einen Befehl erhalten hat.

Max rührte die Salatsauce. »Wie gefällt Natalia die Arbeit in der Galerie?«

Jack antwortete, es gefalle ihr dort sehr gut, und erinnerte Max daran, daß sie schon früher für Isabel gearbeitet hatte.

»Und wie geht's Louis? Ich vergesse immer seinen Nachnamen. Du weißt schon – Natalias alter Freund.«

»Wannfeld. Ihm geht's gut. Natalia trifft sich ab und zu mit ihm.« Jack erwähnte nicht, daß Louis befürchtet hatte, Krebs zu haben. Diese Angst hatte sich ja offenbar als unbegründet herausgestellt, Louis hatte keinen Krebs. Über seine eigene Arbeit sprach Max nie. »Meine kleine Firma beschützt große Firmen«, hatte er einmal lächelnd gesagt, um eine entsprechende Frage abzubiegen. Doch er interessierte sich für Malerei und Musik – auch für Jacks Zeichnungen und Cartoons –, und an Gesprächen über Kunst im allgemeinen beteiligte er sich lebhaft.

Max legte die Steaks zwischen die beiden Hälften eines Grillrostes, der einen langen Griff hatte. »Und die alte Mrs. Farley?« fragte er lächelnd. »So heißt sie doch, oder? Die in der Wohnung unter eurer wohnt.«

»Ja, die gibt es noch. Erinnerst du dich, wie wir sie eines Nachmittags aus dem Taxi über den Schnee gehoben haben?« Jack lachte. Max und er hatten den Schnee von der Eingangstreppe gekehrt, als ein Taxi mit Mrs. Farley vorgefahren war. Sie hatten sie mitsamt ihren Einkäufen über den aufgeschütteten Schnee und die Treppe hinaufgetragen und sie trockenen Fußes in der Eingangshalle abgesetzt.

»Klar weiß ich das noch«, sagte Max. »Das war ein Spaß!«

In Notfällen – zum Beispiel, wenn es geschneit hatte – halfen Max und Jack einander bei den notwendigen Arbeiten am Haus. Max war über eins achtzig groß und kräftig gebaut. Er sah gut aus, ziemlich irisch, wie Jack fand, obgleich er nur zur Hälfte irischer Herkunft war. Er hatte lange Wimpern und ein ausgeprägtes Kinn und war die Art von Mann, die Frauen, wie Jack vermutete, sexy fanden, obgleich Natalia auf seine entsprechende Frage einmal geantwortet hatte: »Max? Sexy? Finde ich nicht.« Komisch, hatte Jack gedacht. »Du bist sexy«, hatte Natalia gesagt. »Du siehst zwar nicht so sexy aus, aber du *bist* sexy, und das ist viel wichtiger.« Ja, das war tatsächlich viel wichtiger, jedenfalls, wenn Natalia es sagte. Plötzlich dachte Jack an Elsie, die wie ein wirbelnder Derwisch getanzt hatte, und an Ralph Linderman, diesen komischen Kauz. Wenn er diesen Namen doch nur vergessen könnte! Doch der hatte sich in sein Gedächtnis gegraben.

»Sag mal, Max –«

»Könntest du den Salat ins Eßzimmer bringen, Jack?«

Jack nahm die Salatschüssel und stellte sie auf dem Weg durch das Wohnzimmer auf den Eßzimmertisch. Max trug den Klappgrill mit den Steaks.

»Und dreh doch mal die Kartoffeln um, wenn du das mit bloßen Händen kannst. Was wolltest du sagen?«

Sie hockten sich vor den Kamin.

»Ist dir hier in der Gegend mal ein Mann Mitte Fünfzig aufgefallen, der einen schwarzweißen Hund ausführt?«

»Einen Dalmatiner?«

»Eher eine Promenadenmischung – vielleicht war irgendwann mal ein Dalmatiner beteiligt. Dieser Bursche führt manchmal um sechs Uhr morgens seinen Hund spazieren, wenn ich gerade meine Joggingrunde drehe. Aber auch zu allen möglichen anderen Zeiten – er ist nämlich Wachmann. Jedenfalls hat er nicht alle Tassen im Schrank. Laß dich bloß nie auf ein Gespräch mit ihm ein. Er wohnt in der Bleecker Street, also kommt er vielleicht gar nicht bis hierher, in die Eleventh Street.«

»Hat er denn versucht, dich in ein Gespräch zu verwickeln?«

»Allerdings«, sagte Jack und verzog das Gesicht. »Das komische ist: Ich habe neulich vor unserem Haus meine Brieftasche verloren, als ich aus dem Taxi gestiegen bin, und dieser Typ hat sie gefunden und sie mir eine Stunde später zurückgegeben, und er wollte nicht mal einen Finderlohn.«

Max sah von den Steaks auf. »Und war das Geld noch drin?«

»Bis auf den letzten Dollar. Er sagte, es sei selbstverständlich, etwas Gefundenes dem Eigentümer zurückzu geben.« Jack lachte. »Und dann fing er an, über… über die gute alte Ehrlichkeit und so weiter zu reden. Dabei ist er gegen die Kirche und gegen Religion.«

»Sehr seltsam«, sagte Max und drehte den Grill um. »Aber ein Glück für dich.«

Elaine und Natalia saßen außer Hörweite und mit untergeschlagenen Beinen auf dem Sofa.

»Ich schätze, es hat ihm Spaß gemacht, dir die Brieftasche zurückzugeben«, sagte Max und lächelte.

»Das kann man wohl sagen. Es war unverkennbar.« Nun, da er Max die Geschichte erzählt und ihn vor Linderman gewarnt hatte, fühlte Jack sich besser. Es war, als hätte sich die Last auf seinen Schultern halbiert. Doch was für eine Last stellte Linderman eigentlich dar?

»Woran denkst du, Jack?« fragte Elaine.

Jack stand da, einen Teller mit heißen, in Alufolie gewickelten Kartoffeln in der Hand. »Ach, ich träume nur so vor mich hin.«

Er hatte gar nicht bemerkt, daß die Frauen aufgestanden waren. Auf dem Wohnzimmerboden lag jetzt ein Plastiktischtuch ausgebreitet, und darauf standen Teller, Besteck für die Kinder und Becher voll Milch.

»Das löst alle Probleme mit irgendwelchen Kleckereien«, sagte Max zu Jack. »Außerdem spielt das bei diesem Teppich sowieso keine Rolle mehr.«

Die vier Erwachsenen gingen ins Eßzimmer. Jack stand neben dem Tisch, sah Natalia an und lauschte entzückt ihrer Stimme. Sie hatte ihr Glas mitgebracht, in dem noch etwas Scotch und Wasser waren.

»Du sitzt dort, Jack, wie immer«, sagte Elaine und zeigte auf einen Stuhl. »Setzt euch, ihr beiden.«

11

He! Hallo!« Plötzlich war Elsie neben ihm.

»Oh, hallo!« sagte Jack überrascht.

Sie gingen die Seventh Avenue hinunter. Jack wollte zu dem Drugstore an der Ecke Grove Street und Seventh.

Sie begleitete ihn in den Drugstore, die Hände in die Taschen ihrer Jacke gesteckt – heute war es eine doppelreihige Marinejacke. »Ich wollte Sie schon anrufen.«

»Tatsächlich? Ich will nur schnell eine Zahnbürste kaufen.« Er nahm eine kleine rote für Amelia. Außerdem brauchte er eine Schachtel Aspirin.

»Ja«, fuhr Elsie fort. »Es geht um diese Nervensäge Ralph. Es wird immer schlimmer mit ihm. Er kommt andauernd in den Coffeeshop, und Viv, die Geschäftsführerin, kann ihn nicht rausschmeißen, weil er nicht betrunken ist.« Während Jack bezahlte, sprach sie weiter. »Einmal sind wir ihn losgeworden, weil Viv eingefallen ist, daß es ein Gesetz gibt, nach dem Hunde keinen Zutritt haben.«

Jack hörte ihr zu. Sie gingen zur Tür.

»Ich wollte Sie fragen, ob Sie mal mit ihm reden würden – über diese ganze Sache. Ihn bitten, mich in Ruhe zu lassen. Ich verliere seinetwegen noch meinen Job. Und das will ich nicht, weil die Arbeitszeiten gut sind und die Leute ebenfalls. Auf Sie würde er hören. Er findet Sie nämlich sehr sympathisch. Stellen Sie sich vor: Er weiß sogar, daß ich einmal in Ihrer Wohnung war. Er schnüffelt wirklich ständig hinter mir her!« Sie stampfte ungeduldig auf. »Wenn Sie ihm sagen könnten, daß ich keine Prostituierte bin, die Hausbesuche macht...« Sie runzelte die Stirn und sah ihm in die Augen.

Jack nickte und stellte sich vor, wie er beim nächsten Mal, wenn Ralph Linderman ihm ein Gespräch aufzwingen wollte, in aller Ruhe ein Wort mit ihm reden würde. »Okay, Elsie, ich werd's versuchen. Versprochen.«

»Danke. Vielen Dank. – Kommen Sie, ich will Ihnen was zeigen.« Impulsiv packte sie Jack am Arm und zog ihn in Richtung Süden.

»Was wollen Sie mir zeigen?«

»Ich wohne gleich da vorn. Es ist nicht weit. Haben Sie fünf Minuten Zeit?«

»Ja.« Jack begleitete sie. Sie überquerten die Seventh Avenue, gingen an der Jones Street vorbei in Richtung Father Demo Square und bogen schließlich in die Minetta Street ein.

»Das ist meine Straße. Minetta Street.«

Kurz darauf standen sie vor einem dreistöckigen rotgestrichenen Backsteinhaus mit Treppenaufgang. Elsie zog einen Schlüsselbund aus der Tasche ihrer Bluejeans.

»Kommen Sie doch kurz rauf.«

»Nein, ich sehe schon, es ist ein schönes Haus.«

»Es ist niemand zu Hause. Ich bin auch in *Ihrer* Wohnung gewesen«, fügte sie in vorwurfsvollem Ton hinzu. »Sie sollen sich die Wohnung nur ansehen. Sie brauchen sich nicht mal zu setzen.«

Jack lächelte und gab nach. »Na gut, Elsie.«

Sie gingen die Treppe hinauf, und Elsie öffnete mit einem zweiten Schlüssel eine Wohnungstür.

»Hier wohne ich jetzt mit Genevieve«, sagte sie. Sie ging voraus und drehte sich in der Mitte eines recht vollgestellten Raumes einmal um die eigene Achse.

Das Zimmer hatte eine niedrige Decke. Zwei Fenster gingen auf die Minetta Street. Ein Sofa war mit einem großen, dunkelroten Tuch zugedeckt, die modernen, schwarzen Sessel waren zerkratzt, als hätten sich Katzen darüber hergemacht, obgleich Jack keine Katzen entdecken konnte. Der kleine offene Kamin sah unbenutzt aus; jemand hatte ein Plakat mit einem Totenschädel und gekreuzten Knochen darin befestigt. Es gab viele Bücher.

»Und das ist das Schlafzimmer«, sagte Elsie fröhlich und führte ihn durch den Flur an Küche und Bad vorbei in einen nach hinten gelegenen Raum. Mehr als die Hälfte dieses Zimmers wurde von einem Bett eingenommen, das aussah, als hätte man zwei Doppelbetten nebeneinandergestellt. Es war mit mehreren bedruckten indischen Tüchern zugedeckt, und die Wände waren mit Postern tapeziert: Popsängerinnen, weibliche Akte und ein Wahlplakat für einen Politiker, dessen Namen und Gesicht Jack nichts sagte.

»Hmm«, sagte Jack. »Sehr gemütlich.«

»Und haben Sie die Küche gesehen?« Elsie wies den Flur entlang. »Ich frage Sie: Sieht das hier wie ein Bordell aus? Genevieve arbeitet von täglich neun bis fünf. Und ich gehe heute um sechs zur Arbeit. Meint dieser Schwachkopf vielleicht, wir liegen hier den ganzen Tag herum, dröhnen uns den Kopf voll und gehen für Geld mit allen möglichen

Männern ins Bett?« Ihre Wut schien mit der Führung durch die Wohnung zugenommen zu haben. »Reden Sie mit ihm, und sagen Sie ihm, er soll sich verpissen, ja?«

Jack nickte. »Ja, ich hab's Ihnen doch versprochen.«

Sie entspannte sich sichtlich. »Sie meinen es ernst.«

»Ja.« Er stand jetzt an der Wohnungstür und wollte sich verabschieden.

»Sonst hetze ich ihm nämlich die Polizei auf den Hals«, fuhr Elsie fort. »Kein Mann, der diese Wohnung betritt, bleibt über Nacht. Klar haben wir ab und zu Besuch, aber im Augenblick ist Genevieve meine Freundin. Wir lassen uns auf nichts ein. Sie steht nicht mal auf Männer.«

»Hmm. Freundin«, sagte Jack sachlich. Er dachte an seine offenkundige Überraschung, als es um Sylvia gegangen war – ein Fehler, den er nicht wiederholen wollte. »Ja«, fügte er hinzu.

»Ja, sie ist lesbisch. Ich auch – im Augenblick jedenfalls. Früher mochte ich Männer ein bißchen, aber jetzt nicht.« Sie machte die ungeduldige, wegwerfende Handbewegung, die Jack sie schon einmal hatte machen sehen. »Vielleicht mag ich Genevieve schon bald nicht mehr, aber... solange es Spaß macht...« Sie zog ihre Jacke aus, warf sie auf das Sofa und vollführte dabei eine vollständige Drehung auf den Zehenspitzen. Auf ihrem Gesicht war wieder das fröhliche Lächeln, und ihre Stirn war wieder glatt. »Ich will bloß mein Leben genießen! Verstehen Sie?«

»Ja.« Und ob Jack das verstand. »Danke, daß Sie mir Ihre Wohnung gezeigt haben.« Er öffnete die Tür.

Sie begleitete ihn die Treppe hinunter. »War das Ihre Frau neulich abends, in der Disco?«

»Ja«, sagte Jack lächelnd.

»Sie sieht interessant aus. Anders, wenn Sie verstehen, was ich meine.« Elsie klang aufrichtig. »Ist sie Schriftstellerin?«

»Nein, aber sie liest viel. Auf Wiedersehen, Elsie.«

Jack machte sich auf den Heimweg. Elsie konnte so entschlossen, so ernst aussehen! Diese zitternden, dünnen blonden Augenbrauen, diese intensiv blickenden blaßblauen Augen! Sehr bald schon war Jack in Lindermans Straße. Lindermans Hausnummer hatte er vergessen – um so besser. Wenn er dem alten Kerl jetzt, um zehn vor vier, begegnete, würde er ein ernstes Wort mit ihm reden und es hinter sich bringen, höflich und ruhig. Jack hielt nach ihm Ausschau, ebenso wie nach einer Frau, die ein Kind an der Hand führte, denn Amelia wurde heute von der Schule in der West Twelfth Street nach Hause gebracht; allerdings war es dafür noch ein wenig zu früh. Daß Amelia nach Hause begleitet wurde, war ein zusätzlicher Service, für den Natalia und er bezahlten. Morgens brachten Natalia oder er – gewöhnlich er – Amelia gegen neun Uhr zur Schule. Manchmal rief er auch um halb vier in der Schule an und sagte, er werde Amelia abholen. Als Jack in die Grove Street einbog, hatte er weder Linderman noch Amelia und ihre Begleiterin gesehen, und so ging er hinauf in die Wohnung.

Gestern und heute hatte er an Tuschzeichnungen gearbeitet. Gestern hatte er fünf fertiggestellt und heute bislang zwei, und zwar nach seiner bevorzugten Technik, nämlich ohne vorherige Bleistiftskizze. Die Zeichnungen erschienen ihm jetzt anders – gar nicht übel. Mehrmals im

Monat machte Jack mit seiner Zeichenmappe die Runde bei einigen Zeitschriftenredaktionen, gab einige Zeichnungen ab und kehrte nach einer Woche zurück, um zu hören, was daraus geworden war. Jetzt war er plötzlich nicht mehr in der Stimmung, eine weitere Zeichnung zu machen.

Elsie war also lesbisch! Erstaunlich. Noch erstaunlicher, wenn er an den drei Meter langen Kleiderschrank dachte, den er eben im Schlafzimmer in der Minetta Street gesehen hatte, vollgestopft mit duftigen Kleidchen und langen Rökken in allen möglichen Farben. Der Boden des Schrankes war bedeckt gewesen mit hochhackigen Schuhen, goldfarbenen Pumps, hohen, durchaus sexy wirkenden Stiefeln und Sandalen mit Riemchen, die anscheinend bis zu den Knien geschnürt wurden. In einer Ecke des Schlafzimmers hatte eine lange, lavendelfarbene Straußenfeder gelehnt. Lesbisch! Meinte Linderman vielleicht *das*? Jack würde ihm gewiß nichts davon erzählen. Linderman schien Elsie vor der Prostitution bewahren zu wollen. Jack sah Elsies gewaltiges Bett jetzt in einem anderen Licht. In diesen riesigen elysischen Gefilden gaben sich Elsie und die Frau namens Genevieve also der Liebe hin.

Von einer Ecke seines Arbeitstisches nahm Jack ein rechteckig zugeschnittenes Stück roten Glanzpapiers. Er hatte einen kleinen Vorrat solcher Papiere, auf denen man nicht mit Bleistift oder Tusche, sondern nur mit einem Fettstift zeichnen konnte. Sie stammten von den Deckblättern der Bilanzberichte, die Aktiengesellschaften an Anteilseigner verschickten. Meist waren sie an Natalia adressiert, manchmal aber auch an Jack. Jack trennte die glänzenden Deckblätter ab, denn manche hatten unbedruckte Rückseiten.

Nun nahm er einen gelben Fettstift und zeichnete einen tanzenden weiblichen Akt, der nur aus geschwungenen Linien und beinahe geschlossenen Kreisen bestand. Die Hüftlinien schwangen sich an der Taille nach innen, der Kopf war eine nach links geneigte Kurve. Die Gestalt stand auf einem Bein, während der andere Fuß in die Luft erhoben war. Die Konturen der Schultern und Arme gingen in die der Brüste über. Scharf, dachte Jack zufrieden. Die gelben Fettstriche waren noch feucht – er hätte sie mit dem Daumen wegwischen können, strich aber nur mit der Spitze des Zeigefingers über die Linien und ließ sie ein wenig verschwimmen. Es war wie modellieren. Nun war die Zeichnung fertig: ein Porträt der tanzenden Elsie. Er stellte es hinten auf den Arbeitstisch an die Wand. In zehn, zwanzig Minuten würde es trocken sein. Das kurze, nur angedeutete Haar, das durch die Drehung nach außen flog, war gut. Keine Gesichtszüge. Dennoch war es Elsie.

Die Türglocke läutete. Amelia war zurück.

12

An den nächsten Tagen begegnete Jack Ralph Linderman nicht beim Joggen. Er trabte jetzt später los, weil es ja immer später hell wurde, und vielleicht kam Linderman von der Arbeit heim und führte God aus, wenn es noch dunkel war.

Im November begann Jack mit dem Auftrag, den Trews ihm angeboten hatte. Es war ein Bericht über die lange Wanderung eines jungen Amerikaners durch Tibet und den Himalaja – er hatte bei Bauern übernachtet, sich verirrt und mehrere Tage lang allein bei Temperaturen unter dem Gefrierpunkt überlebt. Jack ging zur Leihbücherei in der Forty-second Street, um Recherchen für seine Bilder zu betreiben. Trews wollte seine Phantasiegestalten, seine schrägen Typen, aber dennoch mußte Jack herausfinden, wie tibetische Kochtöpfe oder Yaks aussahen, ganz zu schweigen von der landesüblichen Kleidung.

Er hatte tagelang nicht an Linderman gedacht, als er diesem plötzlich in Rossis Lebensmittelgeschäft begegnete, in der einen Hand ein paar Konservendosen, in der anderen Gods Leine. Jack, der mit seinen Gedanken meilenweit entfernt war, fuhr zusammen und machte, als Linderman ihn erblickte, eine Kopfbewegung, die man als Nicken verstehen konnte. Er betrachtete angelegentlich den Aufschnitt hinter dem Glas der Verkaufstheke. Es waren noch einige andere Kunden im Laden, und Linderman schien darauf zu warten, seine Einkäufe zu bezahlen.

»Tag, Mr. Sutherland«, sagte er.

»Guten Tag, Sir«, antwortete Jack. Ihm fiel das Versprechen ein, das er Elsie gegeben hatte. Er sagte dem älteren Rossi, was er haben wollte: ein halbes Pfund Gorgonzola und ein Viertelpfund Salami, möglichst dünn geschnitten.

Linderman legte seinen Einkauf auf die Theke, und Johnny Rossi nahm das Geld entgegen. Dann trat Linderman, die braune Papiertüte im Arm, zu Jack. »Ich möchte mich noch einmal mit Ihnen unterhalten, Mr. Sutherland. Ich will Ihnen meinen Standpunkt genauer darlegen.« Linderman sprach leise und ernst.

Ein Gefühl der Langeweile überfiel Jack, rasch und lähmend. Bring es hinter dich, dachte er. »Ja. Ich bin hier gleich fertig.« Er wollte nicht, daß die beiden Rossis auch nur im entferntesten denken könnten, er sei mit Linderman näher bekannt. Er bezahlte.

Dann standen sie draußen auf dem Bürgersteig, im kühlen Sonnenlicht.

»Ich glaube, ich habe mich in meinem Brief an Sie nicht klar genug ausgedrückt«, begann Linderman. »Möglicherweise habe ich Sie beleidigt. Das war wirklich nicht meine Absicht, aber es muß wohl so gewesen sein, denn sonst hätten Sie mir geantwortet. Später ist mir eingefallen, daß ich es versäumt hatte, meine Adresse auf den Umschlag zu schreiben –«

»Nein, Sie haben mich nicht beleidigt. Ganz gewiß nicht.« Jack betrachtete kurz Lindermans massiges Gesicht, die faltigen Wangen, die selbstgerecht blickenden braunen Augen. Linderman hatte sich heute rasiert. »Diese junge Frau, von der Sie mir schrieben – Elsie... Sie hat einen Job, müssen Sie wissen. Sie vergeudet nicht ihr Leben, wie Sie anzunehmen scheinen. Wenn sie bis spätnachts auf ist, dann nur, weil sie das Leben genießen will. Wie alle jungen Leute.«

Linderman schüttelte den Kopf, als wäre Jack ganz und gar im Irrtum. »Ich weiß, daß sie jung ist. Deswegen lohnt es sich ja auch, ihr zu helfen. Entschuldigen Sie bitte.«

God machte Anstalten, sein Geschäft zu erledigen, und Linderman zog ihn gewissenhaft zum Rinnstein. Der dicke, gekrümmte Rücken des Hundes verlieh ihm mehr denn je Ähnlichkeit mit einem schlappohrigen Schwein.

Jack holte tief Luft. »Da Sie so sehr um ihr Wohlergehen besorgt sind, Mr. Linderman, wollen Sie sicher nicht, daß sie ihren Job verliert. Und den könnte sie verlieren, wenn Sie weiterhin so oft in den Coffeeshop gehen und mit ihr sprechen. Ihre Chefin sieht das nicht gern.«

Lindermans Augen weiteten sich vor einer Verwunderung, die nicht gespielt schien. »Das hat sie Ihnen gesagt? Aber das ist absurd! Ich trinke dort hin und wieder eine Tasse Kaffee. Natürlich versucht sie wegzuhören, wenn ich etwas zu ihr sage.«

Jack stand da und starrte wie gebannt auf Linderman, der den Kot des Hundes aufsammelte und in eine mitgebrachte Plastiktüte steckte. »Lassen Sie Elsie doch leben, wie sie will, Mr. Linderman. Ich dachte, Sie wären gegen die Kirche, gegen das Spießertum.« Er zwang sich zu einem Lächeln.

»Ich bin tatsächlich gegen die Kirche. Worum es mir geht, ist die Realität, etwas, das man sehen und anfassen kann.« Linderman verzog das Gesicht.

Tatsächlich sah Jack Elsies frisches Gesicht und ihren Körper in Gedanken ganz deutlich vor sich. Er hätte sie aus dem Gedächtnis zeichnen können. Er erinnerte sich an das Gesicht, das sie gemacht hatte, als sie in ihrer Wohnung mit ihm gesprochen hatte, an ihre feuchten Augen, als sie ihn gebeten hatte, ihr Linderman vom Hals zu schaffen. »Aber sie hat doch ein Recht darauf, sich keine Predigten anhören zu müssen, meinen Sie nicht? Sie ist nicht Ihre Tochter. Und sie ist sehr aufgebracht.«

Lindermans Gesicht verriet, wie unglücklich er über Jacks Unverständnis war. »Was weiß sie mit zwanzig denn schon vom Leben? Sie ist gerade dabei, ihr Leben zu verpfuschen. Das sage ich ihr, und dazu stehe ich!«

Jack bemerkte, daß ein Passant sich nach Linderman umsah, der mit Nachdruck gesprochen hatte. Jack warf einen sehnsüchtigen Blick zu seinem Haus, das rechts hinter ihm, an der Ecke Grove Street, stand. Wie sollte er das hier zu einem Abschluß bringen? »Ich will nur sagen, daß Sie nichts erreichen werden, wenn Sie so mit ihr reden. Sie machen alles nur noch schlimmer. Haben Sie darüber schon mal nachgedacht –«

»Aber wer sonst soll es ihr sagen? Ihre Familie lebt nicht in New York. Sie ist ganz allein!«

Jack wollte schon antworten, Elsie sei kurz davor, Linderman bei der Polizei anzuzeigen, doch das hielt er für unklug. Lindermans extreme Ansichten saßen tief und unverrückbar. Mit einemmal empfand er Abscheu, ja Haß für

Lindermans starren Blick, der ihm wie ein Ausdruck von Begriffsstutzigkeit erschien. »Na ja, sie ist nicht die einzige Frau in New York, die ganz allein ist«, sagte er und war im Begriff weiterzugehen.

»Beschützen *Sie* sie jetzt?«

Jack lächelte. »Nein. Ich glaube nicht, daß sie einen Beschützer braucht. Auf Wiedersehen, Mr. Linderman.«

»Mr. Sutherland!« Linderman eilte ihm nach, baute sich vor ihm auf und packte ihn am Revers.

»He, lassen Sie das!« Jack fuhr zurück und rempelte eine junge Frau an, die mit einem Einkaufswagen die Straße überqueren wollte. Sie wäre gestürzt, wenn er sie nicht am Ellbogen gefaßt und gestützt hätte. »Entschuldigen Sie – es tut mir sehr leid.« Die Frau sah ihn verärgert an.

»Ich habe Ihnen meinen Standpunkt noch nicht erklärt«, sagte Linderman.

»Doch, das haben Sie. Und jetzt beruhigen Sie sich bitte.« Jack wurde bewußt, daß er die Zähne zusammenbiß, wie Elsie es getan hatte, und daß seine freie Hand zur Faust geballt war.

»Es ist nicht so einfach, sich auf der Straße zu unterhalten«, sagte Linderman in freundlicherem Ton. »Ich wohne nur ein paar Schritte von hier entfernt. Wenn Sie mich begleiten würden, nur für zwei, drei Minuten …«

Diese Vorstellung war bedrückend, aber wäre es nicht schlimmer, unfreundlich zu sein? Möglicherweise gab Widerspruch diesem Mann überhaupt erst Auftrieb. Jack nickte knapp. »Na gut. In Ordnung. Vielleicht kann ich Ihnen meinen Standpunkt dann auch besser erklären.«

Zwei oder drei Minuten später stieg Jack die Treppe hinauf in den dritten Stock zu Lindermans Wohnung, vorbei an düsteren Fluren voller alter Küchengerüche und schmutziger Läufer. Als Linderman die Wohnungstür aufschloß, sah der Hund Jack mit seinem entschuldigenden Lächeln und vielleicht auch etwas Neugier an.

13

Auf Lindermans höfliche Geste trat Jack vor ihm in das recht kleine Wohnzimmer, das mit Bücherregalen und Tischen vollgestellt war. Alles war ordentlich, abgenutzt und alt. Zwei Fenster gingen auf den Hinterhof, die unbebaute Fläche zwischen der Rückseite dieses alten Mietshauses und einiger anderer, die in der Parallelstraße standen. Linderman hängte die Hundeleine auf. In der hinteren linken Ecke des Raums war eine Küchenzeile eingebaut worden, und rechts war eine halbgeöffnete Tür, die vermutlich in Lindermans Schlafzimmer führte, denn das Wohnzimmersofa sah nicht so aus, als diente es auch als Bett.

»Setzen Sie sich doch bitte, Mr. Sutherland«, sagte Linderman und zeigte auf den einzigen Sessel.

Auch der Sessel sah aus wie aus den fünfziger Jahren und wirkte, obgleich der Stoff ausgebleicht war, kaum benutzt. Der Mittelpunkt der Wohnung schien der lange Holztisch vor den Fenstern zu sein, auf dem Notizbücher, Stifte, Lineale und ein paar Bücher aus der Leihbücherei lagen.

»Nichts Großartiges, aber ein Zuhause – für mich jedenfalls. Und das seit mehr als zehn Jahren«, sagte Linderman zufrieden und mit einem gewissen Stolz in der Stimme. Er nahm einen Stuhl, der am Tisch stand, und zog ihn heran, damit er gegenüber von Jack Platz nehmen konnte.

»Eine schöne Wohnung«, sagte Jack freundlich. Er hatte sich in den Sessel gesetzt. »War Elsie schon einmal hier?«

»Natürlich nicht.« Linderman schüttelte den Kopf. »Ich habe sie nie eingeladen. Außerdem hat sie es immer schrecklich eilig.« Er lächelte – es war beinahe ein Schmunzeln.

Jack nahm an, daß er selten, wenn überhaupt, Gäste hatte. Er sah, daß Linderman etwas sagen wollte und mühsam nach Worten suchte.

»Sind Sie vielleicht derjenige, den Elsie in letzter Zeit besucht? Haben Sie mir deshalb gesagt, ich solle nicht mehr mit ihr sprechen?«

»Ich?« Jack lachte und schüttelte den Kopf. »Sie hat mir einmal geholfen, ein paar Einkäufe in unsere Wohnung zu tragen. Dabei haben Sie sie wahrscheinlich gesehen – entweder als sie ins Haus ging oder als sie wieder herauskam –, denn das war das einzige Mal, daß sie bei uns war.« Hatte Linderman sie hineingehen sehen und gewartet, um festzustellen, wie lange sie dort blieb?

»Wie haben Sie sie eigentlich kennengelernt?« fragte Linderman.

»Hmm, tja… Ich war in dem Coffeeshop, wo sie arbeitet. Das war vor ein paar Wochen. Es war abends, und es hat geregnet, das weiß ich noch. Übrigens waren Sie auch dort, mit Ihrem Hund. Ich habe gesehen, daß Sie mit Elsie gesprochen haben. Als sie mir meinen Kaffee brachte, habe ich sie gefragt, woher sie Sie kennt, und ihr erzählt, daß Sie meine Brieftasche gefunden haben. Sie sagte, sie habe von dieser Geschichte gehört.«

»Dann haben Sie das Gespräch also begonnen?«

»Ich weiß nicht mehr, wer angefangen hat.« Jack lächelte

und dachte an Elsies erste Worte, als er dagestanden hatte und kein Platz an der Theke frei gewesen war: Er sehe aus, als würde es draußen regnen.

Linderman verschränkte die Arme. »Und dann haben Sie sich mit ihr verabredet.«

»Aber nein! Ich habe sie erst wiedergesehen, als ich eines Tages vom Einkaufen nach Hause ging und der Boden einer meiner Papiertüten aufgeweicht war. Wir sind uns in der Grove Street über den Weg gelaufen, und sie hat mir eine Tüte hinauf in die Wohnung getragen. Dabei haben Sie sie wohl gesehen – als sie ins Haus ging oder als sie wieder herauskam.«

Linderman machte ein Gesicht, als würde er Jack kein Wort glauben. »Ist Ihnen eigentlich klar, Mr. Sutherland, daß Elsie geradezu ... ideal ist? Wie eine –«

»Ideal?«

»Jung und vollkommen. Sie ist eine Schönheit.«

Jack schwieg abwartend.

»Sie ist das, was manche Leute als ›Traumfrau‹ bezeichnen würden. Das muß Ihnen doch klar sein.«

»Sie ist eine sehr hübsche Frau, ja«, sagte Jack.

»Und sie ist lebendig, keine Statue.«

»Sehr richtig.«

»Und daher ist sie gefährdet.«

Gefährdet, ihre Unschuld zu verlieren, dachte Jack. »Inwiefern?« fragte er.

»Sie stellt eine Versuchung dar.«

Jack lächelte. »Das gilt für alle schönen Frauen.« Er lockerte den Schal, den er um den Hals trug, und rutschte vor zur Stuhlkante, als wollte er gehen.

»Solche Frauen sind gefährlich«, fuhr Linderman fort. »Solche Frauen führen ins Unglück, sie... zerstören sich und andere.« Er runzelte die Stirn und biß sich auf die Unterlippe. »Aber mir geht es mehr darum, Elsie zu beschützen als die jungen oder älteren Männer, die sie mit gierigen Blicken betrachten.«

Jack überlegte, ob er Linderman sagen sollte, daß Elsie im Augenblick mehr mit Frauen im Sinn hatte, entschied sich aber dagegen. »Tja, Sir, ich weiß nicht, womit ich Elsie helfen könnte. Sie hat einen Job und macht einen ganz gesunden Eindruck. Mein Motto ist: Leben und leben lassen.«

»Aber sie könnte *Sie* ins Unglück stürzen. Wenn Sie es zulassen. Wenn Sie sich weiter mit ihr treffen.«

»Nein. Ich habe nicht die Absicht, mich mit ihr zu treffen.« Er hob die Einkaufstüte auf, die er auf den Boden gestellt hatte. Der Hund hatte daran geschnuppert, doch auf ein nachdrückliches »*Nein*, God!« von Linderman war er zu dem Teppich bei der Tür zurückgekehrt, wo er sich hinlegte und, den Kopf auf den Pfoten, die Ohren spitzte.

»Solche kleinen, harmlosen Begegnungen können eine Ehe ruinieren«, fuhr Linderman fort, »und Sie sind doch ein anständiger, verheirateter Mann, Mr. Sutherland.«

»Und glücklich verheiratet obendrein«, sagte Jack liebenswürdig. »Ich interessiere mich nicht für andere Frauen.« Er kam sich naiv vor, als er das sagte – als würde er diesem alten Kauz ein Geschenk machen.

»Aber sehen Sie denn nicht, daß sie mit jedem flirtet?«

»Nein, das sehe ich nicht. Offen gestanden finde ich nicht, daß sie überhaupt flirtet. Sie ist ausgesprochen direkt, sie sagt, was sie denkt, und damit hat sich's. An dem Abend im

Coffeeshop habe ich gesehen, wie sie die Männer hat abblitzen lassen. Ohne Wenn und Aber.«

Linderman verzog mißmutig das Gesicht. »Sie sollten mal hören, wie einige dieser Typen im Coffeeshop mit ihr reden. Diese *widerwärtigen* Kerle, die ständig nach ihr grabschen!«

Jack erhob sich. »Warum nehmen Sie das so ernst, Mr. Linderman? Elsie kann selbst auf sich aufpassen.« Dabei wußte er, warum Linderman es so ernst nahm: Auf seine verdrehte, mystische Art war Linderman in Elsie verliebt. Ja, mystisch, dachte Jack – immerhin hatte er gesagt, Elsie sei ideal, eine Traumfrau.

Linderman starrte Jack stirnrunzelnd an. »Weil Elsie sich dessen, wovon wir sprechen, nicht bewußt ist, weil sie sich ihrer Macht nicht bewußt ist. *Das* ist es, was so gefährlich ist. Elsie hat diese Macht einfach dadurch, daß sie hübsch, ja, sogar schön ist. Und unsere Gesellschaft macht es noch schlimmer, indem sie … indem sie die Frauen nötigt, Make-up zu benutzen und Kleidung zu tragen, die die Blicke auf sich zieht … Hohe Absätze. Je hübscher und hilfloser, desto begehrenswerter. Das hatte seinen Höhepunkt vielleicht in jener Zeit, als man in China den Mädchen die Füße einband: Damals waren Frauen nichts weiter als Lustobjekte der Männer, die sie ins Bett trugen, weil sie nicht richtig gehen konnten. Heute ist es Mode, daß die Frauen ihr Haar über ein Auge hängen lassen, damit sie nicht sehen, wohin sie gehen. Sexy – und doch nichts weiter als Konditionierung. Ist Ihnen das klar, Mr. Sutherland?« Linderman beugte sich vor, und sein starrer Blick ließ erkennen, daß er noch mehr auf Lager hatte.

»Als ich Elsie das letzte Mal gesehen habe, trug sie Turnschuhe.«

»Ich glaube sogar, daß das bei den Frauen genetisch bedingt ist«, sagte Linderman, als hätte er das mit den Turnschuhen nicht gehört. »Und die Gesellschaft und, nicht zu vergessen, die Werbeindustrie stoßen in dasselbe Horn. Nagellack –«

»Frauen möchten eben schön sein.«

»Aber wer sagt ihnen, was schön ist?« erwiderte Linderman, als hätte er Jack besiegt und zu Boden gezwungen.

Die alte Frage: Machten sich Frauen für sich selbst oder für die Männer schön? Jack hatte keine Lust, weiterzudiskutieren. Er sah sich um und bemerkte ein grün-blaues Blumenmuster, mit dem jemand – möglicherweise Linderman selbst – unbeholfen einen weißen Lampenfuß bemalt hatte, außerdem ein Foto von einer Frau im Profil, das in einem runden Rahmen auf Lindermans Bücherregal stand. Die Frau war jung, trug das Haar aber auf altmodische Art aufgesteckt. Lindermans Mutter?

»Waren Sie mal verheiratet, Mr. Linderman?« fragte Jack. Er wußte nicht, welche Antwort er erwartete.

»Früher mal. Meine Frau hat mich wegen eines anderen Mannes verlassen. Mindestens zwanzig Jahre ist das jetzt her. Typisch. Frauen sind unbeständig. Sie genießen ihre Macht. Finden Sie nicht auch, Mr. Sutherland?«

Jack schwieg. Und Männer verliebten sich gern in Frauen, die diese Macht besaßen. War Linderman ein gebranntes Kind? Es fiel Jack schwer, sich Linderman als jungen Mann vorzustellen, der auf Frauen attraktiv wirkte. Was war Lindermans Problem? War er vielleicht impotent?

»Auf dem Foto, das Sie sich gerade angesehen haben«, fuhr Linderman fort, »ist nicht meine Frau, sondern meine Mutter. Sie ist vor ein paar Wochen gestorben.« Sein Ton war sachlich.

»Ach ja? Das tut mir leid. Wo ist Ihre Frau jetzt?« Jack war neugierig.

»In Kalifornien? In Florida? Ich weiß es nicht, und ich will es auch nicht wissen. Ich habe keinen Kontakt zu ihr. Wir hatten keine Kinder.« Den letzten Satz sagte er mit einer gewissen eitlen Selbstzufriedenheit.

Wieder kam Jack der Gedanke, daß Linderman im Bett vielleicht immer ein Versager gewesen war.

»Es gibt schon zu viele Kinder auf der Welt«, sagte Linderman. »Hören Sie sich den Papst an. Er ist gegen Empfängnisverhütung! Wie kann er das rechtfertigen? Er hat doch die Slums in Südamerika gesehen, voller hungriger Menschen und Kinder, und trotzdem sagt er: ›Gott segne euch, macht weiter so!‹ Und dann fliegt er mit seinem Luxusjet zurück nach Rom.«

»Ja, man« – Jack zwang sich zu einer gewissen Verbindlichkeit – »nennt ihn den Dritte-Welt-Papst. Die Katholiken in der westlichen Welt praktizieren ja Empfängnisverhütung.«

»Glücklicherweise«, sagte Linderman.

Jack holte tief Luft. »Was für ein Mensch war Ihre Frau?«

Lindermans Blick wirkte aufmerksamer, seine Mundwinkel verzogen sich nach unten. »Wie soll ich sie beschreiben? Sie hatte nichts im Kopf. Als wir geheiratet haben, waren wir ungefähr vierundzwanzig. Zu jung. Sie hat immer davon gesprochen, daß sie schreiben wollte. Romane.

Aber keine Disziplin. Mit ihren Kurzgeschichten ist sie nicht weit gekommen, und ihr Buch hat sie nie zu Ende gebracht.« Er lächelte bitter. »Es ist ja normal, daß eine verheiratete Frau nicht arbeiten muß, das hat mir nie etwas ausgemacht, aber sie konnte nicht mal einen Haushalt führen. Zu leichtfertig, wenn Sie verstehen, was ich meine. Fand sich zu hübsch dazu. Na ja, das war sie auch irgendwie. Sie lernte einen Idioten kennen, der sich in sie verliebte, und schon war sie weg. Einfach so! Wie ein Schmetterling. Für mich war das kein Verlust, kann ich Ihnen versichern.« Linderman machte eine wegwerfende Handbewegung und steckte den Daumen in den Hosenbund. Sein Bauch war flach.

Jack wartete auf mehr, doch das war alles. Lindermans Unterlippe war schmal wie ein Strich. Sie sah aus wie an der Oberlippe festgeknöpft. »Und Ihre Mutter? Hat sie in New York gelebt?«

»Nein, in New Hampshire. Meine Familie stammt von dort.«

Jack hatte mal gehört, die Menschen in New Hampshire seien stur und konservativ. Er suchte nach einem Kompliment, das er Linderman machen konnte, bevor er ging. »Sie haben eine Menge Sachbücher. Über Technik.«

»Ja.« Linderman lächelte. »Ich bin wahrscheinlich ein verhinderter Ingenieur. Eigentlich wollte ich Erfinder werden, aber mit Erfindungen verdient man nur Geld, wenn man sie patentieren läßt. Meistens kommt mir irgendein anderer zuvor. Ich habe weder die Ausbildung noch das Werkzeug, um richtige Modelle zu bauen. Das College habe ich abgebrochen, weil ich meine Mutter unterstützen mußte.

Dann habe ich es mit maßgefertigten Möbeln versucht, aber damit hab ich nicht genug verdient. Das war, als ich noch verheiratet war. Tja, und jetzt bin ich Wachmann. Viel Nachtarbeit – das ist mir auch lieber. Ich versuche Häuser und Menschen und ihr Geld vor dem Übel zu beschützen, das auf den Straßen herumläuft. Eine undankbare und letztlich hoffnungslose Aufgabe. Die meisten Menschen stehlen, wenn sich eine Gelegenheit bietet. Eine Brieftasche zu finden, in der der Name des Besitzers steht, und sie nicht zurückzugeben, ist für mich…« Er suchte nach dem richtigen Wort für diese Verwerflichkeit.

»Ja.« Jack dankte ihm nur zu gern ein weiteres Mal. »Das werde ich Ihnen nicht vergessen, Sir, niemals.« Er ging zur Tür und bemerkte dabei ein gerahmtes Bild, das an der Wand hing. Es war eine schwarzweiße Reproduktion eines präraffaelitischen Gemäldes: eine blasse junge Frau mit langem, dunklem Haar, die ein langes, weißes Gewand trug. Barfuß, eine Hand lag auf einem Felsen, wie eine Schlafwandlerin. Jack hatte das Gefühl, daß dies Lindermans Ideal war: die verträumte, elfenhafte Schönheit, die es eigentlich gar nicht gab, mit der man nicht sprach und schon gar nicht ins Bett ging. Jack sah sich das Bild nicht lange an, damit Linderman nicht auch noch davon anfing. »Ich halte Sie sicher vom Schlafen ab. Danke für die Einladung, Mr. Linderman.«

»Vom Schlafen?« Linderman erhob sich überraschend behende. »Ich muß erst gegen acht Uhr schlafen. Wir sollten noch einmal miteinander reden. Ich glaube, ich habe meinen Standpunkt zu dem komplizierten Thema, über das wir uns unterhalten haben, nicht ganz klargemacht. Frauen, haha!« Das Lachen klang leichthin, war aber ungekünstelt. »Ich kann mich nicht knapp und präzise ausdrücken, darum hat sich das, was ich gesagt habe, vielleicht ein bißchen konfus angehört.«

»Nein, ganz und gar nicht. Ich werde darüber nachdenken.« Jack zwang sich, Lindermans ausgestreckte Hand zu ergreifen. Und Linderman ließ ihn nicht los und schüttelte und schüttelte seine Hand, wie an dem Tag, als er ihm die Brieftasche zurückgegeben hatte.

Endlich ging Jack die Treppe hinunter, immer schneller. Es war am besten, auf freundlichem Fuß mit Linderman zu stehen, besser jedenfalls, als trotzig so zu tun, als würde er ihn auf der Straße nicht sehen. Das nächste Mal, wenn er ihm begegnete, würde er ihm zunicken.

Zu Hause schien es Jack, als hätte er jetzt ein klareres Bild von Linderman. Sein Gefühl hatte ihn nicht getrogen: Linderman war auf eine verdrehte Art in Elsie verliebt und haßte daher alle, die ihm ins Gehege kommen konnten. Er betrachtete Elsie als ein Symbol der Reinheit und jungen Weiblichkeit und glaubte, sie beschützen zu müssen. Sie war sowohl attraktiv als auch gefährlich, weil sie soviel Charme besaß, doch offenbar war Linderman von ihr fasziniert, ja, vielleicht sogar besessen. Für ihn vereinigte sie in sich alle Frauen. Jack hatte einmal gelesen, daß es in der Mythologie so etwas gab.

Jack ging zu seinem Arbeitstisch und dachte an Yaks, an ihre langbehaarten Ohren und ihr zotteliges Fell, das sie ebenso melancholisch wie friedfertig aussehen ließ. Er tauchte die Krähenfeder in die Tusche, machte ein paar Probestriche und verharrte über dem leeren Zeichenpapier. Seltsam, daß Linderman Elsie Tyler zu etwas Abstraktem, zu einem Symbol der Frau schlechthin gemacht und sie dadurch jeder Wirklichkeit beraubt hatte. Nur, weil er sie nicht bekommen konnte. Das genaue Gegenteil von dem, was verliebte Männer gewöhnlich mit dem Objekt ihrer Liebe machten, indem sie glaubten, die geliebte Frau sei die einzige, die beste der Welt, eine unverwechselbare Persönlichkeit, lebendig, greifbar. Bestimmt war bei Freud der Linderman-Typus irgendwo in allen Einzelheiten beschrieben, aber Jack hatte nicht alles von Freud gelesen. Anders als Natalia. Vielleicht würde er ihr irgendwann von Lindermans Ansichten über Elsie erzählen. Es würde sie vielleicht amüsieren.

Er senkte die Feder auf das Papier.

14

Du liebe Zeit, was für ein Elternabend!« sagte Natalia, nachdem sie ihre und Amelias Stiefel auf einer Zeitung neben der Wohnungstür abgestellt hatte.

Jack war froh gewesen, dem Wolkenbruch und dem Elternabend zu entgehen – den genauen Namen der Elternvereinigung hatte er vergessen –, doch er hörte zu, als Natalia davon erzählte. Elaine Armstrong war mit ihrem Sohn Jason, aber ohne Max, dagewesen, und Mrs. Cova, die Leiterin, die Jack nur vom Hörensagen kannte, hatte versucht, erst nur die Kinder und dann die Kinder und ihre Eltern darüber abstimmen zu lassen, ob der zweite Raum in der Wohnung in der Bank Street mit Gymnastikgeräten oder mit Tischen und Stühlen ausgestattet werden sollte. Diese Zweizimmerwohnung sollte den Kindern als Aufenthaltsraum dienen, wenn die Schule geschlossen wurde und die Eltern noch nicht von der Arbeit zurückwaren. Die Beaufsichtigung sollte im Turnus durch die Eltern selbst erfolgen, und kein Elternpaar würde die Einrichtung nutzen können, wenn nicht einer von beiden je nach Kinderzahl alle soundso viel Tage die Aufsicht führte.

»Diese Madeleine Cova«, sagte Natalia, als sie in einer Pyjamahose wieder ins Wohnzimmer kam, »redet so süßlich, daß einem schlecht werden kann. Sie hört jedem zu und trifft nie eine Entscheidung, und darum dauert es immer ewig.«

»Ein Scotch, Madam«, sagte Jack und reichte ihr einen Glenfiddich.

»Danke, Jack. Also, ich weiß ja, daß ich nie selbst den Vorsitz führen könnte. Möchte wissen, warum man bei solchen Gelegenheiten keinen Mann nimmt.« Sie nippte an dem Whiskey und lachte. »Jedenfalls ist es jetzt beinahe halb neun.«

»Wah!« Amelia kam ins Wohnzimmer gerannt und warf sich bäuchlings auf das Sofa. Dann sah sie ihre Eltern an und grinste. »Quiek-quak!«

»Und was hast du gemacht, während ich die Fahne der Elternschaft hochgehalten habe?« Natalia strich Amelia das Haar aus der Stirn.

Der Regen hatte dunkle Streifen in ihr Haar gemalt und ihr etwas Wildes verliehen, das Jack schon kannte. Es gefiel ihm, und ihm gefiel auch zu sehen, wie ihr Haar langsam wieder die ursprüngliche Farbe bekam, die einfach unbeschreiblich war. Wie rauhes, unpoliertes Gold. »Ich habe einen Brief an Onkel Roger geschrieben«, sagte Jack. »Über das Yak-Buch und daß das *Träume*-Buch noch vor Weihnachten erscheinen wird. Sie beeilen sich damit – in den nächsten Tagen müßten bereits die ersten Belegexemplare kommen.«

»Tatsächlich? Wie nett. Seit wann weißt du das?«

»Heute nachmittag hat jemand von Dartmoor, Aegis angerufen und es mir gesagt. Hat jemand Hunger?«

»*Ich* habe Hunger!« rief Amelia.

Heute abend war Natalia mit Kochen dran. Sie hatte am

Morgen, bevor sie zur Galerie Katz gegangen war, Spaghettisauce gemacht. Schließlich stellten sie sich aber gemeinsam an den Herd. Die Küche war groß genug, daß zwei Personen darin arbeiten konnten, ohne sich ständig im Weg zu stehen. Als die Spaghetti beinahe fertig waren, läutete das Telefon. Louis Wannfeld, dachte Jack, als er mit einem Ohr ins Wohnzimmer horchte und Natalia lachen und bedächtig sprechen hörte. Vielleicht aber auch Sylvia, nur daß die nicht so oft anrief wie Louis. Jack stellte den Salat auf den Tisch und ging zu Natalia.

»Die Spaghetti sind fertig«, flüsterte er.

Jack teilte das Essen aus. Amelia verlangte mit schriller Stimme ihre Stuhlkissen, sie könne sie nicht finden. Natalia entschuldigte sich bei dem Anrufer, das Essen stehe schon auf dem Tisch. Lächelnd setzte sie sich zu den anderen.

Louis' Freund Bob, sagte sie, sei in der Berlitz-School, wo er Französischunterricht nehme, in Bedrängnis geraten, weil man ihn mit einem Italienischlehrer verwechselt habe, und sei schließlich in einem Klassenzimmer voller erwartungsvoller Schüler gelandet. Jack hörte nur mit halbem Ohr zu und hätte um ein Haar die Pointe verpaßt, lächelte aber höflich. Dann mußte Natalia Amelias Lätzchen suchen – Spaghetti waren schließlich nicht ganz leicht zu essen – und fand es hinter der Küchentür.

Jack machte gerade Espresso, als das Telefon erneut läutete. Natalia nahm den Hörer auf.

»Jack?«

»Wer ist es denn? Joel?«

»Eine Frau.«

»Hallo?«

»Hallo, Mr. Sutherland, hier ist Elsie. Sie haben sicher schon mit dem alten Knacker gesprochen.«

»Allerdings, ja. Vor ein paar Tagen.«

»Dank Ihnen kommt er nicht mehr in den Coffeeshop. Dafür lauert er mir jetzt vor dem Haus auf.«

Im Hintergrund hörte Jack Geschirr klappern. Elsie rief vom Coffeeshop aus an. »Er lauert Ihnen vor Ihrem Haus auf?«

»Ja, und er versucht, mit mir zu reden. Ich frage mich, ob ich nicht doch zur Polizei gehen soll. Was meinen Sie? Einer von unseren Freunden hätte ihm neulich abend beinahe eine verpaßt. Aber das scheint ihn nur noch verrückter zu machen. Ich habe keine Angst, zur Polizei zu gehen – schließlich bin ich ja im Recht. Aber was raten Sie mir?«

Jack versuchte nachzudenken. Es erschien ihm nicht klug zu sagen: »Klar, gehen Sie zur Polizei.« Es mußte doch eine andere Möglichkeit geben.

»Sind Sie noch da?«

»Ja«, sagte Jack. Dann hörte er ein Scheppern – wie wenn ein Metalltablett zu Boden gefallen wäre, und eine Frauenstimme, die: »Kannst du nicht aufpassen?« sagte.

»Auweia! Die ganze Suppe auf dem Boden! Tut mir leid, daß ich Sie von hier anrufen muß, aber zu Hause haben sie uns den Telefonanschluß gesperrt. Ein Irrtum mit der Rechnung … Bezahlt ist sie, also müßte das Telefon in den nächsten …« Ihre Stimme ging in einem weiteren Lärm unter, diesmal im Mahlen einer Maschine.

Natalia stellte Jacks Espresso auf das Regal neben dem Telefon.

»Elsie, ich rede mal mit meiner Frau darüber. Ich denke

darüber nach, das verspreche ich Ihnen. Tun Sie nichts Überstürztes. Können Sie mich später noch einmal –«

»Später am Abend?« unterbrach sie ihn. »Klar. Bis wann?«

»Bis zwölf. Okay?«

Ja, das war okay.

Jack nahm seinen Kaffee und trat an den Eßtisch. Amelia lief an ihm vorbei und schaltete den Fernseher an.

Natalia saß am Tisch und sah ein wenig müde aus. »Worum ging es denn?«

»Das«, sagte Jack und setzte sich, »war die Frau, die wir neulich haben tanzen sehen.«

»Wann denn?«

»In der Disco. Die Blondine, die so gut getanzt hat.«

»Tatsächlich? Woher hat sie unsere Telefonnummer?«

»Es geht um diesen alten Knacker, der meine Brieftasche gefunden hat. Er belästigt sie, und zwar anscheinend schon seit Monaten.«

Jack erzählte Natalia, er sei am Abend ihres Geburtstags, als er einen Spaziergang gemacht habe, in einen Coffeeshop in der Seventh Avenue gegangen und habe dort Linderman gesehen, der mit einer der Bedienungen gesprochen habe. Er habe dann erfahren, daß sie Elsie heiße, und sie habe ihm gesagt, daß Linderman ihr andauernd Moralpredigten halte. Jack erzählte, er habe Elsie zufällig in der Nähe des Drugstores in der Grove Street getroffen, und sie habe darauf bestanden, daß er sich ihre Wohnung in der Minetta Street ansah, die sie ihm gezeigt habe, als sei sie der Beweis für einen hochmoralischen Lebenswandel. Und schließlich berichtete er Natalia von dem peinlichen Gespräch mit Linderman in dessen Wohnung in der Bleecker Street.

»Warum hast du mir nicht schon früher davon erzählt?« fragte Natalia amüsiert.

»Weil ich dachte, du würdest dir vielleicht Sorgen machen. Dieser Linderman... Der Bursche wohnt gleich um die Ecke, in der Bleecker Street.« Und wie zu sich selbst fügte er hinzu: »Ich will ihn mir nicht zum Feind machen. Hast du ihn schon mal gesehen mit seinem schwarzweißen Hund? Sieht aus wie Mitte Fünfzig, etwa so groß wie ich.«

Natalia schüttelte den Kopf. »Ich glaube nicht.«

»Ist auch egal. Elsie ruft nachher noch mal an. Sie will wissen, was ich davon halte, wenn sie zur Polizei geht und Linderman anzeigt, wegen Belästigung. Was meinst du, Schatz?«

Natalia wandte sich auf ihrem Stuhl um. »Amelia, geht's auch ein bißchen weniger laut? Bitte.«

»Ja, Mummy.« Sie stellte den Fernseher leiser.

»Ich kann mir vorstellen, daß ihr das auf die Nerven geht«, sagte Natalia. »Aber warum fragt sie dich um Rat?«

Sie nahm eine Zigarette, und Jack griff zu dem Feuerzeug mit dem Goldrand und gab ihr Feuer. »Na ja, ich bin älter als sie... Und vielleicht bin ich der einzige von ihren Bekannten, der diesen Kerl kennt. Wobei *kennen* übertrieben ist, aber...«

»Aber?«

»Tja, mir ist der Gedanke gekommen: An was für einen Polizisten könnte Elsie geraten? Vielleicht an einen, der denkt, sie habe den Alten provoziert.«

»Provoziert?« sagte Natalia mit ihrer rauchigen Stimme und lachte leise. »Und hat sie das deiner Meinung nach?«

»Ich bin absolut sicher, daß sie ihn nicht provoziert hat.« Auch Jack lächelte. »Aber was meinst du? Was soll ich ihr raten, wenn sie wieder anruft?«

Natalia zog die Augenbrauen und die Schultern hoch. »Wenn er ihr schon so lange zusetzt, sollte sie vielleicht wirklich mit einem Polizisten sprechen. Am besten mit mehreren.«

Während Natalia aufräumte, lotste Jack Amelia in Richtung Bett. Manchmal mußte er ihr noch etwas vorlesen, obgleich sie inzwischen ganz gut selbst lesen konnte. Doch etwas vorgelesen zu bekommen war ein Luxus, den sie genoß. An diesem Abend las Jack ihr aus einem großformatigen, dünnen Buch über Enten vor, und zwar mit der leiernden, einschläfernden Stimme, die Amelia manchmal rasch schlafen ließ, manchmal aber auch nur zum Kichern brachte. An diesem Abend funktionierte es. Er wagte es, sich hinunterzubeugen und sie auf die Wange zu küssen. Amelias langes, blondes Haar lag wunderschön und sorglos ausgebreitet auf dem Kopfkissen. Jack stand auf, reckte sich und sah sich im schwachen Licht der Nachttischlampe in Amelias Zimmer um. Auf ihrer kleinen Kommode standen mindestens fünf Ankündigungen für Kunstausstellungen. Er oder Natalia und manchmal sie beide besuchten mit ihr hin und wieder Galerien, und Amelia langweilte sich dort nie. Nur Rembrandt mochte sie nicht, wie Jack von einem kürzlichen Ausflug ins Metropolitan Museum of Art wußte. Er mußte lächeln. Amelias eigene künstlerische Versuche waren mit Reißnägeln an der Innenseite ihrer Zimmertür befestigt. Auf einem ganz in Rot gehaltenen Bild hatte sie mit Wasserfarben zwei Gestalten gemalt, die an einem Tisch saßen und Becher in den Händen hielten – vielleicht etwas plump, aber dennoch gut ausgewogen in der Komposition. Er schaltete das Licht aus.

»Laß mich mit der Frau reden, wenn sie noch einmal anruft. Falls sie anruft. Ich würde ganz gern hören, was sie zu sagen hat.« Natalia trug jetzt einen Pyjama und saß auf dem Sofa. Der Fernseher war noch eingeschaltet.

»Würdest du das tun?« Jack lächelte überrascht. »Danke, Schatz. Ich bin nämlich nicht sicher, was ich ihr wegen der Polizei raten soll. Ich wollte, wir würden einen Polizisten kennen.«

»Es sei denn, du glaubst, daß sie nicht mit mir sprechen will«, fügte Natalia hinzu.

»Nein, sie ist kein schüchternes Mäuschen. Sie hat dich in der Disco gesehen. Sie hat gesagt, du siehst interessant aus – anders.«

»Interessant! Ha!«

Jack war gerade in der Küche und band den Müllbeutel zu, als das Telefon läutete. Er ließ Natalia an den Apparat gehen. Es war kurz vor elf.

»Ja, Jack hat mir davon erzählt«, hörte er Natalia sagen.

Jack hörte mit Bedacht nicht hin, sondern nahm einen frischen Müllbeutel, schüttelte ihn geräuschvoll aus und hängte ihn in den Blecheimer. Dann ging er in sein Arbeitszimmer und schaltete das Licht ein. Sein Blick fiel sogleich auf die Zeichnung von Elsie, die, gelb auf rotem Grund, an der Wand am Kopfende des Tisches lehnte. Schöne Spannung in diesen Kurven, dachte er. Wenn er das

Bild betrachtete, konnte er geradezu Musik hören: Trommeln und einen pulsierenden Rhythmus.

»Jack?« Natalia stand hinter ihm.

Er zuckte zusammen. »Was?«

»Ich muß sagen, diese Elsie redet ganz schön viel. Und sie ist ziemlich witzig. Daß der alte Kerl sich ausgerechnet *diese* Frau ausgesucht hat, um an ihr herumzukritteln!« Natalia lachte. »Sie ist so frei wie ein Vogel im Wind.«

»Nur zu wahr. Und was hast du ihr geraten?«

»Ach, wir haben gar nicht über die Polizei gesprochen. Ich habe ihr vorgeschlagen, daß sie ein paar Freunde bitten soll, Linderman nach Hause zu folgen und zur Abwechslung mal *ihm* auf die Nerven zu gehen. Ihm mal einen Schrecken einzujagen.«

»Linderman.«

»Linderman. Jedenfalls könnte das doch helfen. Elsie sagt, er hätte schon jetzt ganz schön Angst vor ihren Punk-Freunden. Sie nennt sie Punks.«

»Hm-mh. Aber keine Polizei?«

»Sie glaubt, die Polizei schreckt ihn vielleicht nicht ab, und er erzählt den Beamten womöglich, daß sie aus ihrer Wohnung einen Puff gemacht hat oder so. Wahrscheinlich hat sie recht. Außerdem habe ich ihr vorgeschlagen, eine andere junge Frau ausfindig zu machen, die dabei ist, ihren moralischen Halt oder was auch immer zu verlieren, und dafür zu sorgen, daß Linderman sie kennenlernt.«

Jack lächelte. »Aber Elsie sieht so gut aus.«

»Stimmt.« Natalia betrachtete Jacks Arbeitstisch. »Ist sie das?« Sie beugte sich über die Zeichnung, die zwischen einigen anderen stand. »Das ist sie doch, oder?«

»Ja. Das hab ich nach dem Abend in der Disco gezeichnet. Nicht schlecht, daß du sie gleich erkannt hast.«

»Du hast sie gut getroffen.«

Jack sagte nichts, aber er freute sich über den Ton in Natalias Stimme. Es war ein Ton, den sie nicht oft anschlug. Er war geschmeichelt.

»Ich habe mich für morgen früh um elf mit ihr verabredet. Wir werden in diesem Glaskasten am Sheridan Square einen Kaffee trinken. Kommst du mit?«

Jack kannte das Lokal. Es hatte eine verglaste Terrasse. »Nein, geh nur allein. Mach dir ein eigenes Bild von ihr.« Er lächelte. »Langweilen wirst du dich bestimmt nicht.«

15

An einem Werktagmorgen fuhr Ralph Linderman in aller Frühe mit dem Seventh-Avenue-Bus nach Hause. Der Bus war beinhae leer und schrecklich überheizt. Zweimal wechselte Ralph den Sitzplatz, um der brausenden heißen Luft zu entgehen, die ihm noch die Kleidung versengen würde. Die Hitze verstärkte den Gestank der abgestandenen Luft, die nach schmutziger Wollkleidung, ranzigem Fett, Schweiß, ja, sogar nach Knoblauch roch. Das war sogar noch schlimmer als der stinkende Luftstrom, der aus den vergitterten Schächten im Bürgersteig nach oben schoß, wenn unten eine Subway vorbeifuhr: ein Windstoß wie der Rülpser eines häßlichen, längst toten und verwesenden Drachen. Dieser Geruch setzte sich zusammen aus altem Metallabrieb, öligem Staub, menschlichen Ausdünstungen und der seit der Inbetriebnahme der Subway nie ganz ausgetauschten Luft aus den Tunnels und Hunderten von Waggons. Dazu konnte Ralph noch die Gerüche von Kaugummi, Zigarettenkippen, Spucke, Erbrochenem und Urin ausmachen. Ralph haßte die Subway. Sie war nicht nur häßlich, sondern auch gefährlich.

»Wenn Sie die Heizung schon so aufdrehen«, sagte Ralph kurz vor seiner Haltestelle zu dem Fahrer, »sollten Sie den Leuten wenigstens erlauben, die Fenster aufzumachen.« Er hatte es bei zwei Fenstern versucht, doch sie hatten sich nicht öffnen lassen.

»Dann gibt's Beschwerden, weil es zieht«, sagte der Fahrer, ein Schwarzer.

»Hier drin sind's mindestens dreißig Grad. Der reinste Backofen!«

»Hinten aussteigen, Sir, und Unterhaltungen mit dem Fahrer sind verboten.«

Der Fahrer bremste absichtlich so scharf, daß Ralph beinahe gestürzt wäre.

Die kalte Dezemberluft tat gut. Ralph holte tief Luft. Im Bus hatte Ralph darüber nachgedacht, ob er sich einen neuen Mantel kaufen sollte, und nun kehrten seine Gedanken zu diesem angenehmen Thema zurück. Er hatte genügend Geld, doch er war von Natur aus sparsam, was er allerdings auf lange Sicht ganz richtig fand. Gab es nicht genug Menschen, die ihr Geld zum Fenster hinauswarfen und sich dadurch ins Unglück stürzten, die all ihre Freunde verloren, weil sie sich ständig Geld leihen mußten und so weiter?

Es war noch stockdunkel, als er God ausführte, weshalb er es kurz machte und den Hund auf einen längeren Spaziergang später vertröstete. Dieses Versprechen löste er um elf Uhr ein, als er ausging, um ein paar Lebensmittel und die *Times* zu kaufen. Er hätte zu dem Coffeeshop in der Seventh Avenue gehen können, in dem Elsie arbeitete, denn er hätte gern einen Kaffee getrunken und dazu ein Blätterteighörnchen gegessen, aber die ließen God nicht ins Lokal (galt das eigentlich auch für andere Hunde?), und außerdem glaubte er sich zu erinnern, daß Elsies Schicht erst um sechs Uhr abends begann. Elsie war eine Augenweide, gestand Ralph sich ein. Er brauchte ja gar nicht mit ihr zu reden oder ihr Predigten zu halten, wie Elsie es ausdrückte, du lieber Himmel, nein! Und mindestens einmal war er ohne God dort gewesen und hatte kein Wort zu ihr gesagt, ihr nicht mal zugenickt und auch nicht versucht, einen Platz in dem Bereich zu bekommen, wo sie bediente. Das diente seiner Meinung nach einem doppelten Zweck: Zum einen konnte er es genießen, in ihrer Nähe zu sein, und ihr zusehen, wie sie sich bewegte, den Menschen zulächelte und sich mit ihnen unterhielt, und zum anderen war er, wie er glaubte, eine Verkörperung ihres Gewissens, wenn er auf einem Hocker an der Theke saß. Ja, wenn sie ihn sah, würde sie sich daran erinnern, wie er zu ihr gesagt hatte, sie solle sich ihren Charakter und ihre Gesundheit bewahren, solange sie beides noch hatte. Er hatte nur freundliche Dinge zu ihr gesagt – warum machte sie das so böse?

Ein paar Stunden später ging Ralph von der Fourteenth Street, wo er aus dem Bus gestiegen war, in südlicher Richtung, eine rechteckige Schachtel mit seinem neuen Mantel unter dem Arm. Zu Hause sprach er mit God und versuchte ihn neugierig zu machen, bevor er die mit Seidenpapier ausgeschlagene Schachtel öffnete.

Was für ein herrlicher Mantel – und dabei hatte er nur hundertsiebenundsechzig Dollar und achtunddreißig Cent gekostet! Er war dunkelblau und hatte ein dunkelblaues Satinfutter, Klappen über den beiden Taschen, eine Innentasche und am Kragen eine Schlaufe, an der man ihn aufhängen konnte. Ralph zog ihn an und trat vor seinen größten Spiegel, einen Kippspiegel, der auf der Kommode stand.

»Na, was meinst du, God? Sieht gut aus, oder?«

Der Hund bellte, hüpfte um ihn herum und schnupperte am Mantelsaum.

Ralph schaltete alle Lampen im Wohnzimmer ein und kippte den Spiegel so, daß er die untere Partie des Mantels sehen konnte. Schließlich schob er die Knöpfe wieder durch die steifen Knopflöcher und hängte den Mantel sorgsam in den Schrank.

Als er am Nachmittag erwachte, kam es ihm vor, als sei es mitten in der Nacht, doch sowie er an den Mantel dachte, hatte er keine Lust weiterzuschlafen. Die Wintersonne schien blaß und hell durch sein Schlafzimmerfenster. Ralph zog nie die Vorhänge zu. Das Tageslicht störte seinen Schlaf nicht. Sutherlands Frage nach seiner Frau, seiner *Ex*-Frau Irma, hatte ihn geärgert, und er mußte sich eingestehen, daß dieser Ärger ihn dazu gebracht hatte, den Mantel zu kaufen – das war irgend etwas Nettes, das ihn irgendwie dazu bringen würde, diese dumme Frau zu vergessen. Was hatte sich Irma auf ihr süßes Gesicht zugute gehalten, auf ihre kurzlebige Schönheit! Wie sie wohl jetzt aussah? Mit Mitte Fünfzig? Die Männer würden ihr nicht mehr alle nachlaufen, nur weil sie ihnen schöne Augen machte. Und besessen von Sex war, wie er damals geglaubt hatte, aber das stimmte nicht. Ralph war zu dem Schluß gekommen, daß ihre sexuellen Ansprüche – von denen sie geglaubt hatte, sie seien sexy – für sie nur eines von vielen Mitteln gewesen waren, ihn zu ärgern und zu demütigen. Und dieses Ziel hatte sie ja auch erreicht. Natürlich hatte er gelesen, daß eine Frau auf einen Orgasmus des Mannes fünf Orgasmen haben konnte, aber die konnten ja auch vorgetäuscht sein.

Und was Irma betraf... Ihre Ehe hätte vielleicht funktionieren können, wenn Irma nicht so seicht gewesen wäre. Sie war wie ein verwöhntes Kind gewesen, sie hatte nicht arbeiten, sondern bloß den Haushalt führen müssen, sie hatte zum Schönheitssalon gehen und sich die Zehennägel lackieren können. Warum hatte er ihren schriftstellerischen Ehrgeiz nur so ernst genommen? Aus fehlgeleiteter Höflichkeit, aus Respekt? In diesem Punkt machte Ralph sich Vorwürfe: Es war töricht gewesen, eine derart dumme Frau zu heiraten, und die Schuld daran traf ihn ganz allein. Und natürlich war er impotent geworden, aus dem einfachen Grund, daß er Irma nach fünf, sechs Monaten nicht mehr gemocht hatte, geschweige denn in sie verliebt gewesen war. In Wirklichkeit war er gar nicht impotent – das hatte er sich durch Onanieren bewiesen, obwohl er eigentlich gar nicht wirklich Gefallen daran fand. Sicher, es vermittelte einem für einige Augenblicke ein angenehmes Gefühl, doch das war abstrakt, nichts weiter als ein flüchtiges Vergnügen, ein Ersatz – brauchte er das wirklich? Wenn er onanierte, stellte er sich nie eine bestimmte Frau vor und gewiß keins von diesen Nacktmodellen aus bestimmten Zeitschriften, die auf andere Männer so erregend wirkten. Nein, wirklich nicht. Er dachte auch nie an Elsie. Unmöglich! Was Elsie betraf, so empfand er das genaue Gegenteil. In seiner Vorstellung war er auch nicht der Märchenprinz, der ihrer würdig gewesen wäre. Nein, er dachte nur an sich selbst, wenn er onanierte, was er vielleicht ein- oder zweimal im Jahr tat – er war sich nicht mal sicher, wie oft eigentlich. Er dachte nur: Ja, ich kann's noch, kein Problem. Irma hatte unrecht gehabt. Er war kein Idiot, der irgendeine Blockade im Kopf hatte. Wenn Ralph verbittert oder rachsüchtig hätte sein wollen – was er allerdings nicht war –, dann hätte er Irma die »Schuld« geben können, weil sie ihn enttäuscht hatte, als Mensch und als die vierundzwanzigjährige Frau, die er zu heiraten geglaubt hatte. Er hatte ihr mehr Substanz zugetraut. Als sie sich kennengelernt hatten, war sie Sekretärin in einer Immobilienfirma gewesen. Ihre Eltern waren angesehene Leute und hatten ein Haus in der Stadt, und Ralph erinnerte sich, daß Irma einen verheirateten älteren Bruder hatte. An all das wollte er gar nicht mehr denken; es war alles so negativ, und es endete immer damit, daß er sich selbst die Schuld gab. Er war verliebt gewesen, ganz klar. Ein gefährlicher Zustand, ein Zustand, in dem man schlimme Fehler beging.

Wie hatte dieser Gedankengang begonnen? Natürlich mit dem Gespräch mit Sutherland. Irma. Impotenz. Onanie. Ekelhaft! Wegen der Onanie empfand er eine unbestimmte Scham, die aber nichts mit seiner Kindheit zu tun hatte oder damit, daß sein Vater oder seine Mutter gesagt hätten: »Laß das!« Ralph konnte sich nicht erinnern, daß seine Eltern darüber je ein Wort verloren hatten. Ralph war bewußt, daß Irma ihn mit einer Bitterkeit gegenüber allen Frauen erfüllt hatte, mit einer Angst vor Frauen, auch wenn er wußte, daß nicht alle Frauen so waren wie Irma.

Er stand auf und beschloß, sich mit dem neuen Mantel den Elementen auszusetzen, obgleich die im Augenblick nicht mehr zu bieten hatten als ein bißchen Kälte. Beim Rasieren plagte ihn immer wieder die Erinnerung an Irma in ihrem rosafarbenen Morgenmantel, wenn er sich um sieben Uhr morgens rasiert hatte, bevor er zur Arbeit gegangen war. Meistens hatte er sich sein Frühstück selbst machen müssen. Oft hatte sie ihn verspottet, weil er morgens im Bett versagt hatte. Nicht so leicht, mit einer Frau zu schlafen, wenn man ständig an die Uhrzeit denken mußte. Und wer hätte ihren Lebensunterhalt verdient, wenn er die Möbelfirma vernachlässigt hätte? Zum Teufel mit ihr! Spukgestalten waren sie, diese Erinnerungen, kleine, bleiche Gespenster, wie die Schaumflocken, die von dem Rasierer ins Waschbecken fielen.

Ralph zog sich an und schlüpfte in den Mantel. Von der Hutablage im Kleiderschrank nahm er die runde Pelzmütze, die er vor einem Jahr gekauft, aber kaum getragen hatte. Er probierte sie auf. Sie war aus schwarzem Kaninchenfell, hatte Ohrenklappen und sah ziemlich russisch aus.

Ohne God, der sich bis zu seinem Sieben-Uhr-Spaziergang gedulden mußte, ging Ralph auf der Bleecker Street in Richtung Süden. Er war in Versuchung, durch die Minetta Street zu gehen, an dem Haus vorbei, in dem Elsie Tyler wohnte. Es war jetzt halb sechs – vielleicht machte sie sich gerade auf den Weg zur Arbeit. Vielleicht würde er sie sehen. Vielleicht aber auch nicht. Er merkte, daß er von ihr in seinem schönen, neuen Mantel gesehen werden wollte. Wenn er ihr tatsächlich begegnete, würde er an die Mütze tippen, freundlich »Tag, Elsie« sagen und weitergehen.

Als er vor dem Überqueren einer Straße warten mußte, fiel ihm ein anderes Ärgernis ein: Die Elektrizitätsgesellschaft des Ortes, in dem seine Mutter gelebt hatte, hatte ihn wegen einer Rechnung gemahnt, die er längst per Scheck bezahlt hatte. Allerdings hatte er ihn anscheinend an die falsche Filiale geschickt. Und die Kirchgemeinde erwartete von ihm, daß er den Willen seiner Mutter erfüllte, die »gelobt« hatte, der Kirche hundert Dollar im Jahr zu spenden: Ob er wohl so freundlich sein würde und so weiter, und so weiter. Es lief darauf hinaus, daß in diesem Jahr noch dreiundsiebzig Dollar fällig waren. Ralph hatte weder Geld überwiesen noch geantwortet, doch die Zahlungserinnerungen hörten nicht auf. In Ralphs Augen warf es kein schlechtes Licht auf die Familienehre, wenn er ein solches irregeleitetes Gelübde nicht erfüllte.

Aber warum sollte er sich einen so schönen Nachmittag durch solche Gedanken verderben lassen? Da drüben stand Elsies dreistöckiges Haus. Es war dunkelrot wie einige der anderen Häuser, doch für Ralph war es besonders, weil Elsie dort wohnte. Die Tür war geschlossen. Während er auf der gegenüberliegenden Straßenseite vorbeiging, behielt Ralph das Haus im Auge. Die Straße war kurz und schmal und hatte einen Knick. Früher war hier der Minettabach geflossen, und Ralph bildete sich ein, daß an der Einmündung der Minetta Street in die Minetta Lane eine Vertiefung war.

Plötzlich ging die Tür zu Elsies Haus auf. Ralph hörte Männer- und Frauenstimmen, jemand lachte. Eine junge Frau und zwei junge Männer traten heraus, gefolgt von Elsie, die sich umdrehte, um die Tür zu schließen.

»Da! Seht mal!« rief Elsie ihren Freunden zu.

Die anderen johlten, und Ralph merkte, daß der Lärm ihm galt. Er beschleunigte seine Schritte.

»Schleimscheißer!« rief die Frau.

»He, du! Laß Elsie in Ruhe! Hast du gehört?« brüllte einer der Männer.

»Lustmolch!«

»Lange nicht gevögelt, was?«

»Ha, ha! Seht mal, wie er rennen kann!«

Ralph empfand Scham und Wut. Er rannte gar nicht, er ging nur so schnell, wie er es mit seiner Würde vereinbaren konnte, und die kurze Strecke bis zur Sixth Avenue erschien ihm endlos. Ein junger Bursche in Turnschuhen hatte ihn mit großen Sprüngen überholt und breitete die Arme aus, als wollte er ihn aufhalten.

»Verpiß dich, du Arschloch, sonst hetzen wir dir die Bullen auf den Hals!«

Was hatte Elsie damit zu tun? Einer der Männer schlug Ralph mit dem Handballen auf die Schulter. »Aufhören!« schrie Ralph. »Lassen Sie mich in Ruhe!«

»*Ihn* in Ruhe lassen!« kreischte eine schrille Frauenstimme, worauf die anderen lachten.

»Ha! Verpiß dich! Verpiß dich, du Arsch!«

»Und zwar für immer! Laß dich bloß nie wieder blikken!« spuckte ihm ein Mann, dessen Gesicht mit Rouge und Lippenstift geschminkt war, aus nächster Nähe ins Gesicht. Der Mann tänzelte rückwärts vor Ralph her und sah ihn unter beinahe geschlossenen Augenlidern hervor an, deren Wimpern mit schwarzem Puder oder Fett verschmiert waren. »Verdammter *Perversling*!«

Ralph zog den Kopf ein und stapfte auf der Sixth Avenue in nördlicher Richtung.

»Ha! Ha, ha, ha! Schwing die Keulen, Alter! Hau ab!«

Die Stimmen schwirrten durcheinander. Ein Mülltonnendeckel schlidderte auf dem Bürgersteig an Ralph vorbei und machte dabei ein gräßliches, kratzendes Geräusch. Einige Passanten drehten sich nach ihm um.

Endlich hatte er sie abgehängt. Ralph ging langsamer, atmete tief durch und sah starr geradeaus, und sowie die Ampel für die Autos auf Rot sprang, überquerte er die Sixth Avenue Richtung Westen.

Er lief ihnen geradewegs in die Arme. Irgendwie hatten die drei – Elsie war nicht mehr dabei – ebenfalls die Straßenseite gewechselt.

»Wo willst du hin?« fragte ihn der ungeschminkte Mann. »Wir werden dich begleiten. Was meint ihr?«

»Klar«, antwortete der Geschminkte.

Ralph schlug den Weg nach Hause ein, doch die beiden Männer hüpften vor ihm auf und ab und rempelten ihn an. Aber warum nach Hause?, dachte Ralph, steuerte auf ein Restaurant zu, trat durch die Tür in den Windfang und öffnete die zweite Tür, die ins Lokal führte.

»Wir haben noch geschlossen, Sir«, sagte ein Ober.

»Das Telefon…?«

Der Ober schien unschlüssig, zeigte dann aber auf die Münztelefone im hinteren Teil des Restaurants.

Ralph ging zwischen leeren Tischen hindurch, blickte sich um und sah, daß einer der Burschen ihm in das Lokal gefolgt war. Es gab einen Wortwechsel, und der Ober schob ihn mit Unterstützung eines Kollegen kurzerhand hinaus. Die beiden Burschen warteten auf dem Bürgersteig. Ralph tat so, als telefonierte er. Als er sich wieder zu der verglasten Eingangstür umdrehte, sah er, daß sie noch immer da waren, und ihm wurde klar, daß sie nicht weggehen würden. Den Telefonhörer ans Ohr gepreßt, murmelte Ralph nervös sinnloses Zeug, und mit einemmal sah er Irma vor sich, das wellige, schulterlange Haar offen, wie sie mit geschlossenen Augen Zigarettenrauch zwischen ihren dunkelrot geschminkten Lippen hervorstieß und ihn auslachte, sich ausschüttete vor Lachen. Miststück!

Er legte den Hörer auf die Gabel und ging zur Tür. Ihm war klar, daß er sich ihnen stellen mußte. Er hob den Kopf, bedankte sich bei den Obern und trat auf die Straße.

»Da ist er!« rief einer der Kerle.

Ralph sah Elsie an der nächsten Ecke stehen und sich lächelnd von der anderen Frau verabschieden. Bald begann ihre Schicht. Für einen Augenblick trafen sich Elsies und Ralphs Blicke, dann drehte sie sich um und ging davon. Ralph nahm die Schultern zurück und ging heimwärts Richtung Norden.

Die beiden Burschen hielten mit ihm Schritt, stießen ihn von hinten gegen die Schultern, nahmen ihn in die Zange.

»Du läßt Elsie in Ruhe, kapiert? Sonst machen wir dich fertig, du Heinzelmann!«

»Schleimscheißer, Schleimscheißer!« Sein Kumpan lachte fröhlich, als mache ihm die Sache jetzt wirklich Spaß.

Als Ralph in die West Fourth Street einbog, hatte er die Männer noch immer nicht abgeschüttelt. Die Ausdrücke, die sie gebrauchten, waren schrecklich. Er sah sich nach einem Polizisten um. Wohin sollte er sich wenden? Er würde sich nicht bis zu seinem Haus verfolgen lassen. Er würde es nicht soweit kommen lassen, daß er ihnen die Haustür mit dem ausgeleierten Schloß vor der Nase zuschlagen mußte und die Kerle sie einfach aufdrückten und ihm womöglich bis zu seiner Wohnungstür und in seine Wohnung folgten.

Plötzlich stand Ralph vor der verglasten Terrasse des

Café-Restaurants am Sheridan Square. Er zögerte. Es war nicht weit bis zu dem Zeitungsstand an der Treppe zur Subway. Der Verkäufer kannte ihn.

»He, du!« Unvermittelt baute sich die Frau vor ihm auf, eine Gestalt mit Lippenstift, langem Haar – offenbar eine Perücke –, bleichem, gepudertem Gesicht und einem Gewand, das aussah wie ein alter Vorhang oder eine Überdecke. »Laß Elsie in Ruhe, wenn dir deine Gesundheit lieb ist! Hast du verstanden?«

»Ja, sag ihm, was Sache ist, Marion!« rief einer der Männer.

Der Geschminkte spuckte nach Ralph, verfehlte ihn aber, und natürlich kam ihm keiner der Passanten zu Hilfe. Ein paar Männer und eine Frau sahen bloß kurz von dem krakeelenden Trio zu Ralph und wieder zurück.

Ralph trat zum Kiosk. »Ich nehme eine –«

»Sie haben Ihre *Times* heute doch schon gekauft, Sir«, sagte der Mann in dem Kiosk. »Schicken Mantel haben Sie da.«

Ralph drehte sich um. Die Ampel zeigte Grün, er konnte die Straße überqueren. Machte sich jetzt sogar der Zeitungsverkäufer, den er doch kaum kannte, über ihn lustig? An der Ecke trat Ralph in ein Geschäft namens United Cigars, in dem er noch nie gewesen war. Es hatte einen dreieckigen Grundriß und roch nach süßlichem Tabak und Schokolade. Ralph starrte auf die Regale mit den Zeitschriften. Die drei waren ihm nicht gefolgt. Er durfte sich ein wenig entspannen. Es waren noch andere Kunden im Laden, so daß Ralph nicht weiter auffiel. Er betrachtete die Auslage der Magazine und ging dann zur Tür, durch deren verglaste obere Hälfte er hinaussehen konnte. Seine Verfolger waren scheinbar verschwunden. *Scheinbar*, dachte er, denn als er vorhin die Sixth Avenue überquert hatte, waren sie auch plötzlich wieder dagewesen.

Schließlich verließ er rasch den Laden, bog in die Christopher Street ein und ging in Richtung Bleecker Street. Wahrhaftig, es folgte ihm niemand mehr. Offenbar hatten sie doch aufgegeben. Kein Gejohle ertönte, als er die Bleecker Street erreichte und, den Schlüssel bereits in der Hand, über die Straße zu seinem Haus ging.

Oben angekommen, überfiel ihn eine Scham, die schwerer auf ihm lastete als seine Wut. Am schlimmsten war die Erinnerung an Elsie, an ihr amüsiertes, herzloses Lächeln, als sie gegangen war und ihn diesen Rowdys ausgeliefert hatte.

Diese Rowdys waren ihre Freunde, rief er sich ins Gedächtnis. Schrecklich, schrecklich und verkehrt!

Wieder knöpfte Ralph den Mantel auf, hängte ihn auf einen Bügel und strich mit einer Kleiderbürste über die Schultern und die Ärmel, wo die Kerle ihn berührt hatten. Elsie hatte den Mantel überhaupt nicht beachtet, dachte er. Er hätte ihn ebensogut gar nicht anhaben können, er hätte ebensogut seine alte, schmuddelig wirkende graue Tweedjacke tragen können.

»Mist, Mist, Mist!« sagte Ralph leise und mit zusammengebissenen Zähnen.

16

An einem Mittwoch im Dezember trafen Jacks sechs Belegexemplare von *Halb verstandene Träume* ein, zusammen mit einem kurzen, aber herzlichen Glückwunsch von Trews. Auf dem Schutzumschlag war seine Zeichnung des Geschäftsmannes und Familienvaters, der am Schreibtisch saß, einen Arm über die Augen gelegt und umstanden von drei Gestalten – vielleicht Mutter, Vater und irgendein unheiliger Geist –, die mißbilligend auf ihn herabsahen. Alle Figuren waren in einem Grünton gehalten, der Titel in schwarzer, mit dem Pinsel geschriebener Schreibschrift. Jack blätterte ein Exemplar durch und empfand große Freude, ja, sogar Stolz. Sein erstes Buch. Das war auch Zeit, dachte Jack, immerhin war er schon dreißig.

Joel MacPherson hatte vor etwa einer Woche einen Zusammenbruch gehabt, fiel Jack ein. Er lächelte. Joel hatte angerufen und gesagt, er habe wegen des *Träume*-Buchs solche Angst, daß er sich, auf Anraten seines Arztes, ein paar Tage freigenommen habe, mindestens vier. Dartmoor, Aegis hatte für kommenden Freitag zu einer kleinen Buchpräsentation mit Drinks eingeladen, und anschließend würden Jack, Joel, Natalia und »einige Medienleute« mit Trews essen gehen.

Es war dieselbe Woche, in der Natalia sich mit Elsie zum

Kaffee getroffen hatte. Natalia hatte einen anderen Eindruck von ihr gewonnen, als Jack erwartet hatte. Sie fand Elsie extrem ehrgeizig und sagte, sie hätten mehr über Theater, Kunstausstellungen und Maler als über Linderman gesprochen.

»Sie liebt das Guggenheim. Und sie steht auf Kandinsky! Sie versucht, New York mit einem einzigen Bissen zu verschlingen – und dabei hat sie bloß einen Highschool-Abschluß. Bewundernswert – wenn sie es durchhält.«

Natalia hatte beim Sprechen in ihren Kleiderschrank gestarrt und die Stücke herausgenommen, die gereinigt werden mußten. Was sie von der Linderman-Sache hielt, mußte Jack ihr regelrecht aus der Nase ziehen.

»Ach, er wird bestimmt bald damit aufhören«, sagte Natalia. »Er ist bloß ein einsamer alter Junggeselle, der gern hübschen Frauen hinterhersieht.«

»Ja, einsam ist er bestimmt«, sagte Jack.

Die Frage, ob man zur Polizei gehen sollte, war offenbar nicht erörtert worden, und auch Jack brachte sie nicht zur Sprache. Etwas später an diesem Tag sagte Natalia:

»Ich habe Elsie gefragt, ob sie auch zu Louis' Party kommen möchte, und sie war ganz begeistert. Du weißt schon – Louis' Weihnachtsfeier nächste Woche.«

Jack lächelte überrascht. »Elsie kommt also auch. Gut.« Er fand es witzig, sich Elsie in Louis' unaufdringlich eleganter Wohnung vorzustellen, inmitten von Louis' ausgesprochen zurückhaltenden Freunden.

»Sie hat gefragt, ob sie eine Freundin namens Genevieve mitbringen kann. Ich werde Louis fragen. Er freut sich immer über neue Gesichter.«

Die Party bei Dartmoor, Aegis fand in Trews' großem Büro statt, durch dessen Fenster man einen Blick auf den East River hatte. Es waren achtzehn oder zwanzig Leute da, einige von ihnen Lektoren des Verlags, die nur mal kurz vorbeischauten, um Jack und Joel die Hand zu schütteln. Joel hatte sich von seinem Zusammenbruch erholt, sah allerdings noch immer ein bißchen blaß aus. Trews hatte zu Jack gesagt: »Bringen Sie Ihr Kind ruhig mit. Sie haben eine Tochter, stimmt's? Die Leute von der Presse mögen Familienväter.« Also hatten die Sutherlands Amelia mitgebracht und Susanne gleich dazu, damit diese sie nach Hause bringen konnte, bevor die anderen zum Essen gingen. Natalia bewegte sich von einem Grüppchen zum anderen. Sie hatte gelernt, Kontakte zu knüpfen, und Jack wußte, daß sie ihm später genau würde sagen können, wer von den Männern und Frauen, mit denen sie gesprochen hatte, wichtig war und wer nicht.

»Haben Sie selbst auch solche analytischen Träume?« wollte ein Journalist von Jack wissen.

Amelia ging mit Tabletts voller Kanapees herum, wie zu Hause, was alle amüsant fanden und Jack geflissentlich übersah. Joel und er signierten gemeinsam mehrere Exemplare, eines mit einer besonderen Widmung für Trews. Das Erfolgserlebnis des Tages war ein kurzes Rundfunkinterview, das vor dem Essen in einem Nebenraum aufgenommen wurde. Fernsehjournalisten waren leider nicht gekommen. Damit hatte Jack auch nicht gerechnet, und auch Trews nicht, obgleich er sagte, er habe versucht, einen Fernsehsender zu interessieren.

Louis Wannfeld hatte in seinem Wohnzimmer rote und grüne Kreppapiergirlanden von einer Ecke zur anderen gespannt. »Ich finde, das ist eine hübsche, altmodische Dekoration«, sagte er. Das war jedoch das einzige Zugeständnis an die Weihnachtszeit, abgesehen von einem langen Fichtenzweig auf dem weißgedeckten Tisch mit Flaschen, Gläsern und Schüsselchen voll Kaviar, Oliven und dergleichen.

Isabel Katz war natürlich gekommen, ebenso Sylvia Kinnock, letztere in Begleitung eines zarten jungen Mannes namens Ray, der, wie sie sagte, Tänzer beim New York City Ballet war. Auch Max und Elaine Armstrong waren eingeladen, obgleich sie keine engen Freunde von Louis oder dessen Lebensgefährten Bob Campbell waren. Es waren viele Leute da, die Jack noch nie gesehen hatte – vermutlich Freunde von Bob –, und Frauen und Männer waren etwa gleich stark vertreten. Louis, der in seinem dunkelblauen Seidenanzug, weißen Hemd und schwarzen Lackschuhen beinahe formell gekleidet war, zeigte Jack die Flasche Jack Daniel's, die auf dem Büffettisch stand.

Jack war dankbar und gerührt. »Wie geht's Bob?«

»Er ist... da drüben«, sagte Louis, der Jack in dem Stimmengewirr nicht richtig verstanden hatte. »Auf dem Sofa.«

Bei Louis' Partys, dachte Jack, als er, seinen Drink in der Hand, durch das Zimmer schlenderte, kam immer eine bunte Mischung von Leuten zusammen, die sich gut zu amüsieren schienen. Dazu trug auch die Größe des Wohnzimmers bei. Niemand mußte den ganzen Abend an ein und demselben Platz bleiben. Sylvias Freund oder Begleiter war gertenschlank, und Jack konnte sich kaum vorstellen, daß in seinen Beinen die Kraft eines Tänzers war. In den engen schwarzen Hosenbeinen steckten dünne Beinchen. Beine wie Pfeifenreiniger.

»Oh, Mr. Sutherland, ich habe Ihr Buch gelesen!« sagte eine stämmige junge Dame, die Jack noch nie gesehen hatte. »Ich weiß, daß es eine Gemeinschaftsproduktion war, aber in erster Linie werden Ihre Illustrationen dafür sorgen, daß es sich verkauft. Sie sind witzig, aber sie lassen einen nicht mehr los – sie gehen einem regelrecht unter die Haut. Na ja, Ihnen vielleicht nicht, aber mir!« Sie lachte.

Jack nickte. »Ich habe allerdings noch keine Kritiken gesehen.«

»Das werden Sie aber. Ich arbeite für die *Post.* Hazel Zelling ist mein Name. Ich habe gerade Ihre Frau kennengelernt, und sie hat mir gesagt, wo Sie stehen. Ich habe gerade heute eine lobende Rezension über Ihr Buch geschrieben – sie wird allerdings erst in ein paar Tagen erscheinen.«

»Danke«, sagte Jack und lächelte.

Ihm war wohler, wenn er sich mit Isabel und den Armstrongs unterhielt. Susanne hatte den Armstrongs ein Exemplar von *Träume* mitgebracht, und sie dankten ihm dafür und für die Widmung, die er hineingeschrieben hatte.

»Auf die *Träume*!« Max erhob sein Glas.

»Es hängt mir schon zum Hals heraus«, sagte Jack. Er dachte daran, daß er seinem Vater und seinem Onkel Roger je ein Exemplar geschickt hatte, und fragte sich, ob er je erfahren würde, was sein Vater davon hielt. »Wo ist Bob?« fragte er Isabel leise. »Ich vergesse immer, wie er aussieht, und möchte ihm gern hallo sagen.«

»Er ist der Dickliche mit der Glatze auf dem Sofa da

drüben«, sagte Isabel mit einem Lächeln. »Der mit der Brille.«

Natürlich. Jetzt erinnerte sich Jack wieder an ihn: gesellig und gesprächig und ein bißchen weniger kahl als Louis. Im Augenblick erzählte er offenbar eine Geschichte, denn er gestikulierte und grinste. Kein Wunder, daß er und Louis schon seit ewigen Zeiten zusammen waren. Bob sah aus wie einer, der imstande war, alles zu verstehen und zu verzeihen. Jack ging in Richtung des Sofas.

Er schaffte es allerdings nicht bis dorthin, denn Natalia zog ihn am Ärmel und sagte: »Begrüß mal deine Freundin.«

Jack hatte sich schon zuvor nach Elsie umgeschaut, und nun war sie plötzlich da, mitten im Raum, und Louis beugte sich aufmerksam zu ihr. Sie trug ein schwarzes Abendkleid aus Satin, das bis zur Mitte der Oberschenkel geschlitzt war. Louis lächelte breit und strahlte vor Gastfreundlichkeit. Elsie legte den blonden Kopf in den Nacken und lachte. Sie sah umwerfend aus und zog alle Blicke auf sich.

»Hallo, Elsie«, sagte Jack. »Wie ich sehe, haben Sie den Gastgeber bereits kennengelernt.«

»Was darf ich der jungen Dame zu trinken bringen?« erkundigte sich Louis.

»Guten Abend, Mr. Sutherland«, sagte Elsie. »Das hier ist meine –«

»Um Himmels willen, Elsie, bitte nennen Sie mich Jack.«

»– meine Freundin Genevieve«, sagte Elsie und wies mit einer schwarz behandschuhten Hand auf eine junge Frau in Gelb mit langem, leicht gewelltem rotem Haar.

Jack und Louis gingen mit den beiden Frauen zu dem Tisch mit den Getränken. Elsie wollte Tomatensaft, den

Louis in einen Krug gefüllt hatte. Genevieve war nur mittelhübsch und sah aus, als wäre sie eine Langweilerin, fand Jack. Ihr Haar hatte die Farbe einer gebackenen Süßkartoffel. Ob das ihre natürliche Haarfarbe war? Er wollte, er könnte die Gedanken an Farben aus seinem Kopf verbannen – sie ließen ihn zusammenzucken wie unvermittelte Geräusche.

»Ist Natalia auch da?« fragte Elsie.

»Ja, hier«, sagte Jack. Natalia stand zwei Schritte hinter Elsie und beobachtete sie.

Die Armstrongs waren herbeigeschlendert. Jack stellte sie vor. »... und das ist Genevieve ...«

»Perusky«, ergänzte Elsie, sichtlich bemüht, höflich zu sein und heute abend nichts falsch zu machen.

Jack machte sich nicht die Mühe, Genevieves Nachnamen zu wiederholen. Max' und Elaines Blicke waren auf Elsie gerichtet. Sie hatte Gel in den Haaren und hellrote Rougestriche auf den Wangen. Ihr Lippenstift war knallrot. Jedenfalls war sie heute abend umwerfend attraktiv und sprühte nur so vor Energie oder Anima oder was auch immer, selbst wenn sie einfach nur dastand.

»Wollen wir uns nicht setzen?« fragte jemand.

Doch niemand setzte sich. Elsie und Genevieve blieben nicht die ganze Zeit zusammen, waren aber nie weit voneinander entfernt. Elsie trat an das große Fenster, das nach Osten ging. Sie stand hoch aufgerichtet da und sah sehr beherrscht aus. Ihr gegeltes Haar kam Jack mittlerweile ziemlich schick vor.

»Kennst du die Kleine? Oder Natalia?« fragte Max Armstrong.

»Wir kennen sie beide. Sie ist …« Jack zögerte. »Sie ist eine Nachbarin.«

»Verdammt hübsch. Ist sie ein Model?«

»Ich glaube, sie will Schauspielerin werden. Sie ist erst zwanzig.«

Max lächelte ein wenig. »Ich hätte sie für noch jünger gehalten.«

Jack hörte leise Cembalomusik. Er konzentrierte sich und erkannte, daß es sich um die Goldberg-Variationen handelte. Typisch für Louis oder auch für Bob, eine Bach-Kassette zu spielen. Später, wenn alle aßen oder gegessen hatten, würde jemand Rockmusik auflegen, und dann würde getanzt werden. Louis hatte die Teppiche aufgerollt und beiseite geräumt.

»Ich dachte, hier würde es eher steif zugehen«, hörte er Elsie in für sie untypisch schüchternem Ton sagen.

Sie hatte es zu Natalia gesagt. Jack sah Natalia schulterzuckend etwas antworten, das er nicht verstehen konnte.

»Hör mal, Jack, ich habe da eine Idee.« Das war Joel, der neben ihm aufgetaucht war. Er gestikulierte, und seine Augen leuchteten. »Doppelleben, echte oder nur phantasierte. Leute, die *wirklich* eine zweite Familie und einen zweiten Job in einer anderen Stadt haben. Ein Bankdirektor könnte in seiner Freizeit ein Dieb sein. Klingt das gut?«

Jack verzog das Gesicht. »Nein, ehrlich gesagt nicht.«

Joel sah enttäuscht aus, doch als Jack lachte, stimmte er ein. »Na gut«, sagte er und schlenderte davon.

Jack wußte, daß Joel nicht gekränkt war. Sie kannten einander lange genug und hatten solche Gespräche schon oft gehabt. Joel quälte sich damit, daß er seinen Job hinwerfen wollte, es aber dann doch nicht über sich brachte, und sich ein Leben ersehnte, das er in Wirklichkeit vielleicht gar nicht führen wollte. Und daraus konnten ein paar weitere gute Ideen entstehen.

Als Jack Elsie das nächste Mal sah, saß sie auf der Armlehne des Sofas, und Louis stand neben ihr. Louis reichte ihr die Hand, Elsie nahm sie, und gemeinsam durchquerten sie den Raum und verschwanden durch den Flur.

Man begann sich über das Büffet herzumachen, und Jack schloß sich den anderen an. In der Nähe bemerkte er die gelbgekleidete, rothaarige Genevieve. Sie hielt einen leeren Teller in der Hand und wirkte etwas verloren.

»Möchten Sie etwas davon?« fragte Jack sie, denn er hatte gerade ein Stück Putenfleisch auf der Gabel. Er legte es auf Genevieves Teller. »Sind Sie Schauspielerin?« Er wußte nicht recht, über was er sich mit ihr unterhalten sollte.

»Nein, ich bin Kosmetikverkäuferin bei Macy's.«

»Ach so.« Sie war tatsächlich reichlich mit Kosmetik ausgestattet: bläulich-grüner Lidschatten, ziegelrote Fingernägel. Sie hatte einen Gürtel eng um das gelbe Kleid geschnürt, dessen Vorderseite aussah wie eine arabische Pluderhose, vermutlich eines von denen, die er in dem Schrank in der Minetta Street gesehen hatte. Ob Genevieve wußte, daß er für einige Minuten in dieser Wohnung gewesen war? »Was macht eigentlich dieser alte Kerl? Dieser Ralph?«

Mit einemmal verschwand der unbestimmte Ausdruck in Genevieves Augen. »Oh, *das* ist ein bißchen besser geworden. Hat Elsie Ihnen erzählt, daß sie und ein paar Freunde von ihr diesen… daß sie ihm eine solche Angst eingejagt haben, daß er weggerannt ist? Sie haben ihn die

Sixth Avenue hinaufgescheucht. Er hatte vor unserem Haus herumgelungert.«

Jack grinste. »Gescheucht. Gut! Und jetzt läßt er sich nicht mehr blicken?«

»Seitdem nicht mehr. Es kann natürlich sein, daß er bei Viv's auftaucht.«

»Viv's?«

»Der Coffeeshop, wo Elsie arbeitet.«

Jack nickte. »Dann sind Sie also nicht zur Polizei gegangen?«

»Das wollten wir dann doch nicht. Je weniger man mit der Polizei zu tun hat... Wenn die sich nun ein paar von *unseren* Freunden vorknöpfen... Es sind unsere Freunde, aber der Polizei würden sie bestimmt nicht gefallen.«

Jack nickte verständnisvoll. »Elsie ist heute abend ein richtiger Hit.«

»Sieht sie nicht toll aus? Ich weiß nicht, wie sie das schafft, mit so wenig Schlaf. Gestern nacht höchstens zwei Stunden. Und Sonntag muß sie arbeiten, weil sie sich heute abend freigenommen hat.«

»Was hat sie denn gestern nacht gemacht?«

»Sie war in SoHo. Ach –« Genevieve schüttelte den Kopf, und die roten Strähnen bewegten sich ein wenig. »Irgendein neuer Nachtclub. Mit Gitarrenmusik. Ich kann nicht so lange aufbleiben, weil ich um halb neun wieder antreten muß, und zwar einigermaßen wach. Aber ich bin ja auch drei Jahre älter als Elsie. Sie sind sehr nett zu ihr gewesen, Sie und Ihre Frau. Sie mag Sie beide sehr gern.«

Jack verbeugte sich. »Es war mir ein Vergnügen.« Er

wollte sich wieder entfernen und hielt den Augenblick für günstig.

»Na, was hast du von Genevieve erfahren?« fragte Natalia ihn ein paar Minuten später.

»Daß sie in der Kosmetikabteilung von Macy's arbeitet.«

Natalia lächelte mit geschlossenem Mund. »Das wußte ich schon. Elsie kommt heute abend ganz gut allein zurecht. Louis findet sie geradezu göttlich.«

Jack und Natalia verließen die Party früh, denn Susanne wollte zurück in die Wohnung ihrer Eltern. Elsie blieb noch, und als sie gingen, saß sie auf der Lehne des großen Sessels, umringt von Louis, Sylvia, deren Freund Ray und Isabel. Auf dem Heimweg, im Taxi, sagte Natalia, Elsie habe auch Louis' andere Bilder und Zeichnungen sehen wollen und darum habe er sie durch den Flur und die beiden Schlafzimmer geführt. Jack fiel ein, daß Louis einen Goya besaß, auf den er sehr stolz war.

»Zu schade, daß Elsies Freundin eine solche Langweilerin ist«, sagte Jack im Taxi.

»Ja, nicht? Hat Elsie dir eigentlich auch diesen Reklamezettel der Gitarristin gegeben?«

»Nein.«

»Wenn wir zu Hause sind, zeige ich ihn dir. Elsie findet sie ziemlich gut. Sie heißt Marion. Elsie will, daß wir sie uns mal anhören. Sie spielt angeblich in irgendeiner Bar in SoHo.«

Jack gefielen die Bars in SoHo nicht sonderlich, und soweit er wußte, ging es Natalia ebenso. »Na gut. Wenn du mal in Stimmung bist.«

»Ha!« sagte Natalia. *In Stimmung* hatte für sie beide

eine andere Bedeutung. »Ich glaube nicht, daß Elsie noch lange mit Genevieve zusammenbleibt. Die Wohnung gehört Genevieve, und in der Minetta Street zu wohnen hat bestimmt seine Vorteile, aber …«

Jack wartete. Er nahm Natalias behandschuhte Hand und legte den Kopf zurück. Er mochte lange, gemütliche Taxifahrten, wenn der Fahrer geschickt genug war, Stopps an den Ampeln zu vermeiden. Heute nacht war die Dunkelheit dort draußen von blauen und silbrigen Weihnachtslichtern erhellt.

Zu Hause war alles ruhig und in Ordnung. Susanne saß im Wohnzimmer und las, und Amelia schlief. Sie sprachen im Flüsterton, um das Kind nicht zu wecken. Jack bot Susanne an, ein Taxi zu rufen, doch sie sagte, um diese Zeit könne sie mit Leichtigkeit eines am Sheridan Square finden. Sie nahm nur gelegentlich ein Taxi, und dann erstatteten die Sutherlands ihr die Kosten.

Natalia ging unter die Dusche, und Jack folgte ihr. In dieser Nacht war sie in Stimmung – Jack brauchte sie nicht zu fragen, und das war schön.

Eine Stunde später, als sie nackt und schläfrig im Bett lagen und Natalia eine Zigarette rauchte, sagte sie: »Wie fandest du eigentlich Sylvias Freund, diesen Tänzer?«

»Dieses magere Bürschchen? Sieht aus wie ein nasses Hemd.«

»Sie sagt, auf der Bühne ist er das reinste Energiebündel. Er heißt Ray Gibson.«

»Würde mich interessieren, wieviel Energie er hat, wenn er drei Kilometer gejoggt hat. Außerdem wirkt er ziemlich dumm. Ich möchte wissen, was Sylvia an ihm findet.«

Natalia zog an ihrer Zigarette. »Wahrscheinlich gar nichts. Sie hat mir gesagt, daß er gesellschaftlich ein bißchen vorankommen will – darum hat sie ihn mitgebracht.«

»Gesellschaftlich vorankommen bei Louis?«

»Na ja, vielleicht will er in andere homosexuelle Kreise eingeführt werden. Es ist nicht zu glauben: Ich bin schon wieder hungrig.«

»Gut. Ich auch.«

Leise durchstöberten sie den Kühlschrank und aßen am Küchentisch. Sie sprachen über die wichtige Frage, was sie Natalias Mutter, die schon alles hatte, zu Weihnachten schenken sollten. Natalias Halbbruder Teddie würde nun doch nicht an die Ostküste kommen, und so würden sie nach Ardmore fahren müssen, denn ihre Mutter hatte beschlossen, Weihnachten dort zu feiern anstatt in ihrer Wohnung in Philadelphia – sie wollte eine große Party mit Büffet geben, und dafür brauchte sie Platz. Vielleicht, schlug Jack vor, wäre der neue *Times*-Atlas ein gutes Geschenk – er hatte eine Anzeige dafür gesehen, und Natalias Mutter liebte es, auf Landkarten nachzusehen, wo sie bereits gewesen war oder wohin sie noch reisen würde.

»Jack, Schatz, das ist eine hervorragende Idee!« flüsterte Natalia. »Ich besorge einen bei Rizzoli.«

Sie beschlossen, Weihnachten zweimal zu feiern: einmal mit Natalias Mutter und einmal zu Hause.

»Übrigens«, sagte Jack, »hat Elsies Freundin mit den langen Haaren gesagt, daß Linderman sie in letzter Zeit in Ruhe läßt. Ein paar von Elsies Freunden haben ihn durch die Minetta Street gejagt und ihm richtig Beine gemacht.«

»Das hat Elsie mir auch erzählt. Hast du ihn in letzter

Zeit gesehen? Ich hab ihn noch nie zu Gesicht gekriegt, aber ich muß gestehen, daß ich auch nicht gerade nach ihm Ausschau gehalten habe.«

»Nein. Oder doch – letzte Woche hab ich ihn einmal gesehen. Er hat mich nicht bemerkt. Er hatte einen neuen Mantel und eine russische Pelzmütze an. Wenn der Hund nicht gewesen wäre, hätte ich ihn gar nicht erkannt.«

17

Ein Gebet ist eine Art Wette, schrieb Ralph in sein Notizbuch. Er unterstrich den Satz und fuhr fort:

> *Es ist eine andere Art zu sagen: »Ich hoffe«, und wer betet, verläßt sich nicht darauf. Nur wenn etwas in Erfüllung geht, hört man den Satz: »Ich wußte, daß meine Gebete erhört werden würden!« Frömmelndes Gefasel!*

Genug! Ralph hätte seitenlang fortfahren können. Der vorige Eintrag lautete:

> *Wann werden die Vereinigten Staaten endlich merken, daß die Likud-Partei gar keinen Frieden will? Daß Frieden all ihre Pläne zunichte machen würde? Sie tun alles, um den Frieden zu vermeiden, sie hassen und fürchten die Bedeutung des Wortes.*

Er saß still an seinem Tisch und dachte nach. Es war der zweite Weihnachtstag. Gestern hatte Ralph nur God als Gesellschaft gehabt, aber der Hund genügte ihm auch. Er hatte mit dem Gedanken gespielt, den Sutherlands eine Weihnachtskarte in den Briefkasten zu werfen mit dem Text: *Frohe Feiertage und alles Gute im neuen Jahr.* Niemals würde er eine Karte verschicken, auf der *Fröhliche Weihnachten* stand, diese unerträglich banale Phrase, mit der man versuchte, eine Verbindung zwischen diesen Feiertagen und der angeblichen Heiligkeit des von einer Jungfrau geborenen Jesus herzustellen. Weihnachten, das Fest, das von denselben Leuten, die es alljährlich lauthals verkündeten, in den Schmutz gezogen wurde, war über die Maßen deprimierend – deprimierend für die Armen, eine Pflichtübung für alle anderen. Ein frohes Fest war es nur für die Kinder reicher Leute und für diejenigen, die allerlei Waren zu weihnachtlich überhöhten Preisen verkauften. Ja, und in den Geschäften hingen Schilder, auf denen stand: ACHTUNG – AUCH TASCHENDIEBE HABEN HOCHSAISON. Ralph hatte am Heiligabend die Tagschicht und am ersten Weihnachtstag die Nachtschicht gehabt, und heute abend mußte er wieder zum Dienst. Im Midtown-Parking herrschte Hochbetrieb, und für gewöhnlich leuchtete das BESETZT-Schild über dem Eingang.

Er hatte den Sutherlands keine Weihnachtskarte geschrieben, aber er konnte ihnen ja einen Neujahrsgruß schicken oder bringen. Als freundliche Geste. Natürlich würde er ihn an beide adressieren, obgleich er spürte, daß die beiden sehr unterschiedlich waren: Sutherland war ein feinerer Mensch als seine Frau. Ralph glaubte, daß Mrs. Sutherland heimlichtuerisch und verschlagen war, möglicherweise auch snobistisch und verwöhnt. Anscheinend ging sie einer Arbeit nach, allerdings nicht jeden Tag und zu unregelmäßigen Zeiten, denn er hatte sie mindestens zweimal um elf oder zwölf Uhr mittags zum Sheridan Square schlendern sehen, wo sie sich ein Taxi genommen hatte. Einmal war er ihr gefolgt: Sie war zur Christopher Street gegangen, zu der Treppe neben dem Zeitungskiosk, die zu dem Bahnsteig für die nach Norden fahrenden Züge führte.

Und auch sie hatte inzwischen Elsies Bekanntschaft gemacht. Am Tag vor Heiligabend hatte Ralph mittags gegen eins seine *Times* gekauft, war an dem Café-Restaurant am Sheridan Square vorbeigekommen und hatte dort Mrs. Sutherland und Elsie sitzen sehen, die zum Mittagessen Wein tranken und sich lebhaft unterhielten. Es war ein kalter Tag gewesen. Vielleicht hatten sie über ihn gesprochen, dachte Ralph. Natürlich hatte John Sutherland seiner Frau erzählt, daß der Mann, den er für ehrlich und anständig gehalten habe, weil er ihm seine Brieftasche zurückgegeben hatte, nun eine junge Frau namens Elsie »belästige«, die sich an ihn, John Sutherland, um Hilfe gewandt habe. Ralph konnte sich vorstellen, wie das Gespräch verlaufen war, wenn diese Geschichte erst einmal einer Frau zu Ohren gekommen war. Ralph erinnerte sich äußerst ungern an den Augenblick, als er Mrs. Sutherland und Elsie gesehen hatte, in ein angeregtes, intimes Gespräch vertieft, doch das Bild kam immer wieder hoch, als wollte es ihn quälen, aufflackernd wie ein Blinklicht: links Mrs. Sutherland, der das lange blonde Haar mit den helleren Strähnen bis auf die Schultern hing und die wie üblich rauchte und mit der Hand, in der sie die Zigarette hielt, gestikulierte, und ihr gegenüber Elsie mit ihrem frischen Gesicht und den blonden Haaren, die sich ein wenig vorbeugte, auf den Lippen ihr entzückendes Lächeln, das sie ihm nie schenkte.

Ralph hatte die alte Tweedjacke und eine Mütze getragen und gehofft, einen Blick auf Elsie zu erhaschen – vielleicht beim Einkaufen in der West Fourth Street –, ohne von ihr gesehen zu werden, denn wenn sie ihn entdeckte, machte sie immer gleich kehrt oder wechselte die Straßenseite, und das tat ihm weh.

Was hatten Elsie und Mrs. Sutherland eigentlich vor? Wenn er sie einmal zusammen gesehen hatte, war es sehr wahrscheinlich, daß sie sich auch bei anderen Gelegenheiten trafen. Ralph stellte sich vor, daß sie irgendeine Art von Bollwerk gegen ihn errichteten, das verhindern sollte, daß er Elsie ansprach oder auch nur in ihre Nähe kam. Aber wie wollten sie das bewerkstelligen? Hatte er gegen irgendein geschriebenes oder ungeschriebenes Gesetz verstoßen? Hatten sich nicht vielmehr Elsies Rowdy-Freunde der Belästigung, des ordnungswidrigen Verhaltens schuldig gemacht, als sie ihn auf der Sixth Avenue gestoßen und angerempelt hatten? Gab es etwa ein Gesetz, das es einem verbot, die Minetta Street entlangzugehen und ein, zwei Minuten stehenzubleiben, um eines der interessanten alten Häuser dort zu betrachten? Ralphs Gefühl, daß ihm Unrecht widerfahren war, ließ ihn wieder an die schreckliche Situation im Libanon denken. Wie lange dauerte dieses schleichende Grauen nun schon? Länger als ein Jahr jedenfalls, seit die israelischen Panzer die Grenze überrollt hatten in der erklärten Absicht, die PLO zu vertreiben, doch Ralph hatte sogleich gedacht: »Mehr Land«, denn das war ja schon immer das Ziel der Israelis gewesen. Ralph fand es sinnvoll, das, was die israelische Regierung sagte – zum Beispiel »Frieden« und »Sicherheit« –, einfach umzukehren. In Wirklichkeit wollten die Israelis Unsicherheit, sie wollten von Feinden umgeben sein. Und dann die Massaker in den beiden palästinensischen Flüchtlingslagern, wobei natürlich die schmutzige Arbeit von anderen erledigt worden war, von den christlichen Milizen, während die israelischen Soldaten, die diesen Abschnitt kontrollierten, untätig dabeistanden und sich amüsierten wie Spanier bei einem Stierkampf. Wie ärgerlich, daß die USA das alles finanzierten. Und der Gipfel all diesen Unrechts war, daß die USA Marines als »Friedenstruppe« nach Beirut geschickt hatten – wo doch Amerika nur als Verbündeter und Geldgeber Israels betrachtet werden konnte. Und natürlich war das Unvermeidliche geschehen: Ein Selbstmordkommando hatte das Hauptquartier der Marines mit einer Autobombe angegriffen, und etwa zweihundertfünfzig Amerikaner waren ums Leben gekommen, hauptsächlich Neunzehnjährige, die keine Ahnung hatten, warum man sie überhaupt in den Libanon geschickt hatte. Unrecht über Unrecht! Ekelerregend und heuchlerisch! Was hatte Reagan zu den Eltern dieser jungen Männer gesagt? Nichts als leere Worthülsen, derweil die Amerikaner sich so leise wie möglich aus diesem Durcheinander verabschiedeten und ihre Schiffe am Horizont verschwanden. Ralph glaubte, daß die öffentliche Meinung in Amerika sich nicht noch mehr Unsinn, noch mehr Lügen über die wahren Ziele hätte bieten lassen. Ralph hatte den Glauben nicht verloren.

Er saß noch immer am Tisch, auf dem das linierte Notizbuch lag, doch er starrte an die Wand. Seine wütenden Gedanken ließen sein Herz schneller schlagen, und das verabscheute er. Er ging in das Badezimmer, wo er in der Wanne einige kleine Holzboote ausprobierte.

Diese drei Boote sahen aus wie schwimmende Zylinderhüte mit unverhältnismäßig breiten Krempen. Die Boote waren verschieden groß, und die Hutkronen stellten die Aufbauten für Ruderhaus und Ausleger dar. Ein Boot war aus dem Deckel einer Zigarrenkiste gemacht, dessen Kanten Ralph mit einem Messer gerundet hatte, die anderen aus etwas dickeren Holzstücken, die er auf der Straße gefunden und ebenfalls in eine runde Form geschnitzt hatte. Auch die Aufbauten bestanden aus Holz. Ralph hatte zahlreiche Metallringe, Holzstücke und kleine Stahlfedern gesammelt, die er im Parkhaus oder in Abfallkarren gefunden hatte. Er belud die Bötchen mit Teelöffeln und Gabeln und probierte aus, wie weit sie damit ans Ufer herankamen. Das war zwar nicht so gut wie Sand, aber vielleicht konnte er daraus trotzdem Erkenntnisse gewinnen. Die Wanne war etwa zwanzig Zentimeter hoch mit Wasser gefüllt. Ralph fand, solche Boote könnten in unterentwickelten Ländern eingesetzt werden, wo keine ausreichend tiefen Fahrrinnen ausgebaggert wurden. Sein Ziel war, diese kleinen Schiffe so nah wie möglich ans Ufer zu bugsieren, wo sie entladen werden konnten. Sie sollten imstande sein, sich um die eigene Achse zu drehen und in ein halbkreisförmiges Schwimmdock zu manövrieren. Ralph bewegte mit der Hand das Wasser, um Strömungen zu simulieren, fischte Teelöffel heraus, stellte sich die Höhe der Wellen bei einem Sturm vor und sah in Gedanken, wie der gerundete Bootsrumpf das Ufer berührte.

God trippelte winselnd auf und ab, und sein ungeduldiges Jaulen erinnerte Ralph daran, daß es an der Zeit war, den Hund auszuführen.

»Du bist meine Uhr, God.« Er stand auf. Es war beinahe Mittag und tatsächlich Zeit für einen Spaziergang. Danach wollte Ralph ein wenig schlafen. Er würde später weiterspielen können – je nachdem, wann er aufwachte und ob ihm dann noch etwas Zeit blieb, bevor er zur Arbeit mußte.

Seit Neujahr hatten sich Ralphs Arbeitszeiten bei Midtown-Parking geändert: Er hatte jetzt die Schicht von vier Uhr nachmittags bis Mitternacht. Das bedeutete, daß er zu beinahe normalen Zeiten aufstehen und zu Bett gehen und das Tageslicht genießen konnte. Mitternacht kam ihm vor wie später Abend, und wenn er gegen halb eins aus dem Bus stieg, herrschte am Sheridan Square noch reges Treiben. Nach seinem Spaziergang mit God ging er manchmal noch zu dem Coffeeshop, wo Elsie fünfmal die Woche bis zwei Uhr morgens arbeitete, allerdings, soweit er feststellen konnte, an wechselnden Tagen, so daß er nie wußte, ob er sie sehen würde oder nicht. Wenn sie da war, richtete sie es immer so ein, daß sie ihn nicht bedienen mußte, und tat, als hätte sie ihn nicht bemerkt. Ralph trank seinen Kaffee, ließ Elsie kaum aus den Augen und ignorierte das Getuschel der anderen Frauen hinter der Theke. Er war weder betrunken, noch stand er unter Drogen, und er verschüttete den Kaffee auch nicht auf die Theke oder auf den Boden wie manche anderen Gäste. Ralph wußte aber, daß es Elsie störte, wenn er um kurz vor zwei auftauchte und blieb, bis der Coffeeshop schloß und sich, wie Ralph durch das Fenster zur Küche sehen konnte, eine gewisse Verlegenheit bemerkbar machte, weil Elsie erst gehen wollte, wenn er weg war, und alle wußten das. Elsie brauchte nur durch die Seventh Avenue und die Carmine Street zur Sixth

Avenue zu gehen und diese zu überqueren, und schon war sie in der Minetta Street. Er war ihr eines Nachts unbemerkt gefolgt und hatte sie auf dem kürzesten Weg nach Hause gehen sehen.

Ralph Linderman schlenderte die Seventh Avenue hinunter und hielt auf den schmalen Lichtstreifen zu, wo Elsie war – jedenfalls hoffte er es. Es war jetzt halb zwei, gerade noch genug Zeit für einen Kaffee. Er hatte die *Times* dabei und würde Elsie gar nicht beachten, ja nicht einmal flüchtig in ihre Richtung sehen. Vielleicht würde sie sich dann ohne Vorsichtsmaßnahmen auf den Heimweg machen, so daß er ihr – sofern er Lust dazu hatte – in einigem Abstand würde folgen können.

Etwa zwanzig Meter vor dem Coffeeshop verlangsamte Ralph seine Schritte und blieb stehen. Vor ihm hatten ein Mann und eine Frau die Seventh Avenue überquert und kamen jetzt auf ihn zu, und die Frau war Mrs. Sutherland. Ein Lichtschimmer war auf ihr Haar gefallen, das Ralph jederzeit und aus jeder Entfernung erkannt hätte. Sie trug den Scheitel rechts, so daß das Haar ihr oft über das linke Auge fiel, und nun hörte er ihr kurzes Lachen, das ihm bekannt vorkam – aber woher? Ihr Begleiter war nicht John Sutherland; er war schlanker als dieser und trug einen dunklen Mantel und einen Zylinder.

Bei dem Lichtschein, der aus dem Coffeeshop auf den Bürgersteig fiel, nahm der Mann den Zylinder mit einer eleganten Bewegung ab. Sie gingen hinein!

Ralph wartete. Er war neugierig, fragte sich aber, ob es klug wäre, ihnen zu folgen. Er näherte sich vorsichtig, blieb neben der verglasten Tür stehen und spähte hinein. Elsie sprach mit Mrs. Sutherland, die schräg auf einem Barhocker saß, und lächelte breit. Mrs. Sutherlands Begleiter hatte, obgleich noch recht jung, eine Glatze. Er grinste und stand, unruhig von einem Fuß auf den anderen tretend, neben Mrs. Sutherland. Den Zylinder hielt er in der Hand. Elsie zog an der Schleife, mit der ihre Schürze auf dem Rücken zugebunden war, und verschwand durch eine Tür. Einige andere Gäste musterten Mrs. Sutherland und den Zylinder und die Lackschuhe des Mannes. Einen Augenblick später erschien Elsie in einem kurzen Mantel und ging um die Theke herum zu Mrs. Sutherland und dem Mann, der sie breit lächelnd ansah. Als die drei auf die Tür zukamen, trat Ralph rasch ins Dunkel zurück, ging langsam in nördlicher Richtung und lauschte angestrengt, um zu hören, wohin sie gingen.

Als er stehenblieb, hörte er nur das Rauschen des Verkehrs und drehte sich um. Die drei entfernten sich in südlicher Richtung, und Ralph folgte ihnen. Es war eine kalte Nacht, windstill, aber schneidend kalt. Ralph trug seinen älteren, dünneren Mantel, doch weder Handschuhe noch Mütze. Er schlug den Kragen hoch und steckte die Hände in die Taschen.

Es war zwei Uhr morgens, und sie gingen nach Süden. Was hatten sie nur vor? Zwei unbesetzte Taxis fuhren vorbei, doch der hochgewachsene Mann zeigte kein Interesse an ihnen.

Sie bogen nach rechts in die Houston Street ab, und ihr Lachen hallte zu Ralph zurück, er war jedoch zu weit entfernt, um verstehen zu können, was sie sagten. Dann überquerten sie die Houston Street und bogen in eine nach Süden führende Straße ab. Ralph mußte warten, bis die Ampel Grün zeigte. Als er in die Straße einbog, waren sie verschwunden. Sie mußten wohl in das einzige Lokal gegangen sein, in dem noch Licht brannte, ein Restaurant oder eine Bar auf der östlichen Seite der Straße, zehn Meter entfernt. Auf dem ungelenk gemalten Schild über der Tür stand STAR-WALKERS.

»Dah-di-dah, dah-di-dah...« sang eine Frauenstimme, die durch die geschlossene Tür und das schwacherleuchtete Fenster drang. »Wuu-du-wuu...« Irgendein Saiteninstrument begleitete den Gesang. An der Tafel, die an einem Geländer vor dem Gebäude lehnte, war ein Plakat befestigt, auf dem eine Frau mit lockigen Haaren und einer Gitarre zu sehen war. MARION GILL UND IHRE SPRECHENDE GITARRE. JAZZ. ROCK. RHYTHM-AND-BLUES.

Das Lokal mochte früher ein Lebensmittelgeschäft oder irgendein Laden mit einem Schaufenster gewesen sein. Hinter dem Fenster hingen dunkelrote Vorhänge, und durch die verglaste obere Türhälfte konnte Ralph Tische erkennen, auf denen Kerzen standen, und am hinteren Ende des Raumes eine Art Podest, auf der die Frau mit der Gitarre saß, die Frau auf dem Plakat. Hatte nicht einer der Rowdys »Marion« gerufen? Die Frau hatte langes Haar gehabt, aber das konnte auch eine Perücke gewesen sein.

Für Ralph war das ein Schlag: Daß diese widerwärtige Frau, die ihn verfolgt hatte, hier vor Publikum sang und spielte, verlieh ihr einen gewissen Status – immerhin war es ein Job, auch wenn Ralph solche Darbietungen eigentlich verachtete. Ungeschulte Stimmen! Dumme Menschen, die den Bodensatz der Gesellschaft bildeten, versammelten sich in solchen Kaschemmen und vergifteten ihre ohnehin kranken Gehirne mit Alkohol und Tabak, mit Marihuana und Kokain. Elsie war also zu dieser Art von Unterhaltung verführt worden, und Mrs. Sutherland fand anscheinend ebenfalls daran Gefallen. Ralph konnte sich gut vorstellen, daß John Sutherland für so etwas nichts übrig hatte, sofern seine Frau ihm überhaupt erzählt hatte, daß sie hierhin gehen wollte. Und wer war dieser Mann? Mrs. Sutherlands heimlicher Liebhaber? Oder war er vielleicht hinter Elsie her? Er sah aus, als hätte er Geld. Das wäre für Elsie eine Versuchung. Für Elsie war alles eine Verführung, das war ja das Problem, die Gefahr. Wieder spähte Ralph in das Lokal, konnte aber nicht viel erkennen. Elsie war nirgends zu sehen, doch er spürte, daß sie dort drinnen war. Er war überzeugt, daß ihre Gegenwart eine elektrisierende Wirkung auf ihn hatte, ganz gleich, ob er sie sehen konnte oder nicht.

Ralph blies in die Hände, trat in den Schatten der Häuserfront und ging langsam auf und ab, um die Blutzirkulation in Gang zu halten.

»Mah… paddie… bah…« sang die Frauenstimme.

Idiotische Wörter! Sofern es überhaupt Wörter waren!

Ein junges Paar ging angeregt plaudernd rasch an Ralph vorbei und trat in das Star-Walkers. Als die beiden die Tür öffneten, warf Ralph einen Blick hinein. Er sah Mrs. Sutherland im Profil an einem Tisch an der linken Wand. Sie beugte sich vor zu dem Mann mit der Glatze, und neben ihr saß Elsie und starrte unverwandt die Gitarristin an.

Ka-*lumpf*! Die Tür fiel zu.

Ralph schloß die Augen, wandte sich nach Norden, rieb die Hände aneinander und steckte sie in die Manteltaschen. Was für ein Jammer! Was für ein Unglück! Ralph fühlte ein Brennen in den Augen und hätte geweint, doch im Augenblick überwogen Schock und Wut. Warum hatte er bei Elsie nichts erreicht? Wie hatte er so versagen können, wo er es doch so gut mit ihr meinte? Ralph vermutete, daß in einem Lokal wie dem Star-Walkers Drogenhändler verkehrten, und der Mann mit dem Zylinder hatte sicher genug Geld, um alles mögliche zu kaufen – für Elsie.

Nun, er hatte nicht versagt, dachte er, während er seine Schritte beschleunigte, nach links in die Houston Street einbog und in Richtung Seventh Avenue ging. Mit solch langen Nächten ruinierte sie zwar ihre Gesundheit, aber noch war sie weder gezeichnet noch krank. Er würde es weiter versuchen.

Führte Mrs. Sutherland Elsie mit Absicht auf die schiefe Bahn, zu ihrem eigenen Amüsement? Und wußte John Sutherland davon? Ralph wäre gern geblieben, bis Elsie, Mrs. Sutherland und der Mann das Lokal wieder verließen, doch das konnte leicht noch zwei Stunden dauern.

Sollte er John Sutherland einen kurzen, diskreten Brief schreiben oder lieber mit ihm sprechen? Das letztere erschien Ralph klüger. Dann würde diese entscheidende und möglicherweise gefährliche Information nicht schwarz auf weiß vorliegen.

18

Ach, Mr. Sutherland!«

Jack fuhr herum. Er war eilig gegangen.

»Guten Tag.«

Jack erkannte Linderman. Er hatte diesmal keinen Hund dabei und lächelte breit über seine faltigen Wangen. »Hallo.«

»Ich habe etwas … Ich will mich kurz fassen. Ich weiß, Sie sind ein vielbeschäftigter Mann.«

Jack hob die Zeichenmappe, die er unter dem Arm hatte. Er kam gerade von einer Besprechung mit Trews.

»Das stimmt.«

»Es geht um Ihre Frau.«

»So? Was ist mit ihr?«

Linderman senkte die Stimme. »Ich weiß nicht, ob Sie wissen, daß sie sich in letzter Zeit mit Elsie Tyler trifft, und … neulich abends habe ich Ihre Frau mit Elsie und einem anderen Mann gesehen – ich kann ihn beschreiben, wenn Sie wollen. Sie sind in einen Nachtclub in SoHo gegangen. Ich könnte mir vorstellen, daß Sie das beunruhigt.«

»Mr. Linderman, meine Frau ist ein freier Mensch. Das finde ich auch ganz gut so. Und sie ebenfalls.«

»Sie finden es gut, daß sie mit einem anderen Mann ausgeht? Vielleicht ist es ja wirklich ganz harmlos. Aber mit Elsie? Elsie ist soviel jünger.«

Worauf wollte dieser alte Trottel hinaus? Plötzlich fiel Jack ein, welchen Abend Linderman wohl meinte. Natalia und Louis waren nach SoHo gegangen, um sich eine bestimmte Gitarristin anzuhören, von der Elsie erzählt hatte. »Ein großer Mann?« fragte er. »Mit Glatze und –«

»Ja!«

»Ein Freund der Familie«, sagte Jack. »Meine Frau kennt ihn schon länger als … Er ist der Pate unserer Tochter«, sagte er lächelnd.

Lindermans Mundwinkel verzogen sich ein wenig nach unten. Vielleicht war er enttäuscht.

»Ihre Sorge ist unbegründet, Mr. Linderman, das kann ich Ihnen versichern. Aber jetzt muß ich weiter.« Doch Lindermans finsterer Blick nagelte ihn fest.

»Es gefällt mir nicht, daß Elsie sich mit so … intellektuellen Menschen abgibt. Die soviel älter sind als sie. Sie könnte auf Abwege geraten.«

»Sie ist …« Jack schüttelte entnervt den Kopf. »Meine Frau zum Beispiel … Dank ihr studiert Elsie jetzt Kunstgeschichte und Literatur. Ich frage Sie, Mr. Linderman: Sind das etwa Abwege?« Jack lachte, obgleich er, wie schon zuvor, das Gefühl hatte, er sollte lieber versuchen, dieses Gespräch möglichst freundlich zu beenden.

»Wo studiert sie?«

Jack tat, als müßte er nachdenken. »Ich habe den Namen vergessen. Irgendwo weiter oben. Aber ich muß jetzt weiter. Hab heute viel zu tun.« Er schwenkte die Zeichenmappe und ging auf die Eingangstreppe seines Hauses zu.

Als er die Tür öffnete, drehte er sich nicht um.

Jack wandte sich wieder seinen eigenen Problemen zu.

Einigen Zeichnungen für das Yak-Buch fehlte noch der letzte Schliff, und deswegen hatte er heute mit Trews schon die zweite Besprechung gehabt. Bei der ersten hatte Brian Kent, der Autor des Buches, gesagt, die Atmosphäre der Zeichnungen gefalle ihm, doch bei der Kleidung und der Einrichtung der Hütten wolle er noch mehr tibetische Details. Das war Jack leichtgefallen, denn er hatte ja noch Fotobände aus der Leihbücherei gehabt. Nun fand Trews, er habe es übertrieben. Die zahlreichen Einzelheiten standen im Widerspruch zu der traumhaft schwebenden Qualität von Jacks Zeichenstil – dennoch hatte er sie eingefügt. Er sollte fünf Bilder neu zeichnen, weil die Details nicht wieder entfernt werden konnten. Jack haßte es, noch einmal von vorn anzufangen und zu versuchen, die Leichtigkeit der ersten Zeichnung zu kopieren, und so hatte er, kaum fünf Minuten nachdem er die Wohnungstür hinter sich geschlossen hatte, schlechte Laune. Dennoch beschloß er, an diesem Nachmittag wenigstens noch einen Versuch zu machen und den Arbeitstag nicht bereits um Viertel vor vier zu beenden. In einer halben Stunde würde Amelia nach Hause kommen, und dann würde er sich einen Tee kochen und ihr Gesellschaft leisten, wenn sie eine Kleinigkeit aß – gewöhnlich ein paar Knäckebrote mit Erdnußbutter, dazu ein Glas Cola, sosehr er auch immer für ein Glas Milch plädierte.

Jack breitete die Zeichnungen auf dem langen Arbeitstisch aus. Welche sollte er sich zuerst vornehmen? Am besten die Szene mit dem Kochtopf. Da war der Autor, mit langen, glatten und – wie in Wirklichkeit – dunklen Haaren, an einem Feuer hockend, über dem an einem rechts und links auf Steinhaufen liegenden Stock ein Kochtopf aus Ton hing. Sämtliche Details stimmten: die Bergblumen, des Erzählers tibetischer Rucksack, der einer riesigen Tasche glich, die zusammengerollte Decke, die Wasserflasche... Tja, auf ein paar davon würde er verzichten müssen, doch die hübschen kleinen Blumen, die Jack regelrecht liebgewonnen hatte, würde er beibehalten. Jack war froh, daß Trews die Szene mit der Begegnung nicht beanstandet hatte: der Autor und ein kleiner Junge auf einem Berghang, über dem Morgennebel lag. Im Buch hatte Brian Kent zunächst nur rollende Kieselsteine gehört, und dann war nach und nach der in einen Umhang gewickelte Junge sichtbar geworden, mit großen, verwunderten, dunklen Augen. Alle beide waren für einige Sekunden erschrocken stehengeblieben.

Jack würde Natalia nichts von seinem Wortwechsel mit Linderman erzählen. Was zum Teufel hatte Linderman denn auch gesehen? Natalia war vor etwa zwei Wochen mit Louis ins Star-Walkers gegangen. Jack war zwar noch nicht dort gewesen, doch er konnte sich das Lokal gut vorstellen. Natalia fand Marion, die Sängerin und Gitarristin, ziemlich gut. Elsie war laut Natalia total in sie verknallt, und das beruhte anscheinend auf Gegenseitigkeit. Marion war ein- oder zweiundzwanzig und hatte eine Wohnung in der Greene Street – entweder hatte sie sie selbst gemietet, oder jemand hatte sie ihr überlassen. Und was war mit Elsies Freundin Genevieve? Hatte Natalia nicht irgend etwas davon gesagt, daß Marion ihre bisherige Mitbewohnerin hinausgeworfen hatte, damit Elsie bei ihr einziehen konnte? Oder war es Genevieve, die Elsie hinausgeworfen hatte? Jack konnte sich derlei einfach nicht merken. Viel interessanter war die Tatsache, daß Elsie ein Engagement als Fotomodell bekommen sollte, was auf jeden Fall besser war, als in dieser Kneipe in der Seventh Avenue Kaffeebecher über die Theke zu schieben. Natalia und Louis hatten das eingefädelt, und zwar, wie es schien, mit minimalem Aufwand. Natalia hatte die Idee gehabt, Elsie könnte als Model Geld verdienen, und Louis hatte sie einem Freund oder Bekannten vorgestellt, der Modefotograf war. Dieser hatte Elsie in sein Studio eingeladen und einige Probeaufnahmen von ihr gemacht. Von Louis hatte Natalia erfahren, daß dieser Fotograf sie bei einem Auftrag einsetzen wollte – vielleicht hatte er das ja auch schon getan.

»Daa-dieee!«

Jack zuckte zusammen, als er die Stimme seiner Tochter in der Wohnung hörte.

»Hallo, Jack? Bist du da? Wir sind's«, rief Susanne.

Jack ging durch den Flur. »Hallo! Na, so eine Überraschung!« Er hatte damit gerechnet, daß jemand von der Schule Amelia zur Haustür bringen und dann läuten würde.

»Ich hab eine Freundin in der Bank Street besucht und dachte, da hole ich gleich Amelia ab.« Susanne sah aus wie immer: kein Make-up, rostfarbene Hose, braune, ungeputzte Schuhe, dunkelbrauner Wintermantel. »Komm, Amelia, ich helfe dir.«

Amelia machte sich bereits über das Knäckebrot und die Erdnußbutter her. »Aber ich will keine Butter drauf!«

»Na gut, aber einen Teller brauchst du«, sagte Susanne.

Jack griff nach dem Wasserkessel. »Kann ich dich für eine Tasse Tee begeistern?«

Er konnte. Sie setzten sich an den Küchentisch. Susanne

erkundigte sich nach dem Yak-Buch, und Jack erzählte ihr von den neuesten Problemen. Susanne hatte in fünf verschiedenen Buchhandlungen fünf Exemplare von *Halb verstandene Träume* gekauft, um sie Freunden zu Weihnachten zu schenken, obgleich Jack angeboten hatte, ihr die Bücher mit Autorenrabatt zu besorgen. Amelia unterbrach die beiden ständig mit Bemerkungen über das, was sie heute erlebt hatte. Jack war froh, als Susanne sie für ihre Unhöflichkeit tadelte.

»Unterbrich uns nicht ständig, Amelia. Wenn du etwas Interessantes zu sagen hast, hören wir dir gern zu. Stimmt's, Jack?«

»Klar«, sagte Jack.

Amelia öffnete den Mund, sah zur Seite auf den Tisch und runzelte ein wenig die dunklen Augenbrauen. »Ich war heute die Beste im Lesen.«

»Tatsächlich, Amelia?« sagte Jack mit ehrfürchtigem Staunen.

»Wahrscheinlich«, murmelte Susanne.

Da sprang Amelia in einem plötzlichen Anfall von Schüchternheit auf und flüchtete in ihr Zimmer, von wo Sekunden später die nervtötenden Geräusche der Blockflöte ertönten.

»Hat Natalia noch immer soviel zu tun?« fragte Susanne.

»Na ja, meistens arbeitet sie von mittags bis sechs Uhr abends. Aber es gefällt ihr. Sie kommt mit vielen Menschen zusammen. Mit allen möglichen Menschen«, fügte Jack mit einem Lächeln hinzu. Kunstgalerien zogen die merkwürdigsten Typen an.

»Was ist eigentlich aus dieser blonden Frau geworden, die ich hier mal getroffen habe? Die mit der Matrosenmütze?«

»Ach, du meinst Elsie. Natalia hat sie inzwischen auch kennengelernt. Sie hat in einem Coffeeshop hier in der Gegend gearbeitet. Jetzt versucht sie sich als Fotomodell. Für Modefotos. Ich drücke ihr die Daumen, daß es klappt.«

»Sie war hübsch, das weiß ich noch.«

»Ja.« Jack starrte in seine beinahe leere Tasse, hob sie hoch und trank sie aus. Er wollte im Augenblick nicht über Elsie sprechen. Susanne wußte von dem Alten aus der Nachbarschaft, der Jack die Brieftasche zurückgegeben hatte. Doch sie wußte nicht, daß Linderman Elsie belästigte.

»Du siehst heute so gedankenvoll aus, Jack.« Susanne räumte das Geschirr vom Tisch.

»Ich muß wieder ran«, sagte Jack lächelnd und stand auf. »Muß jetzt weitermachen. Bleibst du zum Essen?« Er wußte, daß Susanne entweder bis zum Essen lesen konnte – sie hatte wie immer ihre braune Aktentasche dabei – oder in Amelias Zimmer etwas zu tun finden würde.

»Nein, danke, Jack. Ich gehe lieber zum Riverside Drive. Es sei denn, ich werde gebraucht. Natalia hat nicht zufällig in letzter Zeit einen Knopf verloren?«

Jack lachte. Natalia haßte es, Knöpfe anzunähen, und trug lieber eine Woche lang ein Kostüm oder einen Mantel mit einem fehlenden Knopf, als zu Nadel und Faden zu greifen. »Nein, ich glaube nicht.«

Susanne rief Amelia, die vor dem Fernseher saß, einen Abschiedsgruß zu und sagte dann zu Jack: »Wie geht es eigentlich Louis?«

An ihrem Ton erkannte Jack, daß Susanne irgend etwas

von Louis' Krebserkrankung gehört hatte. »Es sieht so aus, als wäre er außer Gefahr. Das ist jedenfalls der neueste Stand der Dinge. War wohl nur ein Verdacht – und Louis hat gleich das Schlimmste befürchtet.«

»Ist das nicht großartig?« sagte sie geradezu ehrfürchtig. »Natalia mag ihn so gern. Und er sie doch auch. Sie wäre wirklich am Boden zerstört gewesen, wenn Louis etwas passiert wäre.«

Jack nickte. »Stimmt.«

Susanne ging.

Als Natalia um halb acht nach Hause kam, arbeitete Jack noch. Sie hatten morgens vereinbart, daß Natalia kochen würde. Allerdings hatte sie, soweit Jack erkennen konnte, nichts mitgebracht außer einem in grünes Seidenpapier gewickelten Strauß Chrysanthemen.

»Die hat Elsie mir geschenkt«, sagte sie. »Sind die nicht schön? Ich habe gerade noch etwas mit ihr getrunken.«

»Ach ja? Hübsch.« Jack meinte die Blumen. Sie waren wie Sterne, frisch und gelb und rosarot. »Soll ich eine Vase holen?« fragte er liebenswürdig und ging in die Küche.

»Elsies Fotos werden in *Mademoiselle* erscheinen. Berkman hat heute die Bestätigung bekommen und mich deswegen in der Galerie angerufen. Eine Pulloverreklame. Sie ist im siebten Himmel. Stell die Blumen auf den weißen Tisch. – Komisch ...« Natalia betrachtete den Strauß.

Jack stellte die Glasvase in die Mitte des Tisches. »Was ist komisch?«

»In Frankreich sind Chrysanthemen nur für Beerdigungen. Man legt sie aufs Grab. Wußtest du das? Elsie weiß es bestimmt nicht.« Natalia sah Jack an und lächelte.

»Elsie muß noch eine Menge lernen. Das mit der Pulloverreklame freut mich.«

»Berkman will, daß sie ihr Haar länger trägt, aber das ist kein Problem.«

»Wer ist dieser Berkman eigentlich? Kennen wir ihn?«

»Nein, er ist einer von Louis' Bekannten. Elsie hat den Job in dem Coffeeshop gekündigt. Ich hoffe, das war nicht voreilig, aber sie ist jetzt nicht mehr zu bremsen. Willst du einen Drink?«

»Ja, gern. Einen Jack Daniel's, bitte. Und was gibt's heute zu essen, Ma'am?«

»Oh.« Natalia, die vor dem Barschrank stand, drehte sich um und machte ein völlig verwirrtes Gesicht. »Ach du liebe Zeit, die Lebensmittel stehen noch vor der Tür! Eines Tages vergesse ich noch meinen Kopf!« Sie ging zur Wohnungstür, öffnete sie und kehrte mit einer großen Tüte zurück. »Ich war in dem Lebensmittelgeschäft in der Sixth Avenue und habe was zum Grillen mitgebracht.«

»Ahh! Hab ich dir eigentlich schon mal gesagt, wie sehr du mir in diesem Kleid gefällst, mein Schatz?«

»Ja!« sagte Natalia über ihre Schulter, während sie die Einkäufe auf dem Küchentisch abstellte. »Danke.«

Das Kleid war blaßrosa mit langen roten Dreiecken, die vom Saum bis zur Mitte der Oberschenkel reichten. Natalia hatte es sich gekauft und dann festgestellt, daß sie es nicht mochte, aber nun trug sie es hin und wieder doch.

»Was gefällt dir daran eigentlich so gut?« fragte sie. Sie stand jetzt wieder am Barschrank.

»Es ist einfach anders. Wie du. Ach, ich weiß auch nicht.«

Sie reichte ihm seinen Drink. Amelia kam ins Wohnzimmer. Sie hatte gerade ein Bild gemalt, das sie ihren Eltern zeigen wollte: ein Aquarell, auf dem rote Fassaden mit gelben Fenstern zu sehen waren und im Vordergrund, quer über die ganze Breite, eine grüne Straße. Amelia balancierte das noch feuchte Bild flach auf den Händen und erklärte ihrem Vater, daß die gelben Fenster die roten Mauern der Häuser nicht berührten, damit die Farben nicht verliefen.

»Das ist mir auch aufgefallen«, sagte Jack.

»Das war viel Arbeit«, sagte Amelia.

»Und du hast es sehr gut gemacht. Keinen einzigen Fehler.« Jack strich ihr mit der Hand über den Hinterkopf, und sie trabte fröhlich davon.

Jack ging zu Natalia in die Küche. »Susanne hat Amelia heute gebracht. Sie sagt, dieses Wochenende ist sie zu Hause, für den Fall, daß wir sie brauchen. Und sie hat sich nach Louis erkundigt, allerdings ohne das Wort ›Krebs‹ zu gebrauchen. Ich habe ihr gesagt, daß es ihm jetzt wieder gutgeht. Das stimmt doch, oder?«

Natalia sah stirnrunzelnd zur Küchentür, als stünde Amelia dort, doch die war in ihrem Zimmer. »Nein«, sagte sie leise. »Wenn du es genau wissen willst: Er hat Krebs in der Bauchspeicheldrüse. Er hat es mir vor einiger Zeit gesagt, im November, glaube ich. Aber er will lieber nicht darüber sprechen, verstehst du? Ich weiß nicht, wie Susanne davon erfahren hat.«

»Ist das tödlich? Können sie nicht einen Teil der Bauchspeicheldrüse entfernen?«

»Ja, na ja – so was hat es wohl schon öfter gegeben, aber sein Arzt meint, es könnte das Ganze auch verschlimmern.

Es hat irgendwas damit zu tun, daß die Krebszellen sich ausbreiten können.«

Plötzlich sah Jack Louis in einem anderen Licht. Tapferer. Schneidiger. Bei seiner Vorweihnachtsparty hatte sich Louis nichts anmerken lassen.

19

Mitte Februar verlor Ralph Linderman seine Arbeit bei Midtown-Parking. Joey, der freundliche, menschliche Joey Fischer, hatte zu einer Garage weiter nördlich, näher bei seiner Wohnung, gewechselt und war durch einen neuen Manager und Mechaniker ersetzt worden. Sogleich hatte Frank Conlan, der Wachmann, der Ralph gewöhnlich ablöste und ihn so oft hatte warten lassen, Ralph bei dem neuen Chef angeschwärzt, ohne irgendeinen Grund, wie Ralph fand, außer daß Conlan sich seiner Arbeit schämte und wußte, daß Ralph ihn nicht mochte. Offenbar hatte Conlan Lügengeschichten über Ralphs Weigerung zur Zusammenarbeit und seine unwirsche Art verbreitet und behauptet, er mache ständig Fehler, und der neue Manager, ein dummer, gelangweilt wirkender Bursche von etwa vierzig, hatte das alles für bare Münze genommen. Und Frank Conlan hatte das alles nicht offen heraus gesagt, o nein, sondern hinter Ralphs Rücken, wenn Ralph nach Hause gegangen war.

»Was ist das für eine Geschichte, daß Sie einen Kunden mit der Waffe bedroht haben?« fragte der neue Manager, der Roland Soundso hieß.

»Das habe ich nie getan«, antwortete Ralph.

»Aber Frank sagt das Gegenteil. Frank sagt…«

Frank sagte dies, und Frank sagte das, und Roland wiederholte das alles mit einem gemeinen, mißtrauischen Lächeln, als erwartete er, daß Ralph die Vorwürfe bestreiten würde, die *er* selbstverständlich glaubte.

»Conlan sollte mir das ins Gesicht sagen«, erwiderte Ralph. »Aber das wird er nicht tun, denn er weiß, daß das nicht stimmt.«

»In New York gibt's jede Menge andere Jobs als Wachmann«, hatte Roland mit einer wegwerfenden Handbewegung gesagt und war davonstolziert.

An seinem letzten Tag wartete Ralph auf Frank Conlan – der kam selbst an diesem Tag zu spät –, um ihm ins Gesicht zu sagen: »Du bist ein Miststück, Conlan, gemein und hinterhältig wie eine Frau!« Und dann trat Ralph hinaus in das trübe Tageslicht, mit hocherhobenem Kopf, und die Beleidigungen, die Conlan ihm nachrief, blendete er bewußt und erfolgreich aus.

Miese Typen wie Frank Conlan tilgte man am besten aus seinem Gedächtnis, dachte Ralph. Die Welt war voll von ihnen, und sie waren es nicht wert, daß man einen Gedanken an sie verschwendete. Die Welt war schließlich auch voller schöner Dinge, auch wenn diese seltener waren. Ralph ging zu einer Arbeitsvermittlung und sagte, ihm sei grundlos gekündigt worden, oder wenn es einen Grund gebe, dann würde er ihn gern erfahren. Man stellte keine weiteren Fragen und bot Ralph eine Stelle an, die er jedoch ablehnte, weil sie zu weit entfernt war, nämlich in der East Side. Er sagte, er werde in ein paar Tagen wiederkommen.

In der Zwischenzeit bekam er Arbeitslosengeld, und das bedeutete, daß er einige Wochen der Muße würde genießen können, auch wenn es Winter war und überall in der Stadt schmutziger Schnee herumlag, der die tückischen Eisplatten in den Rinnsteinen bedeckte.

Ausgerechnet in diesen Tagen, da er genügend Gelegenheit hatte, Elsie nachzuspüren, sie aus der Ferne zu beobachten und ihr zu jeder Tages- oder Nachtzeit nachzugehen, verlor er sie. Das wunderte ihn. An drei oder vier Tagen oder Abenden ging er in den Coffeeshop, doch sie war nicht da. Beinahe hätte er eine der anderen Bedienungen – es waren jetzt drei oder vier, und das deutete darauf hin, daß Elsie ersetzt worden war – gefragt, ob Elsie krank war oder gekündigt hatte, aber er kannte die Gesichter von zwei der Frauen und wußte, daß sie ihn nicht leiden konnten. Also fragte er auch die neuen Bedienungen nicht.

Er ging mittags um eins, abends um sechs und manchmal sogar um zwei Uhr nachts durch die Minetta Street, doch Elsie sah er nie, obgleich hinter den zugezogenen Vorhängen der Fenster im zweiten Stock, wo sie wohnte, oft Licht brannte; einmal war die Frau mit den langen, dunkelroten Haaren, mit der Elsie sich, wie er annahm, die Wohnung teilte, allein aus dem Haus gekommen. Er ging sogar zweimal nach Mitternacht in die Straße mit diesem Nachtclub namens Star-Walkers und verbrachte eine halbe Stunde damit, auf und ab zu gehen, doch Elsie sah er nicht.

War sie umgezogen? Mrs. Sutherland würde es wissen, dachte Ralph, aber sie konnte er wohl kaum fragen. Er sah sie gelegentlich in der Nachbarschaft, doch sie schien ihn nie zu bemerken und wirkte immer, als sei sie in Tagträume versunken oder denke nur an ihr jeweiliges Ziel: den Taxistand oder die Subwaystation Christopher Street. »Entschuldigen Sie, Mrs. Sutherland, dürfte ich Sie fragen, ob es Elsie gutgeht oder ob sie vielleicht krank ist?« Ralph hätte es gewagt zu fragen, aber er wollte nicht das Risiko eingehen, daß Mrs. Sutherland ihn ignorierte oder ihm die kalte Schulter zeigte.

Einmal hatte er Elsie auf der rechten Straßenseite die Seventh Avenue hinaufgehen sehen. Ein Stück weiter hatte sie sich mit Mrs. Sutherland getroffen. Sie waren zu jenem Teil des Sheridan Square gegangen, der in den Waverly Place mündete, und hatten sich dabei angeregt unterhalten. Warum war Elsie nicht auch mit ihm so fröhlich und unbeschwert? Ralph hätte ihnen folgen können, hatte es aber gelassen, weil er nicht von einer von beiden gesehen werden wollte, von keiner von beiden, denn dann hätten sie sich womöglich auf ihn gestürzt und in aller Öffentlichkeit ein Riesentheater veranstaltet. Wann war das gewesen? Im Januar, als Elsie noch im Coffeeshop gearbeitet hatte.

Jetzt, am fünften Tag seines Urlaubs, seiner Freiheit, merkte Ralph, daß er unglücklich, verwirrt und irgendwie ängstlich war. Er war so oft durch die vertrauten Straßen gelaufen und hatte seine Einkaufs- und Spaziergänge mit God immer weiter ausgedehnt. Er hatte an Straßenecken, wo er Elsie früher gesehen hatte, gestanden und gestarrt: bei der Buchhandlung am Sheridan Square, vor den Second-hand-Läden in der Christopher Street und natürlich auch am unteren Abschnitt der Seventh Avenue zwischen Coffeeshop und Downing Street beziehungsweise Carmine Street, denn durch eine dieser beiden Straßen mußte Elsie gehen, um zur Minetta Street zu gelangen.

Er fragte sich, ob sie vielleicht nach Hause zurückgekehrt war, in das Kaff nördlich von New York; aber Elsie war so begeistert von der großen Stadt, daß dies sehr unwahrscheinlich war. War sie entführt, geknebelt und Opfer einer Gruppenvergewaltigung geworden? Dieser Gedanke ließ Ralph zusammenzucken und seine Hände zittern. Aber man konnte nie wissen. In New York war alles möglich, auch das Unwahrscheinlichste.

»Alles möglich«, sagte Ralph laut, wenn er an eine Gruppenvergewaltigung dachte. Er stand auf und blickte aus dem Fenster. Es war fünf Uhr nachmittags, und draußen dämmerte es bereits. Eine trostlose Stunde! Er konnte das gelbliche Licht in den Fenstern an der Rückseite der Häuser gegenüber sehen. Ralph fühlte sich sehr allein, verlassen, verloren, war aber außerstande, dieses Gefühl zu analysieren. Elsie war ja keine Freundin oder Gefährtin gewesen, nein, wirklich nicht. Sie war ein liebes kleines Ding gewesen, wie ein Patenkind oder eine Tochter, ein zauberhaftes kleines Wesen, das er hin und wieder zu Gesicht bekam – vielleicht nicht sehr oft, doch die Freude darüber hatte ihn jedesmal beflügelt. Und nun war sie verschwunden.

Einige Tage später nahm er all seinen Mut zusammen, zog den neuen Mantel und die schwarze Kaninchenpelzmütze an, umgab sich mit einer Atmosphäre ruhiger Höflichkeit und ging ohne God zu dem Coffeeshop. Es war gegen fünf Uhr nachmittags, und das Lokal war nur zur Hälfte besetzt, hauptsächlich von jungen Leuten, die Hamburger aßen. Bei einer jungen Frau mit braunem Haar und ernstem Gesicht bestellte Ralph einen Kaffee. Als sie ihn servierte, fragte Ralph:

»Entschuldigen Sie – wissen Sie vielleicht, wo Elsie jetzt arbeitet?«

»Elsie?« Ralph war sicher, daß sie eine der neuen Bedienungen war.

»Sie hat früher hier gearbeitet. Eine Blondine. Könnten Sie mal fragen?« Er nickte zu einer anderen Kellnerin, die in der Nähe stand.

Die Frau ging zu ihrer Kollegin, die, wie Ralph wußte, schon länger hier arbeitete. Sie warf einen Blick auf Ralph, schüttelte den Kopf und murmelte etwas, womöglich: »Sag ihm bloß nichts.«

»Wir wissen nichts, Sir. Tut mir leid«, sagte die neue Kellnerin, als sie zu ihm zurückkehrte, und wischte ein paar Ketchupkleckse von der Theke.

Ralph sah die andere Kellnerin in die Küche gehen. Berichtete sie etwa, daß er da war und eine Frage, eine *höfliche* Frage, nach Elsie gestellt hatte? Einen Augenblick später steckte eine ältere Frau, die ebenfalls eine blauweiße Uniform trug und, wie Ralph herausgefunden hatte, die Geschäftsführerin oder Besitzerin des Lokals war, den Kopf durch die Küchentür und sah ihn. Sie kam jedoch nicht heraus, sondern machte nur eine verneinende Geste und verschwand. Die zweite Kellnerin kehrte zurück und machte sich wieder an die Arbeit.

John Sutherland hatte gesagt, Elsie studiere inzwischen. Wo? Es gab in New York jede Menge Universitäten und Akademien. Kunstgeschichte und Literatur. Kunstgeschichte? Oder hatte Sutherland ihn angelogen, um ihn loszuwerden, um Elsie gewissermaßen seinem Zugriff zu entziehen? Ralph gefiel der Gedanke nicht, daß John Sutherland ihn angelogen hatte. Das paßte nicht zu ihm. Sutherland war ein Mann, der einem gerade in die Augen sah. Daß Sutherland ihm mit solcher Bestimmtheit gesagt hatte, er solle Elsie in Ruhe lassen, lag nur daran, daß er seine, Ralphs, Motive in Hinblick auf Elsie mißverstanden hatte. Das war sehr schade.

Würde Elsie ein Studium durchstehen? Nicht lange, wenn Ralph die Versuchungen, denen sie ausgesetzt war, richtig beurteilte. Deswegen mußte man ja auch ein so wachsames Auge auf sie haben! Doch Ralph spürte, daß Mrs. Sutherland Elsie dazu bewegen konnte durchzuhalten, denn schließlich war das Ganze anscheinend ihre Idee gewesen. Und Elsie hatte Mrs. Sutherland offensichtlich sehr gern.

20

Unterwegs zum Chelsea-Hotel lächelte Jack erwartungsvoll. Er war in zügigem Tempo von der Grove Street dorthin gegangen, hatte seine Schritte jedoch verlangsamt, als er in die Twenty-third Street eingebogen war. Vor dem Hotel war nichts von Elsie oder einem Fotografen zu sehen. Es war Elsies erster großer Fototermin. Sie hatte gestern abend angerufen und dabei aufgeregt und glücklich geklungen, und sie hatte gefragt, ob Natalia oder er oder sie beide gegen Mittag zum Chelsea kommen könnten, denn Berkman habe den Fototermin auf elf vor dem Hotel festgesetzt. Natalia hatte gesagt, sie sei leider verhindert, weil sie arbeiten müsse und ein Geschäftsessen mit Isabel und einigen Kaufinteressenten habe. Es war wieder einmal ein kalter Tag, und der Wind wirbelte Staub auf und wehte auf der Twenty-third Street allen möglichen Abfall vor sich her. Jack hielt die behandschuhten Hände an die Ohren und ging in das Chelsea-Hotel.

Sogleich sah er Elsie in der hinteren linken Ecke der Hotelhalle. Sie stand vor einer der schwarzen Sitzbänke, umringt von einigen Neugierigen, hauptsächlich Männern. Und das dort war Berkman, nahm Jack an: ein untersetzter, dunkelhaariger Mann mit einer Kamera, die auf einem Stativ montiert war. Elsie stand, eine Hand auf der Hüfte, da.

Sie trug ein schwarzes, ärmelloses Kleid und einen breitkrempigen Hut, und über ihrer rechten Brust war eine riesige weiße Blume befestigt, die wie eine übergroße Chrysantheme aussah.

»Zurück bitte!« sagte Berkman mit einer entsprechenden Geste zu den Umstehenden und trat mit der Kamera selbst ein Stück zurück.

Elsie richtete den Blick zur Decke über der Tür, doch sie hatte Jack entdeckt, der zwischen ihr und dem Eingang stand, und lächelte ihm kurz zu.

»Ernst«, sagte Berkman. Er machte zwei, drei Fotos.

»Ho-ho!« rief ein junger Mann in Jeans und Pullover und klatschte.

Auch andere Männer klatschten und lächelten; einige gingen weiter, während andere, die eben erst von der Straße hereingekommen waren, neugierig stehenblieben.

»Wo ist ihr Mantel, Hester? Wir gehen raus«, sagte Berkman.

Jack ging zu einer Wand.

Berkman trug die Kamera hinaus, begleitet von Hester, einer schlaksigen jungen Frau in einem langen Rock, und Elsie trat, den kurzen Mantel über den Arm gelegt, zu Jack. Sie war gut geschminkt: der feine, schwarze Lidstrich – genau richtig. Ihr Mund wirkte durch den roten Lippenstift ein wenig verändert; er sah jetzt besser aus oder jedenfalls spektakulärer.

»Sie sehen einfach phantastisch aus«, sagte Jack.

»Danke, daß Sie gekommen sind. Vielen Dank.« Elsie sah nervös zur Glastür. »Er braucht noch etwas Zeit, bis er den richtigen Hintergrund gefunden hat. Puh! Wo ist Marion?« Elsie sah sich um und winkte dann einer Frau zu, die mit ein paar anderen Leuten auf einer Bank an der Wand saß.

Marion hatte eher kurzes, dunkelbraunes Haar, das sich weich und gewellt an ihren Kopf schmiegte, und kam jetzt schüchtern zu ihnen. Es war die Gitarristin, von der Natalia Jack erzählt hatte. Sie hatte kein Make-up aufgelegt und trug Bluejeans, pelzgefütterte Stiefel und eine mit Lammfellimitat gefütterte Jeansjacke.

»Marion Gill«, sagte Elsie. »Und das ist Jack Sutherland.«

»Oh!« Marion lächelte breit. »Hallo, Jack. Ich hab von Ihnen gehört.«

»Hallo«, sagte Jack.

Elsie hatte plötzlich an Souveränität gewonnen, fand Jack. Und wenn sie diese Souveränität nur spielte, gelang ihr das ziemlich gut. Ein paar Burschen schlenderten herum und beäugten Elsie, doch die tat, als existierten sie überhaupt nicht. Jack mußte daran denken, wie gleichgültig ihr die bewundernden Blicke der Männer im Coffeeshop in der Seventh Avenue gewesen waren. Sie hielt den Kopf hoch erhoben. Ihr Haar war länger als bei ihrer letzten Begegnung.

»Sie sind die Sängerin. Mit der Gitarre«, sagte Jack zu Marion.

»Ja. Ich bin nur zu Elsies moralischer Unterstützung hier.« Marion trat langsam von einem gestiefelten Fuß auf den anderen. »Mußt du dich nicht umziehen, Elsie?«

»Er will noch eins in diesem Kleid, aber draußen«, antwortete Elsie.

Berkmans Assistentin Hester rief Elsie.

»Behalt den Mantel an, bis er soweit ist«, sagte Marion zu Elsie. »Draußen ist es eiskalt.«

Elsie ging zum Ausgang und zog dabei den Mantel an. Jack folgte ihr. Berkman hatte sein Stativ westlich des Hoteleingangs aufgebaut. Elsie sollte sich drei Meter vor der Markise aufstellen. Berkman wartete noch auf den richtigen Passanten für den Hintergrund, und Marion und Hester standen bereit, um Elsie den Mantel abzunehmen.

»Nicht *hinter* ihr, bitte!« rief Hester ein paar Schaulustigen zu und winkte sie fort.

»Los geht's!« sagte Berkman und stellte die Kamera ein.

Elsie zog den kurzen Mantel aus. Marion nahm ihn ihr ab und trat beiseite.

»Arm hoch! Hinter den Kopf! Rechtes Bein!« rief Berkman, und Elsie verlagerte das Gewicht auf ihr rechtes Bein, legte die rechte Hand an die Hüfte und die linke hinter den Kopf.

»Ahh!« rief ein Zuschauer, halb im Spott.

Es mußten noch mehr Aufnahmen gemacht werden, und da im Hintergrund kein winterlich gekleideter Passant zu sehen sein durfte, ging die Arbeit nur langsam voran.

Jack fing Marions Blick auf und zeigte auf den Eingang des Chelsea-Hotels, um zu sagen, er gehe wieder hinein. Er wollte sich die Bilder in der Hotelhalle ansehen. Eines davon war *Le Déjeuner sur l'Herbe* in einer monochromen, groben Rasterung wie bei einem stark vergrößerten Zeitungsfoto, was Jack ziemlich amüsant fand. Ein anderes Bild, das ihm gefiel, zeigte drei Köpfe und Schultern in geschwungenen, verschiedenfarbigen Pinselstrichen, eine ansprechende Darstellung menschlicher Dummheit vielleicht, denn alle drei sahen recht beschränkt aus. Jack hatte Elsie am Telefon gesagt, er wolle sie heute zum Mittagessen einladen, und nun deutete alles darauf hin, daß Marion ebenfalls dabeisein würde. Jack hatte nichts dagegen. Laut Natalia war Marion Elsies neue Freundin.

Die Minuten vergingen. Es wurde Viertel vor eins. Elsie kam mit Marion in die Hotelhalle und sagte zu Jack:

»Ich muß mich auf der Damentoilette umziehen. Wenn es Ihnen langweilig wird –«

»Ganz und gar nicht«, sagte Jack.

Die Gäste des Chelsea-Hotels waren alles andere als langweilig. Es herrschte ein Kommen und Gehen von jungen, mittelalten und alten Menschen. Jack wußte nicht, wer sie waren, doch er stellte sich vor, daß sie vielleicht Schriftsteller, Maler oder Dichter waren. Er hatte gehört, daß einige Maler ihre Hotelrechnung mit einem Bild für die Hotelhalle bezahlt hatten. Auf einem Tisch lagen Prospekte – eigentlich kaum mehr als Handzettel – von New Yorker Nachtlokalen und einem Kunstbasar zugunsten bedürftiger Maler und Bildhauer aus. Elsie war im Handumdrehen zurück, diesmal in einem weißen, kurzärmligen Leinenkleid mit breitem, schwarzem Lackledergürtel. Marion legte ihr den kurzen Mantel um die Schultern.

Nach ein paar Minuten ging Jack hinaus, um zuzusehen. Diesmal mußte Elsie unter der Hotelmarkise aus einem Taxi steigen. Der Taxifahrer war ein Glücksfall, ein vierschrötiger Bursche mit einer Mütze, der aussah, als lächelte er gern. Elsie mußte dreimal hintereinander die Tür des Taxis öffnen und möglichst natürlich aussteigen. Die Zuschauer waren angetan und applaudierten.

Abermals legte Marion Elsie den Mantel um. Sie hatte ihn zuvor in der Hotelhalle über einen Heizkörper gehalten. »Ihr ist höllisch kalt«, sagte sie zu Jack.

Dann verschwand Elsie zusammen mit Marion und kehrte in Bluejeans, Turnschuhen und kurzem Mantel zurück. Sie war so blaß, als wäre ihr Gesicht mit Mehl bestäubt.

»Du brauchst jetzt was Warmes«, sagte Marion zu ihr.

»Darf ich euch beide zum Mittagessen einladen?« fragte Jack. »Ich kenne in der Nähe –«

»Ich glaube, Elsie hat Schüttelfrost«, sagte Marion.

Sie traten hinaus auf den Bürgersteig. Jack sah, daß Elsies Unterkiefer bebte.

»Nehmen Sie meine Handschuhe«, sagte er, denn Elsie schien keine zu haben. »Doch, ich bestehe darauf. Wir nehmen ein Taxi und fahren zu mir nach Hause.« Er stellte sich an die Bordsteinkante und hatte Glück, denn soeben hielt ein Taxi an, um den Fahrgast aussteigen zu lassen.

Wenig später waren sie unterwegs.

Elsie saß zusammengekauert da. »Das hatte ich schon einmal. Beim Schlittschuhlaufen, da, wo ich aufgewachsen bin.«

Jack wechselte einen Blick mit Marion, die besorgt aussah.

In der Wohnung sagte Jack zu Marion, sie solle Elsie im Schlafzimmer ins Bett stecken. Er schlug das Bett auf und holte eine zusätzliche Decke. Dann holte er aus dem Badezimmer ein paar Wärmflaschen und füllte sie aus dem Warmwasserhahn – das ging schneller, als das Wasser im Kessel zu erhitzen.

Elsies Lippen waren farblos, und ihre Blässe war beängstigend. Sie lag auf der Seite und drückte mit beiden Händen eine Wärmflasche an die Brust. Jack schob ihr eine zweite Wärmflasche zwischen die Füße.

»Das dauert jetzt ein paar Minuten«, sagte er zu Marion. »Machen Sie sich keine Sorgen.«

Marion schien die Sprache verloren zu haben. Sie zog Elsie die Decke bis über die Ohren.

»Ein heißer Toddy wäre jetzt gut.« Jack schenkte ein gutes Quantum Glenfiddich ein, füllte das Glas mit heißem Leitungswasser auf und reichte es Marion.

Dann machte er im Wohnzimmerkamin Feuer. Als er es in Gang gebracht hatte, ging er wieder ins Schlafzimmer. Marion saß auf einem Stuhl, in der Hand das halbvolle Glas Toddy.

»Es geht ihr schon besser«, sagte sie mit einem Blick zu Jack.

Jack sah, daß Elsies Lippen weniger bleich waren. Sie hatte die Augen geschlossen und die Stirn gerunzelt, was ihr einen verwirrten Gesichtsausdruck verlieh.

»Elsie?« Marion hielt ihr das Glas hin. Elsie trank vorsichtig einen Schluck und sah Jack an.

»Danke«, sagte sie.

Jack lachte. »Sehr gut! Ich werde mich um das Essen kümmern.«

Er entschied sich für die Lammkoteletts, die er am Morgen eingekauft hatte. Wenige Minuten später lagen sie auf einem Grillrost über dem Kaminfeuer. Dann schaltete er den Küchenofen ein und öffnete eine Packung Pommes frites.

Marion kam in die Küche. »Ich glaube, das Schlimmste

ist überstanden. Mein Gott, was für eine Wohnung! Und alles so aufgeräumt!«

»Das nennen Sie aufgeräumt?«

»Verglichen mit meiner Wohnung... Elsie sagt, Sie seien Künstler. Oder vielmehr Illustrator.«

»Ja.« Jack legte Gabeln und Steakmesser auf den Küchentisch.

»Kann ich Ihnen helfen? Sollen wir hier essen?«

»Nein, im großen Zimmer. An dem weißen Tisch. Die Servietten sind dort drüben. Nehmen Sie die orangefarbenen.«

Marion deckte den Tisch. »Ah, riecht das gut!«

Jack sah nach den Koteletts und schob sie an den Rand des Rostes, denn sie bräunten zu schnell. »Möchten Sie einen Drink, Marion? Ein Glas Wein vielleicht?«

Marion bejahte.

»Sie treten in einem Club in SoHo auf?«

»Ja, im Star-Walkers. Aber seit letzter Woche nicht mehr. Der Laden macht zu. Eigentlich heißt das bloß, daß die Geschäftsführung wechselt.« Sie sah ihn mit einem offenen, unbeschwerten Lächeln an. »Ich trete mal hier, mal da auf, jeden Abend woanders. Manchmal in einem Laden in der West Thirteenth Street.«

»Mit was für Songs? Ich war noch nie im Star-Walkers.«

»Zum Teil singe ich eigene Sachen, zum Teil Folksongs. Alles mögliche. Ihre Frau war ein paarmal im Star-Walkers. Ich mag sie. Elsie ebenfalls.«

Jack sah nach den Pommes frites und schaltete den Ofen aus. »Das Essen ist in ein paar Minuten fertig. Ich hoffe, Elsie hat Appetit.«

Marion ging, gefolgt von Jack, ins Schlafzimmer.

Elsie setzte sich auf. »Ich glaube, es ist vorbei. Mein Gott, hatte ich eine Angst!« Sie schenkte Jack und Marion ein breites, fröhliches Lächeln und angelte nach einem Turnschuh auf dem Boden.

Beim Essen bekamen ihre Wangen wieder mehr Farbe. »Was für ein verrückter Tag! Es ist wie ein Traum. Und daß ich hier sitze, kommt mir auch wie ein Traum vor.«

Marion sah Jack an und murmelte: »Das sagt Elsie beinahe jeden Tag.«

Auch für Jack war es ein eigenartiger Tag, allerdings im positiven Sinn. Er wollte die Atmosphäre nicht dadurch zerstören, daß er fragte, ob Linderman seine Verfolgung aufgegeben hatte, selbst wenn die Antwort gelautet hätte, daß Elsie ihn seit Wochen nicht gesehen hatte. Es reichte ihm zuzusehen, wie Elsie ein Lammkotelett aß und Ketchup auf die Pommes frites gab. Sie plauderte mit Marion. Ob Marion glaubte, daß die Taxi-Fotos besser geworden seien als die in der Hotelhalle, wollte sie wissen. Elsie glaubte es, denn sie fand, sie wirke in Bewegung besser, als wenn sie sich in Positur stellte.

»Geh heute nachmittag nicht zur Vorlesung«, sagte Marion und rümpfte die Nase. »Du kannst es dir leisten, eine Stunde ausfallen zu lassen. Laß uns lieber nach Hause gehen, ja?«

Als Jack Kaffee machte, fragte Elsie ihn, wo das Bad sei. Er zeigte es ihr. Danach brachte er den Kaffee ins Wohnzimmer und schürte das Feuer.

»Sind Sie aus New York, Marion?« Sie hatte keinen eindeutigen Dialekt und sprach recht langsam und akzentuiert, als übte sie für ihren Gesang eine deutliche Aussprache.

»Ich?« Marion lächelte. »Ich sage lieber nicht, woher ich stamme. Ich hab in verschiedenen Städten in Pennsylvania gelebt. Ich bin mehr oder weniger ein Waisenkind. Mein Vater hat ... sich aus dem Staub gemacht, und meine Mutter hat mich vor einem Waisenhaus abgesetzt, da muß ich ungefähr fünf gewesen sein. An viel kann ich mich nämlich nicht erinnern.«

Das klang traurig. »Jetzt scheint es Ihnen aber ganz gut zu gehen.«

»Es gibt viele, denen es schlechter ergangen ist. Ein altes Klischee, aber es stimmt, und es hilft. Ich habe kein Selbstmitleid. Ich habe gearbeitet, seit ich siebzehn war«, sagte sie und verdrehte die großen, hellbraunen Augen, »und ich bin nie auf den Strich gegangen. Ich kann ein Klavier stimmen. Hab ich gelernt. Ich könnte auch als Bibliothekarin arbeiten – ich hab einen Kurs gemacht, mit Abschlußzeugnis. Wo ist eigentlich Elsie?« Marion stand auf. »Nicht, daß sie in Ohnmacht fällt oder so. Das Bad ist doch da hinten?«

Das Bad war leer.

»Elsie?« rief Jack in Richtung des Schlafzimmers.

»Sie ist weg«, sagte Marion resigniert. »Ihr Mantel ist weg. Sie ist zu der 4-Uhr-Vorlesung gegangen.«

Jack zuckte regelrecht zusammen. Obgleich Marion Gill neben ihm stand, erschien ihm die Wohnung mit einemmal leer. »Was für eine Vorlesung ist das?«

»Ich glaube, heute ist Englisch dran. Literatur und Grammatik. Typisch Elsie. Ich hätte sie nicht aus den Augen lassen dürfen.«

»Hätten Sie sie denn hindern können?« Jack lachte. »Kommen Sie, der Kaffee wird kalt.«

»Müssen Sie nicht arbeiten?«

Jack schüttelte den Kopf. »Nein. Erzählen Sie mir von Elsie. Wie haben Sie sich kennengelernt?«

»In einer Bar. Wo sonst lernt man sich kennen? Allerdings nicht im Star-Walkers, sondern in einem anderen Laden, in dem ich an dem Abend aufgetreten bin. Elsie ist im Grunde noch ein kleines Mädchen. Aber sie hat was. Schwung, glaube ich. Hoffe ich.«

Jack dachte wieder an Linderman und beschloß, nun doch nach ihm zu fragen. »Werden Sie und Elsie – besonders Elsie – noch von diesem alten Mann mit dem Hund belästigt?«

»Von Ralph? Nein, wir haben ihm einen gehörigen Schreck eingejagt. Auf der Minetta Street. Vielleicht würde er Elsie ja noch weiter nachstellen, aber Gott sei Dank scheint er nicht zu wissen, wo wir wohnen.«

»Wo wohnen Sie denn?«

»In der Greene Street. In dem Teil, der in SoHo liegt. Ein Freund von mir ist gerade in Europa und hat mir seine Wohnung billig untervermietet. Keins von den großen Lofts, eher eine Art Studio, aber groß genug für zwei, und als ich Elsie kennengelernt habe, war ich dort allein. Also habe ich sie gefragt, ob sie nicht einziehen will.« Marion sah von ihrer Kaffeetasse auf.

Jack dachte, daß Marion und Elsie im Augenblick sicherlich sehr glücklich waren. Wenn Ralph Linderman das wüßte! »Und diese Uni –«

»Ach, die hat ihr Natalia empfohlen. Elsie gefällt sie sehr gut, und jetzt, wo sie als Model arbeitet, kann sie sich die Studiengebühren leisten. Es sind zehn Wochenstunden, und sie muß eine Menge lesen.«

»Glauben Sie, sie hält durch bis zum Abschluß?«

Marion zögerte, doch dann verzogen sich ihre ruhigen Lippen zu einem Lächeln. »Nicht unbedingt. Aber sie wird auf jeden Fall davon profitieren. Es wird ihr helfen, einen Teil ihres Minderwertigkeitskomplexes zu überwinden – einen Teil ihrer Schüchternheit. Dabei ist sie im Grunde gar nicht so schüchtern. Sie ist ganz schön zäh und weiß, was sie will.«

Jack ließ sich in den Sessel sinken und legte einen Fuß quer über das andere Knie. »Und was will sie?«

»Sie will alles ausprobieren. Manchmal spricht sie davon, daß sie Schauspielerin werden will, aber das glaube ich nicht. Es ist nur so, daß eine Schauspielerin eine Zeitlang viele verschiedene Rollen spielt. Elsie könnte zum Beispiel Tänzerin werden, solange sie noch jung ist.«

»Allerdings.«

Marion stand auf. »Ich muß jetzt gehen. Danke für die Einladung. Und danke, daß Sie so nett zu Elsie sind.«

Jack erhob sich ebenfalls und sagte nichts.

»Mir gefällt Ihre Wohnung. Tolle Bilder.« Marion betrachtete – nicht zum ersten Mal – den de Kooning. »Arbeiten Sie hier?«

»Ja. Wollen Sie mal sehen?« fragte Jack aus einem plötzlichen Impuls heraus, vielleicht weil Marion Elsie jetzt so nahe stand. Er führte sie durch den Flur. »Das ist mein Arbeitszimmer«, sagte er und schob den Vorhang zur Seite. »Mein Salzbergwerk.«

»Donnerwetter! Sieht aus, als hätten Sie viel zu tun.«

Im Gegensatz zu Elsie trat sie nicht ein, sondern betrachtete den wie immer unaufgeräumten Arbeitstisch und die Zeichenmappen, die an den Wänden lehnten und sich auf den Regalen stapelten. »Ist das da Elsie? Das ist sie doch, oder?« Ihr Lächeln wurde breiter, als ihr Blick auf das rote Papier mit der gelben Zeichnung fiel. »Haben Sie die gemacht? Phantastisch!« Sie holte Luft, als wollte sie fragen, ob sie die Zeichnung – oder wenigstens eine Fotokopie davon – haben könne, doch sie sagte nichts.

Jack merkte, daß er keine Lust hatte, eine Kopie der Zeichnung anzufertigen. Er begleitete Marion zur Wohnungstür. »Was ist eigentlich aus Genevieve geworden? Kennen Sie sie überhaupt?«

»Ach, Genevieve. Ich bin ihr einmal begegnet. Vielleicht auch zweimal. Kennen Sie sie?«

»Elsie hat sie mal vor Weihnachten zu einer Party mitgebracht.«

»Ach ja, die Party bei Ihrem Freund Louis. Ich weiß nicht, was aus Genevieve geworden ist, aber ich hoffe, sie ist wieder mit ihrer früheren Freundin zusammen. Ich glaube, sie heißt Fran. Ich habe gehört, daß Fran sehr wütend auf Elsie war. Als Elsie auf der Bildfläche erschien, meine ich.« In der Wohnungstür drehte Marion sich um. »Genevieve ist mehr der mütterliche Typ, und das hat Elsie wohl eine Zeitlang gefallen. Fran sieht aus wie ein ziemlich harter Brocken, aber ich habe gehört, daß sie und Genevieve zwei oder drei Jahre lang zusammen waren, bevor Genevieve und Elsie sich kennengelernt haben.« Marion lachte und öffnete die Tür. »Aber was soll's? Vielen Dank, Jack. Ich hoffe, wir sehen uns bald wieder.«

»Ja, ich auch! Danke für den Besuch.«

Jack kam zu dem Schluß, daß er Marion Gill mochte. Sie machte einen ehrlichen Eindruck, sie nahm ihre Karriere als Gitarristin nicht allzuernst, und vielleicht war sie das Beste, was Elsie passieren konnte.

Gegen sechs Uhr läutete das Telefon. Es war Natalia. Louis wollte sich auf einen Drink mit ihr treffen, und sie fragte, ob Jack etwas dagegen habe, wenn sie erst um acht zu Hause wäre.

»Natürlich nicht, Schatz. Nur auf einen Drink?«

»Tja, ich glaube schon. Wenn nicht, rufe ich dich in einer Stunde noch mal an. Irgendwas Neues?«

»Nein. Elsie und ihre Freundin waren zum Mittagessen hier.«

»Marion auch? Wie nett. Wir reden später, Jack.«

Jack nahm wieder den Roman zur Hand, den er bis zu Natalias Anruf gelesen hatte und in dem es um Brandstiftung ging, doch jetzt fand er ihn nicht mehr so packend. Er hatte keine Ahnung, wann Natalia heimkommen würde – vielleicht erst um zehn, vielleicht noch später. Aber sie würde ihn anrufen, das war immerhin etwas. Nicht wie vor ihrer Heirat, als sie ihn ein paarmal versetzt hatte, weil sie ihre Verabredung vergessen hatte, oder so spät erschienen war, daß man schon nicht mehr von Verspätung hatte sprechen können. Mit zweiundzwanzig hatte Natalia die Nacht zum Tag gemacht. Er war nie wütend gewesen, sondern nur besorgt und verwirrt; er war auf und ab gegangen oder hatte stundenlang in den Restaurants herumgesessen, in denen sie verabredet gewesen waren. Anfangs hatte er gedacht, sie wolle ihn auf die Probe stellen, aber das hatte nicht gestimmt. Natalia war ganz und gar nicht berechnend. Sie war eben einfach sie selbst gewesen. Das war sie noch immer, doch sie hatte sich etwas gebessert, wahrscheinlich, weil man, wenn man ein Kind hatte, eben am selben Strang ziehen mußte. »Ich kann gar nicht fassen, daß ich dieses Kind auf die Welt gebracht habe«, hatte Natalia einige Male mit einem Blick auf Amelia gesagt und dabei das Gesicht verzogen. Jack erinnerte sich an Natalias schreckliche Ängste in den letzten Wochen der Schwangerschaft. Er dachte nicht gern daran zurück. Er hatte sich schuldig gefühlt und gefürchtet, daß sie ihm Vorwürfe machen würde, doch bei der Entbindung, bei der er dabei gewesen war, bis sie ihn angeschrien hatte, er solle hinausgehen, war sie, wie er fand, sehr tapfer gewesen.

»Ach, herrje«, seufzte Jack und warf das Buch achtlos auf das Sofa. Er legte den Kopf zurück und schloß die Augen. Er würde für Amelia irgend etwas auf den Tisch bringen, und vielleicht gab es ja etwas im Fernsehen, das sie beide unterhaltsam fanden, bis sie sich, wie er hoffte, gegen neun zu Bett bringen ließe. Er konnte natürlich die Armstrongs anrufen und mit Amelia in die West Eleventh Street gehen und zum Essen bleiben, doch darauf hatte er eigentlich keine Lust.

Um kurz vor acht rief Natalia an und sagte, Louis wolle, daß sie noch etwas bleibe.

»Wo seid ihr?«

»In einer Bar in der East Fifty-fourth. Man kann hier auch essen. Louis ist ziemlich deprimiert. Er will noch ein bißchen reden, verstehst du?«

Jack verstand. Manchmal fand er Louis ziemlich rücksichtslos und unhöflich ihm gegenüber. Doch jetzt war Louis todkrank – das war jedenfalls der neueste Stand der Dinge, und Jack mußte es wohl glauben oder jedenfalls so tun, als glaubte er es. »Ja, schon gut. Iß etwas. Und komm nicht allzuspät, Schatz. Immerhin ist morgen nicht Sonntag. Grüße Louis von mir.«

»Mache ich. Danke, Jack. Bis später.«

Im ersten Augenblick fühlte Jack sich niedergeschlagen. Früher hatte er sich geärgert und war sogar richtig wütend geworden, wenn Natalia zweimal in der Woche bis spät in der Nacht ausgegangen war. Hatte sie sich dann mit Sylvia oder mit Louis getroffen? Jack konnte sich nicht erinnern, nur daran, daß Amelia damals noch klein gewesen war und noch nicht richtig hatte laufen können. Er hatte etwas zu Natalia gesagt, doch sie hatte nur erwidert: »Wenn du auch ausgehen willst – wir können uns einen Babysitter leisten. Oder komm doch mit, wenn ich mich mit wem auch immer treffe. Ich werde mich jedenfalls nicht von einem Haushalt einengen lassen, Jack.« Er erinnerte sich an diese letzten Worte. Ihre Augen hatten dabei geblitzt, was bei ihr nur selten vorkam, und dieses Aufblitzen hatte eine Seelenlandschaft beleuchtet, von deren Existenz er bis dahin nichts gewußt hatte. Tja, *Haushalt* und *einengen*. Jack mußte ihr zustimmen. Sie lebten nicht in irgendeiner primitiven Gesellschaft, in der eine Frau sicherlich und ein Mann möglicherweise ein Leben lang an ein kleines Stück Land gefesselt waren. Wenn Jack zu großen Druck ausgeübt hätte, wäre Natalia einfach gegangen, davon war er überzeugt. Das würde sie auch heute noch tun.

Gegen Mitternacht ging Jack zu Bett. Er wollte noch etwas lesen, doch das Buch über Brandstiftung hatte seinen Reiz verloren. Jack warf einen Blick auf das Bücherregal auf Natalias Seite des Bettes. Eine Abteilung mit feministischen Büchern. Galbraith – nein, heute nicht. Kafka – nein. Dann schon lieber *The Unquiet Grave*. Jack zog das schmale Taschenbuch aus dem Regal. Jack erinnerte sich, daß Natalia in der älteren (und inzwischen gestohlenen) Ausgabe einige Passagen mit kleinen Häkchen an Anfang und Ende der Sätze oder Absätze markiert hatte. Vor ihrer Hochzeit hatten sie über dieses Buch gesprochen. In dieser neuen Taschenbuchausgabe hatte Natalia wieder einige Markierungen vorgenommen.

Der Lohn der Kunst ist nicht Ruhm oder Erfolg, sondern ein Rausch – daher sind so viele schlechte Künstler nicht imstande, davon zu lassen.

Jack erinnerte sich, daß er die zwei Seiten mit der Überschrift FRAUEN schon einmal gelesen hatte. Auch hier hatte Natalia etwas markiert:

Im Krieg der Geschlechter ist Gedankenlosigkeit die Waffe des Mannes, Rachsucht die der Frau. Beide entstehen in Abhängigkeit voneinander, doch der weibliche Wunsch nach Rache überdauert alle anderen Gefühle.

Jack dachte darüber nach. Es fiel ihm schwer, sich vorzustellen, daß Natalia gegenüber ihren früheren Freunden – oder ihm gegenüber, falls sie sich je trennen sollten – rachsüchtig sein könnte. Aber Natalia war ja auch anders als andere Frauen: Sie hatte mehr Humor als die meisten, sie verfügte, wie er fand, sowohl über logisches Denkvermögen als auch über Einsicht und war daher vielleicht zu größerer Objektivität fähig. Jedenfalls war sie nicht primitiv. Er erinnerte sich an ihre Bemerkung über Feminismus: »Eine Menge Frauen haben, solange sie jung und hübsch sind und einen Beruf und so haben, gar nichts dagegen, Sexualobjekte zu sein, und dann sind sie nicht darauf vorbereitet, mit fünfunddreißig oder so fallengelassen zu werden, ganz gleich, ob sie verheiratet sind oder nicht.« So ähnlich hatte sie sich ausgedrückt. Sie hatte damit gemeint, daß diese Frauen von ihren Lebensgefährten oder Ehemännern oft wegen einer anderen verlassen wurden, die derselbe Typ war, nur jünger. Natalia hatte nichts für diese fünfunddreißig- oder vierzigjährigen »zornigen Frauen« übrig, die in Männern nur noch Feinde sahen.

Jack war schläfrig und schaltete das Licht aus.

Das leise Klicken der Wohnungstür weckte ihn. Er hörte, daß Natalia leise eintrat und ihren Mantel im Licht der Flurbeleuchtung aufhängte.

»He«, sagte Jack so laut, wie er es wagte, denn er wollte Amelia nicht wecken. »Du brauchst nicht auf Zehenspitzen zu schleichen.«

»Hallo, Jack. Habe ich dich geweckt? Tut mir leid«, flüsterte sie und legte die Hand an den Türrahmen.

Sie sah müde und etwas beschwipst aus, und Jack liebte sie, wenn sie so war, weil sie dann auf so ruhige Weise gut gelaunt war und manchmal aufschlußreiche Bemerkungen machte. Er sah auf die Uhr. Fünf nach drei. »Macht nichts«, sagte er.

Jack hörte die Zahnpastatube ins Waschbecken fallen und grinste. Die Dusche rauschte, allerdings nicht lange.

Natalia kam nackt ins Schlafzimmer, tastete nach Pyjama oder Nachthemd – sie trug mal das eine, mal das andere –, machte dann das Badezimmerlicht aus und ließ sich ins Bett fallen. »Du liebe Zeit, was für ein Abend!«

Jack wartete. »Er spricht doch nicht etwa vom Sterben oder so.«

»Nein! Jedenfalls nicht direkt.« Sie griff nach der vermutlich letzten Zigarette in der Packung, die immer auf ihrem Nachttisch lag, zusammen mit einem billigen Feuerzeug und einem Aschenbecher. Im Schein der Flamme sah Jack ihr Profil, ihre ausgeprägte und ziemlich breite Nase, die blonden Haare, die feucht an ihrem Gesicht klebten.

»Es macht dir doch nichts, daß es so spät geworden ist, oder? Immerhin wird er nicht mehr lange dasein.« Sie sagte es entschuldigend, mit der Betonung auf ›lange‹.

»Natürlich macht es mir nichts aus, Schatz.«

Schweigen. Dann sagte sie beinahe lachend: »In der Bar war ein Mann mit einem kleinen Affen. Mit einem kleinen, grauen, sehr lebhaften Affen. Er –«

»Einem echten?«

»Ja!« sagte sie und prustete plötzlich vor Lachen. »Der Mann hat ihm beigebracht, den Leuten in die Taschen zu greifen. Was der den Männern alles aus den Jackettaschen geholt hat!«

»Das hat Louis bestimmt aufgeheitert.«

»Das war eigentlich nicht nötig. Er hat mir ein paar gute Witze erzählt. Ich hab sie alle vergessen, aber morgen fallen sie mir bestimmt wieder ein.« Ein sehr langes Schweigen, lange genug, daß Natalia ihre Zigarette ausdrücken konnte. »Louis leidet unter Weltschmerz. Als stünde er irgendwo hoch oben und sähe hinab auf das Leben, auf die Welt, als sähe er bestimmte Dinge. Windmühlen. Weiße Pferde. Jungen, die am Strand herumrennen.«

»Du hast mich noch gar nicht nach Elsie gefragt.«

»Ach, Elsie«, sagte sie in heiter versonnenem Ton. »Sie hat mich in der Galerie angerufen, als ich gerade gehen wollte. Sie klang, als wäre sie im siebten Himmel. Louis hat auch mit ihr gesprochen. Wußtest du, daß er sie sehr gern mag?«

»Ja, ich weiß«, sagte Jack mit geschlossenen Augen. Er genoß die Wärme von Natalias Körper, obgleich sie sich gar nicht berührten, und am meisten genoß er den Klang ihrer leisen, schläfrigen Stimme.

»Elsie wollte wissen, wie dir ihre neue Freundin gefällt.«

»Sie gefällt mir sehr.«

Natalia seufzte tief. »Ach, Jack, weck mich morgen rechtzeitig.«

Gut möglich, daß es ein Fernet-Branca-Morgen werden würde, dachte Jack. Das war ihr bevorzugtes Mittel gegen Kater. Andererseits hatte er Natalia auch schon viel müder und betrunkener erlebt, und dennoch hatte sie es immer geschafft, auf die Beine zu kommen, wenn sie wollte.

21

Anfang März nahm Ralph Linderman einen Job bei der Hot Arch Arcade in der Eighth Avenue weit oben in den Achtzigern an. Er haßte diesen Ort, aber immerhin verdiente er dort pro Woche dreizehn Dollar mehr als vorher. Seine Schicht ging von acht Uhr abends bis vier Uhr morgens. Das war die Zeit, wenn dort am meisten los war, denn die Arcade hatte »24 STUNDEN TAG & NACHT« geöffnet, wie eine aus gelben Glühbirnen gebildete Schrift verkündete, die unter dem bogenförmig und ebenfalls mit gelben Glühbirnen geschriebenen Namen des Etablissements stand. Für einen Spielsalon mit Videospielen, Glücksspielautomaten, Süßigkeiten- und Popcornmaschinen, simulierten Schießständen und Jukeboxen war die Hot Arch Arcade eher klein. Der Raum war langgestreckt und schmal, und deshalb drängten sich die Leute meist auf Tuchfühlung. Unglaublich, wie viele junge Männer und Frauen um zwei Uhr morgens dort herumhingen, und ihrem Aussehen nach zu urteilen, hatten sie schon den ganzen Tag über nichts getan. Der Bodensatz der Gesellschaft, dachte Ralph. Einige Tage lang glaubte er, einen Fehler gemacht zu haben, als er diesen Job angenommen hatte, doch nach und nach – eigentlich schon am Ende der ersten Woche – merkte er, daß er die Atmosphäre auf eine eigenartige Weise genoß.

Er sagte sich, hier könne er noch etwas über Menschen lernen. Was er lernte, war zwar deprimierend, doch es mochte sich als nützlich erweisen, als eine Art von Wissen, das ihn in Zukunft schützen würde. Am schwersten zu ertragen war die ununterbrochene Musik, die nicht einfach eine Geräuschkulisse war – es ertönte nicht bloß ein banales, plärrendes Lied nach dem anderen, nein, es quollen immer zwei oder drei Lieder gleichzeitig aus den Lautsprechern. Doch selbst das hatte sein Gutes, wenn er es nur aus der richtigen Perspektive betrachtete: Dieser Lärmbrei war eine Kakophonie, die man nicht mehr – wie noch die ödeste Hintergrundmusik – als Musik mit einem Anfang und einem Ende bezeichnen konnte. Dies war der Wahnsinn der Menschheit, der Chaos über Chaos türmte. Und wenn er auch Menschen taub machte und tötete, so wurden doch täglich neue Menschen geboren. Die Kakophonie mußte nie aufhören, denn sie wurde von Maschinen erzeugt.

Und die Huren! Es war eine buntere Mischung als auf der Eighth Street. Die meisten hatten grellrot geschminkte Lippen und trugen hochhackige Schuhe, aber manche liefen in übergroßen Bluejeans, Tarnkleidung oder Zirkuskostümen herum, mit schwarzen Strumpfhosen, weißen Stiefeln und kurzen Jäckchen, die sich über fußballgroßen Brüsten spannten. Und die Haare! Perücken oder aufgeblasene Berge von gelbem oder weißem Zeug, wie Zuckerwatte, oder schwarzes Haar, das derart lackiert war, daß es wie frischer Teer aussah. Dann gab es noch die kahlrasierte Hure mit rosa und blau angemalter Kopfhaut. Die Frau war sehr dünn und trug Tarnkleidung – auf den ersten Blick wirkte sie wie ein junger Sträfling, auch das traurige Gesicht paßte dazu. Am Eingang der Arcade stand ein Rausschmeißer, ein kräftiger Bursche mit schmutzigem weißem Hemd, Fliege und dunklem Anzug, doch der grinste meist nur und begrüßte die Huren sogar, ließ sie hereinkommen und nach Herzenslust herumspazieren. Warum auch nicht? Schließlich lockten sie Kunden an.

Ralph saß drinnen, rechts von der Tür. Die Kasse war gegenüber, auf der anderen Seite des Eingangs, etwa sechs Meter entfernt. Artikel wie T-Shirts, Postkarten, Plüschtiere und Puppen mußten an der Kasse bezahlt werden. Oft beschwerten sich Betrunkene oder Drogensüchtige über einen »Fehler« beim Kassieren, aber dafür war der Rausschmeißer zuständig. Ralphs Aufgabe war, Überfälle zu verhindern, und gegebenenfalls den Schalter an der Wand hinter ihm zu betätigen, der eine Glocke läuten ließ und die Polizei alarmierte. An der Wand waren auch mit Reißnägeln sechs oder acht Fotos von gesuchten Verbrechern, polizeibekannten Taschendieben und Straßenräubern befestigt – Ralph sollte die Augen nach ihnen offenhalten.

... and when we do it do it do it ...
you'll make me ... yeee-oooo do it do it
do it do it ...

Diese Art von »Musik« mußte Ralph täglich acht Stunden lang ertragen. Es ging immer um Geschlechtsverkehr, und die Stücke klangen alle gleich, ein monotones, elektronisch erzeugtes *Poing-poing-poing-poing*, eine Affenmusik, die einzig und allein darauf abzielte, das Primitivste im Menschen hervorzubringen. Ralph stellte sich die Affen als sexbesessene Schwarze vor, die auf Bäumen hockten, onanierend oder einander beäugend, und versuchten, auf ihre Geschlechtsteile aufmerksam zu machen. In den meisten Nächten, in denen Ralph Dienst hatte, saß eine wasserstoffblonde Frau an der Kasse. Sie war dick und hartgesotten, und ihre Kasse war das einzige, was sie interessierte.

Eines bewölkten Nachmittags, als Ralph mit God einen Spaziergang machte, einen langen Spaziergang, der ihn wieder einmal durch die Minetta zur Macdougal und dann zur West Third Street führen würde, sah er Elsie, die ihm mit einem Koffer in der Hand entgegenkam.

Ein freudiger Schreck fuhr Ralph durch die Glieder, und er blieb wie angewurzelt stehen. Fünfzehn oder zwanzig Meter vor ihm bog sie ab und sprang die Eingangstreppe des Hauses hinauf, wo sie gewohnt hatte und nun, wie Ralph glaubte, nicht mehr wohnte. Zog sie wieder dort ein? Ralph überquerte die Minetta Street und ging weiter, bis er genau gegenüber dem Haus stand. Sie hatte im zweiten Stock gewohnt, fiel ihm ein, und dort brannte auch Licht, denn der Himmel war bedeckt. Nach einer Minute sah er zwei Gestalten im Fenster, dann trat Elsie, die ein bißchen kleiner war als die andere, einen Schritt zurück und verschwand nach links. Ralph ging ein Stück weiter in Richtung Minetta Lane und blieb wieder stehen. Nichts hätte ihn dazu bewegen können weiterzugehen. Er wußte, wo Elsie in diesem Augenblick war: keine dreißig Meter von ihm entfernt!

Ralph wartete.

Ein zweiter freudiger Schreck, wenn auch nicht so stark wie der erste, durchzuckte ihn, als Elsie die Haustür öffnete und, den Koffer in der Hand und über den anderen Arm einen Mantel gelegt, auf die Straße trat. Sie stellte den Koffer ab, um die Haustür zu schließen – zweimal, als würde sie nicht richtig schließen –, nahm den Koffer wieder auf und ging davon. Ralph drückte sich an eine Hauswand und sah in Richtung Minetta Lane und Macdougal Street, denn er fürchtete, sie könnte ihn sehen und vor ihm fliehen. Sie bog in die Minetta Lane ein und ging in Richtung Macdougal Street, und Ralph, der auf der anderen Seite der Straße stand, wartete einige Augenblicke, denn er war sich nicht sicher, ob sie ihn gesehen hatte oder nicht. Dann folgte er ihr.

An der Macdougal Street wandte Elsie sich nach rechts und sah sich um, als halte sie Ausschau nach einem Taxi. Sie ging weiter in südlicher Richtung, und an der Ecke Bleecker Street hielt ein Taxi für sie an. Wäre ein zweites in Sicht gewesen, hätte Ralph ihm sofort gewinkt und gern den Zuschlag für God bezahlt, doch es war weit und breit keines zu sehen. Elsies Taxi fuhr die Macdougal Street hinunter, und Ralph überquerte die Bleecker Street und folgte ihm einen halben Block weit, bevor es verschwand. Sie mußte jetzt also irgendwo dort unten wohnen und war nur in die Minetta Street zurückgekehrt, um ein paar Sachen abzuholen, die sie vergessen hatte. Von nun an, beschloß Ralph, würde er sich nicht mehr um die Minetta Street kümmern, sondern weiter südlich nach ihr suchen.

Ralph Lindermans Sorge um Elsie – er gab diesen Empfindungen nie einen Namen – hatte durch die Tatsache, daß er sie in der Minetta Street gesehen hatte, neue Nahrung bekommen, doch in den folgenden Tagen hatte er auch zunehmend das Gefühl, daß sie sich von ihm entfernt, sich ihm entzogen hatte. Wo sollte er in dem Straßengewirr von SoHo oder vielleicht gar des East Village nach ihr suchen? Sobald sie ihre letzten Sachen aus der Minetta Street abgeholt hätte, würde sie nie mehr dorthin zurückkehren. Vielleicht bekam er sie zu Gesicht, wenn sie zu den Sutherlands in der Grove Street ging, doch dann würde er sie bis zu ihrer neuen Wohnung verfolgen müssen, um herauszufinden, wo diese sich jetzt befand und mit wem Elsie sie teilte, denn das war es ja, was Ralph interessierte. Einmal hatte er geglaubt, Elsie aus dem Haus der Sutherlands kommen zu sehen: Sie hatte einen schönen neuen Mantel und dazu, wie öfter, hochhackige Schuhe getragen, und außerdem einen Hut, weswegen er sich nicht sicher gewesen war, ob sie es war. Ralph war der Gedanke gekommen, daß sie vielleicht ein Verhältnis mit Sutherland hatte und er sie bezahlte. An jenem Tag war die betreffende Person, ob es nun Elsie gewesen war oder nicht, die Grove Street rasch in westlicher Richtung hinuntergegangen. Ralph war in der Bleecker Street gewesen, in der einen Hand eine Tüte mit Lebensmitteln, in der anderen Gods Leine. Er war der Frau nicht gefolgt.

Zwei Tage lang wälzte Ralph einen gefährlichen, verzweifelten Gedanken in seinem Kopf, und schließlich traf er eine Entscheidung: Er würde John Sutherland anrufen und sich nach Elsie erkundigen, vielleicht sogar versuchen herauszufinden, wo sie jetzt wohnte, auf jeden Fall aber fragen, ob es ihr gutgehe. Niemand konnte ernstlich denken, er könnte Elsie etwas Schlimmes tun, und wenn irgendein irregeleiteter Mensch so etwas dachte, würden die Tatsachen ihn widerlegen. Als Ralph um elf Uhr morgens zum Hörer griff, rechnete er damit, entweder John Sutherland oder seine Frau an den Apparat zu bekommen.

Sutherland meldete sich.

»Hier ist Ralph Linderman. Wie geht es Ihnen, Mr. Sutherland?«

»Gut, danke. Und Ihnen?«

»Auch gut, danke. Ich rufe Sie wegen Elsie an. Wissen Sie, wie es ihr geht?«

»Soviel ich weiß, gut«, erwiderte Sutherland.

»Ich habe sie nämlich in letzter Zeit nicht gesehen. Haben Sie kürzlich mit ihr gesprochen?«

»Hmmm, vor ein paar Wochen, glaube ich. Es geht ihr gut.«

»Wo wohnt sie jetzt?«

»Sie ist umgezogen. Ich kann Ihnen nicht sagen, wohin, denn ich weiß es selbst nicht, Sir.«

»Sie brauchen mich nicht ›Sir‹ zu nennen«, sagte Ralph mit einem kleinen Lächeln. »Wohnt sie jetzt irgendwo südlich von Greenwich Village?«

»Ich weiß es wirklich nicht.«

»Ich habe sie in Ihr Haus gehen und wieder herauskommen sehen. Wissen Sie vielleicht, ob sie zum Beispiel weiter südlich wohnt?«

»Nein, das weiß ich nicht. Sie ist ein paarmal umgezogen.«

Ralph glaubte ihm nicht. »Hat sie eine Arbeit?«

»Ja, und sie ist recht erfolgreich. Sie arbeitet als Model.«

»Für Maler? Künstler?« In Gedanken sah Ralph sie sogleich nackt vor sich. »In irgendeinem Künstleratelier?«

»Nein, nein. Für Fotografen. Modefotos. Sehr schickes Zeug. Ich muß jetzt auflegen – ich habe Besuch.«

Soviel dazu. Tja. Männer, die Elsie in hübschen Kleidern fotografierten. Vielleicht in Kleidern. War das etwa besser als eine Bande von Malern, für die sie nackt posierte? Sie waren doch auch nur an ihrem Gesicht, an ihrem Körper interessiert, oder nicht? Und natürlich verdiente sie viel Geld damit. Mit Geschmacklosigkeit war immer Geld zu verdienen.

22

Jack war gerade an seinen Arbeitstisch zurückgekehrt, als das Telefon erneut läutete. Offenbar war Linderman noch etwas eingefallen.

»Hallo?«

»Hallo, Jack. Hier ist Louis.«

»Oh, Louis! Nat ist vor zehn Minuten aus dem Haus gegangen«, sagte Jack. Natalia wurde von Louis – und nur von ihm – hin und wieder Nat genannt.

»Ja, das habe ich mir gedacht. Eigentlich wollte ich ja auch mit dir sprechen. Was dagegen, wenn ich vorbeikomme?«

Jack war überrascht. »Jetzt?«

»Ja. Ich bin bei Saks, aber ich kann mir ein Taxi nehmen. Natürlich nur, wenn du nicht zuviel zu tun hast.«

»Nein, ich habe ein bißchen Zeit. Natürlich, Louis.«

»Dann bis gleich. Ich beeile mich.« Er legte auf.

Höchst ungewöhnlich, dachte Jack. Er ließ den Blick durch das Wohnzimmer schweifen, als spielte Ordnung eine Rolle, was aber nicht der Fall war. Er ging wieder in sein Arbeitszimmer. Heute nachmittag um vier sollte er Trews die neuesten zwanzig Zeichnungen, von denen fünf für ihn ganz neu sein würden, in seinem Büro bei Dartmouth, Aegis vorlegen. Heute, am dreizehnten März, würde Jack, wie er hoffte, den Auftrag zum Abschluß bringen.

Es läutete an der Tür. Jack drückte auf den Türöffner und ließ Louis ein.

»Das hab ich dir mitgebracht«, sagte Louis, als er eintrat, und hielt Jack eine Tüte von Saks in der Fifth Avenue hin.

Es sei eine »Weiße Schachtel« von Saks, ein Pralinensortiment, erklärte Louis, von dem alle Welt begeistert sei.

»Vielen Dank, Louis.« Jack öffnete die Schachtel und bot sie Louis an, der aber dankend ablehnte.

»Ich will dich nicht allzu lange aufhalten, Jack«, sagte Louis ernst. Er stand mitten im Wohnzimmer und hatte den Mantel ausgezogen. Die kahle Stelle auf seinem Kopf glänzte, und seine großen braunen Augen blinzelten. »Es ist nur so, daß ich... daß ich mal unter vier Augen mit dir sprechen möchte. Verstehst du? Ich glaube, das haben wir noch nie getan.« Louis lachte unvermittelt.

»Kann sein. Stimmt. Willst du einen Kaffee oder etwas anderes?«

»Nein, danke, Jack. Darf ich mich setzen?« Er nahm auf dem Sofa Platz.

Jack setzte sich, wie meist, in den grünen Sessel.

»Ich wollte dir nur sagen... wie sehr ich deine Frau mag. Sie ist... wirklich etwas Besonderes. Einzigartig!« Louis sprach langsam. »Wenn es mir irgend möglich gewesen wäre, hätte ich sie geheiratet.«

Jack ließ sich zurücksinken und verschränkte die Finger vor der Brust. »Wahrscheinlich hätte sie sich geweigert, dich zu heiraten, weil es ihr zu perfekt gewesen wäre.«

»Genau! Ha, ha! Das wäre typisch Natalia! Übrigens: Sag ihr bitte nicht, daß ich heute vormittag hier war. Sie könnte es seltsam finden. Ist es ja auch!« Louis lachte kurz und zeigte die großen, breiten Zähne in seinem schmalen Gesicht. »Aber niemand weiß davon. Erzähl es keinem. Es ist unser Geheimnis«, sagte er mit gespielter Beiläufigkeit. »Ich brauche dir nicht zu sagen, daß Natalia das Allerkostbarste in meinem Leben ist. Kostbarer noch als Bob, glaube ich. Auf eine andere Art natürlich, aber trotzdem.« Louis' leises Lachen klang so wie manchmal Natalias Lachen. »Du hast keinen Grund zur Eifersucht, und du bist auch nie eifersüchtig gewesen oder hast es dir jedenfalls nie anmerken lassen.«

»Ich war tatsächlich nie eifersüchtig. Ehrenwort.« Er sah Louis an, der ihn betrachtete. Louis mit den langen, schmalen Händen, die er auf die übergeschlagenen Beine gelegt hatte. »Abgesehen davon, daß du... Natalia vielleicht besser verstehst als ich.«

Louis tat dies mit einer eleganten Geste ab. Er sah zum Fenster. »Außerdem wollte ich dir heute unbedingt sagen, wie froh ich bin, daß Natalia dich geheiratet hat. Einen Menschen wie dich. Tja, *dich* eben. Ich wüßte keinen anderen und kann mir auch keinen vorstellen, mit dem es Natalia aushalten könnte.«

»Danke. Ich meine, das freut mich zu hören.«

»Außerdem findet sie dich sexy«, sagte Louis ernst. »Allerdings nicht auf die aggressive Art. Du bist ihr Sexobjekt, und das ist wichtig für sie, auch wenn sie das natürlich nie so sagen würde.«

Jack schlug kurz die Hände vor das Gesicht. »Tja, na ja...«

»Ich würde gern rauchen, wenn es dich nicht stört. –

Danke. Ich sollte eigentlich nicht, aber ich tu's trotzdem. Was soll's!« Louis griff nach Natalias Jadefeuerzeug auf dem Couchtisch, das mit Gold eingefaßte Feuerzeug, das sie nur selten mitnahm, wenn sie aus dem Haus ging, weil sie fürchtete, sie könnte es irgendwo liegenlassen. Louis hielt es in der Hand und betrachtete es wie etwas Altvertrautes. »Und was gibt's Neues von unserer Freundin Elsie?«

»Elsie? Die legt einen Senkrechtstart hin. Sie hat gestern angerufen. Ich glaube, sie scheffelt das Geld nur so.«

»Ist das nicht toll? Sie ist doch wirklich ein Engel – wie vom Himmel gefallen! Ach, ich würde sie zu gern in fünf Jahren sehen, wenn sie das reife Alter von fünfundzwanzig erlangt hat! Ha-ha-ha-ha-*ha!*« Louis lachte schallend.

Jack hatte es vermutet, doch jetzt war es Gewißheit: Dies war Louis' Abschiedsbesuch. Jack räusperte sich und sagte: »Elsie hat sich ein paar Bücher für ihr Studium von uns geliehen, damit sie sie nicht zu kaufen braucht.«

»Ach ja, ihr Studium. Was für Bücher?«

»Eins von Scott Fitzgerald und eins von Saul Bellow.«

»Hoffentlich *Das Opfer*. Oder *Mr. Sammlers Planet*. Aber *Das Opfer* – das ist typisch Saul Bellow mit seiner Paranoia. Ein Meisterwerk. Findest du nicht auch?«

Louis sprach von Saul Bellow und davon, wie gut er war, und Jacks Gedanken schweiften ab, als er Ausdrücke wie »exzellent« oder (dies in bezug auf Elsie) »auf den Putz hauen« hörte, Ausdrücke, die ihn an Natalia erinnerten und daran, daß sie Louis viel länger kannte als ihn. Louis hatte überraschend schlanke Fesseln und recht große Füße, die in sorgsam geputzten schwarzen Schuhen steckten, und da er die Beine übereinandergeschlagen hatte, wippte einer dieser Füße auf und ab. Louis verdiente seinen Lebensunterhalt auf eine, wie Jack fand, merkwürdige Art: Er verkaufte Häuser und Wohnungen, ließ heruntergekommene Gebäude renovieren und saß dann in aller Ruhe zu Hause herum und wartete darauf, daß das Telefon läutete und er mit einemmal ein hübsches Sümmchen kassieren konnte. So stellte Jack es sich jedenfalls vor.

»Inwiefern könnte Elsie in Gefahr sein?« fragte Jack als Reaktion auf eine Bemerkung, die Louis gerade gemacht hatte. »Ich finde ihre neue Freundin ganz nett.«

»Marion? Ja, ich auch. Die beiden waren ein paarmal bei uns. Nein, wenn ich von Gefahr spreche, meine ich eher diesen plötzlichen Erfolg. Das kann den… Charakter eines Menschen verändern. Könnte jedenfalls – schließlich ist Elsie ja noch sehr jung. Aber vielleicht besteht diese Gefahr bei ihr nicht. Sie ist sehr direkt – schlicht, ja, geradezu unverblümt. Findest du nicht auch?« Louis sah Jack an. »Sie würde sich mir nichts, dir nichts von Marion trennen, wenn sie ihrer auch nur ein bißchen überdrüssig würde. Ich hoffe nur, daß das nicht so bald passiert. Elsie ist voller Ehrgeiz, und im Augenblick geht es ihr darum, Model zu sein. Das ist gut und schön, und dafür braucht sie keine Kurse in Literatur und englischer Grammatik, aber sie bereitet sich schon auf den nächsten Schritt vor.«

»Und was meinst du, welcher das sein wird?«

Louis sah zur Decke. »Fernsehschauspielerin? Film? Würde mich jedenfalls nicht wundern. Gibt's eigentlich irgendwas Neues über diesen alten Knacker, der Elsie nachgeschlichen ist?«

»Nein. Er hat Gott sei Dank ihre Spur verloren, seit sie in die Greene Street gezogen ist. Er hat mich heute kurz vor dir angerufen.«

»Tatsächlich? Er hat *dich* angerufen? Was wollte er?«

»Elsies Adresse.« Jack lachte. »Ich hab ihm gesagt, daß ich sie nicht habe, weil Elsie umgezogen ist. Die Sache ist, daß er Elsie ein paarmal gesehen hat, als sie uns besucht hat. Oder er weiß, daß Natalia sie kennt. Er spioniert ihr nämlich hinterher.«

Louis sah nachdenklich aus. »Er ist unverheiratet, nicht? Lebt allein?«

»Ja. Er war mal verheiratet, das hat er mir erzählt. Seine Frau hat ihn vor Jahren verlassen.«

»Ich weiß nicht, was schlimmer ist: ein verheirateter Fiesling oder ein alleinstehender Fiesling. Diese Vergewaltiger und Mörder, bei denen die Polizei immer so lange braucht, um sie zu schnappen, stellen sich meist als biedere Familienväter mit einer festen Anstellung heraus. Und dann gibt's natürlich noch die, die so widerlich sind, daß keine Frau sie heiraten würde. Und auf Frauen haben sie sowieso einen Haß.«

»Du hast diesen alten Burschen noch nie gesehen, oder?«

»Nein, aber Natalia hat ihn mir beschrieben. Sie hat ihn auf der Straße gesehen. Der Typ wird nicht lockerlassen. Wahrscheinlich würde er Elsie am liebsten vergewaltigen, aber das würde er wohl nicht hinkriegen. Also wird er sie überfallen oder so.«

Jack lächelte unbehaglich. »Das kann ich mir nicht vorstellen«, sagte er, merkte aber, daß er unsicher war, denn er wurde aus Linderman einfach nicht ganz schlau. »Er glaubt –

das wenigstens weiß ich –, er meint, Frauen sind geborene Verführerinnen, und Make-up und hochhackige Schuhe dienen nur dazu, Männer auf Abwege zu führen. Für ihn sind Frauen Versuchungen.«

»Na bitte, das ist doch klassisch«, sagte Louis in einem ungeduldigen und besorgten Ton.

»Tja, aber nun, da er Elsie aus den Augen verloren hat, hoffe ich, daß er sich bald ein anderes Opfer sucht.«

»Ja.« Louis stand auf. »Jack, mein Lieber, ich muß gehen. Vielen Dank, daß ich dich überfallen durfte. Ich hab dich noch nicht mal gefragt, wie du mit dem Yak-Buch vorankommst.«

»Ganz gut, danke. Heute nachmittag ist die große, äh, Präsentation. Das heißt, ich zeige die letzten Zeichnungen dem Bildredakteur.«

»Ich drücke dir die Daumen.«

»Möchtest du noch einen Drink auf die Schnelle?« fragte Jack, wie Natalia es getan hätte. »Einen für unterwegs?«

»Einen Fernet-Branca«, sagte Louis mit einem breiten Lächeln. »Das würde Natalia auch trinken. Aber nur einen kleinen, Jack.«

Jack schenkte ein.

»Du nicht?«

Jack nahm sich einen kleinen Jack Daniel's, damit er mit Louis anstoßen konnte. »Auf dein Wohl!«

»Auf deins!«

Als Louis seinen Mantel anzog, fiel sein Blick auf die Ringe, die von der Decke des Flurs hingen. »Turnst du immer noch an denen?«

»Wenn mir danach ist.«

Wieder lächelte Louis. »Zeigst du mir was?«

Jack war eigentlich nicht in Stimmung, doch er atmete tief ein, packte die Ringe und schwang die Beine hoch in die Luft, dann hinunter und zurück, vorwärts und hinauf und stemmte sich hoch, so daß sein Kopf nahe der Decke war, allerdings nicht so nah wie zuvor seine Füße.

»Großartig. Wunderbar«, sagte Louis leise und bewundernd. »Alles Gute, Jack. Lebwohl, und nochmals danke.«

Die Tür schloß sich.

23

Jack erzählte Natalia dann doch von Louis Wannfelds Überraschungsbesuch, weil er es wollte und weil er keinen Grund sah, es nicht zu tun, doch Natalia wurde sogleich derart nervös, daß Jack sich wünschte, er hätte geschwiegen. Es war an einem Freitag abend, und Natalia hatte gerade gesagt, sie sei froh, daß morgen Samstag sei und sie sich freinehmen könne, denn samstags kämen keine Käufer, sondern nur Publikum, und Isabel werde sicher nichts dagegen haben.

»Das heißt, daß er bald sterben wird. Oder es jedenfalls glaubt«, sagte Natalia zu Jack.

»Weiß er denn… wieviel Zeit ihm bleibt?«

»Nein. Bestimmt weniger als ein Jahr. Vielleicht auch viel weniger. Er muß jetzt eine strenge Diät einhalten und darf keinen Tropfen trinken.«

Jack war aufgefallen, daß Louis dünner geworden war.

»Laß uns morgen mit dem Wagen irgendwohin fahren«, sagte Natalia. »Ich glaube, wenn ich hierbleibe, drehe ich durch.«

Jack war etwas enttäuscht, denn er hatte das Wochenende zu Hause verbringen wollen. Trews war von den Zeichnungen angetan gewesen, und Jack hatte zu Hause herumsitzen und Skizzen von Amelia machen wollen, wenn sie spielte, wenn sie schlief, wenn sie vor ihm stand und mit ihm sprach. Er besaß ein dickes Skizzenbuch, das bereits halb voll war mit Zeichnungen von Amelia, vom Babyalter an. Er hatte festgestellt, daß die Leute diese Skizzen komischer und ganz gewiß interessanter fanden als Fotos.

Am nächsten Morgen saßen sie um elf im Toyota, Amelia auf dem Rücksitz. Sie hatten eine Reisetasche mit Schlafanzügen und Zahnbürsten dabei, für den Fall, daß sie unterwegs übernachteten. Natalia saß am Steuer. Sie fuhr gut und hatte schnelle Reflexe, behauptete aber, sie hasse Autofahren. In der Stimmung, in der sie jetzt war, würde das Fahren ihr helfen, ihre Nervosität abzulegen, das wußte Jack. Und das war ja auch ganz gut so.

»Wie geht's Elsie?« Jack wußte, daß Natalia sie am Morgen angerufen und sich eine ganze Weile mit ihr unterhalten hatte.

Natalia lächelte unvermittelt, mit geschlossenem Mund, während sie weiterhin starr geradeaus sah. »Sie macht sich Sorgen wegen der Einkommenssteuer! Ich hab zu ihr gesagt: ›Wenn das alles ist, Schätzchen!‹«

Elsie wußte nicht, wie die Formulare auszufüllen waren – sie hatte noch nie Einkommenssteuer gezahlt. Aber Marion würde ihr dabei helfen.

Auf dem Garden State Parkway fuhren sie in den kühlen Frühlingsnachmittag hinein. Sie kauften unterwegs einen Kuchen, riefen bei einer Kusine von Natalias Mutter an, die in Saddle River lebte, und luden sich zum Tee ein. Jack hatte sie erst einmal gesehen. Dieser Besuch reinigte die Atmosphäre, obgleich er teils eine – wenn auch unerbetene – Pflichtübung war, und hob Natalias Stimmung ein wenig. Als sie von dort aufbrachen, setzte Jack sich ans Steuer, und sie übernachteten in einem Motel, das Amelia ausgesucht hatte. Die Einrichtung war so geschmacklos, daß sie Unterhaltungswert besaß. Natalia hatte ihre Flasche Glenfiddich mitgenommen. Die Leute vom Motel stellten ein Kinderbett für Amelia ins Zimmer.

Als sie am Sonntag nachmittag heimkamen, läutete das Telefon. Jack stand dem Apparat am nächsten.

»Wo wart ihr denn?« fragte Louis' Stimme.

Natalia übernahm das Gespräch. Die beiden redeten eine Ewigkeit, und danach berichtete sie Jack, Louis habe sie beide zu einer Party am Samstag abend eingeladen. »Jeder soll so kommen, wie er ist«, sagte Natalia. Sie habe ihn gefragt, ob das heiße, daß Frauen im Anzug und Männer im Abendkleid kommen sollten, doch er habe gesagt, nein, jeder so, wie er wolle, jedenfalls nicht aufgedonnert. Anscheinend solle es eine größere Party werden.

Am Samstag abend trug Louis Wannfeld, als er Jack und Natalia die Tür öffnete, ein langes, schwarzes Gewand, auf dem winzige goldene Pünktchen glitzerten wie Sterne am Nachthimmel. Seine Füße steckten in Sandalen. »Ich bin heute ein Mandarin«, sagte er. »Und ihr?«

»Ich? Nix«, sagte Natalia.

Jack bemerkte, daß Louis sie auf die Wange küssen wollte, Natalia ihm aber auswich. Sie hatte für Wangenküsse nicht viel übrig.

»Willkommen, Jack! Komm rein und stürz dich ins Getümmel!« sagte Louis.

In der Wohnung herrschte ein Gedränge wie bei der Vorweihnachtsparty, nur daß die Gäste lauter und ausgelassener waren. Das Motto »Komm, wie du bist« hatte einige seltsame Blüten getrieben. Jacks Blick fiel auf einen schwarzen Teufel mit schwarzer Strumpfhose, Hörnern auf der Mütze und einer Peitsche in der Hand. Eine Frau und ein Mann – anscheinend waren sie ein Paar – waren als Schmetterlinge gekommen, in durchsichtigen Gewändern über eng anliegenden Trikots, an denen zarte, mit geflecktem Stoff bespannte Drahtrahmen in Form von Flügeln befestigt waren. Jack entdeckte Elsie: Sie trug Schwarz, einen schwarzen, gerüschten Rock, der weder zu lang noch zu kurz war, einen breiten weißen Gürtel und schwarze, hochhackige Schuhe. Das blonde Haar war aus dem Gesicht gekämmt, hinten zusammengebunden und hing ihr bis über die Schultern. Er stellte fest, daß sein Blick immer wieder zu ihr zurückkehrte wie zu einem Energiepunkt inmitten der mehrheitlich älteren Gäste, dabei war Elsie im Augenblick gar nicht sonderlich aktiv, sondern stand einfach da und unterhielt sich mit einer jungen, langhaarigen Frau, die Jack als Genevieve erkannte, ihre frühere Freundin.

Drinks. Begrüßungen. Isabel Katz trug eine uralte Reithose und ein rosafarbenes Hemd. Louis' Gewand entpuppte sich bei besserer Beleuchtung als chinesischer Morgenmantel; darunter trug er ein elegantes weißes Seidenhemd mit schwarzer Fliege, eine Smokinghose und Slipper aus schwarzem Lackleder. Die meisten Gäste – gut die Hälfte – kannte Jack nicht, oder sie waren zu gut kostümiert. Einige trugen Masken.

»Wie mich das an früher erinnert«, sagte Louis zu Natalia. »Und es reißt einen noch genauso mit! Es sieht ganz unverändert toll aus. Genau wie du!« Trotz der Anweisungen des Arztes war Louis heute abend ein bißchen high.

Louis' Hymne hatte Natalias Aufmachung gegolten, die einfach aus einem alten Kostüm bestand, einem schwarzen Rock mit schmalen, orangefarbenen Längsstreifen und einer hüftlangen, schwarzen, langärmligen Jacke, die sehr eng saß. Natalia hatte es aus den Tiefen irgendeines Schrankes zutage gefördert und, obwohl die Hängefalten nicht allzu schlimm gewesen waren, kurz aufgebügelt. Sie sagte, sie habe es ein paar Jahre bevor sie Jack kennengelernt habe, oft getragen und sei zu sentimental gewesen, um es wegzuwerfen. Jack konnte den Charme des Kostüms nicht recht sehen, aber Louis begeisterte sich wie ein Liebhaber, der vergangene Freuden mit seiner Geliebten Revue passieren läßt.

»Ardmore... Fifty-second Street...«

Jack mußte lächeln. Er schlenderte zu Elsie und begrüßte sie und Genevieve. Eine Beatles-Platte oder -Kassette wurde gespielt, allerdings nicht allzu laut. Es war *Sergeant Pepper's*.

»Oh, hallo, Jack«, sagte Elsie mit ihrer sanften Stimme. »Ach, ich freue mich, Sie zu sehen!« Mit einer kleinen Drehung des Kopfes und der Schultern schien sie sich völlig von der phlegmatischen Genevieve zu lösen und nur noch auf ihn zu konzentrieren.

Jacks Lächeln wurde breiter. »Tatsächlich? Darf ich Ihnen sagen, daß Sie großartig aussehen?«

»Dabei bin ich so müde. Sie können sich nicht vorstellen –«

Nein, das konnte Jack nicht. Elsie sagte, sie sei nicht zum Schlafen gekommen, wegen... was? Es spielte keine Rolle. Man konnte einander nur schwer verstehen.

»Fran!« rief Genevieve und winkte eine Frau herbei. »Ich möchte dir Mr. Sutherland vorstellen.«

Jack sah sich einer stämmigen jungen Frau mit kurzem, hellbraunem Haar, schmalen Lippen und leicht besorgt oder schüchtern blickenden Augen gegenüber. »Oh, hallo«, sagte er.

»Fran Bowman«, sagte Genevieve – so klang es jedenfalls.

Fran trug eine Hose, ein dunkelblaues Hemd und eine Kette mit blaßblauen Perlen, die bis zur Taille reichte. Sie hatte einen kantigen Kopf und war, wie Jack fand, außergewöhnlich unattraktiv. Ihm fiel ein, daß Marion gesagt hatte, Genevieves frühere Freundin sei ein harter Brocken oder so. Elsie beobachtete ihn mit einem Lächeln, das einfach amüsiert wirkte, wie das eines Kindes. Ihr Blick sagte: »Gehen wir lieber weiter.«

Jack nickte Genevieve zu und schlenderte mit Elsie ein paar Meter weiter, bis zwischen ihnen und Genevieve und ihrer Freundin ein paar andere Gäste waren. »Wo ist eigentlich Marion?«

»Sie kommt später. Sie hat heute abend noch eine Probe.«

»Und wie kommen Sie inzwischen mit der Einkommenssteuererklärung zurecht?«

Elsie lachte. »Schon erledigt. Marion hat mir das meiste abgenommen. Meine Honorare kommen eben unregelmäßig – das ist schwer abzuschätzen.«

»Ich weiß.« Ja, das wußte Jack wirklich. Er wußte dagegen nicht, was er noch mit Elsie reden sollte – auf jeden Fall aber wollte er bei ihr sein. »Möchten Sie tanzen?« Er streckte die Hand aus.

Sie nahm seine Hand nicht, doch sie tanzten. Es lief jetzt nicht mehr *Sergeant Pepper's,* sondern eine andere Musik, sehr melodisch, gute Tanzmusik. Junge Männer sangen mehrstimmig von *»good vibrations«.*

»Das sind die Beach Boys«, sagte Elsie. Sie tanzte graziös und drehte sich, daß die schwarzen Rüschen wirbelten.

Wer führte eigentlich wen? Es spielte keine Rolle. Elsie hatte ein Publikum. Sie tanzte mühelos, als schwebte sie in einem anderen Element. Die Musik wechselte, der Rhythmus wurde schneller, Jack bewegte sich in seinem eigenen Stil, und Elsie reagierte darauf und folgte ihm, als hätten sie es einstudiert. Jack lächelte selig und sprang jetzt bei jedem vierten Beat hoch, und Elsie tat es ihm nach. Man trat zurück und machte ihnen Platz. Jack nahm alles verschwommen wahr, er sah nur noch Elsies schimmerndes Haar. Er empfand dieselbe Freude wie beim Üben an den Ringen, wenn er schön ins Schwitzen kam, und er hatte das Gefühl, als könnte er die ganze Nacht oder ewig weitermachen. Er trug Joggingschuhe, eine bequeme Hose und ein T-Shirt. Er war jetzt er selbst. Einige der Zuschauer klatschten im Takt. Jack sah Natalia, die neben Louis stand, und beide blickten fasziniert auf Elsie, und ein Stück weiter stand Fran, die mit zusammengekniffenen Lippen auf Elsie starrte und Genevieve etwas zuflüsterte. Jack und Elsie umkreisten einander, und Jack glaubte zu schweben. Dann verklangen Musik und Rhythmus, und Jack merkte, daß er Elsie in den Armen hielt und daß ihre Hände leicht auf seinen Schultern lagen. Er küßte sie auf die Wange, atmete tief ein, als wollte er sie verschlingen, und spürte ihren Atem, als sie lachte.

»Weiter!« rief jemand.

Jack fand sich nur langsam damit zurecht, daß er wieder der Realität und der Schwerkraft unterworfen war. Er spürte den Boden unter den Füßen und sah Elsie an. Elsie mischte sich wieder unter die Gäste, die eigenartig still geworden waren, wie ein Theaterpublikum, wenn der Vorhang gefallen ist und bevor der Applaus losbricht. Und dann brach tatsächlich Applaus los, es wurde gelacht und gemurmelt, und man hörte ein oder zwei »Bravo!«-Rufe. *Elsies Zauberkraft*, dachte Jack. Er machte sich auf die Suche nach einem Drink.

Plötzlich stand Bob Campbell vor ihm. Er trug ein schwarzes Gewand und einen Priesterkragen, ein »Hundehalsband«. »Jack, es ist soweit, du darfst eintreten ins Himmelreich! Elsie ist schon dort. Wir lieben sie, ach, wir lieben sie!« sagte Bob geradezu inbrünstig. »Brauchst du einen Drink, Jack?« Bob führte ihn zu dem Tisch, auf dem die Flaschen aufgebaut waren, erinnerte sich, was Jack am liebsten trank, und schenkte ihm großzügig ein. »Findest du nicht auch, daß Louis heute abend sehr gut aussieht?«

Nein, das fand Jack nicht. Louis erschien ihm ziemlich bleich, doch er antwortete höflich: »Ja, da hast du recht.«

»Er hat den chinesischen Morgenrock an, den wir vor fünf Jahren auf unserer Weltreise gekauft haben. Sonst zieht Louis ihn kaum jemals an, aber heute abend… Es ist ein besonderer Abend. Ist dir aufgefallen, daß alle unsere alten Freunde da sind? Und heute kein Koks, jedenfalls nicht von uns. Das hier ist eine altmodische Alkoholparty, und morgen machen wir uns einen gemütlichen Sonntag zu Hause und kurieren unseren kleinen Kater mit Bloody

Marys und Eiern à la Benedict. Mmmhh!« Bob war ausgelassen und guter Laune.

Jack ging weiter, hielt nach Elsie Ausschau und sah sie bei Marion neben der Tür zum Flur.

»Hallo, Jack«, sagte Marion herzlich. Sie steckte den Daumen hinter einen Träger ihrer Latzhose, unter der sie ein kariertes Hemd trug. »Ich bin heute nicht so, wie ich bin. Das hier trage ich bei den Proben.«

»Und was proben Sie?«

»Ein paar Sketche mit Musik. Für eine Bar in der Nähe des Chelsea.«

Sie gingen zu dem Tisch, auf dem die Flaschen standen. Marion fragte Jack, was er von Elsies »großem Auftrag« halte, einer ganzseitigen Reklame in *Vogue* für einen Brillantring, und war ganz überrascht, daß Elsie nichts davon erwähnt hatte. Jack schenkte Marion ein Glas Tomatensaft ein. Elsie war plötzlich verschwunden.

»Mein Gott, da ist ja Genevieve«, sagte Marion leise und sah quer durch den Raum.

»Ja. Mit ihrer früheren Freundin, glaube ich. Elsie hat uns miteinander bekannt gemacht.«

»Sie meinen doch nicht etwa diese schreckliche Fran?«

»Ich glaube, so heißt sie. Sind die beiden also wieder zusammen?« fragte Jack mit gespieltem Interesse.

»Nein.« Marion schüttelte den Kopf. »Fran will zwar, aber Genevieve nicht – munkelt man jedenfalls. Vielleicht ist Genevieve noch nicht über Elsie hinweg. Aber das interessiert mich nicht die Bohne. Fran sollte sich bei der Mafia melden. Jemand hat mir mal gesagt, daß sie dealt, und zwar richtig harte Sachen, Sie wissen schon. Keiner mag sie, und darum sind so viele böse Geschichten über sie im Umlauf.«

Wie deprimierend, dachte Jack. Er sah durch die breite Tür zum Wohnzimmer und entdeckte im dahinter gelegenen Flur Elsie und Natalia, die sich miteinander unterhielten. Natalia nahm Elsies Hand, gab ihr einen Kuß auf die Wange und dann einen zweiten, raschen Kuß auf den Mund, und dann traten die beiden wieder ins Wohnzimmer, Natalia zuerst. Jack bemerkte, daß Marion ihn mit einem leisen Lächeln ansah.

»Mich stört das nicht«, sagte sie. »Und Sie?«

Jack schluckte den Whisky, den er im Mund hatte, hinunter. »Ganz und gar nicht.«

»Elsie vergöttert Natalia.«

»Tatsächlich? Mehr als Sie?«

»Ich weiß nicht«, sagte Marion und zuckte die Schultern. »Aber was kann ich schon tun?«

»Viele Menschen fühlen sich zu Natalia hingezogen«, bemerkte Jack. »Louis beispielsweise.« Jack dachte auch an die Zeit, kurz nachdem sie die Armstrongs kennengelernt hatten. Max Armstrong war wochenlang mehr als nur ein bißchen in Natalia verliebt gewesen, allerdings auch klug genug, es nicht allzu deutlich zu zeigen.

»In Elsie verlieben sich auch alle möglichen Leute«, sagte Marion. Und mit einem Lachen fügte sie hinzu: »Das ist schon ein ganz schönes Problem, diese Mädels in den Bars, das kann ich Ihnen sagen ... Die gehen einfach hin und machen ihr leidenschaftliche Liebeserklärungen.«

Jack konnte es sich vorstellen.

Plötzlich war Elsie neben ihnen, und Natalia saß bei

Louis auf dem Sofa. Als Jack auf seine Uhr sah, war es zu seiner Überraschung bereits nach eins.

»Jetzt werde ich langsam wirklich müde«, sagte Elsie mehr zu sich selbst als zu Jack. »Und hungrig.«

Von den Kanapees auf dem Tisch mit den Getränken war beinahe nichts mehr da, und falls Louis und Bob ihren Gästen eine regelrechte Mahlzeit servieren wollten, war davon nichts zu sehen. »Gehen wir doch in meine Wohnung«, schlug Jack vor. »Wie neulich. Na, wie wär's?«

»Mit Natalia?« fragte Elsie.

Jack schüttelte den Kopf. »Die kann man in den nächsten Stunden nicht von Louis loseisen. Wollen wir wetten? Wollen Sie Ihr Glück versuchen?« Er lächelte.

Elsie wollte nicht, und Jack ging zu Natalia und sagte ihr, er werde mit den beiden Frauen nach Hause gehen und ihnen Eier und Speck braten – ob sie Lust habe mitzukommen.

»Nein, ich bleibe noch ein bißchen«, antwortete Natalia.

»Du kriegst sie erst später zurück«, sagte Louis, als hätte er ein verbrieftes Recht auf sie.

»Gut. Bis später, Schatz. Alles Gute, Louis. Und danke.«

Die drei fanden ihre Mäntel und machten sich auf den Weg. Jack freute sich. Er spielte gern den Gastgeber für Elsie und Marion. Zu Hause in der Wohnung war alles still. Amelia schlief, und auch Susanne hatte sich in dem Gästezimmer am Ende des Flurs, hinter seinem Arbeitszimmer, schlafen gelegt. Sie hatte im Wohnzimmer eine Lampe brennen lassen. Jack erklärte den beiden Frauen die Situation und bat sie, leise zu sein.

»Kann ich eine Kassette auflegen, wenn ich die Anlage ganz leise stelle?« fragte Elsie.

Jack konnte Elsie nichts abschlagen. »Wenn es wirklich ganz leise ist«, flüsterte er.

In der Küche machte Jack sich daran, kanadischen Speck und Rühreier zu braten und halbierte Brötchen zu rösten. Marion ging ihm zur Hand. Jack wickelte ein paar Geschirrtücher um die Kaffeemühle, um den Lärm zu dämpfen, und machte Kaffee. Er hörte leise Musik und stellte zu seiner Überraschung fest, daß es die *Vier Jahreszeiten* von Vivaldi waren.

»Kannst du mir sagen, Elsie«, fragte Marion, als sie beim Essen saßen, »warum diese Langweilerin Genevieve eingeladen war? Und warum sie diese Gangsterin mitgebracht hat?«

»Na, *ich* hab sie jedenfalls nicht eingeladen. Vielleicht wollte Bob alle Leute dabeihaben, die auch auf der letzten großen Party waren. Vor Weihnachten.«

Marion wechselte einen Blick mit Jack. »Es ist schon peinlich genug, solche Leute auch nur dem Namen nach zu kennen.«

»Du brauchst nicht so darauf herumzureiten«, sagte Elsie. »Ich gebe ja zu, daß ich Genevieve zu dieser Vorweihnachtsparty mitgeschleppt habe. Aber Bob hat mir gesagt, daß sie eine Liste der Leute haben, die schon mal eingeladen waren, damit sie sie auch zur nächsten Party –«

»Oder auch nicht, hoffe ich«, unterbrach Marion sie.

»Bestimmt ist es so gewesen: Bob oder Louis haben Genevieve eingeladen, und die hat Fran mitgebracht, einfach weil sie nett sein wollte.« Elsie sprach ernst, wie sie es manchmal tat, wenn die Umstände eigentlich gar nicht nach Ernsthaftigkeit verlangten.

Elsie schämte sich wohl, jemals mit Genevieve zusammengewesen zu sein, dachte Jack, und dennoch hatte er heute abend gesehen, wie beherrscht und gelassen Elsie das Wiedersehen mit Genevieve hingenommen und sich sogar mit ihr unterhalten hatte. Jack schenkte Kaffee nach. »Ja, das stimmt, Bob führt eine Liste. Aber lassen wir das – so wichtig ist es ja nicht.«

Sie aßen zu Ende, ohne Amelia oder Susanne zu wekken. Abermals machte Marion sich nützlich, diesmal beim Abräumen. Jack sagte ihr, sie solle die Teller einfach irgendwohin stellen.

»Morgen ist Sonntag«, sagte er. »Nein, heute.«

Draußen wurde es langsam hell. Jack schaltete eine Lampe aus.

»Elsie?« sagte Marion und warf einen Blick ins Wohnzimmer. »Weg. Wahrscheinlich hat es sie irgendwo dahingerafft.«

Jack lächelte. »Ich werde sie schon finden.« Er ging ins Schlafzimmer.

Elsie lag auf dem Bauch, das Gesicht auf Jacks Kissen. Sie hatte die Tagesdecke halb zurückgeschlagen. Im Dämmerlicht sah es aus, als würde sie schweben: Der schwarze Rock bauschte sich, die Arme waren über den Kopf ausgestreckt und umschlangen das Kissen. Jack fühlte sich angenehm beschwingt oder müde oder beides. Er kniete neben dem Bett und verspürte den Impuls, Elsie mit einem Kuß auf die Wange zu wecken, doch irgend etwas hielt ihn davon ab. Ihre Lider flatterten, sie schlug die Augen auf.

»Ich liebe dich«, sagte er.

Unvermittelt lächelte Elsie, wie ein Kind, das tief und gut geschlafen hat. »Bin ich schon lange hier?«

»Eine halbe Stunde vielleicht.«

Jack begleitete sie hinaus, um ihnen ein Taxi heranzuwinken. Obwohl es viertel vor sechs war, hatten sie nicht gewollt, daß er telefonisch eins bestellte. Sie gingen in Richtung Seventh Avenue.

»Da ist er!« sagte Jack beinahe im Flüsterton.

Im trüben Licht des frühen Morgens sah er Ralph Linderman in seinem alten Mantel und der Mütze. Er stand, God an der Leine, etwa zehn Meter entfernt auf der Bleecker Street und starrte ihnen nach. Ihr Anblick hatte ihn wohl wie angewurzelt stehenbleiben lassen.

»Ist das etwa der alte Kerl?« fragte Marion.

»Ja!« sagte Elsie. »Geh schneller, und sieh dich nicht um!«

Jack kam die Situation mit einemmal sehr komisch vor, und er legte den Kopf in den Nacken und lachte schallend. Der alte Linderman dachte vermutlich, daß er die Nacht mit diesen beiden Frauen verbracht hatte: Die eine war Elsie, die andere nur eine angenehme Zugabe.

Elsie krümmte sich und versuchte vergeblich, ein Kichern zu unterdrücken. »He, Jack! Ich weiß genau, was er jetzt denkt! Haha!«

Jack stellte sich mitten auf die fast völlig leere Seventh Avenue und winkte. Er trat zur Seite, um einen Lastwagen vorbeizulassen. Eine halbe Minute später hatten sie ein Taxi. Jack bestand darauf, den Frauen fünf Dollar für die Fahrt zu geben. »Nehmt! Keine Widerrede!« sagte er und schlug die Tür des Wagens zu.

Er blieb noch einen Augenblick auf dem Bürgersteig stehen und sah die Grove Street hinunter, wo er jeden Augenblick erwartete, Linderman auftauchen zu sehen, doch der kam nicht. Jack ging nach Hause, und als er die Bleecker Street überquerte, wandte er nicht den Kopf, denn er wollte Linderman und seinen Hund nicht einmal von hinten sehen. Leise ging er hinauf in die Wohnung und schrieb eine Nachricht für Susanne, die er auf den Küchentisch legte.

Spät geworden. Natalia ist noch aus.
6 Uhr J.

Er zog einen Schlafanzug an und putzte sich die Zähne. Einen Moment lang überlegte er, ob er ins Arbeitszimmer gehen, das Licht anschalten und die drei ganzseitigen Fotos von Elsie betrachten sollte, die er sorgfältig aus Illustrierten ausgeschnitten hatte, doch er hatte ein schöneres Bild vor seinem inneren Auge: Elsies Kopf auf seinem Kissen, das Gesicht ihm zugewandt, die Augen geschlossen. *Ich liebe dich*, hatte er gesagt, in diesem beschwingten, glücklichen Augenblick. Ob Elsie sich daran erinnerte? Spielte das überhaupt eine Rolle? Nein. Wie oft mochte sie das in einer Woche von irgendwelchen Männern oder Frauen zu hören bekommen? Doch, es stimmte: Er war ein bißchen in Elsie verliebt. Aber nicht nur, daß sie im Augenblick mit Männern nichts im Sinn hatte – auch er hatte nicht den Wunsch, sie irgendwie ins Bett zu bekommen. Die bloße Tatsache, daß es Elsie gab, machte ihn glücklich.

Und Elsie und Natalia? Nun, das war eine Überraschung! Was hatten die beiden vor? Natalia war in letzter Zeit ein paarmal spät heimgekommen. Hatte sie diese Abende tatsächlich mit Isabel Katz oder einem Kunstsammler verbracht?

Mit einem Gefühl der Seligkeit ging Jack zu Bett und schlief sogleich ein.

24

Wenn Ralph Linderman an jenem Sonntag morgen an der Ecke Grove Street und Seventh Avenue ein Taxi hätte bekommen können, hätte er es genommen. Er hatte gesehen, wie John Sutherland Elsie und der anderen Frau im Taxi Geld gegeben hatte. Natürlich war das eine diskrete Art gewesen, sie zu bezahlen: Sutherland hatte getan, als übernehme er die Fahrtkosten. Zwei auf einmal! Diese zweite Frau hatte Ralph noch nie gesehen: Sie war etwas größer als Elsie und trug eine Hose, ihr Haar war recht kurz, aber voll. Ralph hatte die Grove Street überquert, sich in einen Hauseingang gestellt und God mit dem Fuß an die Tür geschoben, doch Sutherland hatte nicht zu dieser Seite der Grove Street geschaut, sondern war nach Hause gegangen und hatte dabei ziemlich selbstzufrieden ausgesehen.

An diesem Sonntag mußte Ralph erst um sechs Uhr abends arbeiten. Seine Schichten in der Hot Arch Arcade wechselten ständig. Seit neuestem sollte er jede halbe Stunde durch die ganze Arcade gehen. Es war schon schlimm genug, daß dieser Abschaum aller Rassen von der Straße hereinquoll, aber schlimmer noch war es, sie drinnen in Aktion zu sehen, wenn sie einander – nicht immer spielerisch – anrempelten, wenn sie einschliefen oder an der Wand in sich zusammensackten, wenn sie einander betatschten oder sogar Schlimmeres taten. Einmal war er bei etwas dazwischengegangen, das für ihn ausgesehen hatte, als werde eine Frau von einer ganzen Bande vergewaltigt, doch der Rausschmeißer hatte ihn bloß ausgelacht. Es stimmte schon: Die Huren und ihre Freier brauchten heutzutage keinen Ort, wo sie ungestört waren. Privatsphäre gab es nicht mehr, nicht einmal den Wunsch danach. Die ständig wechselnden Arbeitszeiten brachten Ralph um den Schlaf, und schließlich war er gereizter als damals, als er noch bei Midtown-Parking gearbeitet hatte. Am besten schlief er zwischen sieben Uhr morgens und Mittag, wenn er in dieser Zeit dienstfrei hatte – sonst wachte er alle zwei Stunden auf.

An diesem Sonntag morgen konnte er schlafen, trotz seines Entsetzens darüber, daß er Elsie Tyler nach einem bezahlten Schäferstündchen mit Sutherland gesehen hatte. Ralph hatte jetzt auch den Verdacht, daß Sutherland ihn belogen hatte, als er gesagt hatte, Elsie arbeite als Fotomodell. Diese Frauen verdienten viel Geld, und wenn Elsie keine Geldsorgen hatte, warum sollte sie dann auf den Strich gehen? Was für eine Schande! Was für ein Jammer! Wenn er nur mit ihr sprechen könnte, würde es ihm bestimmt gelingen, ihr die Schändlichkeit ihres Tuns so eindringlich vor Augen zu führen, daß sie von dieser Sache mit Sutherland abließ. Er würde ihr sogar Geld geben, wenn sie nur damit aufhörte, er würde ihr die Hälfte seines Lohns geben, damit sie so blieb, wie sie war. Und daran würde Elsie die Reinheit seiner Liebe erkennen: daß er, im Gegensatz zu Sutherland, nichts von ihr wollte.

An diesem trüben, feuchten Morgen erwachte Ralph um Viertel vor zwölf, ausgeruht, aber hungrig und mit Appetit auf Rossis frisch geschnittene Salami. Er zog sich an und ging ohne God hinaus. Außer der Salami kaufte er etwas Ziegenkäse und ein Stück italienisches Brot und war auf dem Heimweg, als er beim Überqueren der Bleecker Street stehenbleiben mußte, um ein Taxi vorbeifahren zu lassen, und im Wagen Mrs. Sutherland sah, die sich vorbeugte und ihre Handtasche öffnete. Der Wagen hielt an der Ecke Grove Street an. Ralph ging darauf zu.

Er hatte sich nichts zurechtgelegt. Vielleicht würde er Mrs. Sutherland einfach einen guten Morgen wünschen, wenn er nahe genug war. Er merkte, daß er darauf brannte, ihr zu sagen, daß Elsie und eine andere Frau offenbar die Nacht mit ihrem Ehemann verbracht hatten und um sechs Uhr morgens gegangen waren, aber damit würde er nicht auf der Straße herausplatzen können, wo jeder es hören konnte. War Mrs. Sutherland etwa ebenfalls die ganze Nacht ausgewesen? Ihr Haar saß nicht so gut wie sonst, und sie strich ungeduldig eine Strähne zurück, als sie die Tür des Wagens zuwarf. Da die Grove Street eine Einbahnstraße war, mußte Mrs. Sutherland die letzten hundert Meter bis zur Haustür laufen. Linderman folgte ihr.

Sie bog nach links zur Tür ab, und Ralph erhaschte einen Blick auf ihr recht blasses und müdes Gesicht, zu dem der Lippenstift einen grellroten Kontrast bildete.

»Ach, Mrs. Sutherland!«

Sie fuhr herum.

»Guten Morgen, Ma'am.« Ralph hielt weiter auf sie zu. Er sah ihr Stirnrunzeln, den offenen Mund, dessen Winkel sich ärgerlich, ja, beinahe entsetzt nach unten verzogen. Sie kehrte ihm den Rücken und drückte auf den Klingelknopf.

»Mrs. Sutherland, dürfte ich kurz –«

Der Türöffner summte, und sie verschwand im Haus.

Ralph drehte sich um und ging zurück zur Bleecker Street. Das war vielleicht ein Fehler gewesen, und doch, was konnte es schaden? Mrs. Sutherland hatte tatsächlich ausgesehen, als wäre sie die ganze Nacht aufgewesen. Bestimmt wußte sie von den Seitensprüngen ihres Mannes, und zweifellos machte sie das unglücklich. Er erinnerte sich, daß Sutherland gesagt hatte: »Ich bin sehr glücklich verheiratet« oder so ähnlich. Alles gelogen, eine schamlose Lüge!

Aber viel schlimmer war, daß Elsie darin verstrickt war! In New York gab es so viele schamlose, willige Frauen, und ausgerechnet auf Elsie hatte Sutherland es abgesehen!

Als Ralph in seiner Wohnung angekommen war, war er gedanklich völlig durcheinander. Er konnte Sutherland einfach auffordern, damit aufzuhören. Oder er konnte ihm einen Brief schreiben, und wenn Mrs. Sutherland davon erfuhr – um so besser! Einen höflichen Brief wie zuvor, in dem stand, er wisse, was zwischen Elsie und Sutherland vor sich gehe, und ob Sutherland nicht wenigstens aus Rücksicht auf seine Frau und seine kleine Tochter von Elsie ablassen wolle. Ralph wünschte, er hätte die Adresse von Elsies Eltern, damit er ihnen schreiben und die Adresse von Sutherland geben könnte. Sutherland, ein verheirateter Mann! Und ein Künstler, der sie vermutlich nackt Modell stehen ließ, bevor die Orgie begann! Wie Elsies Eltern Ralph zu Hilfe eilen würden! Wie schnell sie kommen und Elsie nach Hause holen würden! Elsie hatte ihm genug von ihren Eltern erzählt, daß er sich in diesem Punkt sicher sein konnte. Ralph dachte daran, wie er Sutherland seine Brieftasche zurückgegeben hatte. Wie stolz er gewesen war, daß Sutherland sich als Gentleman erwiesen hatte, der sich bedankte und ihm einen Finderlohn anbot! Nun, wenn Ralph die Brieftasche dieses Mister Sutherland ein zweites Mal finden würde, dann würde er selbstverständlich ebenso handeln. An Prinzipien mußte man festhalten. Vom rechten Pfad abzuweichen war der Anfang vom Ende. Und Lasterhaftigkeit war Lasterhaftigkeit.

Nach dem Mittagessen begann Ralph einen Brief an John Sutherland. Er sagte sich, er müsse ihn ja nicht abschicken, er könne ihn sich ja später noch einmal durchlesen, aber es tat ihm gut, sich das alles von der Seele zu schreiben. Er schrieb eine dritte und eine vierte Seite. Vielleicht würde er nachher die besten Passagen auswählen und abschreiben, und dann konnte er immer noch überlegen, ob er den Brief abschicken sollte.

25

Es war ein seltsamer Sonntag. Als Natalia gegen Mittag kam, hatte Susanne die Küche aufgeräumt und war mit Amelia zum Indianer-Museum gefahren. Natalia duschte, zog Pyjama und Morgenrock an und wollte vor dem Zubettgehen »ein kleines Frühstück« sowie einen Fernet-Branca. Jack war aufgewacht, hatte ebenfalls geduscht, sich rasiert und angezogen und fühlte sich sehr wohl. Susanne kam zurück, hatte jedoch mit Amelia zu tun, und so machte Jack seiner Frau ein Frühstück mit frischem Kaffee, der sie nie vom Schlafen abhielt, wenn sie schlafen wollte. Sie wirkte verstört oder verärgert, aber es war kein Gespräch möglich, solange Susanne in Hörweite war.

Der Himmel hatte aufgeklart, und Licht drang durch die vorderen Fenster. Durch die hinteren schien die Sonne.

»Ich glaube, gestern habe ich alle Rekorde gebrochen«, sagte Natalia. Sie aß gerade ein getoastetes Brötchen mit Marmelade. »Im Durchmachen, meine ich.«

Susanne spielte mit Amelia am anderen Ende des Wohnzimmers ein Kartenspiel.

»Du hast gar nicht geschlafen?« fragte Jack.

»Na ja, so gegen sechs auf dem Sofa im Wohnzimmer«, antwortete Natalia. »Als ihr weg wart, hat Bob eine phantastische Muschelsuppe serviert.«

Susanne kam und fragte Natalia, ob sie noch gebraucht werde – sie könne gehen oder bleiben, ihr sei beides recht, denn sie habe sich Arbeit mitgebracht. Natalia sagte, sie überlasse die Entscheidung ihr; sie selbst werde sich jetzt ein Weilchen schlafen legen.

»Wie geht es Louis?« fragte Susanne.

Natalia schien sich zu verschließen, doch sie sah Susanne an und sagte, er sehe recht gesund aus und habe sich nach ihr erkundigt.

Dann ging sie mit einem zweiten Fernet-Branca zu Bett.

Susanne sagte, sie werde sich jetzt auf den Heimweg machen. »Ich sehe doch, daß Natalia etwas auf dem Herzen hat«, sagte sie zu Jack.

»Ja? Ich glaube, sie ist nur müde.«

Susanne zog den Regenmantel an, klemmte sich die alte braune Aktentasche unter den Arm und warf Jack eine Kußhand zu, bevor sie die Tür hinter sich schloß.

Jack tat es ein bißchen leid, daß sie ging.

»Daddy?«

»Pssst, Schätzchen«, sagte Jack und ging zu Amelia, die breitbeinig auf dem Boden des Wohnzimmers saß, vor sich ein Spiel. Das blonde Haar hing ihr über die Schultern. »Deine Mom versucht, ein bißchen zu schlafen, also sei bitte leise.«

»Warst du auch auf der Party?«

»Na klar war ich auch auf der Party. Ich bin bloß früher nach Hause gegangen als deine Mom.«

Amelia schien darüber nachzudenken. »Was heißt früher?«

»Früher! Zehn ist zum Beispiel früher als elf. Etwas, das

früher ist, kommt vor etwas, das später ist.« Er schlenderte davon und hoffte, daß Amelia nicht noch einmal nach ihm rufen würde, was sie dann auch nicht tat.

In seinem Arbeitszimmer betrachtete er die drei Fotos von Elsie, die er auf Fotokartons geklebt und auf dem Arbeitstisch an die Wand gelehnt hatte – ein viertes Foto war in der Illustrierten im Wohnzimmer –, und hörte seine eigenen Worte: »Ich liebe dich.« Das war verrückt, überspannt, unwirklich, sowohl die Worte als auch seine Gefühle, so unwirklich wie die Elsie auf dem Foto, das ihr Gesicht am größten zeigte: Sie trug ein schwarzes Abendkleid mit nur einem Träger, lehnte seitlich an einem eleganten Sessel, den Blick zu jemandem erhoben, der nicht zu sehen war; am Ringfinger der Hand, die ein Glas Champagner zum Mund führte, steckte ein teurer Brillantring. Elsie hatte Hände, die grazil und schlank und dann wieder kräftig und muskulös wirken konnten – für das Auge wie für die Kamera. Doch das Staunenswerteste an diesem Foto war der Ausdruck ihrer Augen: Elsie sah aus wie Ende Zwanzig, und aus ihrem aufwärts gerichteten Blick sprachen eine in hundert Affären gesammelte Klugheit und das Wissen, wie sie mit dem Mann, der ihr diesen Ring geschenkt hatte, umgehen mußte. Es war die Werbung eines Juweliers, und der dezente Slogan unter dem Foto lautete: *Weil sie* alles *hat*… Jack mußte lächeln.

Ein anderes Bild zierte das Titelblatt einer Illustrierten, deren Name quer über den oberen Rand verlief. Elsie lächelte mit geschlossenem Mund, das meiste Lächeln lag in ihren Augen – sie wirkte wie sechzehn, wie ein naiver Teenager. Das dritte Foto zeigte Elsie, wie sie unter der Markise des Chelsea-Hotels aus dem Taxi stieg. Es sah aus, als lachte sie laut in die Kamera, und der Wind bauschte ihr weißes Kleid. Jack erinnerte sich gut an den eiskalten Tag.

Er fühlte sich eigenartig, anders als sonst, als wäre er auf eine stille Weise verliebt. Er zog ein großes Skizzenbuch aus billigem Papier aus dem Regal. Er arbeitete an einer Komposition für ein Ölgemälde und wollte mit dem richtigen Bildaufbau anfangen, auch wenn das fertige Bild dann schließlich doch ein wenig anders aussehen würde. Die feinen schwarzen Umrisse der menschlichen Gestalten und Objekte gefielen ihm noch immer sehr gut. Mit einem weichen schwarzen Bleistift hatte er teilweise die Konturen eines Mannes gezeichnet, der in einem bequemen Sessel saß; dieser durfte jedoch nicht zu breit und wuchtig wirken. Jacks Arbeitstitel für das Bild lautete »Der verwirrte Mann«. Die schlanke Gestalt hatte die Füße nebeneinandergestellt, die Knie standen offen, und eine Hand lag am Kinn. Vor ein paar Tagen hatte Jack einen Cartoon verkauft, einen Einzeiler: Ein unschlüssiger Kunde betrachtete einen weichen Hut, den der Verkäufer ihm hinhielt, und der Verkäufer sagte gerade: »Keine Sorge, Sir, der *Hut* hat Persönlichkeit.«

Jack fuhr zusammen, und seine rechte Hand zuckte vom Skizzenblock hoch, als er hinter sich eine Stimme hörte.

»Ich gehe ein bißchen spazieren, Jack. Tut mir leid, wenn ich dich erschreckt habe.« Natalia lächelte über sein überraschtes Gesicht. Jetzt, da sie geschlafen hatte, sah sie besser aus.

»Gut, Schatz. Regnet es?« Er sah, daß sie Regenmantel und Stiefel angezogen hatte.

»Ein bißchen. Ich bin bald wieder da.«

Jack hörte die Wohnungstür ins Schloß fallen. Bevor er sich wieder an die Arbeit machen konnte, läutete das Telefon. Er nahm den Hörer des Apparates im Wohnzimmer ab.

»Hallo, Jack, hier ist Elaine. Wie geht's euch?«

»Ach, ganz gut. Ich habe gehört, es gab noch Muschelsuppe, als ich schon gegangen war.«

»Ja und jede Menge anderes Zeug. Das war doch eine tolle Party, nicht? Ich schätze, es waren vierzig, fünfzig Leute. Und diese Frau, mit der du getanzt hast...«

»Elsie.«

»Ja, Elsie. Ich kann mir ihren Namen einfach nicht merken – er paßt irgendwie nicht zu ihr. Sie sieht phantastisch aus, wenn sie tanzt. Hast du nicht gesagt, daß sie als Fotomodell ziemlich gefragt ist?«

»Ja, genau.«

»Ich hab sie neulich auf einem Zeitschriftencover gesehen. Na ja, ich wollte eigentlich Louis und Bob anrufen, um mich zu bedanken, aber bei denen geht keiner ans Telefon. Vielleicht schlafen sie noch. Darum habe ich gedacht, ich frage mal nach, wie es euch so geht.« Elaine lachte. »Wir sind erst gegen vier nach Hause gekommen. Wie geht's Natalia?«

»Sie macht gerade einen Spaziergang, sonst würde ich sie dir geben.«

»Wir müssen uns bald mal wieder treffen, Jack. Grüß Natalia von mir.«

Als er aufgelegt hatte, fiel Jacks Blick auf die Kassette, die Marion ihm gestern nacht gegeben hatte. Geschenkt oder geliehen? Er konnte sich nicht erinnern. Er würde sie fragen und ihr die Kassette zurückgeben, wenn sie sie wiederhaben wollte. Auf dem Etikett stand: MARION GILL – NIGHT THOUGHTS – SOLO GUITAR. Jack schob sie in den Recorder.

Die Musik begann verträumt, als wäre die Gitarristin allein und zupfte die Saiten nur zum eigenen Vergnügen. Kein Gesang. Jetzt ein Wechsel der Tonart. Ein langsames, wehmütiges Ansteigen in die hohen Tonlagen, dann ein Wirbeln von Tönen, als sollte das zuvor Gespielte ausgelöscht werden. Jack setzte sich auf das Sofa, lehnte sich zurück und schloß die Augen. Amelia war in ihrem Zimmer, und zu Jacks Erleichterung war es dort still. Was er hörte, war kein Lied und vermutlich auch keine eigentliche Komposition, sondern einfach eine Improvisation über verschiedene Themen. Es war eine unprätentiöse Musik, aber sie konnte eine Stimmung erzeugen.

Wieder läutete das Telefon. Jack fletschte verärgert die Zähne, stand auf und drückte auf die Stopptaste.

»Hallo, Jack, hier ist Bob. Störe ich?«

»Nein, Bob. Wir –«

»Ich möchte mit Natalia sprechen.«

»Die macht gerade einen Spaziergang. Bist du zu Hause?«

»Ja.« Bob klang angespannt.

»Sie müßte in ein paar Minuten wieder dasein. Ich sag ihr, daß sie zurückrufen soll. Nein, warte! Da kommt sie gerade.« Jack legte den Hörer hin. »Für dich. Es ist Bob.«

Natalia zog den Regenmantel aus. Jack nahm ihn ihr ab. »Hallo, Bob.«

Jack blickte ihr nach, als sie den Apparat zum Couchtisch trug und sich auf das Sofa setzte.

»Oh...! Ja, das dachte ich... Ich wußte es.«

Jack hängte den Regenmantel im Badezimmer mit einem Bügel an die Dusche. Dann ging er langsam durch den hinteren Teil des Wohnzimmers in Richtung Arbeitszimmer.

»... wenn du möchtest, daß ich komme. Wäre das nicht das beste?« Ihre Stimme klang gepreßt.

Jack zog den Vorhang hinter sich zu, und diesmal suchte sein Blick weder Elsie noch irgend etwas anderes. Louis war tot, da war Jack so gut wie sicher. Entweder ein Herzanfall infolge der gestrigen Ausschweifungen oder Selbstmord. Jack steckte die Hände in die hinteren Hosentaschen und ging wieder ins Wohnzimmer. Natalia telefonierte noch immer, und Jack wollte nicht lauschen, aber er ging langsam zu ihr und hinter dem Sofa vorbei zum Barschrank, wo er einen Glenfiddich einschenkte. Nachdem er in der Küche Eis und Wasser hinzugefügt hatte, brachte er ihr das Glas und zog sich wieder in sein Arbeitszimmer zurück. Als er nach einigen Minuten wieder herauskam, war es im Wohnzimmer still.

Natalia stand da, das Glas in der Hand, und sah ihn an.

»Ist etwas mit Louis?«

Sie nickte, als wäre sie tief in Gedanken versunken. »Ja. Schlaftabletten. Er –« Sie wandte sich zum Fenster und neigte den Kopf.

In diesem Augenblick kam Amelia mit einem lauten »Mommy!« hereingestürmt. Sie wollte ihrer Mutter etwas in ihrem Zimmer zeigen, ein »Aquawell«, aber es war noch feucht, und sie konnte es nicht herbringen.

»*Ich* will der erste sein, der es sieht«, sagte Jack und folgte seiner Tochter in ihr Zimmer.

Es war ein großer, gelbschwarzer Schmetterling vor einem Hintergrund aus grünen Bäumen, die proportional viel kleiner waren. Wieder hatte Amelia einen Zwischenraum zwischen dem Schwarz der Flügel und dem Gelb der Kanten und Punkte gelassen.

»Bewundernswert!« sagte Jack. »Wirklich sehr schön. Schlicht und dekorativ.« Das Bild lag auf ihrem Tisch.

»Wenn es getrocknet ist, zeige ich es Mommy.«

»Wenn es getrocknet ist«, sagte Jack und ging wieder ins Wohnzimmer.

Natalia schenkte sich gerade einen neuen Drink ein. »Bob will im Augenblick keine Hilfe. Er ist allein.«

»Was ist passiert?« flüsterte Jack.

»Gestern nacht – heute morgen hat Louis gesagt, er legt sich jetzt schlafen. Das war ungefähr um neun. Sie haben getrennte Schlafzimmer, *comme il faut*, wie Louis immer sagt, du weißt schon. Bob ist gegen drei in Louis' Zimmer gegangen, und da lag Louis auf dem Bett, die Arme auf der Brust gefaltet, und hatte noch immer den chinesischen Morgenrock an, und Bob fand, daß er… Jedenfalls konnte Bob ihn nicht wachkriegen.« Natalia runzelte die Stirn und sprach im Flüsterton. »Er fühlte sich schon ganz kühl an. Eine starke Überdosis. Bob hat das Pillenfläschchen gefunden, es war leer. Das zusammen mit dem Alkohol…« Sie nahm einen Schluck Scotch. »Bob sagt, er hat die letzten Stunden« – sie lachte nervös – »damit verbracht, Geschirr in die Maschine zu räumen und die Wohnung zu putzen! Er sagt, das war das einzige, was ihn aufrecht halten konnte. Er ist nicht ans Telefon gegangen. Ich bin die einzige, mit der er darüber gesprochen hat.«

Obgleich Jack es geahnt hatte, war er wie vor den Kopf geschlagen. »Müßte er nicht die Polizei rufen? Oder einen Rettungswagen? Du meinst, Louis liegt einfach so da, in seinem Schlafzimmer?«

»*Ja!* Ich hab Bob gesagt, daß ich die Polizei rufen könnte, aber das will er nicht.« Natalia wand sich ein wenig. Jack hatte das schon oft gesehen, immer in Situationen, mit denen sie nicht zurechtgekommen war. Unruhig und angespannt strich sie ihr Haar zurück. »Wahrscheinlich wird er es demnächst selbst tun.«

Doch selbst Jack kannte Bob gut genug, um sich vorstellen zu können, daß er wie in Trance noch stundenlang weiter die Wohnung putzte, womöglich die Bücher abstaubte. »Er kann doch nicht die ganze Nacht dort verbringen, mit Louis! Es ist jetzt fünf!«

»Ich weiß. Du hast recht.« Sie sah stirnrunzelnd zum Telefon.

Wenn sie Bob anrief, würde er nicht ans Telefon gehen, dachte Jack, weil er annehmen würde, es sei jemand anders.

Amelia stürmte herein. Sie hatte das Bild dabei. »Mommy!«

Natalia starrte es mit leerem Blick an, doch dann konzentrierte sie ihren Blick und nahm es wahr. »Sehr schön, Schätzchen. Ja. Kann ich es haben? Für mein Zimmer?«

Amelia strahlte. »*Ja,* Mommy!«

Der schwarzgelbe Schmetterling erinnerte Jack an Louis' chinesischen Morgenmantel. Natalia und Amelia gingen ins Schlafzimmer, um einen Platz für das Bild zu finden, und Jack wartete. Er spürte, daß Natalia eine Entscheidung getroffen hatte. Sie kam zurück, ging zum Telefon und wählte eine Nummer. Nach einigen Sekunden legte sie den Hörer wieder auf und sagte zu Jack:

»Er geht nicht dran. Ich glaube, ich muß hinfahren.«

»Das finde ich auch. Ich komme mit. Das heißt – wenn du das willst.«

»Du *mußt* nicht«, sagte Natalia und sah ihn gequält an.

»Aber ich bestehe darauf«, erwiderte Jack leise. Er ging zu ihr, berührte sie aber nicht. »Es ist hart, Schatz. Es ist eine harte Sache. Vielleicht können wir Amelia solange bei den Armstrongs lassen.«

Er rief die Armstrongs an. Elaine versicherte, das sei kein Problem, sie seien ohnehin den ganzen Abend zu Hause, und Jack sagte, sie würden in wenigen Minuten dasein. Unterwegs zur West Eleventh Street hielten sie ein Taxi an und ließen es warten, während Jack Amelia an der Tür ablieferte. Sie war begeistert, daß sie den Abend bei Jason und den Armstrongs verbringen durfte. Jack sagte, sie würden Amelia wahrscheinlich vor zehn wieder abholen – falls nicht, werde er anrufen. Er überlegte erst, ob er sagen sollte: »Wir haben in letzter Minute noch eine Einladung bekommen«, drehte sich dann aber kommentarlos um und ging zurück zum Taxi.

Natalia mußte mit dem Doorman des Hauses, in dem Louis und Bob wohnten, sprechen. Der Mann kannte sie zwar, doch als er Bob anrief, um den Besuch anzukündigen, antwortete dieser nicht.

»Er weiß nicht, daß wir ihn besuchen«, sagte Natalia. »Er macht uns bestimmt auf. Sie können ja mit hinaufkommen, wenn Sie wollen, George.«

Der Doorman begleitete sie hinauf. Natalia rief durch die geschlossene Wohnungstür, und Bob öffnete sie einen Spaltbreit.

Bob war in Hemdsärmeln, er trug Hose und Hausschuhe und hatte ein Geschirrtuch in der Hand. Jack ließ Natalia mit ihm sprechen. Man mußte die Polizei benachrichtigen, das war in solchen Fällen üblich. Bob willigte ein. Jack bot sich an, das zu übernehmen, aber Natalia wollte es selbst tun. Zu Jacks Erleichterung äußerte sie nicht den Wunsch, Louis noch einmal zu sehen, und Bob fragte sie auch nicht, ob sie das wolle. Jack hatte eine ungefähre Vorstellung, wo die Schlafzimmer waren: irgendwo rechts des Eingangs. Natalia wußte es sicher genau. Bob zitterte leicht und sah blaß aus. Natalia schaltete mehr Lampen ein. Es dauerte keine Viertelstunde, bis die Polizei eintraf, gefolgt von einem Rettungswagen. Jack blickte kaum auf, als die Männer den zugedeckten Leichnam auf einer Bahre durch den Flur trugen. Inzwischen hatten Jack und Natalia Bob überredet, die Nacht bei ihnen zu verbringen. Bob packte einige Sachen in eine Reisetasche.

George, der Doorman, stand im Eingang und gab den Rettungswagenfahrern Anweisungen, sie sollten einen anderen Aufzug benutzen, und als Jack, Natalia und Bob vor das Haus traten, sahen sie gerade noch, wie der zugedeckte Leichnam vom Lieferanteneingang zum Wagen getragen wurde. Für Jack hatte dieser Anblick etwas Furchtbares – als dürfte ein Leichnam nicht von den glücklichen Lebenden gesehen werden, den Leuten, die den Haupteingang des Hauses benutzten. Plötzlich fielen Jack all die kleinen Dinge ein, die er soeben oben gesehen hatte. Einen goldenen Stift, der vielleicht Louis gehört hatte, ein Buch mit Lesezeichen auf dem Schreibtisch, ein Foto von Louis auf einer Yacht: Er hatte noch Haare auf dem Kopf und trug eine Segeltuchhose und ein französisches, quergestreiftes T-Shirt, und Jack und Natalia wußten, wie stolz er auf dieses Foto gewesen war. Natalia stand mit zusammengekniffenen Augen da und wandte den Kopf ab, als die Männer mit der Bahre vorbeigingen.

In der West Eleventh Street stieg Jack aus und sagte, er werde mit Amelia zu Fuß heimgehen. Weil Natalia ihre Schlüssel nicht mitgenommen hatte, gab er ihr seine. Als Jack und Amelia gegen zehn in der Grove Street eintrafen, kochte Natalia etwas. Bob sei gerade unter der Dusche, sagte sie. Neben dem Gästezimmer war ein Badezimmer mit Toilette.

»Danke, Natalia. Du bist ein Schatz«, sagte Bob, als er in Pyjama und baumwollenem Morgenrock in die Küche trat.

Sie aßen eine Kleinigkeit. Einen Drink lehnte Bob dankend ab.

»Gott sei Dank muß ich morgen arbeiten«, sagte er schon zum zweiten Mal. Er war noch immer blaß, und die braunen Augen hinter den runden Brillengläsern blickten angespannt und verloren.

Jack brachte Amelia zu Bett und lullte sie in Schlaf, indem er ihr mit monotoner Stimme noch einmal schilderte, was sie an diesem langen, langen Tag erlebt hatte, angefangen mit dem Ausflug ins Museum, am Morgen, vor vielen Stunden. Als er danach ins Wohnzimmer zurückkehrte, war Bob bereits zu Bett gegangen. Natalia räumte die Küche auf.

»Bob hat gesagt, daß Louis ohne Feier eingeäschert werden wollte«, sagte sie. »Steht alles in seinem Testament. Und Bob will nicht, daß wir es anderen erzählen – vorerst jedenfalls. Er wird eine kleine Anzeige in der *Times* aufgeben.«

Komisch, dachte Jack, doch er sagte nichts. Außerdem peinlich. Die Nachricht von Louis' Tod würde sich nach und nach in seinem Freundeskreis herumsprechen, bis es alle wußten, denen er nahegestanden hatte.

»Ich glaube, ich werde mich mit Elsie treffen«, sagte Natalia.

»Jetzt?« fragte Jack überrascht.

»Sie ist wie eine andere Welt. Ich muß das hier mal hinter mir lassen.« Natalia ging zum Telefon. Am anderen Ende meldete sich jemand.

Jack kehrte in sein Arbeitszimmer zurück.

Ein paar Minuten später sagte Natalia leise seinen Namen und schob den Vorhang einen Spaltbreit auf. »Ich bin mal für ein Stündchen weg. Ich bringe Elsie das hier mit.« Sie zeigte ihm einen großen Kunstband. »De Kooning. Den wollte sie sich ausleihen. Sie ist ganz verrückt nach de Kooning. Komisch, nicht?« Natalias Lächeln wirkte ein wenig unbeschwerter, und dafür war Jack dankbar.

Er nickte. »Grüße sie von mir.«

26

Der nächste Tag – ein Montag – war auf seine Art genauso eigenartig, wie es der Sonntag gewesen war.

Jack wachte vor sieben auf. Er war allein. Zuerst hatte er gedacht, Natalia sei im Badezimmer, doch ihre Betthälfte sah ganz unbenutzt aus.

Dann fiel ihm ein, daß Bob Campbell da war. Und Bob mußte zur Arbeit, wenn er nicht schon früher aufgewacht und bereits gegangen war.

Jack stand auf und stellte fest, daß es in der Wohnung ganz still war. Amelia schlief anscheinend noch. Jack hatte größte Lust, seinen Trainingsanzug anzuziehen und eine Zwanzigminutenrunde durch die Bedford und die Hudson Street zu drehen, aber was, wenn Bob erwachte und außer Amelia niemand da war? Jack putzte sich gerade die Zähne und mußte lachen.

Also zog er den Morgenmantel an und machte Kaffee. Er deckte den Tisch für vier, falls Natalia und Amelia auftauchten, und schnitt in paar Scheiben Toastbrot ab, obgleich Bob wie jemand wirkte, der ständig irgendeine Diät einhielt und zum Frühstück nur eine Tasse schwarzen Kaffee trank. Es war ein schöner Tag, und draußen sah es aus, als würde die Sonne heute ein bißchen mehr Kraft haben.

Und wo war Natalia? Wo war sie gewesen? Hatte sie bei

Elsie und Marion zuviel getrunken und, übermüdet, wie sie war, dort übernachtet? War sie dortgeblieben, weil sie es so gewollt hatte? Hatte sie mit Elsie in einem Bett geschlafen? Und wie stand Marion dazu? Jack konnte verstehen, daß Natalia einen Tapetenwechsel gebraucht hatte und daß sie lieber in einer anderen Wohnung aufwachte – und dafür eine unbequeme Nacht auf einem Sofa in Kauf nahm –, als Bob früh am Morgen beim Frühstück gegenübersitzen zu müssen. Aber warum hatte sie gestern abend nicht angerufen, auch wenn es schon spät gewesen war?

Bob Campbell trat vom Flur in die Küche, frisch geduscht und rasiert, ein Geschäftsmann vom Scheitel bis zur Sohle. Er hatte seine Reisetasche in der Hand. »Morgen, Jack! Gut geschlafen?«

»Sehr gut. Und du?«

»Ganz gut, danke. Natalia hat mir eine Schlaftablette gegeben, aber die hab ich nicht genommen. Kann ich dir irgendwie helfen?«

Jack lächelte. »Setz dich einfach, und sag mir, was du zum Frühstück willst.«

»Kaffee und einen Toast. Und Saft, wenn ihr welchen habt.«

Jack schenkte ihm Kaffee ein und gab ihm einen Toast und ein Glas Orangensaft.

»Wo ist Natalia? Sie schläft wohl noch. Ich sollte nicht so laut sein.«

»J-ja, sie schläft. Wahrscheinlich jedenfalls, sie ist nämlich nicht da. Sie ist gestern nacht noch zu Elsie gegangen, zu Elsie und ihrer Freundin Marion, du weißt schon. Sie wohnen in der Greene Street.«

»Tatsächlich?« Untersetzt und wach saß Bob da und lachte leise, als wäre Louis nicht tot, als wäre heute einfach irgendein Morgen.

»Ja«, sagte Jack und sah Bob kurz an. Er war neugierig auf Bobs Reaktion und stellte fest, daß er es genau richtig gemacht und in sein »Ja« eine winzige Spur Verwirrtheit gelegt hatte, die Bob vielleicht dazu bringen würde, mehr zu sagen.

Bob nippte an seinem schwarzen Kaffee und starrte auf die Zuckerdose. »Ich habe Natalia wahrscheinlich schrecklich runtergezogen. Die ganze Sache… gestern. Louis… Verständlich, daß sie rausmußte.« Als Jack sich setzte, sah Bob ihn unglücklich an. »Ich möchte mich noch einmal bei euch beiden bedanken. Ich war gestern wirklich am Boden zerstört. Fix und fertig. Natalia… Sie ist der einzige Mensch, den ich anrufen konnte. Habe ich dann ja auch. Ich danke euch beiden. Auch dafür, daß ihr mich aufgenommen habt.« Die letzten Worte sprach er ganz leise, wie ein Gebet.

»Ach was, nicht der Rede wert«, sagte Jack. »Dafür sind Freunde da.«

Bob aß pflichtschuldig und ohne Appetit seinen Toast.

»Warst du schon mal in Elsies Wohnung?«

»Ja. Wir waren da – zweimal, glaube ich. Louis und ich.«

»Ist sie schön?«

»Ja.« Bob lächelte. Neben einem seiner Eckzähne war ein Zahn mit einem schmalen Goldrand. »Hohe Decken, alles weiß, niedrige Sofas. Marion hat ein Händchen für so was. Nicht allzu viele Gitarren, nur sechs Stück oder so.«

Ein weiteres schwaches Lächeln. »Marion ist gut für Elsie, sie sorgt für sie... Na ja, bei Elsie hab ich manchmal das Gefühl, daß sie gerade aufsteigt wie ein Drachen, und dabei taumelt sie hin und her. Marion ist mehr...«

Jack wartete. Redete Bob soviel, um von Natalia und Elsie abzulenken? Oder wollte er damit seine Trauer im Griff behalten? »Sie gibt ihr Halt?« soufflierte Jack.

»Ja. So ähnlich. Ich muß jetzt los, Jack«, sagte Bob und stand auf.

Auch Jack erhob sich. »Bob, wenn du irgendwas brauchst... Die Galerie Katz ist heute geschlossen, also wird Natalia zu Hause sein. Das nehme ich jedenfalls an«, fügte er mit einem Lächeln hinzu. »Ich bin auf jeden Fall zu Hause.«

Bob dankte ihm und sagte, die Leute vom Krematorium, oder wohin immer man Louis' Leichnam gebracht hatte, könnten ihn im Büro erreichen. »Ich habe ihnen gestern abend alle nötigen Telefonnummern gegeben. Heute abend um sechs muß ich hin.« Mit einemmal sah Bob niedergedrückt und verhärmt aus. »Ich muß mich zusammenreißen – damit man mir im Büro nichts anmerkt. Ich werde es niemandem sagen. Louis wollte es so. Bis dann, Jack.« Er ging hinaus.

Einen Augenblick lang stand Jack reglos im Flur. Er war nicht mehr in Stimmung, ein Stück zu joggen – jetzt würde er andauernd mit Leuten zusammenstoßen, die auf dem Weg zur Subway oder zum Bus waren. Er zog Bluejeans und ein etwas angeschmutztes Hemd an, das er nicht in die Hose steckte, und räumte das Frühstücksgeschirr weg, als Amelia barfuß, in ihrem rosafarbenen Nachthemd, dessen Saum beinahe den Boden berührte, in die Küche kam.

Sie sah aus wie ein Engel, der mal kurz seinen Platz in einem Bild verlassen hat, um sich die Beine zu vertreten und eine Kleinigkeit zu essen, in diesem Fall Weizenflocken mit Kleie, ihr Lieblingsfrühstück. Jack gab ihr eine Schale voll und ein Glas Orangensaft.

»Wirst du heute abgeholt?« fragte er Amelia.

»Ja.«

»Bestimmt?«

»Ja, Daddy.« Sie hatte Orangensaft auf der Oberlippe und leckte ihn mit der rosigen Zunge weg, während sie ihren Vater ansah.

Vielleicht hätte Natalia es gewußt, doch Jack war sich nicht sicher. Er rief in der Schule an. Ja, da man von den Sutherlands nichts Gegenteiliges gehört habe, werde man Amelia abholen, und Miss Robles sei schon unterwegs, müsse aber zuvor noch zwei andere Kinder abholen.

Als die Türglocke läutete, hatte Jack Amelia fertig angezogen und begleitete sie die Treppe hinunter. Amelia hatte nicht nach Natalia gefragt, die um diese Zeit oft noch schlief.

»Morgen, Mrs. Farley«, sagte Jack. »Darf ich Ihnen helfen?« Er hielt die Haustür weit auf.

»Nein, danke, es geht schon, Mr. Sutherland.« Mrs. Farley kämpfte wieder einmal mit ihrem Einkaufswagen, der zwar kaum beladen war, ihr aber auf der Treppe vor dem Haus stets Probleme bereitete.

»Warten Sie, ich nehme ihn Ihnen ab«, sagte Jack. »Morgen, Ma'am«, sagte er zu der dunkelhaarigen Frau, die er nicht kannte und die vermutlich Miss Robles war. Sie hatte zwei andere Kinder dabei, einen Jungen und ein Mädchen, die auf der Treppe standen und sich anschrien.

»Ist das Amelia?« fragte Miss Robles.

»In Lebensgröße. Ich kann sie um vier abholen«, sagte Jack spontan. Sollte ihm etwas dazwischenkommen, konnte er immer noch anrufen. »Sagen Sie bitte in der Schule Bescheid.«

»Okay.«

Jack hatte den Schlüsselbund mitgenommen. Er schloß den Briefkasten auf und nahm zwei Briefe heraus. Dann wandte er sich wieder Mrs. Farley zu, die jetzt in der Eingangshalle stand. Er packte den Einkaufswagen mit beiden Händen. »Na, dann wollen wir mal«, sagte er fröhlich.

Immerhin gelang es ihm, Mrs. Farleys Lächeln breiter werden zu lassen. »Vielen, vielen Dank, Mr. Sutherland«, sagte sie ein wenig atemlos, als sie vor ihrer Wohnungstür standen. »Das ist sehr freundlich von Ihnen.«

Jack ging hinauf in die Wohnung. Einer der Umschläge trug keine Briefmarke und war in einer flüssigen Handschrift adressiert: in der von Ralph Linderman. Jack sank das Herz. Der andere war von Trews, dessen Initialen T.E.W. mit Schreibmaschine auf der Rückseite des Umschlags über dem Verlagslogo von Dartmoor, Aegis geschrieben waren. Jack öffnete Trews' Brief zuerst, denn er würde – ganz gleich, ob er gute oder schlechte Nachrichten enthielt – wenigstens vernünftig und daher nicht irritierend sein.

Lieber Jack,

nur eine kurze Nachricht, daß die Verkaufszahlen für Halb verstandene Träume *30% über den Prognosen lie-*

gen. Außerdem steht das Buch in der nächsten Times *auf Platz 6 der Empfehlungen der Redaktion.*

Ich werde auch Joel kurz schreiben.

Alles Gute,
Ihr Trews
Trelawney E. Watson

Denken Sie schon über ein eigenes Buch nach, vielleicht mit einem Thema, aber ohne Text?

Nein, das tat Jack nicht, obgleich Trews ein solches Projekt bereits zweimal angesprochen hatte. Jack wandte sich dem zweiten Umschlag zu und riß ihn auf. Er enthielt zwei beidseitig von Hand beschriebene Blätter. Jack las den Brief rasch und ärgerte sich dabei zunehmend.

Es lief darauf hinaus, daß seine »fortdauernde Verbindung« mit Elsie seiner Frau erheblichen Kummer und Schmerz bereitete oder jedenfalls bereiten müßte. Ralph Linderman bekannte, er sei enttäuscht, daß ein Mann, den er für kultiviert, für einen Gentleman gehalten habe, so tief gesunken sei, daß er mit einem jungen, unschuldigen Mädchen »spiele«, dessen Charakter er verderbe, einzig und allein um seine Lust zu stillen. »Elsie und andere« lautete eine immer wiederkehrende Phrase, und damit war wohl Marion gemeint, dachte Jack in Erinnerung an den frühen Morgen – das war erst gestern gewesen –, als Linderman ihn mit Elsie und Marion auf der Suche nach einem Taxi die Grove Street entlang zur Seventh Avenue hatte gehen sehen. Doch Linderman widmete sich ebenso ausführlich Natalias »Dilemma« und spekulierte über die Auswirkungen, die das alles auf Jacks kleine Tochter haben würde. Er habe Jacks Frau auf der Straße gesehen, schrieb er, und Trauer und Unglück hätten ihr im Gesicht gestanden.

Ach, Linderman! Wie wenig er doch verstand! Es würde ihm nicht im Traum einfallen, daß Natalia und Elsie die vergangene Nacht – möglicherweise – in inniger Umarmung verbracht hatten! Irgendwie war dieser Brief komisch und zugleich auf eine altmodische Art ekelhaft, weil Linderman noch immer annahm, daß Jack mit Elsie ins Bett ging. Am liebsten hätte Jack den Brief im Kamin verbrannt, doch das fand er dann doch zu aufgesetzt und dramatisch, und außerdem wollte er später nicht die schwarze Papierasche auf der grauen Holzasche sehen. Also zerriß er ihn mitsamt dem Umschlag in kleine Fetzen und warf sie zu den feuchten Orangenschalen in den Müllbeutel, den er schüttelte, damit die Papierstücke nach unten rutschten.

Linderman hatte geschrieben, sein Verhalten müsse »eigentlich gemeldet werden«, und Jack erinnerte sich, daß an dieser Stelle zwei Worte sorgfältig durchgestrichen gewesen waren, als habe Linderman dabei an die Polizei gedacht. Tja, auch ein amüsanter Gedanke: Linderman und Elsie auf der Polizeiwache, wo Elsie dann unmißverständlich darlegen würde, daß sie lesbisch war – was zum Teufel sich dieser Linderman eigentlich denke?

Linderman hatte eigentlich nicht gedroht, doch er wurde merklich frustrierter, weil er nicht wußte, wo Elsie wohnte – zumindest hoffte Jack, daß er es nicht wußte.

Jack schaltete das Radio in seinem Arbeitszimmer an, fand einen Klassiksender und hörte ein beruhigendes Streichquartett. Er stellte den Apparat leise.

Etwa eine Stunde später läutete das Telefon. Es war Natalia. Sie sagte, sie sei noch immer bei Elsie.

»Ist Bob heute morgen zur Arbeit gegangen?«

»Ja. Er scheint sich ganz gut zu halten.«

»Gut. Ich bin bald zu Hause.«

Natalia kam gegen Mittag, in den Armen die Einkäufe, die sie unterwegs in einem Lebensmittelgeschäft gemacht hatte, und einen Strauß Narzissen. Sie stellte die Blumen in eine weiße Vase. »Gestern abend wollte ich nur noch zusammenbrechen, und das hab ich dann auch getan.«

Jack packte in der Küche die Tüten aus. »Das kann ich mir vorstellen. Konntest du gut schlafen?«

»Ich war sofort weg. Ehrlich gesagt, wollte ich nicht wieder hierherkommen und mit Bob… mit ihm reden müssen, verstehst du?«

»Ja, das verstehe ich. Ich verstehe dich, Schatz.«

Sie richtete sich auf und sah ihn mit einem leichten Stirnrunzeln an. »Danke, Jack.« Es klang aufrichtig. »Ich mache uns etwas zu essen. War etwas Interessantes in der Post?«

»N-nein. Na ja, eine freundliche Karte von Trews über die Verkaufszahlen von *Träume*. Ich zeig sie dir.« Jack stand auf. »Besser, du liest sie selbst.«

Natalia las die Karte und lächelte. »Ist das nicht toll? Ein unerwarteter Erfolg. Dreißig Prozent mehr! Nicht schlecht.«

Beim Essen erwähnte Natalia zu Jacks Erleichterung weder Bob noch Louis. Sie erzählte, wie Elsie sich gefreut hatte, daß sie ihr den de-Kooning-Band geliehen hatte, und daß sie Elsie gestern nacht von ihrem Lieblingsbild vorgeschwärmt und Elsie es sogleich in dem Band nachgeschlagen und gefunden hatte. Elsie hatte von sich aus versprochen, das Buch nicht aus der Hand zu geben. Irgendwie schien es, als kenne Natalia die Wohnung in der Greene Street recht gut, und Jack kam der Gedanke, Linderman könne ihr eines Tages dorthin folgen. Beim Kaffee sagte er:

»Ach ja, heute morgen kam ein ekelhafter Brief von Linderman. Ich würde am liebsten gar nicht darüber sprechen.«

»Lin... – Ach so, der alte Knacker. Was hat er nun schon wieder?«

»Immer noch dasselbe. Außer...« Jack mußte lachen. »Anscheinend denkt er jetzt, daß ich eine Affäre mit Elsie habe, daß ich hier, in dieser Wohnung, mit ihr schlafe und daß dich das sehr unglücklich macht.«

»*Was?*« Natalia lächelte belustigt. »Das ist nicht dein Ernst!«

»Doch. Ich hab den Brief weggeworfen. Zerrissen.«

»Schade.«

»Na ja, ich fand ihn einerseits komisch, andererseits aber auch wieder nicht. Er weiß nicht, wo Elsie jetzt wohnt, und man kann nur hoffen, daß er es nicht herausfindet. Paß auf, daß er dir nicht eines Tages zur Greene Street folgt.«

Diese Warnung schien Natalia ernst zu nehmen. »Ich werde mich vorsehen. Das hab ich dir noch gar nicht erzählt: Als ich gestern von Louis' Party nach Hause kam, stand er gerade an der Ecke Grove und Bleecker Street, ausgerechnet. Zwölf Uhr mittags. Er kam auf mich zu und sagte: ›Ach, Mrs. Sutherland!‹ und hätte mir bestimmt ein Gespräch aufgedrängt, aber ich hab auf den Klingelknopf gedrückt, und du hast mich reingelassen. Was für eine Frechheit, so etwas zu schreiben! Du hättest den Brief nicht zerreißen dürfen, Schatz.« Sie sprach nach wie vor mit eleganter Beherrschung, doch sie trommelte dabei mit den Fingern auf die Tischkante.

»Warum?« fragte Jack, dabei kannte er den Grund.

»Weil wir zur Polizei gehen müssen, damit er sich endlich verpißt, wie Elsie sagen würde.«

Jack schwieg und dachte, daß er einen Fehler gemacht hatte, auch wenn er den Brief wieder würde zusammensetzen können. »Leider wird es wohl nicht sein letzter Brief sein – also keine Sorge … Er hat mich gestern mit den beiden Frauen auf der Straße gesehen. Um sechs Uhr morgens, wohlgemerkt.« Jack lächelte schief. »Jetzt denkt er, daß ich mit beiden was habe. Und sie dafür bezahle, denn er hat gesehen, daß ich Elsie einen Fünfer für das Taxi gegeben habe.« Jetzt lachte er.

Natalia schüttelte den Kopf. »Es ist nicht auszuhalten.«

»Warum hast du mir nicht erzählt, daß du den alten Knacker am Sonntag gesehen hast?«

Sie zuckte die Schultern. »Weil ich nicht gern über ihn spreche. Da geht es mir genau wie Elsie.«

Jack sah in Natalias Gesicht dieselbe Wut wie bei Elsie, wenn sie sich auch bei Natalia im Augenblick weniger heftig äußerte. »Solange er nur nicht herausfindet, wo Elsie wohnt. Im Augenblick hat er wohl keine Ahnung, aber er hat so etwas gesagt wie: ›Wohnt sie südlich vom Village?‹«

»Was? Stand das in dem Brief?«

»Nein, er hat mal hier angerufen. Ich wollte es dir gar nicht sagen. Er hat gefragt, wie es Elsie geht, und wollte wissen, wo sie wohnt. Ich hab ihm gesagt, daß ich es nicht weiß, weil sie andauernd umzieht, und dann sagte er: ›Wohnt sie jetzt südlich vom Village?‹ oder so.«

»Jetzt ruft er schon hier an! Wie schade, daß du damals deine Brieftasche verloren hast. Auch wenn du sie zurückbekommen hast.«

Jack runzelte die Stirn. »Wenn wir – du, Elsie und ich – zur Polizei gehen und uns beschweren würden, daß dieser Typ uns belästigt, bräuchten wir keinen Brief als Beweis.« Im selben Augenblick wurde Jack allerdings klar, auf welch wackligen Beinen diese Anschuldigung stehen würde. »Die Sache ist nur, daß er keine unflätigen Wörter benutzt oder Drohungen ausspricht. Würde die Polizei etwas unternehmen, oder würde man uns auslachen? Letztlich ist er ja bloß lästig.« Als Natalia keine Antwort gab, stand Jack auf und ging unruhig auf und ab. »Noch Kaffee?«

»Ja, bitte, Jack.«

Natalia wechselte das Thema. Am kommenden Donnerstag werde in der Galerie Katz eine Ausstellung mit Bildern eines jungen österreichischen Malers namens Sylvester eröffnet, dessen Werk, wie Natalia sagte, anscheinend von Hundertwasser beeinflußt sei. Allerdings seien Sylvesters Themen interessanter. Elsie wolle kommen und Marion vielleicht ebenfalls. Und am Mittwoch habe Elsie ein Shooting für eine doppelseitige Regenmantelwerbung in *Harper's Bazaar*. Natalia sagte auch, Elsie habe ein 5000-Dollar-Angebot des *Playboy* für ein Ausklappfoto abgelehnt, auf dem sie halb nackt zu sehen gewesen wäre.

»Elsie hat gesagt: ›Damit diese Wichser sich besser einen runterholen können, wenn sie mein Bild vor sich haben? Nein, danke!‹« Natalia lachte.

Jack merkte, daß es ihm nichts ausmachte, Natalia die ganze Zeit von Elsie sprechen zu hören, denn er war ja selbst in Elsie verliebt. Er war nicht einmal eifersüchtig, weil Natalia vermutlich in Elsie verliebt war, obgleich das logischerweise Natalias Liebe zu ihm verringern würde. Oder nicht?

»Ich räume den Tisch ab«, sagte Natalia, »dann kannst du weiterarbeiten, wenn du willst. Hast du irgendwas für die Reinigung? Ich gehe nachher hin.«

Jack hatte eine graue Flanellhose, die gereinigt werden mußte.

Natalia sagte, sie werde Amelia um vier Uhr abholen.

Etwas später läutete das Telefon. Jack war gerade mit einer blauen Lasur beschäftigt und reagierte nicht, denn er dachte zerstreut, Natalia sei wieder zurück und werde den Anruf annehmen. Er fuhr fort, die Lasur aufzutragen, denn wenn sie erst einmal getrocknet war, konnte er keine zweite Schicht hinzufügen. Erst beim achten oder neunten Klingelton setzte er sich in Bewegung.

Die Wohnung schien leer zu sein. Er ging an den Apparat im Wohnzimmer.

»Hallo, Jack. Hier ist Marion.«

»Ach, Marion. Hallo. Wenn Sie Natalia sprechen wollen – die macht gerade ein paar Besorgungen.«

»Nein, eigentlich wollte ich nicht mit ihr sprechen, sondern mit Ihnen«, sagte Marion mit ihrer leisen, wohlartikulierten Stimme. »Es geht um Elsie.«

»Ja?« Jack erwartete eine kleine Warnung an Natalias Adresse – vielleicht, daß Natalia gut daran tue, etwas mehr Abstand zu halten.

»Seit Samstag nacht wissen Sie wahrscheinlich, daß Natalia sich ziemlich in Elsie verknallt hat. Vielleicht beruht das im Augenblick auf Gegenseitigkeit.« Marion lachte ganz leise. »Ich hoffe, das macht Ihnen nichts aus.«

»Nein. Nicht im geringsten.«

»Gut. Mir macht es nämlich auch nichts aus. Elsie gehört niemandem, mir nicht und auch keiner anderen. Das macht einen großen Teil ihres Charmes aus.«

Jack lächelte zu dem halboffenen Fenster vor ihm. »Ich weiß. Das finde ich auch.«

»Elsie schließt schnell Freundschaften mit Leuten und läßt sie dann wieder fallen – und zwar blitzartig. Also …«

»Also?«

»Also muß man sich darauf einstellen. Man muß darauf gefaßt sein, von ihr fallengelassen zu werden, und sich bis dahin an ihr erfreuen. Da wir alle uns hin und wieder begegnen, wollte ich meinen Standpunkt dazu erklären. Ich bin nicht beleidigt. Natalia weiß das auch.«

»Sehr nett von Ihnen. Daß Sie das sagen.«

Marion lachte leise, als wäre sie amüsiert von seiner Höflichkeit.

Jack hoffte, daß Marion nicht fallengelassen wurde. »Soll ich Natalia etwas ausrichten? Soll sie Sie zurückrufen?«

»Nein. Oder doch! Am Freitag abend ist eine Art Party im Gay Nighties. Ich werde ungefähr eine Viertelstunde lang spielen, denn es treten noch andere Leute auf. Sie sind beide eingeladen. Erinnern Sie Natalia bitte daran.«

»Und wo ist das?«

»In der Wooster Street. Ich habe Natalia die Adresse gegeben.«

Als Jack in sein Arbeitszimmer zurückkehrte, war er erschüttert, doch zugleich fühlte er sich ein wenig besser. Da war also doch etwas zwischen Elsie und Natalia, sonst hätte Marion nicht angerufen.

Wie lief das bei Frauen? Jacks Mund zuckte, er lächelte nervös. Er durfte nicht vergessen, daß sowohl Natalia als auch Elsie über eine gewisse Erfahrung verfügten. Eine Affäre, dachte er. Eine Affäre war als etwas definiert, das nicht lange dauerte, von wenigen Ausnahmen abgesehen. Eine Affäre war anders als eine Ehe. Sag nichts, behalt die Nerven, schärfte er sich ein. Das war nicht nur höflich und kultiviert, sondern auch sicherer. Er würde so tun, als wisse er von nichts, und wenn etwas nicht zu übersehen sein sollte, würde er so tun, als wäre es ihm ziemlich oder ganz und gar gleichgültig. Und vielleicht würde er sich nicht einmal verstellen müssen.

Immerhin wollte er ja, daß Elsie glücklich war und ihr Leben genoß. Hatte er das nicht auch zu dem alten Linderman gesagt? Linderman war einer, der das nicht verstehen konnte. Jack wollte auf keinen Fall sein wie Linderman.

Als Natalia einige Minuten später nach Hause kam, richtete Jack ihr Marions Einladung zu der Party am Freitag aus. Natalia und er wollten am Freitag ins Theater gehen, daran brauchte er sie nicht zu erinnern. Natalia sagte, sie könnten ja nach der Vorstellung dort vorbeischauen, wenn sie Lust hätten, denn die Show würde bis spät in die Nacht dauern, und Marion habe sie in erster Linie eingeladen, um möglicherweise leere Plätze zu füllen. Es sei die Eröffnungsnacht des Gay Nighties.

»Ich werde mal versuchen, Bob im Büro zu erreichen«, sagte Natalia. »Hätte ich längst tun sollen. Daß er heute ins *Büro* gegangen ist – muß man sich mal vorstellen!«

Aber Jack wußte, sie beide wußten, daß Bob Campbell, um nicht zusammenzubrechen, zumindest heute, am Tag der Einäscherung, so tun mußte, als wäre alles wie immer. Jack sagte Natalia, die Einäscherung sei um sechs irgendwo auf Long Island, und sie meinte, Bob wolle allein dorthinfahren. Jack blieb im Zimmer, denn er fand, er sollte freundlicherweise auch ein paar Worte zu Bob sagen.

»Ich verstehe, danke... Nein, keine Nachricht...« Natalia sah Jack an. »Bob ist schon weg. Ich rufe ihn nachher an.« Natalia hatte einen gequälten Gesichtsausdruck und schien ein ungutes Gefühl zu haben. »Ich sollte mal meine Mutter anrufen. Das hab ich immer aufgeschoben.«

Jack wußte, daß Natalia ihr von Louis erzählen wollte. Natalias Mutter Lily hatte immer große Stücke auf Louis gehalten. »Dann gehe ich Amelia abholen. Nein, wirklich, ich will mir ein bißchen die Beine vertreten«, sagte Jack, als Natalia einwandte, das könne sie übernehmen. Er ging hinaus.

27

Als Natalia am Donnerstag mittag zur Galerie Katz ging, nahm sie ein Kleid und ein Paar Schuhe in einer Einkaufstasche mit. Die Galerie würde bis zur Vernissage um sechs Uhr geschlossen bleiben, denn Natalia, Isabel und ein junger Mann namens Dan, der hin und wieder aushalf, mußten die Bilder hängen. Natalia machte sich in einer alten Jeans und Sandalen auf den Weg.

Am Vortag hatte sie mit Bob zu Mittag gegessen. Er hatte ihr von der Einäscherung erzählt. In einem wie ein Mausoleum wirkenden Gebäude irgendwo auf Long Island hatte er über eine Stunde lang auf einer Marmorbank gewartet, bis man ihm eine Schachtel mit Louis' Asche übergeben hatte. Dann hatte er die Staten-Island-Fähre genommen und die Asche über die Reling ins Meer gestreut, und ein Mann hatte ihn gefragt, ob er das Wasser denn unbedingt noch mehr verschmutzen müsse, indem er seinen Abfall hineinwerfe. Natalia hatte Jack erzählt, daß einige von Louis' und Bobs Freunden – darunter ein Mann namens Stew, an den sich Jack dunkel erinnerte – inzwischen von Louis' Tod wußten. Bob glaubte, daß diese Nachricht weniger erschreckend sein würde, wenn die Leute sie erst zwei Wochen oder einen Monat später erfuhren. Bob war nach Philadelphia gefahren, um sich um Louis' dortige Wohnung zu kümmern, und irgendwie hatte der *Inquirer* Wind bekommen und einen Artikel über Louis und seine Tätigkeit gebracht, in dem stand, wie er alte Gebäude vor der Abrißbirne bewahrt und kleine Läden gerettet hatte. Natalia hatte eine Fotokopie des Artikels mitgebracht.

Jack traf vor sieben in der Galerie ein. In den großen, weiß getünchten Räumen herrschte bereits ein ziemliches Gedränge, und das Summen der Unterhaltungen gemahnte Jack an einen wohlgeordneten, geschäftigen Bienenstock, obgleich die Schwaden des Zigarettenrauchs den bukolischen Eindruck trübten. Manche Gäste hielten Gläser in der Hand. Jack sah sich nach Natalia um, konnte sie aber nirgends entdecken. Auch Elsie suchte er in der Menge.

»Hallo! Sind Sie John Sutherland?« fragte ein lächelnder Mann von etwa vierzig Jahren. Er hatte runde, freundliche Augen.

»Ja.« Jack schüttelte die Hand, die der andere ihm hinstreckte.

»Ich wollte Ihnen nur sagen, wie sehr mir Ihre Zeichnungen in dem… in dem *Träume*-Buch gefallen haben. Beeindruckend und so anders. Natalia hat mir gesagt, Sie zeichnen nie vor.«

»Nicht, wenn ich es vermeiden kann«, antwortete Jack. Der Mann hielt noch immer seine Hand.

»Ich arbeite bei Battersea Press. Mein Name ist Harold Vinson, ich bin dort Bildredakteur. Natalia kennt mich.« Er ließ Jacks Hand los. »Darf ich Sie anrufen, wenn wir etwas für Sie haben?«

Jack lächelte. »Natürlich.«

Der Mann verabschiedete sich und schlenderte weiter,

doch sein aufmerksamer Blick blieb auf Jack gerichtet, bis er nach vorn sehen mußte, um sich im Gedränge zurechtzufinden.

Jack ging in den großen Raum, und dort sah er, weit zu seiner Linken, Natalia als liebenswürdige Gastgeberin. Sie lachte gerade, doch das Lachen ging im allgemeinen Stimmengewirr unter. Die Bilder? Jack konnte sie kaum sehen. Die wenigen, bei denen er die oberen Ränder erkennen konnte, waren voller dunkler Vierecke in verschiedenen Farben und erinnerten an schlampig gemalte Mondrians. Ein anderes Bild bestand aus blaßgelben Fragmenten, die zu einer schneckenhausartigen Spirale zusammengefügt waren – dieses Gemälde hatte Natalia wohl an Hundertwasser erinnert. Sylvesters Bilder würden sich gut verkaufen, dachte Jack, denn sie besaßen eine gewisse Eleganz. Die Farben hatten Stil. Er konnte kein einziges Bild in voller Größe betrachten, weil immer irgendwelche Leute die Sicht verstellten.

Und Elsie? Er hielt nach ihrem blonden Haar Ausschau, konnte es aber nirgends entdecken.

Jack ging zurück ins Foyer. Die Aufzugtür öffnete sich, und unter den fünf, sechs Besuchern, die heraustraten, war Elsie in einem weißen, ärmellosen Kleid und einem hellblauen Hut, der wie eine Pagenkappe wirkte. Über dem Arm trug sie einen Regenmantel. Jacks Herz machte einen Sprung. »Elsie!«

Auch sie hatte ihn sogleich gesehen. »Hallo, Jack!« Sie drückte ihm die Hand, sah ihn kurz an und ließ den Blick dann über die Menge schweifen.

»Wo ist Marion?«

»Sie kommt nicht«, sagte Elsie. »Muß arbeiten.«

»Du siehst großartig aus heute abend.« Nach den vielen Köpfen zu urteilen, die sich nach Elsie umdrehten, fanden das auch andere. »Ein Glas Wein oder so? Die Getränke stehen hier.« Er zeigte auf den Tisch am hinteren Ende des Foyers.

»Nein, noch nicht.«

»Wollen wir hineingehen? Natalia ist dort – links.«

Sie gingen in den Hauptraum, der an der Ecke des Gebäudes einen Knick nach rechts machte. Natalia war nicht mehr dort, wo sie zuvor gestanden hatte. Elsie trug schwarze Lacklederpumps und hatte eine schwarze Lackledertasche unter dem Arm. In erster Linie aber fiel Jack auf, daß ihr Make-up besser geworden war: Der Lippenstift hatte das richtige Rot, und die Wimperntusche betonte diskret das Blau ihrer Augen. Und sie wirkte ausgesprochen selbstbewußt und Jahre älter als beispielsweise auf der ersten Party bei Louis. Jack sah, daß ihre Augen aufleuchteten und ihre Lippen sich öffneten.

»Da ist Natalia«, sagte sie.

Sie bahnten sich durch die Menge einen Weg zu ihr. Elsie ging voraus. »Hast du heute gearbeitet, Elsie?«

»Ja. Und das Kleid gehört mir nicht!« gab Elsie über die Schulter zurück.

Natalia begrüßte Elsie mit einem leisen »Hallo, Schätzchen«, das niemand außer Elsie hörte und das Jack nur von ihren Lippen ablesen konnte. Hatte Natalias Herz einen Sprung gemacht wie seines? Wie absurd, dachte Jack. Er konnte sich an fünf oder sechs Frauen erinnern, die sein Herz einmal hatten schneller schlagen lassen, und wo waren die heute? Halb oder ganz vergessene Gesichter und Namen. Nur bei Natalia ging es ihm noch so, und zwar oft.

Elsie ließ Natalia stehen und versuchte sich die Bilder anzusehen. Sie beugte sich vor und reckte sich. Jack vermied es, Sylvester vorgestellt zu werden, einem jungen Mann mit einem rötlichen Schnurrbart, stämmig und schüchtern. Er wirkte, als hätte er für diese Gelegenheit seinen Sonntagsanzug angezogen.

Isabel trat zu Jack. »Hallo, Jack. Hast du Louis schon gesehen? Ich hatte beide eingeladen.«

»N-nein, hab ich nicht«, antwortete Jack und fühlte sich wie ertappt, als hätte er sich einer Lüge schuldig gemacht. War Bob überhaupt hier? »Entschuldige mich, Isabel, ich frage mal Natalia.« Das konnte alles mögliche bedeuten. Zum Beispiel konnte er sie fragen, ob sie Bob gesehen habe.

Natalia sagte Jack, sie müsse noch eine halbe Stunde bleiben. Es war kurz vor acht.

Jack brachte es nicht über sich, Natalia zu sagen, daß Isabel sich nach Louis erkundigt hatte. »Vielleicht hat Elsie Lust, mit uns irgendwo etwas zu essen«, sagte Jack. Elsie stand ein paar Meter von ihnen entfernt, aber dennoch außer Hörweite. »Oder möchtet ihr allein essen gehen? Dann würde ich jetzt verschwinden.«

»Wir beide? Nein… Gut, Jack, ich frage sie«, sagte Natalia.

Doch Natalia hatte viel zu tun, und so fragte Jack Elsie direkt, die nach einem beinahe unhöflichen Moment des Nachdenkens sagte: »Ich könnte mitkommen, wenn es nicht zu spät wird. Morgen früh um neun habe ich einen Termin.«

Jack ging zu Natalia, um ihr zu sagen, Elsie und er würden in eine Bar um die Ecke gehen, die Natalia kannte, und dort auf sie warten.

In der Bar war es dunkel und ruhig und so voll, daß sie sich an die Theke stellen mußten. Jack bestellte sich einen Jack Daniel's, und Elsie nahm dasselbe. Ein Mann bot ihr seinen Hocker an. Jack hielt Abstand zu ihr – wegen der drangvollen Enge allerdings nur sehr wenig – und prostete ihr zu, doch Elsie sah es gar nicht. Überhaupt schien sie seinem Blick auszuweichen – sie hätte ebensogut allein hier sitzen können, fand Jack. Das gelbliche Licht hinter der Theke fiel auf den blütenweißen Träger des Kleides und den nackten, noch ungebräunten Arm darunter – konnte Elsie überhaupt braun werden? –, der wohlgerundet, aber keineswegs plump war. Jack schoß eine Frage durch den Kopf: Hat es dich geärgert, daß ich gesagt habe: Ich liebe dich? Das war die Art von Frage, die ein halbwüchsiger Junge einem Mädchen stellen mochte, in der wilden Hoffnung, seine Liebeserklärung möge sie geärgert, aufgeregt, entzückt haben. Hätte er die Frage tatsächlich gestellt, dann hätte Elsie wahrscheinlich schulterzuckend geantwortet: Nein, warum denn? und ihm dabei höchstens mit einem Aufschlag ihrer perfekt geschminkten Augen einen kurzen Blick zugeworfen.

Jack sah den Blick des Barmanns, der Gläser polierte und Elsie dabei verträumt betrachtete. Jack räusperte sich und sagte: »Was für ein Termin ist das morgen früh um neun?«

Elsie sah ihn aufmerksam an. »Es ist das, was die Professoren Semesterzwischenprüfung nennen. Wie in der High-School. Eine eineinhalbstündige Prüfung in englischer und amerikanischer Literatur.«

»Oh!« Jack lachte. »Und ich dachte, du hättest einen Fototermin. Hast du Angst?«

»Ja, jede Menge.« Sie sah ihn noch immer an. »Ich kann seitenlang darüber schreiben. Ich weiß, was *ich* über diese Bücher sagen kann, aber ist das das richtige? Ist es das, was der Professor lesen will? Ich will diesen Kurs unbedingt bestehen.«

»Was für Bücher zum Beispiel?«

»Eins ist *Der Idiot* von Dostojewskij. Natalia hilft mir viel. Sie hat die Sachen ja gelesen. Ich weiß, was ich darüber zu sagen habe, nämlich daß es sehr gefühlvoll und ernst gemeint, aber auch ziemlich naiv ist. *Der Idiot*, meine ich. Und am Sonntag hat Natalia etwas gesagt, das mich zum Lachen gebracht hat.« Elsie setzte sich auf, legte den Kopf mit der blauen Kappe in den Nacken und fuhr fort: »Sie hat gesagt, am letzten Sonntag waren wir alle wie Figuren aus *Der Idiot*, wo auch niemand zu Bett geht und Prinz Myschkin in den frühen Morgenstunden alle möglichen Leute besucht, und weil Sommer ist, ist es schon beinahe hell, und dann sitzen sie auf irgendwelchen Gartenbänken und führen lange Gespräche! Haha!« Elsie wollte sich ausschütten vor Lachen.

Jack grinste. Er war glücklich, ja, geradezu ekstatisch, und wußte nicht, warum. Auch er erinnerte sich an den unschuldigen, etwas kauzigen Prinzen Myschkin, der eine Frau liebte, die ihn nicht wollte, und der immerfort redete. »Ich liebe dich wie ein Idiot, wie Myschkin vielleicht«, sagte er gerade so laut, daß sie es hören konnte. »Nichts, worüber du dir Sorgen machen müßtest. Aber du machst dir bestimmt auch keine.«

Das brachte sie abermals zum Lachen, etwas schüchtern zwar, doch sie schien ganz entspannt. Sie sah ihn unbefangen an, seine Worte hatten sie nicht berührt.

Es war eigenartig, dieses Hochgefühl in ihrer Gesellschaft, dachte Jack, denn es gingen absolut keine sexuellen Impulse von ihr aus. In sich selbst spürte er vielleicht welche – oder nicht? Aber von ihr kam nichts. Und ihre Prüfungsangst hätte sie ebensogut einem alten Onkel, einer Freundin oder ihrem Bruder gestehen können.

Auch beim Essen blieb Elsie gesprächig, konzentrierte sich aber ganz auf Natalia. Von dem Augenblick an, in dem Natalia in die Bar gekommen war, hatten die beiden immer ein Thema gehabt, über das sie sich unterhielten: die Prüfung, der Fotograf, der heute Aufnahmen von Elsie gemacht hatte. Natalia trug Sandalen zu ihrem schwarzen Kleid, denn die beiden hochhackigen Schuhe, die sie in der Einkaufstasche mitgenommen hatte, waren von verschiedenen Paaren.

Sie waren zu einem ungarischen Restaurant in der Second Avenue gegangen, wo das Essen gut, die Bedienung jedoch sehr langsam war. Jack machte das nichts aus. Er hörte zu. Elsie hatte sich neben ihn gesetzt, ihnen gegenüber, mit dem Rücken zum Lokal, saß Natalia. Sie sah ihren Gesprächspartnern gern ins Gesicht. Schließlich wurde das Gulasch mit Nudeln serviert, dazu ein kühler Rosé. Elsie aß wie immer mit Appetit, was Jack attraktiv fand, vielleicht weil es ein Zeichen von Gesundheit war. Sie kamen wieder auf die morgige Prüfung zu sprechen. Elsie mochte Hemingway nicht.

»Warum nicht?« fragte Jack.

»Er ist nicht so ausführlich wie die anderen«, antwortete Elsie mit einem Seitenblick.

Jack wußte, was sie meinte. Hemingway sparte mit Details. Er bemerkte Natalias amüsiertes Gesicht.

»Zum Beispiel?« fragte sie.

»In *Wem die Stunde schlägt* legt der Held die Hand auf den Bauch der Frau, weil sie schwanger ist, und dann sagt er… irgendwas Albernes. Wie ein kleiner Junge. Dabei ist es ganz ernst gemeint. Ich mußte so lachen.«

Natalia lehnte sich zurück und lächelte. »Dann schreib doch, daß du Hemingway für ein Leichtgewicht hältst, und begründe das.«

»Meinst du?« Noch während sie das fragte, schien Elsie Selbstvertrauen zu gewinnen. »Ja, das tue ich. Ein Leichtgewicht. Das ist meine Meinung.«

Natalia und Jack wechselten einen Blick.

Jack mußte aufstehen und den Ober suchen, damit er die Rechnung brachte, und als er zurückkehrte – er hatte darauf bestanden, daß der Ober ihn zum Tisch begleitete –, beugten sich Elsie und Natalia über den Tisch und waren in ein intensives Gespräch vertieft.

Sie nahmen ein Taxi und fuhren zuerst zu Elsie. Jack wollte sie noch bis zur Tür begleiten. Er dachte dabei sowohl an Linderman, der möglicherweise irgendwo lauerte, als auch daran, daß Elsie heute nacht ausreichend schlafen sollte, sagte jedoch nichts. Das Haus, in dem Elsie und

Marion wohnten, stand auf der östlichen Seite der Greene Street. Es war groß und dunkel und hatte vier oder fünf Stockwerke. Elsie kramte ihren Schlüssel hervor, und Jack wartete auf dem Bürgersteig, bis sie die hohe, massiv wirkende Tür aufstieß.

Jack stieg wieder ins Taxi und schwor sich, in den nächsten Tagen oder Wochen kein Wort über Natalias Zuneigung zu Elsie zu verlieren, sondern darauf zu warten, daß Natalia das Thema anschnitt, wenn sie wollte. Wenn nicht, dann eben nicht. »Und jetzt geht's weiter zur Grove Street«, sagte er zu dem Fahrer. »Fahren Sie bitte durch die Bedford und halten Sie an der Ecke.«

Der Wagen setzte sich in Bewegung und bog nach links in die West Houston Street ab.

»Sie macht sich großartig!« sagte Natalia.

Jack lächelte. »Und das in einem rasenden Tempo. Sogar ihre Sprechweise... Sie nuschelt nicht mehr. Vielleicht ist das Marions Einfluß. Marion übt...«

»*Ich* habe Elsie beigebracht, nicht *ummedingt*, sondern *unbedingt* zu sagen«, unterbrach ihn Natalia. »Es ist doch wohl nicht so schwer, einigermaßen deutlich zu sprechen.«

Als sie heimkamen, war es noch so früh, daß Susanne mit dem Bus zum Riverside Drive hochfahren konnte. Sie hatte an dem weißen Tisch gesessen und gelesen. Neben dem Buch stand eine leere Kaffeetasse. Es war alles in Ordnung.

Natalia ging unter die Dusche, und danach duschte Jack ebenfalls. Er wollte sehr gern mit ihr schlafen, bezweifelte aber, daß sie nach einem solchen Tag in Stimmung sein würde. Er irrte sich. Im Bett küßte er sie auf die Wange und auf den Mund und legte sanft die Hand auf ihre Brust, wie er es oft tat, und alles weitere ergab sich wie von selbst. Und Jack war stolz auf sich, denn vor seinem eigenen Orgasmus hatte er Natalia zu zwei Orgasmen verholfen. Erregte Elsie sie beide? Jack glaubte das nicht – jedenfalls galt das nicht für ihn. Natalia war greifbar, wirklich, er kannte die rauhe Stelle an ihrer Hüfte, die er so liebte. Sie hatten zusammen ein Kind gezeugt. Natalia war kein unerforschtes Territorium, auch keine junge Larve, die sich vielleicht in einen schönen Schmetterling verwandeln würde, vielleicht aber auch nicht.

»Du bist mein Brot«, sagte er leise, als Natalia sich eine Zigarette anzündete.

»Wie meinst du das?« fragte sie lachend.

Jack streckte sich aus, die Hände hinter dem Kopf verschränkt. »Du bist wirklich.« Er wandte den Kopf und dann den ganzen Körper zu ihr, ohne sie zu berühren. »Mein tägliches Brot.«

28

Das Gay Nighties wurde seinem Namen vollkommen gerecht: Überall an der Fassade und auch über dem Eingang wehte Nachtwäsche in der Brise, dünne Nachthemden, gestreifte Pyjamas, zarte Babydolls, und manches davon sah aus, als stamme es aus einem Ramschladen. Jack und Natalia kamen aus dem Theater, und jetzt war es nach elf. Vor der Tür standen Leute, ein paar mit Gläsern in den Händen und alle ziemlich eigenartig gekleidet.

Gelassen bahnte Natalia ihnen einen Weg ins Lokal.

Das Gay Nighties war eine billig möblierte Bar und Kunstgalerie. Es gab ein kleines Podium, auf dem ein Mann saß, der verträumt an den Saiten seiner Gitarre zupfte, obgleich ihm niemand zuzuhören schien. Jack sah sich nach Elsie und Marion um, konnte sie jedoch nirgends entdecken. Natalia sagte »Hallo« zu ein paar Leuten, die sie grüßten und die sie vielleicht kannte, vielleicht aber auch noch nie gesehen hatte. Einen Sitzplatz an einem der Tische zu bekommen war aussichtslos, ein Drink an der Theke dagegen eher im Bereich des Möglichen. Die Bilder an den Wänden waren von der Art, die Jack verabscheute: Kindergarten-Geschmiere in dick aufgetragenen Ölfarben mit groben schwarzen Konturen, und die Sujets beschränkten sich auf Autounfälle, Explosionen und sexuelle Aktivitäten. Im Vergleich zu diesen Machwerken waren Amelias Bilder elegant und kompositorisch ausgewogen und zeugten auf jeden Fall von mehr Gefühl. Das absonderliche war, daß der hier ausgestellte Mist tatsächlich Käufer fand.

»Hallo!« Plötzlich stand Marion neben ihnen. »Wir sind da drüben.« Sie zeigte auf eine Längswand. »Soll ich Ihnen was zu trinken besorgen?«

Jack bot sich an, die Bestellung aufzugeben, doch Marion sagte, sie kenne den Barmann.

»Jonathan!« rief sie.

Sie bestellten Scotch. Marion wollte nichts trinken. Sie ging ihnen voraus zu einem Tisch. Dort war Elsie, wieder ganz in Weiß und im Gespräch mit einem jungen Mann, der mit dem Rücken zur Wand saß. Die Kerze, die auf der Tischplatte stand, war beinahe zu einer Wachspfütze zusammengeschmolzen.

»Das ist Ludo«, sagte Marion und zeigte auf den jungen Mann, der wie ein Italiener oder Spanier wirkte und kaum den Blick hob.

Elsie sah ruhig auf und begrüßte sie mit sehr leiser Stimme. So war sie oft: Sie zeigte nicht die Freude, die man, schon aus Höflichkeit, an den Tag legen sollte, wenn man andere Menschen traf. Jack setzte sich möglichst weit weg von ihr, damit er sie besser sehen konnte. Natalia setzte sich notgedrungen neben Elsie an die Ecke des Tischs.

»Wie war die Klausur heute morgen?« rief Jack Elsie zu.

Sie lächelte unvermittelt, und ihre Augen glänzten. »Ich dachte, die Zeit würde mir lang werden, aber dann kam sie mir ganz kurz vor. Eineinhalb Stunden. Und ich schreibe schnell. Ich glaube, ich habe bestanden.«

Jack lächelte. »Gut.«

Marion sagte Jack, ihr Auftritt sei bereits vorbei und sie habe ihre Gitarre an einem, wie sie hoffe, sicheren Ort verstaut. »Ich stehe eigentlich nicht darauf, in Schuppen wie diesem zu spielen«, sagte sie und klopfte nervös und geistesabwesend mit einem Plastikfeuerzeug auf den Tisch. »Zu viele Leute. Keiner hört richtig zu, und niemand sorgt für Ruhe.«

Da Natalia und Elsie nebeneinandersaßen, mußten sie nicht schreien, um sich zu verständigen.

»Ach, das wollte ich Ihnen ja erzählen«, sagte Marion und beugte sich zu Jack. »Heute morgen hab ich diesen alten Kerl gesehen – Sie wissen schon, den mit dem Hund. Ich war mit einer Freundin auf dem Heimweg vom Einkaufen und hab mich erst umgesehen, als ich an der Haustür stand. Und da ging er gerade langsam auf der anderen Straßenseite vorbei. Also bin ich die Treppe wieder hinuntergegangen und hab zu meiner Freundin gesagt: ›Laß uns noch ein paar Schritte machen – frag mich jetzt nicht, warum.‹ Dann sind wir um die Ecke und auf ein Viertelstündchen zu ihr hochgegangen. Ich hoffe, er hat mich nicht erkannt, aber sicher bin ich mir nicht.«

Jack dachte an den Sonntag morgen, an dem Elsie und Marion zusammen aus seinem Haus gekommen waren.

»Ich habe es Elsie erzählt, als sie mittags nach Hause kam, und sie war eine Zeitlang ganz aufgeregt und wütend, weil« – sie warf einen Blick zu Elsie – »ich mich nicht umgesehen hatte. Elsie sieht sich immer um, bevor sie die Stufen zur Tür hinaufgeht, auch wenn sie ihn noch nie in unserer Straße gesehen hat. Herrgott, man könnte meinen, er hätte nichts Besseres zu tun, als Leuten nachzuspionieren!«

Vielleicht nur Elsie, dachte Jack. Er spürte eine langsame Welle der Niedergeschlagenheit. Möglicherweise hatte Linderman das Haus in der Greene Street entdeckt und mit Elsie in Verbindung gebracht.

»Darum ist Elsie heute nachmittag allein ausgegangen«, fuhr Marion fort. »Sie war draußen, in den Cloisters, um das alles für eine Weile zu vergessen, hat sie gesagt. Und ich komme mir vor wie eine Idiotin!«

»Ach was.« Jack zuckte die Schultern. Die Cloisters. Jetzt begriff er, warum Elsie und Natalia sich vorhin über Gobelins unterhalten hatten. Das Einhorn. Er nippte an seinem Scotch und sah sich um. Das Publikum bestand größtenteils aus schwarzen und weißen jungen Leuten. Manche waren homosexuell, andere hatten Punk-Frisuren und trugen die entsprechende Kleidung. Elsie lachte jetzt, doch Jack fühlte sich aus irgendeinem Grund noch immer niedergedrückt. Mit wummerndem Rhythmus setzte elektronische Musik ein – ganz nach Elsies Geschmack.

Jack zog einen kleinen, unlinierten Block und einen schwarzen Kugelschreiber aus der Jackentasche. Er begann mit der Skizze eines hohlwangigen Burschen mit einem kantigen Kinn, der an der Wand lehnte und aussah, als würde er ein paar Minuten stillhalten. Mit dem Ergebnis war Jack jedoch nicht sehr zufrieden, und so blätterte er um und wandte sich Elsie zu. Für Haaransatz, Wangen und Augen brauchte er nur einige wenige Striche; dann wartete er, bis sie den Mund schloß, und zeichnete mit zwei Linien ihre Lippen und mit einer weiteren den weißen Kragen ihrer Bluse. Er schlug die nächste Seite auf. Der Zauber wirkte. Er fühlte sich weniger niedergedrückt.

Eine Tanzfläche wurde freigeräumt, und einige Gäste mußten ihre Stühle und Tische verrücken. In der Mitte der Tanzfläche begann man zu tanzen. Der junge Mann namens Ludo, der bislang kein Wort gesagt hatte, erhob sich und streckte Elsie die Hand hin. Elsie stand auf. Eine schwarze Schärpe trennte die weiße Bluse von der weißen Hose, die so weit geschnitten war, daß Elsies Hüften breiter wirkten, als sie waren. Es sah bezaubernd aus.

Ich will nicht zusehen, dachte Jack, denn Elsie wird auf der Tanzfläche stürzen. Aber sie war noch nie gestürzt – wie kam er nur jetzt darauf? Jack hielt sich für einen Augenblick die Hände vor das Gesicht.

»Alles in Ordnung, Jack?« fragte Natalia. »Es ist heiß hier drinnen, nicht?«

»Ja. Alles okay.«

Natalia wollte noch einen Scotch, und Marion stand auf und machte Jonathan auf sich aufmerksam. Der Drink wurde in Rekordzeit von einer jungen Frau gebracht, und Jack nutzte die Gelegenheit, um sich ein Bier zu bestellen. Natalia beobachtete Elsie, die sich auf der Tanzfläche drehte. Der junge Mann schien ein Breakdancer zu sein, doch die Kunststücke, die er am Boden vollführte, fanden die meiste Zeit außerhalb ihres Gesichtsfeldes statt. Elsie tanzte um ihn herum. Jack wollte nicht zuschauen – er sah immer nur für eine Sekunde hin und erhaschte so lediglich kurze Blicke auf die Gestalt in Weiß, wie Schnappschüsse, die sich ergaben, wenn er die Augen kurz öffnete. Er hörte Marion zu Natalia sagen:

»... hat mir gesagt, daß sie zu Hause im Dunkeln nackt in ihrem Zimmer getanzt hat, bis sie von Kopf bis Fuß mit Schweiß bedeckt war. Und das glaube ich ihr.«

Jack sah, wie der junge Mann Elsie um die Taille faßte, hochhob und beinahe horizontal herumwirbelte. Er war dünn, und sein Gesicht glänzte vor Schweiß.

Dann kam Elsie wieder an ihren Tisch. Ihre Lippen waren geöffnet, sie war ganz ruhig, und ihr Blick ging über sie hinweg. Sie nahm eine Zigarette und beugte sich zu ihrem Tanzpartner, der ihr über den Tisch hinweg Feuer gab. Sie sah ihn nicht an und dankte ihm nicht. Dann schenkte sie Natalia ein breites Lächeln.

Jack holte wieder seinen Block hervor. Er zeichnete ein finster wirkendes lesbisches Paar – die beiden lehnten an der Wand und schienen vor Befangenheit erstarrt, versuchten aber, einen gleichgültigen Eindruck zu machen. Dann merkte Jack, daß eine der beiden dieser »harte Brocken« war – hieß sie nicht Fran? Genevieves frühere Freundin, die mit dem kantigen Kopf. Die andere war eine Frau mit kurzen, dunklen Haaren, die ein zu großes Smokingjackett und darunter offenbar nichts trug. Jack zeichnete eine Karikatur von Fran, weil er sie so außergewöhnlich unattraktiv fand. Ihr kurzes, aber breites Kinn sah aus, als könnte es dem Schlag eines Schwergewichtsboxers standhalten, ihre Augen nahmen sich auf seiner Zeichnung aus wie die eines bösartigen Schweines, mit pechschwarzen Punkten als Pupillen, der Mund ein verkniffener Schlitz. Ihre Augen erinnerten ihn an die von Lindermans Hund God, nur daß der wenigstens ein gutmütiges, entschuldigendes Lächeln zeigte, wenn er einen ansah. Jack lachte in sich hinein.

»Kann ich mal sehen?« fragte Marion lächelnd. »Oder ist Ihnen das nicht recht?«

Jack schüttelte den Kopf. »Jetzt nicht, Marion. Ein andermal – versprochen.« Sein Bier stand vor ihm, und er trank einen Schluck. Wie konnte er Elsie zum Lachen bringen? Er leckte sich den Schaum von der Oberlippe. »Elsie?«

Sie wandte sich von Natalia zu ihm. »Ja?«

»Liebst du mich noch?« fragte er schmachtend.

Sie lachte auf und lachte noch einmal, als wäre Lachen ein Ersatz für Worte. Hatten ihre Wangen sich gerötet, oder bildete er sich das nur ein?

Natalia hatte ihn gehört und lächelte dünn und gleichmütig.

Zu Hause sagte Jack nichts davon, daß Linderman in der Greene Street aufgetaucht war. Wenn Elsie es Natalia erzählt hatte, würde die es erwähnen, doch das tat sie nicht, jedenfalls nicht in dieser Nacht. Natalia sagte, die Galerie habe drei von Sylvesters Bildern verkauft, eines davon für dreitausendfünfhundert. Und Elsie werde Ostern im Haus einer Freundin irgendwo in New Jersey verbringen. Marion sei ebenfalls eingeladen, fahre jedoch nicht mit.

»Eine Woche? Gute Idee«, sagte Jack.

Natalia zog sich aus. Sie wollte duschen. »Ja, und ich glaube, sie stammt von Marion. Elsie braucht mal eine Auszeit, und über Ostern hat sie natürlich Ferien.« Natalia verschwand im Badezimmer.

Susanne verbrachte die Nacht im Gästezimmer – das verrieten die drei Bücher, die ordentlich aufgestapelt auf dem weißen Tisch lagen. Jack zog die Hose und das blaßblaue T-Shirt aus und dachte daran, wie Natalia und Elsie im

Gay Nighties ihm gegenüber am Tisch gesessen hatten. Sie hatten ein ernsthaftes Gespräch geführt, von Händchenhalten keine Spur. Sie hätten sich, dachte er, wohl nicht anders verhalten, wenn sie hier auf dem Sofa gesessen hätten. Gobelins und das Einhorn. Deutlicher stand ihm vor Augen, wie Elsie beim Tanzen durch die Luft gewirbelt war, wie sie Natalia mit gesenktem Blick zugehört hatte, den Kopf in die Hand mit den rotlackierten Fingernägeln gestützt. Wie immer, wenn er sich solchen schönen Erinnerungen hingab, erschauerte er angenehm, allerdings ohne irgendeine sexuelle Erregung zu verspüren.

29

»Verdammt noch–« Ralph Linderman beherrschte sich und drohte dem leeren Flur mit der Faust. Er war barfuß und im Pyjama, und seine Hand lag auf dem Griff seiner Wohnungstür.

»Wah-wah«, antwortete das Kind, das gerade das Kopfende der Treppe erreicht hatte. Es trug nur eine kurze, blaue Hose, die sich über einer Windel bauschte, und es gehörte nach unten. Hier oben hatte es nichts zu suchen.

»Or-wiie!« kreischte das zweite, noch kleinere Kind, das auf allen vieren die Treppe hinaufkrabbelte.

»Ihr sollt runtergehen! Alle beide! *Runter!*« Ralph machte scheuchende Bewegungen mit den Händen.

Von unten ertönte eine schrille Frauenstimme, die etwas auf italienisch rief.

Ralph legte die Hand auf das Treppengeländer und brüllte hinunter: »Bitte! Würden Sie dafür sorgen, daß Ihre Bälger unten bleiben? Die Treppe ist gefährlich!«

»Ach, kümmern Sie sich lieber um Ihre eigenen Sachen, Mr. Linkman! Mit Ihrem Geschrei machen Sie alles nur schlimmer!« Doch immerhin kam sie herauf, um ihre Kinder einzusammeln.

»Wenn das so weitergeht, hole ich die Polizei«, sagte Ralph. »Sie haben kein Recht, die Ruhe anderer Leute zu stören!«

»Wer schreit denn hier herum? *Sie* doch!« Die kräftige junge Frau, die neu im Haus war, legte sich das kleinere Kind über die Schulter und nahm das andere an der Hand.

»Halten Sie einfach Ihre Tür geschlossen! Mehr verlange ich gar nicht!« Ralph ging wieder in seine Wohnung und knallte die Tür hinter sich zu. »Verdammte Brut, verdammte!« knurrte er.

So ging das nun schon seit zwei Wochen. Der Ärger hatte angefangen, als die alte Dame, die ein Stockwerk tiefer die mittlere Wohnung gehabt hatte, nach ein paar Tagen im Krankenhaus gestorben und ihr Enkel mitsamt seiner Familie zur Beerdigung gekommen und offenbar dort eingezogen war. Da in der Wohnung bereits eine Familie sowie ein Bruder oder Onkel lebten, allesamt Erwachsene, war nicht genug Platz für ein weiteres Paar mit zwei kleinen Kindern und möglicherweise einem weiteren, das unterwegs war. Ralph war bereits der Gedanke gekommen, das Wohnungsamt zu informieren, denn es gab bestimmt ein Gesetz, in dem die Höchstzahl der Bewohner einer Dreizimmerwohnung festgelegt war, doch er ahnte, was man ihm dort entgegnen würde: Wenn die Bewohner miteinander verwandt seien und so weiter, könne man nichts unternehmen. Außerdem würde die neue Familie mit den Kindern natürlich einfach sagen, man sei nur zur Beerdigung gekommen und werde nicht lange bleiben.

Aber Ralph hatte seit vielen Tagen nicht mehr als vier Stunden hintereinander geschlafen, und zwar wegen dieser kleinen Bälger, die anscheinend den ganzen Tag auf waren, um sechs Uhr morgens ebenso plärrten wie um sechs Uhr abends und im Gegensatz zu ihm ganz ohne Schlaf auszukommen schienen. In den vergangenen Tagen waren seine Nerven arg strapaziert worden; er hatte auf dem Flur herumgeschrien und geflucht und sich dadurch noch unbeliebter gemacht. Er wußte, daß man ihn für exzentrisch, ja sogar unfreundlich hielt, obgleich er jeden, dem er im Haus begegnete, mit einem »Guten Morgen« oder »Guten Abend« begrüßte, selbst wenn es sich um einen dieser unerzogenen, mißmutigen Halbwüchsigen handelte. Aber weil er sich nun über die Babys beklagte, fürchtete er, die anderen Bewohner könnten sich gegen ihn verbünden. Das war eben das Unglaubliche: daß die anderen imstande zu sein schienen, diesen Krach auszuhalten. Vielleicht erinnerte sie das an ihre Heimat, vielleicht fühlten sie sich wie in Italien oder woher sie auch kamen. Aber sie mußten ja auch nicht tagsüber schlafen, sie mußten ihr Geld nicht in den Nachtstunden verdienen. Die Hälfte von ihnen ging ja ohnehin nicht zur Arbeit, sondern lag auf der faulen Haut.

In seinem kleinen Schlafzimmer legte Ralph sich wieder hin und versuchte sich zu beruhigen. Es war nach halb fünf nachmittags. Seit Mittag hatte er kein Auge zugetan. Um zehn nach sieben mußte er sich auf den Weg zur Arbeit machen, der Wecker war auf halb sieben gestellt.

»Ach, God«, sagte er zu dem Hund, der ihn, den Kopf auf die Pfoten gelegt, ansah, »vergib mir.«

Ralph schloß die Augen und zwang sich, ruhig zu atmen und sich zu entspannen. Er sah das Haus vor sich, in dem Elsie wohnte: dunkel und düster wirkte es bei Nacht, vier Stockwerke hoch, und die Tür erschien ihm so massiv und unüberwindlich wie die einer Bank. Diese Vision deprimierte ihn sehr und weckte in ihm sogar Angst und Abwehr. In dem Gebäude war Elsies zarte, lichte Gestalt eines Abends um sechs Uhr verschwunden. Er mußte das Bild loswerden, sonst würde er niemals Schlaf finden. Natürlich stand Elsie unter dieser Adresse nicht im Telefonbuch, ebensowenig wie Marion Gill, auch wenn dieser Name mit Bleistift über einem anderen Namen auf dem Klingelschild vor der großen Tür stand. Den anderen Namen hatte er nicht im Telefonbuch nachgeschlagen, und inzwischen hatte er ihn vergessen.

Er seufzte und drückte die Wange ins Kissen.

Tock-tock-tock!

Jemand klopfte an seine Wohnungstür. »Wer ist da?« rief Ralph.

»Sartori!«

Ralph schlüpfte in den Bademantel und zog aus Gründen der Schicklichkeit seine Hausschuhe an. Dann öffnete er die Tür einen Spaltbreit.

»Hallo! Hören Sie zu: Wenn Sie nicht aufhören, hier herumzubrüllen, werde ich –«

»Ich habe ein Recht auf Ruhe und Frieden!« Ralph erkannte den schwarzhaarigen Mann: Es war der Vater der jungen Familie von unten.

»Sie sagen, Sie haben ein Recht. Aber wir haben auch ein Recht darauf, daß kein Verrückter andauernd im Haus herumbrüllt.«

»Dann lassen Sie wenigstens Ihre Tür zu.«

»Es ist heiß, und wir kochen. Man darf wohl noch –«

»Ja, und es stinkt! Machen Sie doch die Fenster auf!« Heute abend gab es Leber und die unvermeidliche Tomatensauce, das konnte er bis hier oben riechen.

»Wenn Sie eins meiner Kinder auch nur anrühren, werde ich Sie...« Sartori ballte drohend die Faust. Er war in Hemdsärmeln und hatte die dunklen Brauen zusammengezogen.

»Ach ja, die heiligen Kühe!« höhnte Ralph. »Keine Sorge, ich werde mich hüten, sie anzufassen. Drecksbrut! Kriechen überall herum wie Kakerlaken!«

Sartoris Augen blitzten, und er sah aus, als würde er im nächsten Augenblick zuschlagen. »Mann, Sie sind ja verrückt! Und was ist mit Ihrem dreckigen Hund? Der pißt –«

»Was hat er denn getan?« Ralph gab keinen Millimeter nach. »Er bellt ja nicht mal! Also lassen Sie God gefälligst in Ruhe!«

»Oh, Mann!« Sartori trat einen Schritt zurück und schüttelte den Kopf. »Sie gehören wirklich in die Klapsmühle.« Damit drehte er sich um und ging.

Ralph drückte die Tür zu. Das Schloß schnappte ein, aber er legte zusätzlich die Kette vor. God stand hinter ihm und sah ihn verwirrt und angespannt an. »Schon gut, mein Freund, alles in Ordnung«, sagte Ralph, um ihn und sich selbst zu beruhigen. Und da predigte der Papst überall auf der Welt gegen die Empfängnisverhütung! Ein Wahnsinn!

Es war sinnlos, sich für eine knappe Stunde noch einmal hinzulegen. Ralph ging ins Badezimmer, um sich zu rasieren. Er schnitt sich und mußte die Wunde mit dem Alaunstift betupfen. Dann öffnete er eine Dose Pilzsuppe, fügte je eine halbe Dose Milch und Wasser hinzu und schnitt ein paar Scheiben Brot von dem ausgetrockneten Laib. Als er den Suppentopf vom Herd nehmen wollte, stieß er mit dem Handrücken gegen den Griff. Der Topf fiel zu Boden.

»Dum-di-dum«, sang er vor sich hin, während er die Suppe aufwischte. Er zwang sich zu einem Lächeln, das allerdings, wie er wußte, eher einer Grimasse glich. Bei kleinen Mißgeschicken tat er das immer, schon um sich seinen Gleichmut zu bewahren, auch wenn er wütend genug war, um jemandem an die Kehle zu gehen – in diesem Fall Sartori, dem frechen, unverschämten Erzeuger der beiden heiligen Kühe. Ralph aß ein wenig Brot und versprach God, er werde bald etwas zu fressen und seinen Spaziergang bekommen.

Zehn Minuten später war Ralph mit God auf der Straße. Er hielt den Kopf hoch erhoben, fest entschlossen, Signor und Signora Sartori, sollte er ihnen begegnen, keines Blikkes mehr zu würdigen, ebensowenig wie die anderen Mitglieder der Familie, die in dieser Wohnung hausten, einschließlich des Mannes, der ein älterer Bruder oder Onkel oder was auch immer war. In seinem Bauch brannte ein Hungergefühl, aber das machte nichts – das würde ihn in Form halten. In der Hot Arch Arcade konnte er sich jederzeit eine Wurst kaufen. Vor ihm lagen acht ekelhafte Stunden. Diese Spielhölle, dieser Sündenpfuhl, war jetzt ein ekelhafter Teil seines Lebens, und nun hatte Elsie auch noch genau das getan, was er befürchtet hatte, und ausgerechnet mit John Sutherland! Der Ausdruck auf Mrs. Sutherlands Gesicht, bevor sie an jenem Sonntag ins Haus geeilt war, ließ ihn nicht mehr los. Und dann damals, war es morgens oder nachmittags gewesen, als er Elsie und

Mrs. Sutherland Arm in Arm auf der Seventh Avenue gesehen hatte: Mrs. Sutherland hatte ängstlich auf Elsie eingeredet und unvermittelt nach ihrer Hand gegriffen – da hatte sie sie bestimmt angefleht, sich von ihrem Mann fernzuhalten. Wieviel Wahnsinn, wieviel Unrecht es in der Welt gab! Und nun lebte Elsie zweifellos in einer schöneren Wohnung, und die bezahlte sie von dem Geld, das John Sutherland und vielleicht auch andere ihr gaben. Elsie war eine Prostituierte geworden, lebte mit einer Prostituierten zusammen, dieser jungen Frau mit kurzem, braunem Haar, die er an jenem schicksalhaften Sonntag morgen um sechs in Begleitung von Elsie und Sutherland gesehen hatte. Die junge Frau sah älter aus als Elsie, die manchmal wie ein fünfzehnjähriges Mädchen wirkte. Und diese Marion Gill – so hieß sie ja wohl – bekam sicher einen Teil von Elsies Einnahmen.

Und Sutherland besaß nicht mal den Anstand oder den Mut, seinen Brief zu beantworten!

Abrupt drehte Ralph sich um und zerrte God zurück nach Hause. Stirnrunzelnd dachte er an die rücksichtsvollen Untertreibungen, mit denen er John Sutherland in seinem Brief deutlich gemacht hatte, daß er über seinen neuen Zeitvertreib Bescheid wisse, und ihm höflich vor Augen geführt hatte, welchen irreparablen Schaden er Elsie damit zufügte. Er hatte angedeutet, daß ein solches Verhalten eigentlich gemeldet werden müsse, und dabei an die Polizei gedacht, doch selbst das hatte er zurückhaltend formuliert. Wenn die Polizei sich der Sache annahm, würde Elsie, obgleich sie zwanzig und somit ehemündig war, die Namen und die Adresse ihrer Eltern angeben müssen, und dann bestand die Möglichkeit, daß die Polizei sich mit ihnen in Verbindung setzte. Darauf hoffte Ralph, denn ihre Eltern würden bestimmt …

Hier kam Ralphs Gedankengang zum Stillstand. Es war ihm unangenehm, die Polizei in Anspruch zu nehmen. Waren Mädchen nicht sogar ab sechzehn ehemündig? Konnte Elsie sich nicht weigern, die Adresse ihrer Eltern anzugeben?

»Hallo, Knallkopf«, sagte ein etwa Zwölfjähriger, der vor Ralphs Haus mit einem Tennisball spielte.

Ralph beachtete ihn nicht.

Ein paar Minuten später, als Ralph zur Subwaystation Christopher Street ging, sah er John Sutherland. Sutherland kam ihm entgegen und grüßte ihn mit einem breiten Lächeln.

»Guten Abend, Mr. Linderman. Wie geht's?« In den Bluejeans und dem Pullover mit V-Ausschnitt sah er gesund und durchtrainiert aus. Er trug eine braune Papiertüte, in der eine Flasche zu sein schien.

»Danke, gut. Und Ihnen?«

»Gut. Elsie wohnt jetzt übrigens weiter nördlich, an der West Side. Ich habe erst gedacht, es wäre die East Side. Es geht ihr gut. Sie wird für ungefähr einen Monat nicht in der Stadt sein. Urlaub – und ich glaube, es ist ein junger Mann im Spiel.«

Ralph bemerkte, daß Sutherland ihm dabei zuzwinkerte. Sutherland trat in seinen Laufschuhen von einem Fuß auf den anderen, als könnte er es gar nicht erwarten loszurennen. »Ein junger Mann?« fragte Ralph.

»Sie hat ihn wohl beim Studium kennengelernt. Ein netter Bursche, habe ich gehört. Schönen Tag noch, Mr. Linderman.« Er lief los.

»Wo weiter nördlich?« rief Ralph ihm nach, bekam aber keine Antwort.

Sutherland trabte davon und war schon beinahe außer Sicht.

Ralph glaubte ihm kein Wort.

30

Jack lächelte noch immer, als er vor seiner Haustür stand. Was für eine schauspielerische Leistung, und dabei hatte er vor gutem Willen nur so gestrahlt! Die Idee war ihm vor einigen Tagen gekommen: Das nächste Mal, wenn er Linderman auf der Straße begegnete, würde er ihm eine falsche Information über Elsies neue Adresse geben und obendrein noch einen Freund erfinden. Linderman hatte schrecklich ausgesehen, mit dunklen Ringen unter den Augen und schlecht rasiert: Hier und da waren Stoppeln stehengeblieben, und er hatte sich ein paarmal geschnitten.

Die letzte Woche hatte Jack einiges Erfreuliches gebracht. Er hatte die Zeichnungen für das Yak-Buch fertiggestellt, und sie waren vom Verlag angenommen worden. Außerdem hatte er dreißig bis vierzig neue Cartoons verkauft. Und Charles, sein Vater, hatte ein wenig »nachgegeben«, was Jack nur auf das *Träume*-Buch zurückführen konnte. Offenbar hatte es auf seinen Vater einen positiven Eindruck gemacht. Onkel Roger hatte Jack gesagt, sein Vater habe sich über das Exemplar, das Jack ihm geschickt habe, gefreut. Selbstverständlich hatte Jack es mit einer Widmung für seine Eltern versehen, und seine Mutter hatte ihm einen Brief geschrieben. Auch von seinem Vater hatte er einen – allerdings kürzeren – Brief bekommen, in dem er schrieb, er freue sich *aufrichtig* (das war unterstrichen), eine »gute, abgeschlossene Arbeit« von Jack zu sehen, und die Zeichnungen machten auf ihn den Eindruck, als habe Jack seinen Stil gefunden – oder so etwas in der Art. Die nächste angenehme Neuigkeit war, daß er und Natalia beschlossen hatten, Ende Juni nach Griechenland und Jugoslawien zu fahren. Natalia mochte diese beiden Länder, und Jack hoffte, in Jugoslawien angenehmere Erfahrungen zu machen als mit zweiundzwanzig in einem jugoslawischen Gefängnis.

Anfang Mai war Elsie für mehr als eine Woche in New Jersey gewesen, wo sie mit mindestens sechs anderen in einem Haus gewohnt hatte. Sie hatte an Natalia und ihn zwei Postkarten geschickt und geschrieben, sie schwimme und reite viel und habe »im Garten gegrillt«. Dann war eine Pferdedecke eingetroffen, gelbgrün kariert und mit Leder eingefaßt, ein »Familiengeschenk«, wie Elsie schrieb. Natalia gefiel sie sehr. Jack nannte sie »das brettsteife Ding«, weil sie so dick war, daß sie sich kaum bog und über beide Seiten ihres Doppelbetts hinausragte. Eines Samstagnachmittags fuhr Natalia nach New Jersey, um Elsie zu besuchen, und kam am Sonntag abend spät zurück. Jack fragte sie nicht, ob sie in dem Haus, wo Elsie ihren Urlaub verbrachte, übernachtet habe. Er hatte das Gefühl, daß die beiden in ein nahe gelegenes Motel gegangen waren.

Jack war froh, daß sein Vater ihm nun freundlicher gegenüberstand. Er redete sich zwar ein, er könne auch ohne enge Familienbande und moralische Unterstützung leben, doch die Haltung, die sein Vater nach Jacks Entlassung aus dem jugoslawischen Gefängnis eingenommen hatte, hatte ihn verletzt. »Disziplinlosigkeit« war der Vorwurf, der Tadel seines Vaters gewesen. Seither hatte Jack nie mehr Kokain genommen, nicht einmal zum Spaß, nicht einmal wenn sein Vater es unmöglich hätte erfahren können. Er hatte sich auch nicht wie andere gelegentlich betrunken und sogar das Rauchen aufgegeben. Davon wußte allerdings nur Onkel Roger, nicht aber sein Vater, dem er, abgesehen von Weihnachtskarten, in sieben oder acht Jahren nicht ein einziges Mal geschrieben hatte – bis neulich den Brief, den er dem *Träume*-Buch beigelegt hatte. Jack fiel seine Theorie wieder ein, die er entwickelt hatte, nachdem er sich das Rauchen abgewöhnt hatte: Man brauchte keine Drogen, denn man konnte sich ebensogut durch Denken, durch Musik oder das Betrachten von Bildern und manchmal auch durch Arbeit in einen anderen, angenehmeren Zustand versetzen. Das wirkte zwar nicht genauso wie Kokain, doch Jack war nach wie vor davon überzeugt, daß einiges für seine Theorie sprach. Er glaubte fest, daß er sich sogar einfach an ein geöffnetes Fenster stellen und allein durch die Kraft seiner Gedanken in eine Ohnmacht hineinsteigern könne, etwa indem er sich einen Autounfall vorstellte, den zerschmetterten Schädel des Fahrers, den durch die Lenksäule aufgeschlitzten Bauch und die herausquellenden Gedärme. Bislang hatte er das Experiment allerdings nicht bis zum Ende getrieben, aus Angst, tatsächlich in Ohnmacht zu fallen.

Ob Elsie mit ihrer Begeisterungsfähigkeit das auch konnte? »... manchmal ist alles eine große Überraschung, nicht nur New York. Besonders Musik, wenn ich sie nach dem Aufwachen höre... Natürlich denke ich auch an die

Wasserstoffbombe, aber nicht jeden Tag. Dann sehe ich auf zum Himmel, und er ist immer noch blau. Aber die Wolke da oben kann ich mir schon vorstellen.« Jack erinnerte sich, daß sie einmal etwas Derartiges gesagt hatte. Er hatte noch ihre ernste, naive Stimme im Ohr.

Elsie meldete sich ein paarmal telefonisch aus Connecticut. Einmal waren sie beide zu Hause, ein anderes Mal war er nicht da, und Natalia hatte es ihm nachträglich erzählt. Dann war sie wieder in New York, und Natalia besuchte sie noch am selben Abend in der Greene Street und fragte Jack, ob er sie begleiten wolle, doch er mußte arbeiten. Natalia, Elsie und Marion gingen zum Essen in ein nahe gelegenes Restaurant. Elsie sei ganz rosig von der vielen Sonne, berichtete Natalia, und nach den Briefen und den Anfragen bei ihrem Agenten zu urteilen, erwarte sie eine Menge Arbeit.

Aus dem, was Natalia von diesen Abenden erzählte, schloß Jack, daß zwischen den dreien ein freundschaftliches Verhältnis herrschte. Versuchte Natalia, Marion die Freundin auszuspannen, oder nicht? Vielleicht hatte Marion Elsie auch längst verloren, und Elsie teilte nur noch die Wohnung mit ihr. Jack glaubte das eigentlich nicht. Er hielt es für wahrscheinlicher, daß Elsie einfach unbekümmert war, so unbekümmert, daß sie leicht zwei Freundinnen gleichzeitig haben konnte. Und Natalia war selbstsicher wie immer und konnte es sich leisten, das Spiel langsam anzugehen, denn sie wußte, daß sie letzten Endes gewinnen würde. Jack rechnete halb damit, daß Natalia ihn fragen würde, ob Elsie sie nach Griechenland und Jugoslawien begleiten dürfe. Und wenn er ehrlich war, hatte er gar nichts dagegen. Er konnte sich sogar vorstellen, hin und wieder in Elsies Zimmer zu schlafen, damit sie die Nacht mit Natalia verbringen konnte. Diese Vorstellung ließ ihn lächeln. Sie wollten für drei Wochen ein kleines Haus auf einer griechischen Insel mieten. Wie es schien, hatte Elsie aber diesen Sommer bereits zu viele Aufträge. Natalia hatte darauf hingewiesen: Elsie Tyler war eben eine ehrgeizige junge Frau.

Jack und Natalia sprachen darüber, auf welche Schule Amelia gehen sollte. Ende Juni wurde sie sechs, und Natalia wollte, daß sie nicht mehr auf die Sterling Academy in der West Twelfth Street mit »dieser Kindergartenatmosphäre«, wie sie es nannte, ging. Sie berieten sich mit den Armstrongs, deren Sohn Jason ein Jahr älter als Amelia war, und erfuhren, daß diese sich für eine konfessionelle Schule entschieden hatten. »Wenn man will, daß sein Kind zu Hause schläft und in einer kultivierten Atmosphäre aufwächst«, sagte Elaine Armstrong, »meldet man es am besten auf einer konfessionellen Schule an. Man kann sein Kind vom Religionsunterricht befreien lassen, aber was die Anforderungen betrifft, machen sie keine Kompromisse.« Also nahmen Jack und Natalia sich vor, Informationen über konfessionelle Schulen einzuholen, und stellten fest, daß es in ihrer Nachbarschaft eine gab.

Bob Campbell hatte vielleicht doch recht gehabt, dachte Jack, als er Louis' Tod nicht gleich bekanntgegeben hatte. Die Nachricht hatte sich zwar unter ihren Freunden und Bekannten herumgesprochen, doch erst Wochen später. Bob sagte, er habe einige Anrufe bekommen, jedoch nur sehr wenige Beileidsbriefe, die er beantworten müsse. Jack fiel ein, daß Natalia Elsie von Louis' Tod erzählt hatte, und daraufhin hatte Elsie Bob einen so rührenden Brief geschrieben, daß er ihn eines Abends, als er bei Jack und Natalia zum Essen eingeladen gewesen war, mitgebracht hatte, um ihn den beiden zu zeigen. Natalia hatte den Brief gelesen, und Jack glaubte, Tränen in ihren Augen gesehen zu haben, als sie ihn Bob zurückgegeben hatte, war sich aber nicht ganz sicher. »Ja, das hätte Louis gefallen«, hatte sie gesagt. Manchmal, an Sonntagen oder spätabends, fand Jack Natalia verändert, geistesabwesend, als dächte sie daran, wie es wäre, wenn Louis nicht tot wäre und sie ihn anrufen, sich mit ihm treffen und bis in die frühen Morgenstunden mit ihm reden könnte.

Elaine Armstrong rief an und fragte sie, ob sie Lust hätten, am Samstag morgen zu dem Kunstmarkt in der Christopher Street zu gehen. Tatsächlich wollten Jack und Natalia dorthingehen, und so verabredeten sie sich mit den Armstrongs an der nordwestlichen Ecke der Bleecker und Christopher Street. Beide Paare hatten ihr Kind dabei, und Max schärfte Jason ein, er solle aufpassen, daß er nicht verlorengehe, worauf Jason antwortete, er könne zur Not auch allein nach Hause finden. Jack nahm Amelia lieber an die Hand und trug sie schließlich huckepack. In der Christopher Street drängten sich die Menschen vor den Auslagen, die auf improvisierten Tischen ausgebreitet waren. Es gab Töpferwaren, manche schön, manche völlig geschmacklos, und alles mögliche aus Holz, von Buttermodeln bis hin zu Gliederpuppen.

»Menschenrechte!« rief eine wie eine Zigeunerin herausgeputzte Frau, auf deren Tisch Portemonnaies und Geldgürtel lagen. »Na los, Leute, rückt euer Geld raus!«

»Ich hab Durst auf ein Bier«, sagte Max zu Jack. »Bin gleich wieder da.« Er hatte einen Lebensmittelladen entdeckt.

Natalia kaufte eine Kette mit irgendwelchen getrockneten Früchten, die gräßlich und nicht einmal besonders sauber aussahen. »Man muß sie in Wasser einweichen«, sagte sie und legte sich die Kette wie eine Girlande um den Hals.

»Was soll das sein? Pfefferschoten?« fragte Jack, bekam aber keine Antwort, weil Natalia ihn nicht gehört hatte.

Max kehrte mit zwei Dosen Bier zurück und gab eine davon Jack.

Elaine trug ein weißblaues Hosenrock-Kostüm. Sie beugte sich über einen Tisch, auf dem Quilts ausgebreitet waren, und diskutierte mit ihrem Mann die Anschaffung einer grün und rosafarben gemusterten Tagesdecke für ihr Doppelbett, die hundertzwanzig Dollar kosten sollte. Max wandte ein, er habe nicht soviel Geld bei sich, doch Elaine erinnerte ihn daran, daß er doch schließlich eine Kreditkarte habe.

Jack stellte sich auf eine vergleichsweise freie Treppe, um vorübergehend dem Gedränge zu entfliehen. Direkt vor ihm war Natalia und musterte Portemonnaies und Handtaschen. Er war sicher, daß sie nichts davon kaufen würde, obgleich er eine weiße Ledertasche mit gelben Nähten gesehen hatte, die ihn an Elsie hatte denken lassen.

»Daddy, ich rieche Würstchen!« rief Amelia ihm ins Ohr. Sie grub ihm die Fersen in die Seiten, als wäre er ein Pferd.

»Sechs verschiedene Arten von Würstchen, und alle riechen schrecklich«, antwortete er. »Warte bis zum Mittagessen.« Plötzlich sah er Elsie auf der anderen Straßenseite, etwa dreißig Meter entfernt. »He, Natalia – da drüben ist Elsie!« Er zeigte mit dem Finger. »Und Marion auch – gegenüber!«

»Ja?« Natalia stellte sich neben ihn. »He, Elsie! Marion!«

Elsie schien sich zu ihnen umzudrehen, ja, sie drehte sich tatsächlich um, aber an der ruhigen Art, wie sie einfach weiterredete, merkte man, daß sie Natalia nicht gehört hatte, was bei dem allgemeinen Lärm nicht verwunderlich war.

»El-sie!« rief Amelia mit schriller Stimme und winkte.

»In diesem Gedränge holen wir sie nicht ein«, sagte Natalia, während sich Elsie und Marion in Richtung Sheridan Square entfernten. »Schade. Wir hätten die beiden zum Essen einladen können.«

»Ja.« Sie wollten mit den Armstrongs in ein Restaurant gehen.

»Ich will runter«, sagte Amelia. »Und ich hab einen Riesenhunger.«

Jack setzte sie ab. »Ich hab gesehen, wie braun Elsie geworden ist«, sagte er. »Das sieht tatsächlich ein bißchen nach Sonnenbrand aus.«

»Du hättest sie mal vor einer Woche sehen sollen.« Natalia ging die Treppe hinunter. »Vor ein paar Tagen hat sie für eine Badeanzug-Reklame Modell gestanden. Gut, daß sie im Augenblick am ganzen Körper so rot ist.«

Sie aßen in einem überfüllten Restaurant namens The Front Porch an der Ecke West Fourth und Eleventh Street zu Mittag. Elaine hatte die Plastiktüte mit dem grün und rosafarben gemusterten Quilt dabei.

31

Jack malte gerade mit altrosafarbener Ölfarbe den geschwungenen Umriß eines Sessels, als das Telefon läutete. Er ließ es fünf- oder sechsmal läuten, bis beinahe keine Farbe mehr auf dem Pinsel war. Es war Nachmittag, und Natalia war mit Amelia zu einer der weiter nördlich gelegenen Galerien gefahren.

»Hallo?« sagte Jack.

»Hallo, Jack!« Marion war atemlos. »Können Sie bitte sofort kommen? Jetzt gleich? Bitte!«

»Was ist los?«

»Elsie ist verletzt! Es sieht schlimm aus!«

»Wo ist sie?«

»Hier! In der Greene Street!«

»Was ist passiert? Haben Sie einen Arzt benachrichtigt?«

»N-nein. Es ist –« Marions Stimme klang erstickt.

»Marion, rufen Sie in St. Vincent's an! Oder soll ich das tun?«

»Nein, nein. Aber kommen Sie schnell!«

»Ja, ich komme. Aber rufen Sie das Krankenhaus an.«

Jack steckte Schlüssel und Brieftasche ein und rannte hinunter. War Elsie vielleicht von einer Leiter gestürzt? Oder war sie in der Wohnung überfallen worden? Jack trabte auf der Bleecker Street in südlicher Richtung und hielt nach einem Taxi Ausschau.

Sollte er irgendwo ein freies Taxi entdecken, würde er rennen, um es noch zu erwischen. Aber war er, wenn er rannte, nicht ohnehin schneller als ein Taxi? Er stimmte den Rhythmus seiner Schritte und Atemzüge aufeinander ab, wich den Passanten, die ihm entgegenkamen, schon einige Meter im voraus aus und wechselte notfalls vom Bürgersteig auf die Fahrbahn.

An der Houston Street bog er nach Osten ab und überquerte die Straße, sobald eine Ampel auf Grün sprang. Beinahe hätte er einen Kinderwagen umgeworfen, als die Frau, die ihn schob, ihm ausweichen wollte, doch der Wagen schwankte nur wenig, und Jack rief im Laufen zurück: »'tschuldigung!«

»Sind Sie verrückt?« schrie die Frau.

Endlich drückte Jack auf den Klingelknopf neben der mit Bleistift geschriebenen Aufschrift GILL; ihm fiel ein, daß irgend jemand Marion die Wohnung nur auf Zeit überlassen hatte.

Der Türöffner summte. Jack stieß die Tür auf, trat in den kleinen Windfang und öffnete auch die zweite Tür, die ins Treppenhaus führte.

»Jack!« Marions Stimme erklang von oben.

»Ja!« Er sprang, zwei Stufen auf einmal nehmend, die Treppe hinauf.

»Was zum Teufel ist eigentlich hier los?« Das kam von unten, wo sich eine Tür geöffnet hatte.

Jack erblickte kurz einen mißmutig dreinblickenden Mann in mittleren Jahren, dessen Hand auf dem Türknauf lag.

»Jack, Jack, kommen Sie rein!« Marion erwartete ihn zitternd, mit hängenden Schultern.

Durch eine hohe Tür rechts der Treppe trat Jack in die Wohnung.

Elsie lag rücklings auf dem Boden, den Kopf auf ein Kissen gebettet. Auf der Schädeldecke und dem Gesicht war Blut.

»Mein Gott!« sagte Jack. »Was ist passiert?«

»Sie ist unten überfallen worden! Ich habe sie schreien hören. Als ich hinunterkam, rannte jemand zur Tür hinaus. Elsie ist umgefallen, aber ich bin sicher, daß sie noch gelebt hat, als ich sie die Treppe hinaufgeschleppt habe. Sie hat noch irgend etwas gesagt.«

Jack legte den Daumen an Elsies Handgelenk, das sich irgendwie kühl anfühlte – aber andererseits war er sehr erhitzt. Ihre halbgeöffneten Augen machten ihm angst. »Haben Sie das Krankenhaus angerufen? St. Vincent's?«

»Vince hat angerufen. Der Mann da unten. Glauben Sie, daß sie tot ist, Jack?« Marion zitterte.

Jack konzentrierte sich darauf, den Puls zu ertasten. Er konnte ihn nicht finden. Er legte den verschwitzten Zeigefinger an Elsies Oberlippe und spürte keinen Atem. Dann öffnete er Elsies weiße Jacke und erschrak beim Anblick von noch mehr Blut auf ihrer linken Taille und unterhalb des Bundes ihrer blauen Baumwollhose. »Mein Gott! Holen Sie eine Decke!«

Marion verschwand in einem Zimmer, kehrte, eine Bettdecke hinter sich herziehend, zurück und deckte Elsie bis zum Hals zu. »Glauben Sie, daß sie tot ist, Jack?«

»Ich weiß es nicht. Wer war denn da unten? Haben Sie jemanden erkennen können?«

Marion schüttelte den Kopf. »Ich hab nur gesehen, wie die Tür zufiel. Eine weiße Hose – glaube ich. Elsie fiel auf die Stufen, sie fiel irgendwie die Treppe *hinauf*. Dann kam Vince – das ist der Mann, der im Erdgeschoß wohnt – aus seiner Wohnung und hat mir geholfen, sie hinaufzutragen. Wir dachten, sie wäre bloß bewußtlos. Wir dachten, ein kaltes Handtuch… Ich hab Vince zuerst weggeschickt, und dann hab ich Sie angerufen, und dann kam Vince wieder, und ich hab ihn gebeten, in St. Vincent's anzurufen. Wahrscheinlich steht er jetzt unten auf der Straße, um die Männer vom Rettungswagen einzuweisen.«

»Mein Gott«, flüsterte Jack. Ihm fiel mit einemmal auf, daß Elsies Schädeldecke ein wenig eingedrückt war. Das Blut war teils dunkel, teils leuchtend rot.

»Eine schreckliche Kopfwunde! Glauben Sie, daß sie nur im Koma liegt, Jack?«

Nein, das glaubte Jack nicht. Seiner Meinung nach war Elsie tot. Er hörte die Sirene des Rettungswagens – sie klang unheilvoll und erschöpft.

»Da sind sie«, sagte Marion.

»Wer zum Teufel… Und Sie haben nicht sehen können, wer zur Tür hinausgerannt ist?«

»Ich schwöre, Jack, ich konnte es nicht genau erkennen. Aber ich habe diese verdammte Fran in Verdacht. Bestimmt war sie's!« Marion starrte Jack mit vor Entsetzen geweiteten Augen an. »Wer denn sonst?«

Wenige Sekunden später beugten sich die weißuniformierten Sanitäter über Elsie, und ein Polizist und noch ein, zwei Männer in Zivil standen plötzlich in dem großen Raum und stellten Fragen. Keiner hatte es ausgesprochen, aber Elsie war offenbar tot – das ging jedenfalls aus dem Verhalten der Männer eindeutig hervor. Alle mußten zurücktreten, damit Fotos von Elsie gemacht werden konnten, erst zugedeckt, dann ohne Decke. Als Bewohnerin der Wohnung mußte Marion Gill ihren Namen angeben und sagen, in welcher Beziehung sie zu »der Frau hier« gestanden habe; außerdem fragte man sie nach Elsies Namen und denen ihrer nächsten Angehörigen. Die mußte Marion erst irgendwo nachsehen.

»Sie wollte gegen vier hiersein«, sagte Marion. »Nein, ich weiß nur, daß irgend jemand schnell hinausgerannt ist. Ich glaube, er oder sie trug eine weiße Hose. Ich habe bloß gesehen, wie die Haustür zufiel.«

Ein Mann wurde hinuntergeschickt, um die Mieter im Erdgeschoß zu befragen.

Im Durcheinander des Stimmengewirrs hörte Jack, man habe auf dem Boden des Treppenhauses einen Ziegelstein oder »einen Betonbrocken« gefunden.

Dann wurde Jack vernommen. Er hatte einen Ausweis in seiner Brieftasche, und seine Aussage wurde von Marion bestätigt, die sagte, sie habe Jack um kurz nach vier angerufen und ihn gebeten zu kommen. Sowohl Jack als auch Marion wurden gefragt, ob sie einen Verdacht hätten, wer die junge Frau angegriffen haben könnte, was Marion nach kurzem Zögern verneinte. Jack schüttelte nur den Kopf.

Schuhsohlen scharrten über den Fußboden. Elsies Leichnam wurde auf einer Bahre hinausgetragen.

Marion folgte der Bahre hinaus in den Flur. Jack blieb

bei ihr. Er fürchtete, Marion könnte in Ohnmacht fallen, doch sie stand starr und aufrecht da. Unten fotografierte ein Mann die Treppe, und ein Polizist befragte ein halbes Dutzend Männer und Frauen, die, wie Jack annahm, im Haus wohnten.

»Der Dicke mit dem Schnurrbart«, sagte Marion zu Jack, »läßt sich immer nur sehen, um irgend jemanden anzubrüllen. Er macht ständig irgendwelche Tonbandaufnahmen, und darum beschwert er sich über jeden Lärm. Warum ist er nicht herausgekommen, als Elsie…« Sie sprach nicht weiter.

Jack sah, daß sie den Mann mittleren Alters meinte, der ihn gefragt hatte, was zum Teufel eigentlich los sei.

»Ich schwöre, Elsie hat noch etwas gesagt, als ich bei ihr war«, fuhr Marion fort. »›Hilf mir auf‹ oder ›Mein Kopf…‹«

Das konnte Jack nicht glauben, nicht nachdem er die Vertiefung in Elsies Kopf gesehen hatte. Er nahm Marions Arm und führte sie wieder in die Wohnung, in der sie jetzt ganz allein waren. Mit einemmal sackte sie in sich zusammen und ließ die Schultern hängen. »Setzen Sie sich, Marion.« Auf Jacks Stirn stand der Schweiß, und sein T-Shirt war ganz naß. Er sah den großen, dunklen Blutfleck auf dem türkisfarbenen Kissen, das unter Elsies Kopf gelegen hatte, und drehte es rasch um. Auch auf den schmutzigblauen Stein- oder Betonboden war Blut gesickert, doch dort fiel es weniger ins Auge als auf dem Kissen. Die Decke lag zerknüllt auf dem Boden. »Haben Sie etwas zu trinken im Haus, Marion? Vielleicht Tee? Ein heißer Tee würde Ihnen guttun.«

»Heißer Tee!« Marion lachte bitter. »Na klar hab ich was zu trinken im Haus. Oben rechts. Schenken Sie ein, Jack!«

Sie zeigte auf das Schränkchen über der Spüle. Jack holte eine Flasche Cutty Sark hervor, schenkte zwei Gläser ein und reichte Marion eines davon.

Sie nahm einen Schluck. »Eben war sie noch hier!« Sie richtete sich auf dem Sofa auf und erhob sich.

»Nein, setzen Sie sich.« Doch Marion machte ein paar Schritte, und Jack bugsierte sie mit Mühe zu der nächsten Sitzgelegenheit: dem Doppelbett in der Ecke.

Sie ließ sich auf die Bettkante sinken. »Die kommen wieder. Die sind noch nicht fertig.«

»Wer?«

»Die Polizei.«

»Natürlich kommen die noch mal. Und sie werden den Täter kriegen. Möchten Sie jemanden anrufen, Marion? Oder lieber mit zu mir kommen? Zu uns? Sie können nicht allein hierbleiben. Trinken Sie etwas.«

Sie nahm einen großen Schluck. Ihre rotbraunen Wimpern senkten sich, dann sah sie ihn fester an. »Geht schon wieder.«

Jack blickte zu der hohen, weißen Decke. An zwei Wänden hingen Gitarren, an den anderen drei oder vier Bilder, allesamt von derselben Person gemalt und gar nicht einmal schlecht. »Wo war Elsie heute nachmittag?«

»Sie hatte um zwei einen Fototermin in einem Studio in der East Thirty-eighth Street. Sie sagte, es würde nicht länger als eine Stunde dauern und sie würde um vier wieder dasein. War sie ja auch. Sie...« Marions Stimme zitterte.

»Kommen Sie mit zu uns, Marion. Oder rufen Sie eine Freundin an. Ich werde Sie nicht allein hierlassen.«

Marion rieb sich die Stirn. »Okay, ich rufe Myra an.«

»Wohnt sie in der Nähe?«

»Ja.« Marion wollte sich erheben, taumelte, fing sich wieder und stand stramm wie ein Soldat, bevor Jack sie stützen konnte. »Alles in Ordnung, Jack, wirklich. Und ich werde den Mistkerl kriegen, der das getan hat, das schwöre ich!«

»Keine Sorge. Den kriegen wir.«

Marion telefonierte, und Jack wusch sich an der Spüle das Gesicht und spritzte Wasser auf seine Rippen unter dem T-Shirt. Er hörte Marion sagen: »Gut, dann läßt du mich rein, ja? – Bald. In fünf Minuten.«

Sie verschlossen die Wohnungstür und gingen hinunter. Unten, im Treppenhaus, standen ein Mann und eine Frau, die miteinander redeten.

»Stimmt es, daß Ihre Freundin tot ist?« fragte die Frau.

»Ja.« Marion wich vor der ausgestreckten Hand der Frau zurück.

»Ist die Polizei noch oben, Marion?« fragte der blonde, hochgewachsene junge Mann in Jeans und schwarzem T-Shirt. Sein Gesichtsausdruck war ernst.

»Nein«, sagte Marion. »Danke, daß du den Rettungswagen gerufen hast, Vince.«

»Ach was, dafür brauchst du dich doch nicht zu bedanken! O Gott, Elsie!« flüsterte er. »Ich wollte nicht raufkommen, weil ich dachte, die Polizei vernimmt dich noch. Kommst du heute abend zurück, Marion?«

»Ich weiß noch nicht. Ich gehe jetzt zu Myra.«

»Gut. Wir sind jedenfalls zu Hause. Melde dich.«

Sie gingen in südlicher Richtung. Marion sagte, Myra wohne nur zwei Blocks entfernt. Jack nahm ihren Arm, er berührte ihn nur leicht, und vielleicht war es überflüssig, doch ihm half es, und möglicherweise schöpfte sie daraus etwas Trost.

»Warum glauben Sie, daß Fran es getan haben könnte?« fragte er.

»Weil sie ein so ekelhaftes Miststück ist und Elsie aus tiefstem Herzen gehaßt hat. Ich weiß nicht, Jack – es ist bloß so eine Ahnung.«

Ein Kind stieß im Vorbeifahren mit der Lenkstange seines Fahrrads gegen Jacks Oberschenkel, drehte sich um und rief ihm eine Beleidigung nach. »Aber das haben Sie der Polizei nicht gesagt.«

»Ich will keinen Ärger mit der Polizei haben. Nachher heißt es noch, ich hätte falsche Anschuldigungen gemacht. Ha! Die denken doch bloß, ich sei hysterisch. Oder daß es um Eifersüchteleien unter Lesben geht. Nein, Fran kann ich später noch ins Spiel bringen. Mal sehen, was die Polizei herausfindet.«

Sie bogen nach links ab.

»Und was ist mit Linderman?«

»Lin... Der alte Mistkerl? Nein, das glaube ich nicht.« Marion klang jetzt wieder ganz vernünftig. Sie sah Jack an. »Das glaube ich wirklich nicht. Wir sind da. Oder vielmehr: Ich bin da.« Sie war im Begriff, die vier oder fünf Stufen zu einer Haustür hinaufzugehen.

»Ich warte noch, bis Sie drinnen sind«, sagte Jack. Marion lächelte schwach, ging die Treppe hinauf und drückte auf einen Klingelknopf. »Wir sind heute abend zu Hause, Marion. Ganz sicher. Rufen Sie an, wenn Sie wollen. Sie müssen aber nicht.«

»Danke, Jack.« Marions Stimme war klar und fest. Der Türöffner summte, und sie verschwand im Haus.

Jack wandte sich nach Norden. Er atmete jetzt schneller, ging mit gesenktem Kopf und den Blick nur gerade so weit erhoben, daß er entgegenkommenden Passanten ausweichen konnte. In seinen Gedanken mischten sich Flüche, Entsetzen, Unglauben und Wut. Seine Augen begannen zu brennen – im Augenblick, wie ihm schien, die einzige normale und verständliche Reaktion. Ja – Tränen, die den Staub aus den Augen spülten, Tränen, die seinen Augen einen wirklichen, körperlichen Schmerz bereiteten.

Was tat Ralph Linderman jetzt gerade? Jack war unterwegs zu Lindermans Wohnung. Diesen Entschluß hatte er gefaßt, als er bei Marion den Cutty Sark eingeschenkt hatte. Er wollte Linderman ein paar Fragen stellen. Vielleicht war er gar nicht zu Hause.

Jack sah auf seine Uhr: fünf Uhr siebenunddreißig. Er war jetzt auf der Bleecker Street und setzte sich in Trab, so gut es ging, ohne andere anzurempeln. Zwar wußte er Lindermans Hausnummer nicht mehr genau, aber den Eingang würde er doch wohl erkennen, die Treppe mit dem kleinen Absatz und die abgenutzte schwarze Tür. Ein Kleinkind in Windeln saß auf dem Absatz, und zwei Jungen warfen sich einen schmutzigen Tennisball zu. Sie starrten Jack nach, als dieser zwischen ihnen hindurchging und auf Lindermans Klingelknopf drückte. Die Haustür stand offen.

»Die Klingel funktioniert nicht«, sagte einer der Jungen und kicherte.

Jack wußte nicht, ob er ihm glauben sollte.

»Wollen Sie zu dem alten Knallkopf? Gehen Sie einfach rauf.«

Beide Jungen brachen in schallendes Gelächter aus.

Jack drückte die zweite, ebenfalls unverschlossene Tür auf und ging die Treppe hinauf. Stimmen, Küchengerüche, Alter, Staub. Wegen der Hitze waren alle Wohnungstüren nur angelehnt. Ganz oben, hinten links, erinnerte sich Jack. Er klopfte.

In der Wohnung näherten sich Schritte. »Wenn das schon wieder *Sie* sind, mache ich nicht auf!«

Jack klopfte lauter. »Ich bin's, Sutherland.«

Stille, dann: »Sutherland?«

»Genau, Mr. Linderman.« Jack stand breitbeinig da und wischte sich mit dem Unterarm den Schweiß von der Stirn.

Linderman öffnete die Tür. Er war erst halb rasiert, hatte noch Schaum auf der einen Gesichtshälfte und in der Hand einen Rasierer. »Was ist los?«

»Kann ich hereinkommen?«

Linderman trat steif beiseite und ließ Jack ein.

Unten rief jemand etwas auf italienisch. Man hörte es selbst dann noch ein wenig, als Linderman die Tür geschlossen hatte.

»Entschuldigen Sie, daß ich Sie so empfange«, sagte Linderman, »aber im Haus war es den ganzen Nachmittag so laut, und ich mache mich gerade fertig, um zur Arbeit zu gehen.«

Jack nickte. Linderman war in Hose und Unterhemd. Der schwarzweiße Hund schnupperte an Jacks Bein und wedelte halbherzig mit dem Schwanz. Linderman schlurfte in Hausschuhen aus dem Zimmer, um einen Wasserhahn zuzudrehen.

»Was gibt es?« fragte er, als er wieder zurückkam. »Sind Sie gerannt? In dieser Hitze?«

»Nein.« Jack sah Linderman unverwandt an.

»Möchten Sie ein Glas Wasser? Wieso starren Sie mich so an? Wahrscheinlich haben Sie sich über meinen Brief geärgert.«

Jack hatte das Gefühl, als glühte er am ganzen Leib. Der Schweiß lief an ihm hinunter. »Wo waren Sie heute nachmittag?«

»Ha! Ich hab versucht zu schlafen! Unten ist vor kurzem noch eine Itakerfamilie eingezogen. Überall krabbeln Kinder herum, sogar hier oben!« Linderman zeigte auf die Tür. »Meine Schicht beginnt um acht. Ich muß schlafen. Wenn das Arbeitsgeräusche wären, sage ich immer, würde es mir nicht soviel ausmachen, aber das hier ist unnötiger Lärm! Kinder plärren, Leute schreien herum!«

Ein dumpfer Knall ertönte. Jack zuckte zusammen wie eine nervöse Katze und sah zur Tür.

»Das Übliche! Die Kinder spielen Ball – sie werfen ihn gegen meine Tür!« Lindermans Stimme verriet kalte Verachtung. Er hatte noch immer den Rasierapparat in der Hand. »Natürlich mit Absicht!«

Im Treppenhaus kreischte ein Kind.

»Ich würde God ja zu gerne beibringen, sie aus diesem Stockwerk zu verjagen, aber dann würden die sich über meinen Hund beschweren und auch noch recht bekommen. Ruhe und Ordnung bedeuten ja keinem mehr was!«

»Wo waren Sie heute nachmittag gegen vier Uhr?« fragte Jack.

»Gegen vier?« Linderman wirkte überrascht. »Hier.«

»Und wann haben Sie zuletzt Ihren Hund ausgeführt?«

»God ausgeführt? So um Mittag herum. Er muß noch mal raus, bevor ich zur Arbeit gehe.« Linderman trat von einem Fuß auf den anderen, wollte sich mit der freien Hand an die eingeschäumte Wange greifen und fragte statt dessen: »Was ist los, Mr. Sutherland? Hat jemand bei Ihnen eingebrochen? Sind Sie ausgeraubt worden?«

Unterwegs zu Linderman hatte Jack es sich so gut vorstellen können: Elsie war auf dem Heimweg, und Linderman folgte ihr, Elsie rief ihm über die Schulter etwas Unfreundliches zu, Linderman hob, nach dieser letzten Demütigung, den erstbesten Gegenstand auf, vielleicht einen zufällig auf der Straße liegenden Stein, er schlug ihr damit auf den Kopf, gerade als sie die Haustür aufschloß, schlug weiter, während sie schrie, ließ den Stein dann fallen und floh, als er hörte, daß Marion oben die Wohnungstür öffnete. Und nun stand Jack vor Linderman, der über seine Nachbarn schimpfte und behauptete, er sei den ganzen Nachmittag zu Hause gewesen. Vielleicht stimmte das ja auch. Sollte er ihm glauben?

»Mr. Sutherland –«

»Nein, kein Einbruch«, sagte Jack.

»Ist Ihrer kleinen Tochter etwas zugestoßen?«

»Nein.«

»Elsie?« Linderman wirkte jetzt besorgter.

»Nein, nein.«

»Gut. Würden Sie mich für zwei Minuten entschuldigen – Sie dürfen sich auch setzen. Ich muß mich noch fertig rasieren und kurz mit dem Hund hinaus.« Linderman wies auf den Sessel und trat in das Badezimmer, das rechts der beiden Fenster lag.

Jack ging in Richtung der offenen Tür, durch die Linderman verschwunden war. Er sah einen kleinen Raum mit einem ungemachten Bett und hörte wieder Wasser laufen. Das Bett wirkte, als wäre Linderman tatsächlich soeben erst aufgestanden – aber hätte das nicht auch schon um drei gewesen sein können? Jack drehte sich um, ging zur Wohnungstür und bemerkte eine rechteckige Karte mit braunen Kanten, die über dem Türrahmen befestigt war. In schwarzen Buchstaben stand da: WES DAS HERZ VOLL IST, DES GEHET DER HUND ÜBER. Linderman hatte das Wort »Mund«, das zuvor dort gestanden haben mußte, mit dem Wort »Hund« überklebt. Es war eine Karte, wie man sie in Souvenirläden kaufen konnte.

»Haha«, sagte Linderman, der gerade wieder ins Zimmer trat. »Meine neueste Erwerbung. ›Wes das Herz voll ist –‹«

»Wo arbeiten Sie zur Zeit, Mr. Linderman?«

»Ach, in einem Loch namens Hot Arch Arcade. Broadway Ecke Eighty-first Street. Brot und Spiele für die Massen. Tag und Nacht geöffnet. Ich glaube, die Kundschaft wäre nicht nach Ihrem Geschmack. Sie sind auf einmal so blaß, Mr. Sutherland.«

»Blaß?«

»Ja. Eben waren Sie noch krebsrot im Gesicht, und jetzt

sind Sie ganz bleich. Wenn Sie über das sprechen wollen, was ich … was ich Ihnen über Elsie geschrieben habe … Möchten Sie sich nicht …« Linderman streckte die Hand aus, als wollte er Jack zum Sessel führen.

Jack wich zurück zur Tür. »Danke, aber ich muß weiter. Entschuldigen Sie die Störung.« Damit ging er hinaus.

Und dann war er wieder auf der Straße, im Sonnenschein, und ging in normalem Tempo die Straße hinunter. Es wehte ein kühlendes Lüftchen. Er griff in die Tasche und zog den Schlüsselbund hervor.

Amelia und Natalia waren zu Hause, letztere machte sich in der Küche zu schaffen.

»Hallo, Jack! Stell dir vor, was wir … Was ist los, Jack?«

»Nichts.«

»Du siehst fix und fertig aus. Wo warst du denn?«

Jack merkte, daß er zitterte. Ein plötzlicher Anfall von Schüttelfrost? Unvermittelt fiel ihm ein, daß Elsie hier dasselbe erlebt hatte – war das nicht im Februar gewesen? Er zog das T-Shirt aus. »Ich glaube, ich werde mal duschen.« Er ging ins Badezimmer und drehte das warme Wasser auf.

Natalia folgte ihm. »Was ist passiert, Jack? Bist du in eine Schlägerei geraten?«

»Ach was, Schlägerei!« Jack mußte beinahe lachen. Er trat unter den warmen Wasserstrahl – ein herrliches Gefühl. Er ließ das Wasser über den Kopf und das nach oben gewandte Gesicht laufen, so warm, wie er es gerade noch ertragen konnte. Seine Zähne hörten auf zu klappern.

»Eine warme Dusche. Willst du einen kühlen Drink?«

»Nein, lieber einen heißen Tee.«

»Im Ernst?«

»Ja.«

Jack zog den Frotteebademantel an und ging mit seinem Tee ins Schlafzimmer. Er winkte Natalia, ihm zu folgen. »Setz dich.« Er zeigte auf das Bett und einen Stuhl. Sie wollte sich nicht setzen, doch er bestand stumm darauf.

»Na gut.« Sie nahm auf einem Stuhl Platz, der auf seiner Seite des Bettes stand.

»Elsie ist tot«, sagte er leise.

Natalia fuhr zusammen. »Tot? Wie meinst du das?«

»Heute nachmittag. Marion hat mich angerufen. Das war ungefähr um vier. Ich bin –«

»Was heißt tot?«

»Irgend jemand hat ihr mit einem Stein auf den Kopf geschlagen.« Jack zitterte wieder, als er die Teetasse hob.

»Und wo?«

»Im Eingang zu ihrem Haus. Marion hat sie schreien hören und... ist hinuntergelaufen und hat sie in die Wohnung gebracht. Aber sie war schon tot. Die Polizei war da und ein Rettungswagen von St. Vincent's. Marion glaubt –«

»Ich kann es nicht fassen!« flüsterte Natalia. »Meinst du, daß dieser Mistkerl Linderman...« Sie war aufgestanden. »Hat Marion etwas gesehen?«

»Nein, Schatz. Sie sagt, sie hat jemanden weglaufen sehen, jemanden in einer weißen Hose, aber sie steht unter Schock, und es kann sein, daß sie sich irrt.«

»Es ist unglaublich!«

»Ich war vorhin bei Linderman«, sagte Jack. »Er sagt, daß er den ganzen Nachmittag zu Hause war, und es sieht alles so aus, als würde das stimmen, das kann ich beschwören. Marion hat etwas über diese Fran gesagt. Du weißt schon, dieses Mannweib.«

»Ja, Fran.«

»Wie heißt sie noch mal mit Nachnamen?«

»Ich hab's vergessen. Mein Gott, Jack – hast du Elsie gesehen?«

»Natürlich. Ich bin zur Greene Street gerannt, nachdem Marion angerufen hatte. Sie dachte offenbar, Elsie wäre bloß verletzt, bewußtlos – aber ...« Er wollte Elsies Verletzung nicht beschreiben. »Marion hat Fran im Verdacht. Na ja, die Polizei wird sich Fran und Linderman vornehmen und sie verhören, da bin ich sicher. Aber wie viele andere schräge Vögel gibt es sonst noch in Elsies Bekanntenkreis? Ich weiß es nicht. Du vielleicht?«

Natalia hatte ihn möglicherweise nicht gehört. Mit gesenktem Kopf und gerunzelter Stirn saß sie da, aber sie weinte nicht. »Herrgott, Elsie! *Nein!*« rief sie plötzlich, als es an der Tür klopfte.

Amelia öffnete die Tür einen Spaltbreit.

»Ich bin gleich wieder da«, sagte Natalia und ging hinaus. »Nein, Schätzchen, dein Daddy und ich haben etwas Wichtiges zu besprechen. Fünf Minuten. Ja, wegen der Reise. Wir ...« Ihre Stimme verklang.

Die Jugoslawienreise. Sie wollten Ende des Monats über Wien nach Belgrad fliegen. Ein paar Koffer, manche geöffnet, andere geschlossen, lagen im Flur. Einige waren bereits gepackt.

Natalia kam mit einem Glas Glenfiddich zurück.

In den folgenden fünf Minuten fragte ihn Natalia über alle Einzelheiten aus: Wann und wie war Elsie verletzt worden, was hatte Marion gesagt, wo war Marion jetzt (Natalia hatte Myra irgendwann kennengelernt, konnte sich aber nicht an ihren Nachnamen – Johnson oder Jackson – erinnern), was hatten die Polizisten gesagt und gefragt, was hatte Linderman gesagt?

»Ich muß hingehen. Ich muß sie sehen«, sagte Natalia und drückte ihre Zigarette aus.

»Wen? Marion?«

»Elsie.«

Jack konnte sie nicht davon abbringen. Natalia würde zum Krankenhaus und dann zum Leichenschauhaus fahren, je nachdem, wohin man Elsie gebracht hatte.

»Dann komme ich mit«, sagte Jack, stand auf und wollte sich anziehen.

»Das will ich aber nicht. Ich will allein gehen.«

Etwas in Natalias Stimme, ihrem entschlossenen Gesicht ließ Jack innehalten: Sie wollte wirklich allein hingehen.

»Laß Amelia heute abend nicht fernsehen«, flüsterte Natalia. »Wer weiß, vielleicht bringen sie was darüber, irgendeine kurze Meldung.«

Als die Wohnungstür ins Schloß fiel, zog Jack sich an: eine Baumwollhose und ein Hemd, das er nicht in den Hosenbund steckte. Im Badezimmer hob er die Jeans auf, die am Bund noch immer dunkel von Schweiß war.

»Dad-diie! Das Nebu-ku!« rief Amelia aus dem Wohnzimmer.

»Das was?« Seine Tochter lag auf dem Boden, einen Ellbogen aufgestützt. Ihr langes Haar hing herab.

»Hier! Ich kann es lesen! Was ist das?«

Jack beugte sich über die Landkarte von Jugoslawien, die Amelia auf dem Teppich ausgebreitet hatte, und sah nur das große Rechteck des bedruckten Papiers. »Wahrscheinlich ein Ort. Was denn sonst?«

»Werden wir eins sehen?« Dann verlor sie die Geduld und sagte: »Nein, es ist kein Ort, es sieht wie ein Zelt aus! Hier, am Rand, siehst du?«

Das Tageslicht fiel durch das Fenster auf Amelias blondes Haar, und Jack mußte an Elsie denken. Es war das letzte Sonnenlicht des letzten Tages von Elsies Leben. Jack schloß die Augen und wandte sich ab. »Ich muß mich ums Essen kümmern. Hast du keinen Hunger?«

»Nein«, sagte Amelia widerborstig. »Wo ist Mommy?«

»Weggegangen. Sie wird bald zurücksein.«

Natalia hatte bereits mit Kochen begonnen, und so blieb für Jack nicht allzuviel zu tun. Das Telefon läutete, als er und Amelia aßen. Ein Mann stellte sich als Inspektor Soundso vor und fragte, ob es Jack recht sei, wenn er vorbeikomme und ihm ein paar Fragen stelle.

»Natürlich. Jetzt?«

»In etwa zehn Minuten.«

Jack wollte Amelia ins Bett bringen, doch sie hatte etwas gemerkt und versuchte natürlich, ihm ein Schnippchen zu schlagen: Ja, sie würde jetzt zu Bett gehen – nein, sie wolle aufbleiben und auf den Besuch warten.

»Na gut, du kannst aufbleiben.« Jack versuchte es mit Homöopathie. »Wir machen heute abend eine Party. Eine Räuber-und-Gendarm-Party.«

Amelias goldene Augen weiteten sich. »Wer kommt denn? Wie viele?«

»Es ist eine Pyjama-Party. Du kannst deinen schon mal anziehen.«

Es läutete an der Tür.

Zwei Polizisten in kurzärmeligen blauen Uniformhemden kamen die Treppe herauf. Einen von ihnen erkannte Jack wieder: Er hatte bereits in Marions Wohnung mit ihm gesprochen.

»Mr. Sutherland?«

»Ja«, sagte Jack.

Die beiden Beamten stellten sich vor, und Jack bat sie herein und bot ihnen einen Platz an.

Amelia kam barfuß und im Pyjama ins Wohnzimmer und schien fest entschlossen, ihnen Gesellschaft zu leisten.

»Amelia, Schätzchen – laß uns bitte für ein paar Minuten allein, ja?« Jack versuchte sie wieder in ihr Zimmer zu bugsieren.

»Aber du hast gesagt, es ist eine Räuber-und-Gendarm-Party.«

»Die Räuber sind noch nicht da«, sagte Jack.

»Nein, ich will nicht!« Amelia entwand sich seinem Griff.

»Entschuldigen Sie«, sagte Jack zu den Polizisten. Einer von ihnen lächelte. »Meine Frau ist gerade nicht da. Vielleicht gehen wir lieber ins Schlafzimmer.«

Jack war nicht wohl dabei, aber er wollte Amelia auch nicht in ihr Zimmer sperren. Er trug einen Stuhl ins Schlafzimmer. Die Polizisten folgten ihm. Jack schloß die Tür vor Amelia und sagte: »Wir wollen uns ein paar Minuten in Ruhe unterhalten, Schätzchen.« Dabei ahnte er, daß sie an der Tür lauschen würde.

Zögernd setzte Jack sich auf das Fußende des Betts.

»Waren Sie mit der jungen Frau gut befreundet?« fragte der Polizist, den Jack noch nicht kannte. Er hatte sich als Beamter der Mordkommission vorgestellt.

»Ja, ich war ein guter Freund von ihr, wenn auch kein enger«, sagte Jack.

»Wie lange kannten Sie sie schon?«

Jack überlegte. »Beinahe ein Jahr.«

»Und wie haben Sie sie kennengelernt?«

Jack sah zur Schlafzimmertür, die er abgeschlossen hatte. Von der anderen Seite war kein Laut zu hören. »Sie hat in feinem Coffeeshop in der Seventh Avenue gearbeitet. Ich hab auf der Rückseite meiner Rechnung eine Skizze von ihr gemacht.« Er zuckte die Schultern. »Sie wohnte damals hier in der Gegend, in der Minetta Street. Wir haben uns gegrüßt, wenn wir uns auf der Straße begegnet sind.«

»Und dann?«

Jack fühlte sich unbehaglich – er wollte im Augenblick nicht über Linderman sprechen. »Dann hat sie meine Frau kennengelernt, und… meine Frau hat sie einem Fotografen vorgestellt. Als Model. Und auf diese Art hat sie dann einige Aufträge für Modeaufnahmen gekriegt.«

»Das kann man wohl sagen«, bemerkte der Beamte von der Mordkommission, ein untersetzter Mann von etwa Mitte Dreißig mit glattem, braunem Haar, das frisch geschnitten wirkte. »Haben Sie je gehört, daß sie Feinde hatte? In der Branche? Jemand, der neidisch war? Ein eifersüchtiger Mann vielleicht? Jemand, der eine Wut auf sie hatte?«

Jack schüttelte langsam den Kopf. »Da könnte Ihnen höchstens Marion Gill, ihre Freundin, weiterhelfen. Ich weiß von niemandem.« Während die beiden Männer sich

Notizen machten, fragte Jack: »Haben Sie noch einmal mit Marion gesprochen?«

»Ja, vorhin«, sagte der andere Beamte. »Sie hat sich bei uns gemeldet, und wir sind hingefahren und haben sie vernommen. Eine sehr kooperative junge Frau.«

Jack dachte an Fran. »Ich hoffe, Sie haben schon einige Hinweise.«

»Das kann man nie wissen«, sagte der Mann von der Mordkommission ausdruckslos.

Jack sah, daß die Türklinke sich bewegte, und versuchte es zu ignorieren. Obgleich es nicht warm war, spürte er, daß ihm wieder der Schweiß auf die Stirn trat. »Was war die Tatwaffe? Ich habe etwas von einem Ziegelstein gehört – unten, im Treppenhaus.«

»Ja. Ein roter Ziegelstein, an dem etwas Mörtel haftete«, sagte der Mann von der Mordkommission und sah Jack dabei an. »Wiegt gut ein Kilo.«

Jack sah den Stein sofort vor sich.

»Woran denken Sie gerade, Mr. Sutherland?« fragte der Beamte.

Jack holte Luft. »An zweierlei. Erstens, daß es ein Mann ... Man braucht schon ziemlich viel Kraft, um ... um so zuzuschlagen. Und außerdem frage ich mich, woher der Stein kam.« Jack sprach so leise, daß er kaum zu verstehen war, und hoffte, daß Amelia nicht lauschte. »Aber das spielt wohl keine Rolle.«

»Wir wissen, wo er vermutlich herkam. Etwa zehn Meter von der Haustür entfernt stehen ein paar Mülltonnen, und in einer davon lag Schutt obenauf.«

»In welcher Richtung?«

»Richtung?« fragte der von der Mordkommission.

»Von der Haustür aus gesehen.«

»Oh, in südlicher Richtung«, antwortete der Mann. »Die Mülltonnen standen in südlicher Richtung. Mr. Sutherland, haben Sie irgendeine Vermutung, irgendeinen Verdacht, wer das getan haben könnte?«

Jack wischte sich den Schweiß von der Stirn. »Nein. Ich kenne ihre Freunde nicht. Die Kreise, in denen sie verkehrte. Aber ich möchte Ihnen gern helfen. Meine Frau und ich haben Elsie sehr gemocht.« Jack stand nervös auf. Die Zugeknöpftheit der beiden machte ihn mit einemmal ungeduldig. Er fühlte sich wie in einer Sackgasse.

»Wir würden uns gern mal mit Ihrer Frau unterhalten«, sagte der Beamte von der Mordkommission. »Wissen Sie, wann sie zurückkommt? Oder wo sie jetzt ist?«

Jack wußte nicht, wieviel er ihnen sagen oder ob er etwas zurückhalten sollte und, wenn ja, warum. »Wo sie jetzt ist, weiß ich nicht genau.«

»Weiß sie denn Bescheid?« fragte der andere Polizist.

»Natürlich«, sagte Jack beinahe im Flüsterton. »Ich hab es ihr erzählt, als ich…« Er dachte an seinen Besuch bei Linderman. »…als ich heute nachmittag von Marion kam.«

»Aber Sie wissen nicht, wohin sie heute abend gegangen ist? Vielleicht zu Miss Gill? Kennt sie Miss Gill?«

»Ja.« Was hatte Marion über Natalia gesagt? »Meine Frau wollte… Sie wollte Elsie noch einmal sehen«, sagte Jack leise. »Sie ist zuerst zum Krankenhaus gefahren.«

»Tatsächlich?« sagte der Mann von der Mordkommission. »Ihre Frau nimmt ja offenbar großen Anteil an dieser Sache.«

»Ja. Alle haben Elsie geliebt. Alle.« Jack setzte sich nicht wieder. Er wünschte, die beiden würden gehen und sich daranmachen, den Mörder zu finden.

»Waren Sie oft mit ihr zusammen?« fragte der Kriminalbeamte.

»N-nein. Meine Frau und ich haben sie zu ein paar Partys mitgenommen, zu denen wir eingeladen waren.«

»Waren Sie in sie verliebt, Mr. Sutherland?« Die Frage des Kommissars klang höflich und neutral.

»Nein«, sagte Jack.

»Könnte man wahrhaftig keinem verdenken«, sagte der andere Polizist lächelnd zu seinem Kollegen.

»Würden Sie uns anrufen, wenn Ihre Frau zurück ist?« Der Beamte von der Mordkommission reichte Jack seine Visitenkarte. »Sie wird doch heute abend noch kommen?«

»Ja, natürlich.«

Sie standen auf. Jack öffnete die Tür. Amelia war nirgends zu sehen. Behutsam schloß der Kommissar die Tür bis auf einen Spaltbreit. Sie standen alle drei noch im Schlafzimmer.

»Zwischen dem Opfer und Miss Gill bestand eine lesbische Beziehung. Wußten Sie das?«

»Ja, ich hatte so etwas gehört«, sagte Jack.

Der Beamte von der Mordkommission wollte seine Mütze wieder aufsetzen, überlegte es sich jedoch anders. Er öffnete die Tür, und sie gingen hinaus.

»Arbeiten Sie hier?« fragte der andere und blickte sich um, als wäre er eben erst gekommen.

»Ja«, sagte Jack.

»Daddy!« Amelia kam plötzlich aus ihrem Zimmer, doch das machte nun nichts mehr. »Wo sind die Räuber?« Sie lief auf Jack zu. »Hast du viele Strafzettel gekriegt?«

Der eine Polizist lachte. Der andere wollte Jacks Arbeitszimmer sehen. Als sie durch den Flur gingen, zeigten die Beamten auf die Ringe, die von der Decke hingen, und fragten, wie er sie erreichen könne, und Jack zeigte es ihnen bereitwillig; er ließ die Ringe auf eine Höhe herunter, die für einen Überschlag geeignet war, turnte ihnen aber nichts vor.

»Sie halten sich in Form«, bemerkte der Beamte, der nicht zur Mordkommission gehörte.

Jack zog den halbgeöffneten Vorhang vor seinem Arbeitszimmer zurück. Das Bild, das er gerade malte, stand nicht auf der Staffelei, sondern lag auf dem Arbeitstisch, weil das Licht dort manchmal besser war. Links davon lag der Pinsel mit der eingetrockneten altrosa Farbe. Terpentingeruch hing in der Luft, und Jack goß etwas davon in eine Blechdose und steckte den Pinsel hinein.

»Arbeiten Sie gerade an etwas?«

Jack wies auf das Bild. »Daran habe ich gearbeitet, als das Telefon läutete. Marion.« Er wollte die beiden hinausgeleiten.

»Ist das nicht …?« sagte der Mann von der Mordkommission und trat zu den zwei, drei Fotos von Elsie, die mit Reißnägeln an dem Zeichenbrett rechts des Arbeitstischs befestigt waren. »Das ist das Mordopfer, nicht?«

»Ja«, sagte Jack.

»Sie ist eine richtige Schönheit. Oder vielmehr: war«, sagte der andere Polizist und schüttelte den Kopf.

Jack sah ihn stirnrunzelnd an und bewegte seinen Zeigefinger vor dem Mund hin und her. Amelia stand im Flur und spitzte die Ohren, und Jack fragte sich, wie lange es wohl dauern würde, bis sie begriff, was passiert war. Er spürte, daß seine Tochter alle Antennen ausgefahren hatte.

»Danke, Mr. Sutherland«, sagte der Beamte von der Mordkommission an der Tür. »Ihre Frau kann uns heute abend jederzeit anrufen – wenn wir sie nicht vorher schon treffen.« Er lächelte schwach. »Haben Sie vor zu verreisen?« Er hatte einen der Koffer im Flur gesehen. Der Deckel war aufgeklappt und lehnte an der Wand.

»Ja, in etwa einer Woche. Meine Frau und ich fahren nach Jugoslawien«, sagte Jack und dachte an die Flugtickets in seiner Dokumentenmappe. Würde Natalia überhaupt noch verreisen wollen?

Als sich die Wohnungstür schloß, ärgerte er sich, daß er ihnen nicht ein paar Fragen gestellt hatte. Zum Beispiel, ob bei Marions Vernehmung der Name Fran gefallen war. Jack legte die Hände an sein schweißfeuchtes Gesicht und ging in die Küche, um es mit kaltem Wasser zu waschen.

»Hast du Strafzettel gekriegt, Daddy?«

»Jede Menge!« sagte Jack. »Aber die Polizisten waren sehr nett zu mir.«

»Du wirst viel Geld bezahlen müssen«, stellte Amelia sachlich fest.

»Ja. Allerdings.«

»Wieviel?«

»Das haben sie noch nicht ausgerechnet.« Jack schüttelte traurig den Kopf.

Amelia rannte davon.

Er hörte den Fernseher und ging ins Wohnzimmer. »Kein Fernsehen heute abend, Schätzchen. Mach den Apparat aus. Zeit fürs Bett.«

»Aber es ist noch nicht mal *zehn*!« Amelia hatte eine Kinderarmbanduhr.

»Keine Widerrede. Putz dir die Zähne, und dann ab ins Bett. Und zwar ohne Theater!« Er nahm sie resolut an die Hand.

Das funktionierte.

Jack ging in sein Arbeitszimmer und wusch den Pinsel gründlich aus: Morgen würde er dieses Altrosa nicht sehen wollen. Dann suchte er sich etwas zu lesen, denn bestimmt würde er noch lange nicht einschlafen können.

Eine Stunde später, als Jack nach einer weiteren Dusche mit einem Buch auf dem Bett lag, läutete das Telefon. Er nahm den Hörer von dem Apparat auf Natalias Nachttisch ab.

»Hallo, Jack, hier ist Marion.« Ihre Stimme war ganz ruhig. »Natalia ist hier. Möchten Sie sie sprechen?«

»Tja... Geht's ihr gut? Was gibt's Neues?«

»Sie haben Fran. Sie vernehmen sie.«

»Tatsächlich? Sind Sie sicher? Ist die Polizei sicher?«

»Ach, sie hat irgendein halbgares Alibi.« Marion sprach etwas undeutlich, als wäre sie müde oder ein bißchen betrunken. »Eine ihrer Scheißfreundinnen hat hier angerufen und mir gedroht, diese Schnepfe!«

»Hält die Polizei sie als Verdächtige fest?«

»Das weiß ich nicht, aber man interessiert sich für sie.«

»Gut«, sagte Jack und spürte eine tiefe Befriedigung. »Was macht Natalia?«

»Natalia war wunderbar. Jetzt sitzt sie auf dem Bett und trinkt einen eisgekühlten Kaffee. Herrgott, was für eine Nacht! Und sie ist noch nicht vorbei!«

»Wann kommt sie nach Hause? Kommt sie überhaupt?«

»Ich weiß nicht – fragen Sie sie selbst. Natalia?«

»Hallo, Jack.« Das war Natalia. »Ja, mir geht's gut, mach dir keine Sorgen«, sagte sie mit einem ungeduldigen Unterton. »Ja, ich habe sie gesehen... Ich hab mich einfach durchgefragt«, sagte sie als Antwort auf seine Frage.

Jack hörte die kühle Selbstsicherheit, hinter der sie manchmal ihre Wut verbarg und die selbst starke Menschen zurückzucken ließ – das konnte er bezeugen. »Marion sagt, sie haben Fran. Wie heißt sie noch mal mit Nachnamen?«

»Dillon. Sie benutzt verschiedene Namen.«

»Halten sie sie fest?«

»Kann sein. Soviel ich weiß, ist sie auf irgendeiner Polizeiwache, vollgepumpt mit Speed oder Gott weiß was.«

»Hat das die Polizei gesagt?«

»Na ja, sie haben es angedeutet. Und eine ihrer Freundinnen hat bei Marion angerufen, ebenfalls ziemlich bedröhnt.«

Jack erfuhr, daß Marion gegen sieben in die Wohnung in der Greene Street zurückgekehrt war, nachdem die Polizei sie bei Myra aufgesucht und vernommen hatte – sie hatte den Beamten Myras Telefonnummer gegeben. Daher hatte Natalia Marion zu Hause angetroffen. Dann hatte irgendeine »aus Frans Clique« Marion angerufen und sie beschimpft, weil Marion gegenüber der Polizei Fran als mögliche Mörderin bezeichnet hatte. Marion hatte den Beamten außerdem die Adresse einer Frau nennen können, bei der Fran sich möglicherweise aufhielt, und tatsächlich hatte man sie dort gefunden. Dann waren zwei Beamte noch einmal bei Marion gewesen und erst vor zehn Minuten wieder gegangen – ob es dieselben waren, die Jack aufgesucht hatten, wußte er nicht, und er fragte auch nicht danach. Natalia sagte, Marion und sie hätten auch Elsies Eltern angerufen.

»Die Polizei hatte sie bereits benachrichtigt«, sagte Natalia. »Sie kommen morgen früh.«

»Oje! Das muß ziemlich schlimm gewesen sein«, sagte Jack.

»Der Vater klang einigermaßen gefaßt, aber die Mutter war völlig fertig. Ja, mein Gott… Ich habe ihnen für morgen ein Hotelzimmer reserviert.«

Natalia sagte, sie werde die Nacht bei Marion verbringen – sie könne es im Augenblick nicht aushalten, allein zu sein, und die Polizei wolle wissen, wo sie sei, man habe zu ihrem Schutz einen Beamten abgestellt, der auf der Straße Wache halte. Außerdem seien sie beide sehr müde.

Nachdem er den Hörer aufgelegt hatte, lag Jack da und starrte in eine Ecke der weißen Zimmerdecke. »Genevieve hat angerufen«, hatte Natalia zum Schluß gesagt. »Die Nachricht ist im Radio und im Fernsehen gekommen. Und in den Zeitungen steht es auch schon. Kauf bloß keine – da wird dir nur schlecht.« Die Zeitungen. Die würden wohl auch die Modefotos von Elsie bringen.

Gegen Mitternacht rief Elaine Armstrong an. Sie und Max waren im Kino gewesen und hatten auf dem Heimweg die Schlagzeilen gesehen. Hatten Jack und Natalia es schon gehört? Ja. Natalia sei gerade bei einer von Elsies Freundinnen, sagte Jack. Nein, man wisse noch nichts Genaueres, aber man habe bereits einen Verdächtigen. Wen?

»Irgendeinen Ganoven«, sagte Jack.

32

Etwa zur selben Zeit stand Ralph Linderman in der Hot Arch Arcade, rechts des Eingangs. Sein Blick fiel auf die Boulevardzeitung, die Willy Shapiro, der ihm gegenüber, auf der anderen Seite des Eingangs, saß, in den Händen hielt. Die Frau auf dem großen Foto, das auf der Titelseite prangte, ähnelte Elsie. Ralph trat näher. Tatsächlich: Es war Elsie! Das blonde, im Nacken zusammengebundene Haar, die volle Unterlippe, ein schwarzes Kleid. Die große Schlagzeile über dem Foto lautete: FOTOMODELL ERSCHLAGEN!

Mit offenem Mund griff Ralph nach der Titelseite der Zeitung.

»He, Linderman, was fällt Ihnen –« Verwirrt nahm Willy Shapiro die Zeitung wieder an sich.

»Diese Frau da! Ich will nur den Artikel –«

»Na, dann können Sie doch höflich fragen!« schnauzte Willy ihn an. »Was ist los mit Ihnen – hat Ihnen die Hitze die Birne weichgemacht?« Willy, Mitinhaber der Hot Arch Arcade, ein dicklicher, glatzköpfiger Mann und viel kleiner als Ralph, sprang auf und verteidigte seine Zeitung, die Ralph bereits zerrissen hatte.

»Ich kenne diese Frau! Ich will wissen, ob sie tot ist!« schrie Ralph ebenso wütend zurück.

»Die da? Sie kennen sie? Ja, hier steht, sie ist tot!« Willy hielt die Zeitung außer Ralphs Reichweite.

Doch Ralph hatte längere Arme und erwischte die Zeitung. Er hatte gerade genug Zeit, Elsie Tylers Namen unter dem großen Foto zu lesen – sie trug Ohrringe und führte ein Champagnerglas zum Mund –, bevor ihn ein Faustschlag in den Magen traf. Er krümmte sich zusammen, nicht so sehr vor Schmerz als vor Überraschung.

»Das ist für Ihre verdammte Unhöflichkeit!« rief Willy Shapiro und verzog verächtlich das Gesicht. Er war stolz, daß er es einem Größeren gezeigt hatte. »Sie haben eine Schraube locker, Linderman! Sie sind völlig bekloppt!«

»Gehen Sie doch zurück nach Israel, Sie schmieriger kleiner Itzig!« keuchte Ralph.

»Ich war noch nie in Israel, Sie verdammter Nazi! Und Sie sind gefeuert! Sie hassen diesen Laden sowieso, und ab sofort haben Sie hier nichts mehr zu suchen! Eddie – he, Eddie!« Willy Shapiros Stimme übertönte sogar die Jukeboxes. Für ein paar Sekunden verstummten die Kunden in ihrer Nähe. »*Eddie!* Schmeiß den Kerl hier raus, aber dalli!«

»Wie meinen Sie das?« Eddie war größer als Ralph, ein schlaksiger Mann, der für Shapiro die Geldautomaten leerte und daher wußte, wie er seine Fäuste einzusetzen hatte.

»Er ist gefeuert, und ich will, daß er verschwindet! Und zwar sofort!«

»Nur keine Aufregung«, sagte Ralph zu Willy und Eddie. Und nur zu Willy: »Wiedersehen, Judenlümmel!«

Unbekannter Angreifer... mehrere Schläge mit einem Ziegelstein... waren einige der Worte, die Ralph unter dem Foto seiner süßen Elsie hatte lesen können. Er befand sich in einem Schockzustand. Mit einemmal tauchte vor seinem inneren Auge John Sutherlands Gesicht auf – und da packte ihn die Wut. Er nahm seine Jacke aus dem Spind in dem Raum hinter der Kasse. Eddie stand dabei und sah nicht so sehr feindselig als vielmehr verwirrt aus, doch Ralph sagte kein Wort. Gelassen tat er, was ihm hier noch zu tun blieb, und trug sich um 0 Uhr 22 aus dem Dienstbuch aus. Dann verließ er die Hot Arch Arcade, ohne irgend jemanden eines Wortes oder Blickes zu würdigen.

Beim nächsten Zeitungshändler am Broadway kaufte er eine Ausgabe der Zeitung, die Willy Shapiro gelesen hatte, und las den Artikel unter einer Straßenlaterne. Es war gegen vier Uhr nachmittags passiert. Im Eingang des Mietshauses in der Greene Street! Am hellichten Tag! *... Schädelbruch...* Weiter hinten waren noch zwei Fotos. Wie schön sie war! Sie strahlte wie ein Stern! Ralph zitterte.

Dieser verschlagene Sutherland war wenige Minuten nach der Tat bei ihm gewesen, und die Schuld hatte ihm den Schweiß auf die Stirn getrieben! Und er hatte *ihn*, Ralph, gefragt, wo er am Nachmittag gewesen sei! Natürlich nur, um ihm die Sache anzuhängen! Das lag ja auf der Hand! Sutherland liebte Elsie und war entweder eifersüchtig auf einen anderen Mann, dem Elsie den Vorzug gegeben hatte, oder er hatte Angst, Elsie könnte seiner Frau von ihren gemeinsamen... ihren Eskapaden erzählen. Hatte Elsie sich vielleicht geweigert, Sutherland zu heiraten? Oder mit ihm durchzubrennen? War sie vielleicht schwanger gewesen? Ein abstoßender Gedanke!

Ach, welchen Preis sie für ihre Schönheit hatte zahlen müssen!

Er würde der Polizei von Sutherland erzählen. Vielleicht wußte sie schon Bescheid, vielleicht wurde Sutherland bereits verhört. Zu welcher Wache sollte er gehen – zu der in der Greene Street oder zu der, die seiner Wohnung am nächsten lag? Ralph war unterwegs zur Subway, doch als er auf dem Bürgersteig einen Streifenpolizisten sah, steuerte er auf ihn zu.

»Entschuldigen Sie – ich möchte eine Aussage zu einem Mordfall machen. Zu dem Mord an dieser jungen Frau.« Ralph deutete auf das Foto auf der Titelseite der Zeitung. »Oder wissen Sie, ob er schon verhaftet ist – dieser Sutherland, meine ich.«

Der junge Beamte schüttelte den Kopf. »Keine Ahnung.«

»Würden Sie bitte den Namen notieren? Das ist der Mann, der sie umgebracht hat!«

Der Polizist sah ihn unschlüssig, ja, uninteressiert an. »Wo wohnen Sie, Mister? Haben Sie einen festen Wohnsitz?«

»Natürlich. Ich wohne in der Bleecker Street.«

»Tja, dann gehen Sie am besten da unten zum nächsten Polizeirevier und machen Ihre Aussage. Klar?« Der Polizist ging weiter.

Ralph fuhr mit der Subway nach Hause. Den Regenmantel hatte er über den Arm gelegt, in der Hand hielt er eine pralle Plastiktüte, in der ein Schal, Gummistiefel sowie ein Sandwich und etwas Obst für seine Pause zwischen Mitternacht und ein Uhr waren; das Sandwich hatte er vor Sutherlands Besuch gemacht. Er würde es wegwerfen. Mindestens drei Passagiere lasen dieselbe Zeitung, und auf dem Bahnsteig an der Seventy-second Street, wo er in einen Expreßzug umstieg, sah er noch andere. An der Station

Fourteenth Street stieg er in die Subway zur Christopher Street um und ging von dort auf dem kürzesten Weg nach Hause. Im Telefonbuch schlug er das nächste Polizeirevier nach: Ecke Tenth Street und Hudson Street.

Er wählte die Nummer, und bei der Vorstellung, daß John Sutherland vielleicht in weniger als einer Viertelstunde von der Polizei in seiner Wohnung in der Grove Street abgeholt werden würde, überlief es ihn heiß.

Ein Beamter meldete sich. Ralph nannte seinen Namen und sagte, er wolle im Zusammenhang mit dem in der Greene Street begangenen Mord an Elsie Tyler zu Protokoll geben, daß John Sutherland – er buchstabierte Namen und Adresse – der Tat dringend verdächtig sei.

»Ich habe alles notiert, Sir. Wenn Sie kommen und Ihre Aussage persönlich machen wollen, können Sie das jederzeit tun.«

»Danke.«

Zunächst führte Ralph God aus. Der Hund war sehr überrascht gewesen, seinen Herrn um diese Zeit zu sehen, und war um ihn herumgehüpft, hatte leise gebellt und sich an seine Knie gedrückt. Nun bekam er einen kurzen, aber schönen Spaziergang, und Ralph versprach ihm für später einen längeren.

Auf dem Polizeirevier wiederholte Ralph seine Aussage und gab seinen Namen und seine Adresse an, die der diensthabende Beamte jedoch nicht notierte – er klopfte mit dem Kugelschreiber auf die Schreibunterlage und machte den Eindruck, als sei er mit den Gedanken nicht ganz bei der Sache.

»Ich kenne die Frau, die umgebracht worden ist!« wiederholte Ralph. »Dieser Sutherland war heute nachmittag – oder vielmehr gestern nachmittag – um halb sechs oder sechs bei mir und hat *mich* gefragt, wo ich war, als Elsie ermordet wurde. Könnten Sie ... Könnten Sie ...«

»Könnte ich was?«

»Könnten Sie bitte die Leute anrufen, die den Fall bearbeiten? Es muß doch so was wie eine Mordkommission geben.«

»Mehrere.«

»Könnten Sie nicht die anrufen, die den Fall bearbeitet, und fragen, ob man Sutherland verhört hat? Vielleicht hat man ihn schon verhaftet. Ich würde es gern wissen.«

»Sind Sie ein Angehöriger des Opfers?«

»Nein.«

Der Beamte setzte sich in Bewegung, aber ganz langsam, als müsse er noch das Für und Wider eines solchen Anrufs erwägen. Schließlich wählte er eine Nummer, sprach, als sich jemand meldete, in kurzen, unverständlichen Sätzen, fragte noch einmal nach Ralphs Namen und sagte dann, sehr zu Ralphs Befriedigung: »John Sutherland.«

Langes Schweigen.

»Mhm. Mhm. – Verstehe. – Ja. Das ist ja 'n Ding!« Er lachte. »Ja. Danke, Kollege.« Der Beamte sah Ralph an, sein rundes, gebräuntes Gesicht verriet jetzt mehr Interesse. »Ja, die Kollegen waren bereits bei John Sutherland und haben ihn vernommen.«

»Dann haben sie ihn also?« Ralph runzelte die Stirn, sein Mund wollte sich schon zu einem triumphierenden Lächeln verziehen. »Dann ist er verhaftet?«

»Tja ... Der Kollege hat gesagt, daß die Freundin des Opfers Sutherland gleich nach der Tat angerufen hat. Unmittelbar danach.« Der Beamte nickte. »Danke für Ihre Informationen, Sir. Wir werden uns darum kümmern.«

Ralph stand reglos da. »Sie erzählen mir jetzt irgendwas, weil noch nichts bewiesen ist. Schön und gut, aber –«

»Nein, Sir. Passen Sie auf: Ich habe mir gerade die Mühe gemacht nachzufragen. Sutherland wurde von der Frau angerufen, die mit dem … dem Mordopfer zusammengelebt hat. Begreifen Sie das bitte. Gute Nacht, Sir.«

»Gute Nacht. Danke«, sagte Ralph mit kalter Höflichkeit. Er verließ die Polizeiwache und machte sich auf die Suche nach einer *Times*, obwohl er bezweifelte, daß etwas über die Ereignisse in der Greene Street darin stand, denn der Mord war ja erst gestern nachmittag um vier verübt worden.

Ralph kaufte eine *Times* und auch eine *Daily News*. Unter einer trüben Straßenlaterne blätterte er zuerst in der *Times* und fand auf der zweiten Seite eine kurze Meldung mit der Überschrift: JUNGES FOTOMODELL ERSCHLAGEN.

Elsie Tyler (21) wurde gestern vor dem Eingang ihres Hauses in der Greene Street von einer oder mehreren Unbekannten niedergeschlagen und erlag kurz darauf ihren Verletzungen. Die junge Frau, deren Eltern im Norden des Bundesstaates New York leben, arbeitete in den vergangenen Monaten als Model für verschiedene Modefotografen. Die Polizei verfolgt mehrere Spuren.

Ralph blickte die Seventh Avenue hinunter und dachte an den Lichtfleck auf der linken Straßenseite, der von hier aus allerdings nicht zu sehen war: an den Coffeeshop, in dem Elsie gearbeitet hatte. Sie hatte Karriere gemacht, keine Frage, sie hatte begonnen, mehr Geld zu verdienen. Wie lange? Sechs Monate? Oder nur vier? Sie hatte geleuchtet wie ein Komet, sie war erblüht wie eine gelbe Rose, und nun hatte irgend jemand sie ausgelöscht.

Wer, wenn nicht Sutherland?

Zu Hause blätterte Ralph in der Boulevardzeitung – vielleicht stand darin etwas über die Spuren, die die Polizei verfolgte, doch die Meldung war nur kurz, und Verdächtige wurden darin nicht erwähnt. Er suchte nach Hinweisen auf das Leben, das Elsie geführt hatte. Es gab keine Details, aber Wendungen wie »auffallend attraktiv«, »gefragtes Model für junge Mode« und »exquisite Schönheit, die den Karrieresprung geschafft hatte« ließen auf ein flottes Leben schließen. Das war für Ralph nichts Neues.

Er stellte sich Elsie in den Kreisen vor, in denen die Sutherlands verkehrten: reiche Leute, Müßiggänger, der Jetset, Leute, die mit Elsie die ganze Nacht durchfeiern konnten und sie mit Alkohol und Drogen vollpumpten.

Ralph sagte sich, es sei besser, weitere zwölf Stunden abzuwarten, bis die Radiosender (er besaß keinen Fernseher und wollte auch keinen) und die Zeitungen neue Meldungen brachten. Er aß ein Salamibrot und eine Banane und ging dabei langsam im Wohnzimmer auf und ab. God beobachtete ihn unbehaglich und hoffte auf einen weiteren Spaziergang. Ja, Ralph würde auf zusätzliche Einzelheiten warten, auf Kleinigkeiten, die auf Sutherland als Täter hindeuteten, und wenn er die fand … Sutherland, dieser Fuchs, würde natürlich versuchen, den Kopf aus der Schlinge zu ziehen, aber es gab zuviel, was gegen ihn sprach. Er war ein guter Läufer und hätte den Mord begehen und rechtzeitig wieder zu Hause sein können, um den Anruf von Elsies Freundin Marion entgegenzunehmen – sofern die Geschichte mit dem Anruf überhaupt stimmte. Steckten Marion und er vielleicht unter einer Decke? Das war eine Möglichkeit, die Ralph im Auge behalten würde. In der neuesten Ausgabe einer der Boulevardzeitungen stand, daß »eine andere junge Frau«, mit der Elsie sich die Wohnung geteilt habe, einen Rettungswagen alarmiert und dann »einen Freund« zu Hilfe gerufen habe, das Opfer sei jedoch bereits Sekunden nach dem tödlichen Schlag gestorben. Ralph stellte sich vor, wie er Sutherland mit einer ähnlichen Waffe, einem schlichten Ziegelstein vielleicht, angreifen und *ihm* den Schädel einschlagen würde. Möglicherweise würde man ihn fassen, doch der Preis, den er dafür würde bezahlen müssen – mehrere Jahre im Gefängnis –, erschien ihm nicht zu hoch. Nein, wirklich nicht.

Er führte God noch einmal aus, ging in westlicher Richtung durch die Grove Street (bei den Sutherlands brannte kein Licht), dann durch die Bedford und Barrow Street zurück zur Bleecker und schließlich die Seventh Avenue entlang zu dem Coffeeshop, in dem Elsie gearbeitet hatte und der jetzt geschlossen und dunkel war, als würde dort getrauert. Dann wandte er sich in südliche Richtung und ging bis zur Houston Street, die er aber nicht überquerte – der Anblick von Elsies Haus in der Greene Street wäre zu furchtbar. Und vielleicht standen Journalisten, »die Presse«, vor dem Haus, machten Fotos und versuchten, die Nachbarn auszuquetschen.

Kurz vor vier Uhr schließlich ging er, erschöpft vom vielen Nachdenken, zu Bett, konnte jedoch nicht schlafen. Morgen würde er nicht zur Arbeit gehen müssen, denn schließlich hatte man ihn rausgeschmissen. Gut! Rausgeschmissen aus diesem schmutzigen Loch, das zweibeinigen Ratten gehörte, die ihr Geld mit dem Abschaum verdienten: mit Prostituierten, Drogendealern, Spielern, Müßiggängern, Taschendieben. Gut, daß er mit Shapiro & Co. nichts mehr zu tun hatte! Sollten sie ihm doch ein schlechtes Zeugnis ausstellen! Ralph fühlte sich auf sicherem Boden, sicherer als in der Hot Arch Arcade! Er wälzte sich hin und her und rief sich in Erinnerung, daß er so lange würde schlafen können, wie er wollte. Doch das war nur ein schwacher Trost.

Das Läuten des Telefons weckte ihn. Es war kurz nach acht. »Hallo?«

»Hallo. Spreche ich mit Ralph Linderman?«

»Ja.«

»Ich bin von der Polizei…« Den Rest bekam Ralph gar nicht mit.

Das entscheidende war, daß die Beamten mit ihm sprechen wollten. »Ja, ich bin zu Hause. Ja, Sir.«

»Das ist gut. Wir sind nämlich ganz in der Nähe.«

Ralph zog sich in aller Eile an und schloß die Tür zu seinem kleinen Schlafzimmer. Das Wohnzimmer war aufgeräumt, und so setzte Ralph Kaffee auf. Es läutete, und Ralph drückte sogleich auf den Türöffner – ob das überhaupt nötig war, konnte man in diesem Haus nie wissen. Was würden die Leute im Haus denken, wenn sie die Polizisten die Treppe hinaufgehen sahen? Vielleicht glaubten sie, er habe sich wegen irgend etwas strafbar gemacht, aber ebensogut konnten sie annehmen, daß er die Polizei geholt hatte, um sich über den Lärm zu beschweren!

Sie kamen zu zweit. Ralph bot ihnen Stühle an, doch nur einer setzte sich, während der andere sich im Zimmer umsah und auch die Karte mit der Aufschrift WES DAS HERZ VOLL IST, DES GEHET DER HUND ÜBER betrachtete. Nach seiner Arbeitsstelle gefragt, gab Ralph die Hot Arch Arcade an, denn bis vor kurzem hatte das gestimmt, und die Tatsache, daß man ihn gefeuert hatte, war in diesem Zusammenhang ohne Bedeutung.

»Waren Sie ein Freund von Elsie Tyler?«

»Ich kannte sie als Nachbarin«, antwortete Ralph, »als sie noch hier um die Ecke gewohnt hat, in der Minetta Street.«

»Wann haben Sie sie zuletzt gesehen?«

Ralph dachte angestrengt nach. »Das könnte… vor sechs Wochen gewesen sein. Nein, vor mehr als zwei Monaten, da bin ich ziemlich sicher. Wer hat Ihnen gesagt, daß Sie mich vernehmen sollen? Mr. John Sutherland?«

»Nein, wir… wir befragen alle möglichen Leute. Vorhin waren wir bei Miss Tylers früherer Arbeitsstelle, ein paar Straßen weiter. Dort hat man uns Ihren Namen genannt.«

Ralph nickte knapp. Er wußte, daß sie den Coffeeshop meinten. Die Leute dort und besonders die Geschäftsführerin hatten sicher nichts Gutes über ihn zu berichten gehabt.

»Seit wann kannten Sie Miss Tyler, Sir?«

Wieder mußte Ralph nachdenken. »Seit ungefähr einem Jahr, vielleicht auch etwas länger.«

»Hat sie Sie je hier besucht?«

»Oh, nein! Wir haben uns bloß gegrüßt, wenn wir uns auf der Straße begegnet sind.«

Der Polizist notierte etwas auf seinem Klemmbrett. »Ihre früheren Kollegen haben gesagt, daß Sie ziemlich viel mit ihr gesprochen haben, wenn Sie dort waren. Im Coffeeshop.«

»Ich habe mit ihr gesprochen. Aber nicht viel.«

»Sie sagen, daß sie Ihnen aus dem Weg gegangen ist.«

Ralph verspürte Ärger und lächelte bitter. »Ich habe sie davor gewarnt, sich mit den falschen Leuten einzulassen, stimmt.«

»Welchen zum Beispiel?«

Ralph lächelte. Er dachte daran, daß er Elsie in Gesellschaft vieler falscher Leute gesehen hatte, doch leider wußte er nicht, wie die hießen. »Diese jungen Rowdys aus der Nachbarschaft. Ich kenne ihre Namen nicht. Leute wie der, der sie umgebracht hat!« Ralph merkte, daß er zitterte, und steckte die Hände in die Taschen.

Der Polizist sah ihn an. »Sie können uns also keine Namen nennen?«

»Entschuldigen Sie.« Ralph stand auf, denn der Kaffee war übergekocht und hatte die Gasflamme gelöscht. Er drehte das Gas ab. »Ich weiß nicht, wie diese jungen Ganoven heißen, mit denen ich sie immer wieder gesehen habe«, sagte er, als er zurückkam. »Aber ich habe Ihrem Kollegen im Revier in der Tenth Street gestern nacht bereits gesagt, daß John Sutherland für mich als Täter in Betracht kommt.« Ralph sprach mit ruhiger Stimme und nickte bekräftigend.

»Mit dem haben wir schon gesprochen.«

»Und er hat vermutlich mich erwähnt. Hat er Ihnen meinen Namen genannt?«

»Nein, ich glaube nicht.« Der Beamte sah zu seinem Kollegen, der noch immer im Zimmer umherspazierte und den Eindruck machte, als hörte er ihnen gar nicht zu. »Sie und Sutherland kennen sich? Wie haben Sie ihn kennengelernt?«

Ralph hatte den Verdacht, daß dies eine Fangfrage war. Was hatte Sutherland über ihn gesagt, das sie ihm verheimlichten? »Ich habe ihm seine Brieftasche zurückgegeben. Er hatte sie in der Grove Street verloren, und ich habe sie ihm zurückgebracht.«

»Tatsächlich? Wann war das?«

»Im vergangenen August. Fragen Sie ihn. Sein Name und seine Adresse waren darin, und so habe ich ihn angerufen und sie ihm mitsamt dem Geld zurückgegeben.«

»Das haben Sie getan? Und dann?«

»Dann? Dann hab ich bemerkt, daß Elsie ihn besucht hat. Er hatte sie in dem Coffeeshop kennengelernt. Er hatte eine Affäre mit ihr. Hat er Ihnen das nicht gesagt? Nein, das würde er natürlich abstreiten.«

»Nein«, sagte der Beamte und sah wieder zu seinem Kollegen, der diese Bemerkung ebenfalls gehört hatte. »Sind Sie da sicher, Mr. ... äh ... Linderman? Eine Affäre?«

»Ja. Ich bin Wachmann. Ich habe Nachtschichten. Und ich habe Elsie in Sutherlands Haus ein- und ausgehen sehen. Zu allen möglichen Tages- und Nachtzeiten.«

Der Polizist notierte etwas. »Wann zum Beispiel?«

Ralph war mit einemmal ungeduldig. »Hauptsache ist

doch, daß er eine Affäre mit ihr hatte! Oder daß er sie zur Hure gemacht hat!« Der Polizist, den er vor sich hatte, schien kein Mensch zu sein, sondern ein Roboter, dem alles egal war, der zwar die Fakten notierte, aber nicht darüber nachdachte, was diese zu bedeuten hatten – es war ihm wohl auch gleichgültig. »Verstehen Sie denn nicht, was ich meine? Seine Frau wußte davon. Mrs. Sutherland. Sie hatten beide Affären ... mit anderen Leuten.«

»Wer? Wenn Sie sagen beide ...?«

Auch der andere Polizist hörte jetzt zu.

»Mrs. Sutherland mit ihren männlichen Freunden oder jedenfalls *einem* männlichen Freund. Ich habe sie einmal mit ihm gesehen. Ein großer Mann, beinahe kahl.«

Der Beamte sah von seinem Klemmbrett auf. Ein leises Lächeln lag auf seinem Gesicht, und er schüttelte den Kopf auf eine Art, die Ralph herablassend fand. »Mr. Lin ...«

»John Sutherland war hier«, unterbrach ihn Ralph, *»hier.«* Er zeigte auf den Boden. »Nur Minuten nachdem er Elsie ermordet hatte. Er war gerannt und schweißüberströmt. Er fragte mich, wo ich gewesen sei – gestern, um vier Uhr nachmittags. Er wollte –«

»Sie sagen, Mr. Sutherland war gestern hier?«

»Jawohl. Hat er Ihnen das nicht gesagt? Nein, natürlich nicht! Er will mir die Schuld in die Schuhe schieben, aber das kann er nicht, denn –«

»Setzen Sie sich, Mr. Linderman. Wir wollen uns alle setzen.« Der Beamte auf dem Stuhl zeigte auf die beiden anderen Stühle.

Sein Kollege und Ralph setzten sich.

Ralph wischte sich den Schweiß von der Stirn. »Ja, John

Sutherland war gestern nachmittag gegen halb sechs hier. Ich war dabei, mich zu rasieren. Ich hatte den ganzen Nachmittag versucht zu schlafen. Sie können die Leute hier im Haus fragen, wenn Sie mir nicht glauben.« Ralph wies auf die Wohnungstür. »Die werden Ihnen das bestätigen. Ich habe mich nämlich über den Lärm beschwert, den sie immer machen. Es ist ein lautes Haus: Kinder plärren, Leute schreien herum. Ich muß tagsüber schlafen, weil ich nachts arbeite. Gestern abend mußte ich um acht an der Arbeit sein.«

Das schien die beiden Beamten nun doch zu beeindrucken. Der mit dem Klemmbrett notierte etwas. Er hatte seine Mütze abgenommen. Das sehr gepflegte braune Haar war militärisch kurz geschnitten. Er sagte leise zu seinem Kollegen: »Sutherland hat gestern abend nichts davon gesagt, daß er hier war, oder? Lindermans Namen hat er gar nicht erwähnt, sonst würde es hier stehen.«

»Nein.«

»Und vergessen Sie nicht, daß er ein Läufer ist«, warf Ralph ein.

»Was meinen Sie mit Läufer?« fragte der andere Polizist.

»Er joggt. Er könnte die Strecke von der Greene Street hierher in sechs, sieben Minuten zurücklegen. Und gestern war er schweißgebadet. Ich dachte schon, er würde ohnmächtig umfallen.«

Der Polizist mit den kurzen Haaren lehnte sich zurück und lächelte müde. »Er war also gegen halb sechs hier?«

»Zwischen halb sechs und sechs, ja.«

»Und für wie lange?«

»Vielleicht zehn Minuten. Er wollte sich nicht einmal

setzen. Ich hab ihn gefragt, warum er so erregt sei, ob vielleicht seiner kleinen Tochter etwas zugestoßen sei oder *Elsie*, aber er sagte nur: ›Nein, nein.‹ Ich habe es noch im Ohr. Und er sah wütend aus, richtig fuchsteufelswild, als ich ihm sagte, daß ich den ganzen Nachmittag hiergewesen sei.«

Das Kopfschütteln des kurzhaarigen Beamten wirkte traurig oder müde. »Mr. Linderman, wir haben die Aussage von Marion Gill, der Freundin von Elsie Tyler –«

»Ja, den Namen habe ich schon einmal gehört«, sagte Ralph aufmerksam.

»Also, sie hat Sutherland gleich nach dem Überfall angerufen. Sutherland war zu Hause und rannte sofort zur Greene Street. Als Täter kommt Sutherland also nicht in Betracht, Mr. Linderman.«

Ralph war noch immer nicht überzeugt. »Dann sollte ich für ihn ebenfalls nicht als Täter in Betracht kommen. Das würde ich jedenfalls sehr begrüßen!«

Der andere Polizist lächelte dünn.

Ralph gefiel dieses Lächeln nicht. Mit einemmal gefiel ihm die ganze Atmosphäre nicht. War Sutherland wirklich zu Hause gewesen? »Sagt diese Marion die Wahrheit?«

Der kurzhaarige Polizist fuhr sich mit der Hand über die Stirn. »Ja, Sir. Sie war oben, in der Wohnung, als es geschah. Wir –«

»Woher wissen Sie das?« Ralph stellte sich plötzlich ein anderes Szenario vor: Marion war eifersüchtig auf Elsie, weil Sutherland Elsie lieber mochte als Marion. Hatte Marion sie getötet?

»Lassen Sie mich ausreden, Sir. Miss Gills Aussage wurde von einigen anderen Hausbewohnern bestätigt. Sie hörten die Schreie von unten und sahen Miss Gill die Treppe hinunterrennen. Zwei Zeugen haben sie gesehen.«

Ralph biß sich auf die Unterlippe. Dann sagte er: »Sutherland hatte mit beiden eine Affäre.«

Der andere Polizist beugte sich vor, grinste seinem Kollegen zu, der sich Notizen machte, und wollte etwas sagen, doch der Kurzhaarige gebot ihm mit einer Handbewegung zu schweigen. Dennoch verzog der andere das Gesicht zu einem breiten, wenn auch lautlosen Lachen.

Was war daran so witzig?, fragte sich Ralph.

»Befragen wir noch die anderen Mieter hier?« fragte der zweite Polizist.

»Ja.«

Sie erhoben sich, dankten Ralph und fragten ihn, wo sie ihn heute und morgen finden könnten.

»Hier. Ich wohne hier«, sagte Ralph.

Sie gingen, und Ralph schloß hinter ihnen die Wohnungstür und legte nach kurzem Überlegen die Sicherungskette vor. Kaffee. Er zündete wieder die Gasflamme an. Dann ging er zur Wohnungstür, legte das Ohr daran und lauschte.

Von unten hörte er Stimmengemurmel und das schrille und trotzdem unverständliche Keifen der dicklichen jungen Frau, die seit neuestem dort wohnte und ihn nicht ausstehen konnte. Sie haßte ihn, aber sie würde bereitwillig beschwören, er sei gestern den ganzen Nachmittag zu Hause gewesen, habe ihre Kinder beschimpft und gedroht, sie mit Fußtritten die Treppe hinunterzubefördern.

God sah zu ihm auf und wedelte, froh, sein Herrchen lächeln zu sehen, mit dem Schwanz. Ralph tätschelte den schwarzgesprenkelten Kopf des Hundes.

»Wer zuletzt lacht, lacht am besten, God«, sagte Ralph.

Während er zusah, wie der Kaffee durchlief, hielt er sich aufrechter als zuvor. *Gerechtigkeit!* Keine »Blutrache«, wie die Juden sie verlangten, sondern einfach Gerechtigkeit aufgrund bewiesener Tatsachen, keine Rache, kein »Auge um Auge«, denn heutzutage wurde man nicht mehr zum Tode verurteilt, sondern kam ins Gefängnis. Ralph war fest davon überzeugt, daß Sutherland etwas mit der Sache zu tun hatte. Hatte er vielleicht einen Killer beauftragt? Sollte er die Polizisten auf diese Möglichkeit hinweisen, solange sie noch im Haus waren? Nein, lieber nicht. Es war sattsam bekannt, daß der Täter sich immer alle Mühe gab, die Schuld auf jemand anders abzuwälzen. Er durfte für die Polizei keinen Augenblick lang schuldig oder besorgt wirken.

Als er sich Kaffee einschenkte, fiel Ralph ein lebhafter Traum ein, den er in der Nacht gehabt hatte: Ein paar kleine Jungen aus dem Haus hatten God angegriffen, ihn an den Beinen gepackt und ihm ein Messer in den Bauch gestoßen, und Ralph hatte Vergeltung geübt, indem er den einen Jungen in den Bauch getreten und dem anderen einen Judoschlag auf den Kehlkopf verpaßt hatte. Im Traum hatte er beide getötet. Seine Antwort auf die Frage des Richters oder irgendeines anderen in seinem Traum hatte gelautet: »God ist wichtiger als dieses Ungeziefer!« Oder hatte er gesagt »mein Hund«? Jedenfalls hatte er seinen Hund gemeint und nicht irgendeinen Gott, doch im Traum hatte der Richter ihn ganz verwirrt angesehen.

33

Als es an der Tür läutete, zuckte Jack zusammen. Das mußte Natalia sein. Hatte sie ihren Schlüssel vergessen? Er lächelte ein wenig, als er auf den Knopf des Türöffners drückte, und hatte das Gefühl, als würde das Lächeln sein Gesicht zerspringen lassen. An diesem Morgen hatte es noch nicht viel zu lächeln gegeben. Mindestens viermal hatte das Telefon geläutet: Freunde, die sich bestürzt erkundigten, was er über die Sache mit Elsie wisse und ob er einen Verdacht habe, wer der Täter gewesen sein könne. Und gegen neun hatte Natalia angerufen und gesagt, sie wolle sich mit Elsies Eltern treffen und sie zum Mittagessen einladen. Sie werde versuchen, »am frühen Nachmittag« wieder zu Hause zu sein. Jetzt war sie da.

»Hallo, Schatz!« sagte Jack und drückte sie an sich. Sie roch nach ihrem Parfüm und nach frisch gewaschenem, warmem Haar. Sie roch köstlich.

»Ich bin schmutzig – und fix und fertig.«

»Wie war es? Erzähl mal!«

»Ich hab ihre Eltern in dem einzigen Hotel untergebracht, das ich in der kurzen Zeit –«

»Warst du verreist, Mommy?« Amelia stand in der Tür und starrte sie an.

»So lange war ich doch gar nicht fort! Verreist!«

Zwischen Jack und Natalia bestand eine stillschweigende Übereinkunft, von Elsie nur als »sie« zu sprechen.

»Ihre Eltern sind wirklich liebenswert«, sagte Natalia. »Gar nicht so, wie ich erwartet hatte. Sehr kultiviert, gar nicht provinziell.« Natalia hatte sich im Badezimmer Gesicht und Hände gewaschen. Jetzt ließ sie sich im Wohnzimmer auf das Sofa sinken und trank ein gekühltes Bier aus der Dose. »Anfangs schienen sie etwas gegen Marion zu haben. Ich mußte sie erst vom Gegenteil überzeugen. Und sie sind… sie sind…« Sie warf Amelia, die ihr zuhörte, einen Blick zu. »Sie sind ganz erledigt, völlig aus der Bahn geworfen.«

»Herrje«, sagte Jack, der sich das gut vorstellen konnte. »Wie lange werden sie in der Stadt bleiben?«

»Noch zwei Tage, nehme ich an, aber ich weiß es nicht genau.«

»Haben sie hier Freunde?«

»Die Mutter hat eine Freundin erwähnt.«

»War der Bruder auch dabei?«

»Was für ein Bruder?«

»Sie hat einen Bruder. Ich glaube, er ist älter als sie.«

»Ach ja! Nein, sie haben gesagt, er arbeitet in Atlanta. Es ist noch nicht raus, ob er kommen wird. Aber die Mutter…« Natalia lachte und zündete ihre Marlboro an. »Sie ist genau wie … sie. Die gleichen Haare, die gleichen Augen, die gleiche … na ja, wie soll man sagen?«

»Tatsächlich?« Jack saß auf der Kante des Sessels, und auf seinem Gesicht breitete sich das zweite zögernde Lächeln dieses Tages aus. »Das kann ich gar nicht glauben.«

»Die Mutter von wem?« fragte Amelia.

»Schätzchen ...« Natalia holte tief Luft. »Dein Daddy und ich haben kurz etwas zu besprechen. Etwas sehr Langweiliges. So was wie die Einkommenssteuer.«

Bei Amelia funktionierte der Trick mit der Langeweile manchmal, manchmal allerdings auch nicht. Amelia schien unentschlossen, trat ans Fenster und sah hinaus.

»Hast du noch mal mit den Ermittlern gesprochen?« fragte Jack kaum hörbar.

»Ja, heute morgen. Was diese Fran betrifft, sind sie sich nicht sicher. Sie wollen von Marion noch mehr Namen.«

»Und? Weiß sie welche?«

»Nein.« Natalia legte die ausgestreckten Beine übereinander und sah an die Decke. Sie trug eine schwarze Baumwollhose und Sandalen mit ziemlich flachen Absätzen. »Sie könnte ihnen wahrscheinlich ein halbes Dutzend nennen, die meisten von Leuten ohne feste Adresse.«

Jack runzelte die Stirn und flüsterte: »Alles Frauen? Doch sicher nicht. Was steckt bloß dahinter?«

»Du meinst –«

»Was war der Grund?« Jack sprach leise und eindringlich.

Natalia stand auf, nahm die Flasche Glenfiddich aus der Bambusbar und schenkte sich ein kleines Glas ein. »Neid«, sagte sie nach dem ersten Schluck. »Eifersucht. Vielleicht Drogen. Ich meine, möglicherweise war's irgendein vollgedröhnter Junkie.«

»Aber wer?«

»Von wem redet ihr?« fragte Amelia und drehte sich um.

»Von jemandem in der Galerie deiner Mutter, Schätzchen«, sagte Jack. »Jemand, den du nicht kennst.« Ihm fiel plötzlich ein, daß sie Amelia gesagt hatten, Louis sei für längere Zeit nach Japan gereist. Bis jetzt hatte sie es geschluckt. Amelia hatte ein paarmal nach ihm gefragt. Auf die Dauer würden sie natürlich nicht dabei bleiben können.

Jacks Antwort schien das gewünschte Desinteresse zu bewirken. Amelia ging wieder in ihr Zimmer.

»Noch mal zu der Frage, wer es war«, sagte Natalia und streckte sich wieder auf dem Sofa aus. »Marion fällt außer Fran niemand ein, der so … brutal sein könnte.«

»Und die Polizei hat Fran verhört.« Jack flüsterte, als wäre Amelia noch immer im Raum. »Marion sagte, sie hätte ein halbgares Alibi.«

»Ja. Und sie hatte irgendwelche Drogen genommen, und schließlich haben sie sie laufenlassen.«

»Sie haben sie laufenlassen? Du meinst, sie haben sich ein paar Minuten mit ihr unterhalten und sie dann –«

»Ich weiß nicht, wie lange. Anscheinend war Fran an dem Nachmittag mit ein paar Freundinnen in irgendeiner Bar, und das konnte sie auch beweisen. Das hat jedenfalls ihre augenblickliche Freundin gesagt, als sie Marion angerufen hat. Sie klang ein bißchen verwirrt und wollte Marion anscheinend bloß anschreien, weil sie der Polizei Frans Namen genannt hat.«

»Aber … hast du eine Ahnung, wen die Polizei im Verdacht hat?«

Natalia schüttelte den Kopf. »Nein, weder ich noch Marion, weil die Polizisten einfach nichts sagen. Wahrscheinlich behalten sie Fran im Auge, um zu sehen, ob sie sich durch irgendwas verrät. Ach ja, heute nachmittag gab's was

Neues.« Ihr Gesicht hellte sich auf. »Fran ist untergetaucht – sie ist nicht mehr da, wo sie angeblich wohnt. Das hat mir Marion erzählt, als ich vom Restaurant aus mit ihr telefoniert habe. Die Polizei hat sie angerufen, um zu fragen, ob sie etwas von Fran gehört hat oder ob Fran vielleicht sogar in der Greene Street aufgetaucht ist.«

»Nicht so laut, Schatz«, sagte Jack und sah zu Amelias Zimmertür. »Dann müssen sie wohl Fran im Verdacht haben – sonst würden sie nicht nach ihr suchen.«

Natalia zuckte die Schultern. »Es ist eigentlich nur so eine Ahnung von Marion.« Sie strich das Haar zurück und nippte an dem Glenfiddich. »Übrigens habe ich den Tylers gegenüber nichts von Fran gesagt.«

»War Fran denn mal in der Greene Street, bei Elsie und Marion?«

»In der Wohnung war sie nie, das weiß ich. Aber Fran hat einen alten Haß auf Elsie, weil sie ihr Genevieve weggenommen hat.« Natalias Gesicht verriet stille Freude. »Genevieve! Ha!«

Jack merkte, daß Natalia eine Aufmunterung brauchte. Die Erinnerung an die arme, dumme Genevieve, die irgendwo Kosmetikartikel verkaufte, ließ auch ihn lächeln. »Und was ist Frans halbgares Alibi?«

»Die eine Version lautet, daß sie im East Village war. Natürlich kann irgendein Barmann bestätigen, daß sie um ungefähr vier Uhr dort war, aber ganz sicher ist er sich nicht. Und dann ist da noch ihre Freundin oder Wohnungsgenossin – die übrigens angeblich Bildhauerin ist, obwohl beide sich über Wasser halten, indem sie Koks und so weiter verkaufen –, und die sagt, daß sie gemeinsam in der Eighth

Street Einkäufe gemacht haben. Sie hat auch irgendwelches Zeug vorzuweisen, das sie angeblich gekauft haben. Aber das ist alles nichts Konkretes, Jack.« Natalia erhob sich unruhig und ging zum Radio, schaltete es aber nicht ein.

»Was ist mit den Tylers? Triffst du dich noch einmal mit ihnen? Werden sie –« Jack hatte fragen wollen, ob sie Marion kennenlernen und den Leichnam ihrer Tochter sehen wollten, doch er fühlte sich mit einemmal zu schwach, zu schockiert, und er stand auf, um dieses Gefühl abzuschütteln.

Natalia sagte, die Tylers wollten morgen zu einer Art Trauerfeier gehen, die sie mit Hilfe ihrer New Yorker Freundin arrangiert hätten. Die Beerdigung solle morgen sein, und sie, Natalia, werde nicht hinfahren und habe das den Tylers auch gesagt. Dabei sah Natalia ihn mit einem strengen, düsteren Gesichtsausdruck an, und Jack dachte daran, daß sie Elsies sterbliche Überreste im Leichenschauhaus gesehen hatte. Natalia sagte, die Tylers seien freundlich gewesen. Elsie habe ihnen von Jack und Natalia geschrieben, und der Vater habe ihr versichert, er sei ihnen dankbar, daß sie Elsie mit Leuten bekannt gemacht hätten, die ihr behilflich gewesen seien. »›Nette, ältere Leute‹, hat die Mutter gesagt.« Natalia lächelte.

Jack war gerührt. Vielleicht hatten die Tylers über Elsies Erfolg als Model für Modefotografen nachgedacht. Die Leute, denen Natalia und er Elsie vorgestellt hatten, waren wenigstens harmlos gewesen. Ihr Mörder stammte aus Kreisen, in denen sich Elsie allein bewegt hatte.

»Im Hinblick auf Elsie waren sie etwas hilflos«, fuhr Natalia fort. »Sie sagen, sie hätten keinen Einfluß auf sie gehabt. Aber die Mutter kann sie irgendwie verstehen.« Natalia runzelte die Stirn, nahm eine Zigarette aus der Schachtel, die auf dem Couchtisch lag, und schenkte sich einen Schluck Glenfiddich ein. »Man sieht, daß sie als junge Frau genau wie Elsie gewesen sein muß. Und dabei ist sie gar nicht mal so alt. Sie stammt aus Schweden. Ich weiß noch, daß Elsie gesagt hat, sie sei aus Kopenhagen – vielleicht hat sie es absichtlich falsch dargestellt. Die Mutter war früher Ballettänzerin und hat das Tanzen nach der Heirat aufgegeben. Der Vater sieht gut aus, wirkt aber wie ein Versager, finde ich. Früher hatte er wohl hochgesteckte Ziele. Jetzt gehört ihm ein Möbelgeschäft in der Stadt, in der sie leben. Hast du was dagegen, daß ich Musik auflege, Jack?« fragte sie in einem Ton, der verriet, daß sie sicher war, Jack werde keine Einwände haben.

»Ein bißchen Musik wäre wunderbar. Was immer du willst.«

Natalia legte eine Beach-Boys-Kassette in den Recorder, hörte, während sie an der Zigarette zog, ein paar Takte lang zu und drückte dann die Stopptaste. In dem Kassettenregal unter dem Fenster zur Straße suchte sie nach etwas anderem.

»Und was ist mit unserer Reise? Am neunundzwanzigsten?«

Natalia schob eine andere Kassette ein. »Jugoslawien«, sagte sie. »Gerade weil ich nicht fahren will, will ich fahren.«

Jack verstand genau, was sie meinte.

Natalia hatte die *Ländlichen Tänze* von Respighi aufgelegt. Sie stand am Fenster. »Die Polizei war gut gestern nacht. Hat dafür gesorgt, daß die Journalisten nicht vor der

Tür herumhingen. Und die Beamten haben immer noch die Leute in den Nachbarhäusern befragt, sagt Marion. Ob sie irgendwas bemerkt haben.«

Jack hörte ihr zu und wartete.

»Wir haben den Hörer für eine Weile neben das Telefon gelegt, damit wir in Ruhe schlafen konnten.«

»Apropos: Bob hat heute morgen angerufen. Und gestern abend Elaine. Und Isabel auch, heute morgen.«

Natalia nahm es mit einem Nicken zur Kenntnis. »Hast du heute eine Zeitung gekauft?«

»Nein, tut mir leid. Offen gestanden wollte ich nichts darüber lesen.«

»Aber ich. Aber ich hab sie natürlich nicht mitgebracht«, fügte Natalia mit einem Blick in Richtung von Amelias Zimmer hinzu.

Jack trat zu ihr. »Wie gut kannte Amelia Elsie eigentlich? Hast du sie mal mitgenommen?«

»Ein paarmal, ja. Ich erinnere mich an einen Nachmittag – da haben wir einen Spaziergang um den Washington Square gemacht und irgendwo Eis gegessen.« Noch immer stirnrunzelnd, lächelte sie, als sei ihr dieser Nachmittag in angenehmer Erinnerung. »Sie kennt Elsies Namen und würde die Bilder erkennen.«

Jack dachte an das Leichenschauhaus, beschloß aber, lieber nicht danach zu fragen.

»Du hast sie auch geliebt, nicht, Jack?«

»Ja, wenn auch vielleicht auf eine andere Art. Wenn du von ›Liebe‹ sprichst –«

»Auf eine andere Art?« Natalia trank ihr Glas aus und wandte sich zum Fenster.

Hatte er Tränen in ihren Augen gesehen? Das Telefon läutete, und Natalia, die näher beim Apparat stand, nahm den Hörer ab. Ihr Ton verriet Jack, daß der Anrufer ein Mann war, und aus ihren Worten schloß er, daß es Bob Campbell war.

Jack ging ins Schlafzimmer. Er fühlte sich rastlos, wollte aber nicht in sein Arbeitszimmer gehen, denn dort waren immer noch die Fotos von Elsie und die Zeichnung, die er gemacht hatte... Unglaublich, daß es am hellichten Tag passiert war... Wer von ihnen hatte das gesagt? Elsie hatte ihren Eltern ziemlich oft geschrieben und mit ihnen telefoniert. Sie hatte den Leuten nur immer erzählt, sie hätte keinen Kontakt mit ihnen... Jack verließ das Schlafzimmer und sah, daß Natalia nicht mehr telefonierte. Sie lag auf dem Sofa, die Hände hinter dem Kopf verschränkt.

»Ich glaube, ich werde einen kleinen Spaziergang machen«, sagte Jack. »Brauchen wir was? Milch?«

»Milch?« sagte Natalia gedankenverloren. »Ich weiß nicht. Sieh nach.«

Das hörte sich zumindest wieder nach Natalia an. Jack öffnete den Kühlschrank und stellte fest, daß es ihm egal war, ob sie noch genug Milch hatten oder nicht. Er nahm seine Schlüssel und ging hinaus. Natalia war sicher am Boden zerstört, dachte er. Und er selbst? Ihm war, als müsse er seine Gefühle für sich behalten, als stehe er noch immer unter Schock, als wäre er eine vielfach gesprungene Fensterscheibe, die zwar noch im Rahmen saß, durch die man aber nur mit Mühe etwas erkennen konnte.

Auf der Straße hob er den Blick nur so weit, daß er nicht mit anderen Leuten zusammenstieß, doch sonst nahm er seine Umgebung nicht wahr. Er ging in nördlicher Richtung, kehrte aber um, bevor er die Twenty-third Street erreicht hatte, und kaufte kurz vor der Grove Street etwas Milch und die übliche große Flasche Cola für Amelia.

Natalia hatte Neuigkeiten: Detective McCullen hatte angerufen, weil bei Marion niemand ans Telefon gegangen war und er angenommen hatte, sie sei bei den Sutherlands. Er hatte berichtet, ein Mädchen, das in der Greene Street wohne, habe Schreie gehört und eine Frau aus dem Haus rennen sehen.

»Sie hat gesagt, es war eine dickliche Frau mit kurzen Haaren und einer hellen Hose, die in Richtung Norden gerannt ist.«

»Glaubt er, es könnte Fran gewesen sein?« Jack erinnerte sich an Frans kurzes Haar, und ihre Statur konnte man sicher als dicklich bezeichnen.

»Das hat er nicht gesagt. Aber die Beschreibung paßt auf sie, findest du nicht? Eine Frau!« Natalias Gesicht hellte sich auf, als würde die Spur heißer. »Nett von McCullen, mir das alles zu sagen! Er wollte wissen, ob wir ein Foto von dieser Fran hätten, und ich hab ihm gesagt, daß wir keins haben. Stell dir mal vor, wir hätten eins!« sagte sie lachend. »McCullen hat gesagt, daß Fran und ihre Freundin verschwunden sind. Die Polizei hat die Tür zu ihrer Wohnung mit Gewalt geöffnet, und dort deutete alles auf einen überstürzten Aufbruch hin.«

»Tatsächlich? Wo ist diese Wohnung?«

»Im East Village. Eine gute Gegend für Drogengeschäfte. Und die beiden haben die Katze zurückgelassen.«

»Ein reizendes Pärchen.« Und wie dumm von Fran, ausgerechnet jetzt unterzutauchen, dachte Jack. Immerhin hatte die Polizei sie aufgegriffen, als sie mit Drogen vollgepumpt gewesen war, und würde sie sicher vernehmen wollen, wenn sie wieder halbwegs normal war. »Was ist mit der Frau in der Minetta Street? Die könnte doch ein Foto von Fran haben.«

»Genevieve. Bei der ist die Polizei schon gewesen. Sie hat kein Foto. Ich könnte mir vorstellen, daß Genevieve nicht in diese Sache hineingezogen werden will.«

»Ich habe eine kleine Zeichnung von ihr.«

»Von Fran?«

»Ich hab sie an dem Abend im Gay Nighties gemacht.«

Natalia wollte sie sehen. Jack fand den kleinen Skizzenblock mit der Spiralbindung auf dem Tisch in seinem Arbeitszimmer. Da waren der hohlwangige Mann mit dem kantigen Kinn, der an der Wand lehnte, die Frau mit dem zu großen Smokingjackett und die schmallippige Fran mit den Schweinsäuglein und dem fransigen Pony.

»Jack, das ist großartig! Diese Augen!«

Und das gräßliche Kinn, dachte Jack. Mit einemmal fand er sogar seine eigene Zeichnung abstoßend.

»Man erkennt sie sofort! Die Polizei kann das bestimmt gut gebrauchen.«

»Meinst du? Dann können sie's haben.« Jacks Zeichnung zeigte auch den ausladenden Busen unter dem T-Shirt mit dem runden Halsausschnitt. Jack hatte kein Verlangen, das Bild je wieder anzusehen.

»Wir könnten es fotokopieren. Nein, das soll die Polizei machen.«

Jack nahm ihr den Skizzenblock aus der Hand, riß das Blatt heraus und reichte es Natalia. »Bitte – mein Beitrag.«

Natalia ging zum Telefon.

Jack blieb im Wohnzimmer. Sie würden jemanden schikken, um die Zeichnung abzuholen. Natalia hatte wie immer genau die richtigen Worte gefunden. »Was ist mit den anderen Leuten in Frans Haus – hat die Polizei die nicht befragt?«

»Die machen den Mund nicht auf. Denk doch nur an das Mädchen in der Greene Street – die hat bis jetzt keinen Ton gesagt, obwohl sie doch wußte, was gestern passiert ist. Die ganze Nachbarschaft hat den Rettungswagen und die Sanitäter mit der Bahre gesehen.«

Eine halbe Stunde später erschien ein junger Polizeibeamter, nicht McCullen von der Mordkommission.

»Ja, hmm«, sagte der junge Polizist lächelnd und betrachtete die Zeichnung. »Das sieht für mich besser aus als manche Phantombilder, mit denen ich arbeiten mußte.«

»Das ist Fran Dillon – oder Bowman –, und zwar gut getroffen«, sagte Natalia. »Vergessen Sie nicht, daß sie verschiedene Namen benutzt. Wenn sie wirklich diejenige ist, die Sie suchen.« Natalia sah ihn aufmerksam an. Sie hatte sämtliche Antennen ausgefahren.

»Dillon, ja. Die suchen wir allerdings.«

»Arbeiten Sie mit Detective McCullen zusammen?« fragte Natalia.

»Nicht direkt, Ma'am. Ich arbeite mit verschiedenen Leuten zusammen. Ich fange gerade erst an.« Einen Stuhl und eine kalte Cola lehnte er dankend ab und ging.

»Mir kommt gerade der Gedanke«, sagte Jack zu Natalia, »daß die betreffende Person« – er sah seine Tochter aus ihrem Zimmer kommen und sprach leiser – »vielleicht ein anderes Fotomodell gewesen sein könnte.«

Auch Natalia hatte Amelia bemerkt. »Unwahrscheinlich. Ich habe nie gehört, daß es da irgendwelche Schwierigkeiten gegeben hätte. Und dann: ein dickliches Fotomodell?« In ihren Augen stand ein Lächeln.

»Daddy – waren das noch mehr Strafzettel?« fragte Amelia. »Warum war der Polizist –«

»Ja. Sie wollen das Geld kassieren, bevor wir außer Landes fliehen. Aber du brauchst dir keine Sorgen zu machen – wir werden es schon schaffen.«

Das Telefon läutete. Jack hoffte, daß der Anruf nicht für ihn war, doch Joel war dran – also doch für ihn. Natalia hatte den Anruf entgegengenommen. »Sag ihm bitte, daß ich im Augenblick nicht kann. Sag ihm… Ach, du weißt schon.«

Natalia nickte, und Jack wußte, daß sie sich eine gute Ausrede einfallen lassen würde.

»Ich gehe noch mal ein bißchen raus«, sagte Jack, als sie aufgelegt hatte. »Es dauert nicht lange. Vielleicht eine Stunde.«

Auch das verstand Natalia und stellte keine Fragen.

Jack ging zu einem Blumengeschäft an der Ecke Seventh Avenue und Grove Street, kaufte ein Dutzend weiße Rosen, fügte, einem Impuls gehorchend, noch sechs rote hinzu und nahm ein Taxi zum Mansfield-Hotel in der West Fortyfourth Street, wo die Tylers laut Natalia abgestiegen waren. Der Blumenhändler hatte ihm eine Karte mit Umschlag gegeben, und am Empfang des Hotels bat Jack um einen Stift und schrieb:

Von jemandem, der Elsie ebenfalls geliebt hat.
Jack Sutherland

Dann schrieb er Mr. und Mrs. Tylers Namen auf den Umschlag und übergab die längliche Schachtel mit den Blumen dem Mann am Empfang.

»Ich glaube, die Herrschaften sind auf ihrem Zimmer, Sir. Soll ich sie anrufen?«

»Nein.« Jack schüttelte den Kopf. »Danke.« Gerade als er sich zum Gehen wandte, öffnete sich die Tür des Aufzugs, und eine blonde Frau trat heraus. Sie sah Elsie so ähnlich, daß Jack den Blick nicht abwenden konnte. Sie war etwa vierzig, ebensogroß wie Elsie und kaum schwerer als sie. Als sie mit hocherhobenem Kopf auf den Empfang zuging, war sogar ihr Gang so mühelos graziös wie der von Elsie. Ihre blauen Augen warfen Jack schier um. »Mrs. Tyler?«

»Ja?«

Jack sah, daß ihre Augenlider gerötet waren, vermutlich vom Weinen. »Guten Tag. Ich bin Jack Sutherland.« Er machte eine leichte Verbeugung.

»Jack Sutherland! Ja! Ihre Frau war *so* nett zu uns! Ich freue mich, Sie kennenzulernen.«

Jack hatte einen idiotischen Kloß im Hals, aber glücklicherweise kamen keine Tränen. Er schüttelte den Kopf wie ein schüchterner Junge. »Die… Ich habe nur ein paar… Bitte sehr!« Er zeigte auf die weiße Schachtel, die noch auf dem Tresen des Empfangs lag, und der Portier reichte sie ihr.

»Wie nett von Ihnen! Blumen.« Sie öffnete die Schachtel,

die Jack für sie hielt, und sah hinein. Sie trug eine schwarz-weiße Bluse und einen schwarzen Rock. »Die sind wunderschön! Sie und Ihre Frau waren sehr freundlich zu Elsie… und sehr hilfsbereit. Sie können sich nicht vorstellen…«

»Wir…« Jack mußte ein paarmal blinzeln. »Wir wußten gar nicht, daß sie mit Ihnen in so enger Verbindung stand. Mit ihren Eltern.«

»Ach, Sie wissen doch, wie Elsie immer geredet hat. Sie war doch *so* selbständig! Na ja, das war sie ja wirklich!« Mrs. Tylers Lächeln und der Blick, mit dem sie Jack ansah, verrieten Tapferkeit. Sie blickte sich zum Aufzug um. »Oh, da ist Bill, mein Mann. Bill!«

Ein Mann mit ergrauendem Haar kam in einem marineblauen Blazer und einer Sommerhose auf Jack zu. Ein höfliches Lächeln spielte um seine Lippen, doch seine Augen blickten traurig.

»Bill, das ist Jack Sutherland. Er hat uns wunderschöne Blumen gebracht.«

Jack schüttelte Mr. Tyler höflich die Hand. Gemurmelte Worte, ein Dank für die Freundlichkeit, die die Sutherlands Elsie erwiesen hatten.

»Ich glaube, wir können es noch immer nicht ganz fassen«, sagte Mr. Tyler. »Und vielleicht ist das auch ganz gut so – im Augenblick.« Er rieb über seinen Nasenrücken, als sei ihm das peinlich.

»Ich werde dann mal wieder gehen«, sagte Jack. »Es sei denn, ich kann noch etwas für Sie tun.« Er wartete gespannt. »Wie lange werden Sie hierbleiben?«

»Wir fahren morgen abend wieder zurück. Ungefähr um acht, oder, Bill?«

Ihr Mann nickte. »Stimmt.«

Das würde, wie Jack wußte, nach der Trauerfeier, von der Natalia gesprochen hatte, und nach der Beerdigung sein. »Ich nehme an, Sie wissen, wo Sie uns erreichen können«, sagte er, und Mrs. Tyler nickte. »Wir sind zu Hause. Rufen Sie einfach an, wenn ...« Wenn was? Jack wandte sich zum Gehen.

Wenige Sekunden später trottete er auf der Sixth Avenue in Richtung Süden. Er verzog das Gesicht, schloß die Augen und öffnete sie wieder, damit er sah, wohin er ging. War es richtig gewesen, sich so schnell wieder von den beiden zu verabschieden? Andererseits: Warum sollten sie wollen, daß er ihnen noch länger Gesellschaft leistete? Was nützte es, ihnen zu sagen, daß alle Welt ihre Tochter geliebt hatte? Wußten Sie das nicht ohnehin?

»He, du Arschgesicht! Was soll'n das?«

Jack starrte für einen Augenblick auf die abstoßende Gestalt, die er soeben unabsichtlich angerempelt hatte: Es war ein Mann – oder eine Frau? – in einem schmuddeligen Regenmantel und mit Haaren wie altes Seegras, die das schmutzige Gesicht zum Teil verbargen. »Tut mir leid«, murmelte Jack mit zusammengebissenen Zähnen, während weitere Verwünschungen durch das Seegras quollen.

An der Thirty-fourth Street nahm er sich schließlich ein Taxi, aus dem gerade jemand ausstieg. »Zur Grove Street, bitte.«

Natalia hatte ein kaltes Mittagessen vorbereitet. Jack erzählte ihr von seinem kurzen Besuch im Hotel Mansfield. Weil Amelia mit am Tisch saß, konnten sie nicht ausführlich darüber sprechen.

»Sie waren nicht ganz so, wie ich sie mir vorgestellt hatte.«

»Das hab ich dir doch gesagt.« Natalia warf ihm einen raschen, belustigten Blick zu. Sie wußte, daß er verblüfft war über die Ähnlichkeit zwischen Elsie und ihrer Mutter.

Und Mr. Tyler sah so aus, als hätte er mit der Erzeugung von Elsie nicht allzuviel zu tun gehabt, hätte Jack gesagt, wenn er gekonnt hätte.

Vor Mitternacht ging Natalia hinaus und kaufte eine Ausgabe der *Times,* in der seine Zeichnung von Fran Dillon auf der zweiten Seite eine Spalte breit abgedruckt war. Unter der Zeichnung war er als Urheber angegeben, und das ärgerte ihn, denn es legte die Vermutung nahe, daß er mit dieser Frau gut bekannt, ja, sogar befreundet war – obgleich Fran so unvorteilhaft dargestellt war, daß dieses Werk wohl kaum von einem Freund stammen konnte. Frances Dillon, sechsundzwanzig Jahre alt, hellbraunes Haar, einsdreiundsechzig groß, Gewicht dreiundsechzig Kilo, wurde gesucht im Zusammenhang mit dem Tod des Fotomodells Elsie Tyler, die vor zwei Tagen um vier Uhr nachmittags in der Greene Street ermordet worden war. In dem kurzen Artikel hieß es, die Polizei vernehme die Leute in der Nachbarschaft des Hauses, in dessen Eingang das junge Fotomodell »am hellichten Tag« überfallen worden sei. Natalia hatte Jack bereits gesagt, daß dic Polizci auch die Besitzer und Stammgäste von Bars, Restaurants und Discos in jener Gegend von SoHo befragt habe.

Wenige Minuten später rief Marion an. Jack hörte Natalia sagen: »Ach, das macht nichts« – vermutlich bezog sich das auf die späte Stunde. Als das Gespräch beendet war, sagte Natalia zu Jack, Marion sei gerade nach Hause gekommen und habe sich zurückmelden wollen. Sie habe nicht vor, Elsies Eltern kennenzulernen, wenn diese es nicht ausdrücklich wünschten.

»Ich habe ihr gesagt, daß sie diesen Wunsch nicht geäußert haben und sie solle jetzt lieber schlafen und morgen noch einmal darüber nachdenken. Sie klang, als sei sie völlig erledigt. Ich weiß, daß sie nicht zu der Trauerfeier gehen will. Sie wird nicht kommen.«

»Wirst du denn hingehen?« Da Amelia schlief, konnten sie jetzt darüber sprechen.

»Ja«, sagte Natalia.

Jack spürte, daß das verschiedene Gründe hatte: Natalia hatte Elsie geliebt und war stark genug, um die Feier zu überstehen. Außerdem war es ein Gebot der Höflichkeit, Elsies Eltern beizustehen, die in dieser Stadt sonst niemanden kannten.

»Willst du mitkommen?«

»Nein. Aber wenn du gehst, werde ich dich begleiten.«

Am folgenden Nachmittag gingen sie um Viertel vor drei zu einer kleinen, irgendwie protestantisch wirkenden Kirche in den West Twenties. Jack war überrascht, daß sich zahlreiche junge Frauen dort eingefunden hatten, von denen viele Röcke trugen, in denen sie sich sichtlich unwohl fühlten. Natalia konnte sich ein- oder zweimal nur mühsam ein Lächeln verkneifen. Sie kannte einige der Frauen und nickte ihnen zu. Jack sah sich um, doch Marion war nicht da. Berkman, der Fotograf, war gekommen und sprach mit Elsies Eltern, und zwei andere Männer und eine Frau – vielleicht ebenfalls Fotografen – warteten, um den Eltern ihr Beileid auszusprechen. Natalia machte Jack auf eine Frau aufmerksam und flüsterte ihm zu, sie sei Elsies Agentin gewesen. Die Trauerrede war kurz und ernst. *»... noch nicht in der Blüte ihres Lebens...«* Bei einer solchen »Versammlung« zu ihren Ehren, dachte Jack, hätte Elsie wohl Rockmusik bevorzugt. Isabel Katz war gekommen, obgleich Natalia ihr nichts von dieser Feier gesagt hatte, und auch Bob Campbell war da – Jack entdeckte ihn, als alles vorbei war. Der Sarg – Jack nahm an, daß es einen gab – war irgendwo anders; jedenfalls stand er nicht am Altar, wo der Mann in dem dunklen Anzug gesprochen hatte.

»Alles Gute für euch beide«, sagte Bob und drückte erst Natalia und dann Jack die Hand. Dann war er verschwunden.

Als Jack sicher war, daß niemand ihn hören konnte, fragte er Natalia: »Und die Beerdigung findet jetzt statt?«

Natalia nickte. »Aber da müssen wir nicht hin. Komm – laß uns noch einmal mit ihren Eltern sprechen.«

34

Am Donnerstag morgen sah Ralph Linderman in der *Times* das Bild von Frances Dillon, die im Zusammenhang mit dem Mord an Elsie gesucht wurde. Zunächst war er überrascht, daß die Zeitung etwas, das eher aussah, als stammte es aus der Hand eines Kindes, überhaupt druckte, doch dann las er, daß Jack Sutherland die Zeichnung angefertigt hatte, und ein langsamer Zorn stieg in ihm auf. Ein schlauer kleiner Trick von Sutherland, um die Polizei von sich abzulenken! Er mußte der Polizei ja eine recht überzeugende Geschichte über diese Frances Dillon – eine Freundin von Elsie? – erzählt haben, daß man sie nun suchte. Ob diese Frau überhaupt existierte?

Oder war das Ganze vielleicht ein doppelter Trick und die Polizei tat, als glaubte sie Sutherlands Geschichte über diese Frances Dillon, um Sutherland um so besser im Auge behalten zu können? Hatte man Wanzen in seiner Wohnung installiert? Die Gespräche zwischen Sutherland und seiner Frau Natalia (ihr Name wurde in dem *Times*-Artikel erwähnt, wo die beiden als Freunde von Elsie Tyler bezeichnet wurden) wären bestimmt aufschlußreich. Natalia Sutherland kannte gewiß die Wahrheit und litt jetzt sicher Qualen, denn sie wußte wahrscheinlich, daß ihr Mann eine Affäre mit Elsie gehabt hatte, und wußte auch, wie tief er gesunken war: Er hatte die unschuldige Frau lieber ermordet, als zu riskieren, daß sie seinen Freunden und Bekannten oder vielleicht auch seinen Geschäftspartnern etwas über diese Affäre sagte. Vielleicht hatte Elsie das Ganze auch beenden wollen, und Sutherland hatte sich nicht damit abfinden können und sie deshalb ermordet. Doch ganz gleich, wie es im einzelnen gewesen war – Sutherland war ein Lügner.

Die Tatsache, daß die Polizei Sutherland von jedem Verdacht freigesprochen hatte, weil er zu Hause gewesen sei, als Marion ihn wegen Elsie angerufen habe, war für Ralph ohne jede Bedeutung, denn irgend etwas stimmte hier nicht. Jemand mußte sich um zehn Minuten verrechnet haben. Oder aber diese Marion deckte Sutherland aus irgendeinem Grund. Gut möglich, daß Sutherland mit beiden eine Affäre gehabt hatte. Ralph würde nie den frühen Sonntag morgen vergessen, als er Sutherland mit Elsie und Marion aus dessen Haus in der Grove Street hatte kommen sehen.

Marion Gill schien nicht unter Verdacht zu stehen, und dennoch kam sie als Täterin in Frage. Dieser Gedanke war Ralph schon früher gekommen, doch jetzt erhielt er neues Gewicht. Sutherland konnte ja tatsächlich zu Hause gewesen sein, als der Anruf kam. Vielleicht hatten er und Marion eine leidenschaftliche Affäre, vielleicht hatten sie diesen Mord gemeinsam geplant. Wußte Natalia auch von Marion? Hatte Elsie ihr von Marion erzählt?

Ralph, der God um elf Uhr morgens ausführte, versuchte sich zu beruhigen und rief sich ins Gedächtnis, daß er einige Dinge einkaufen wollte. Er wollte heute morgen nicht zu Rossi gehen, und der Gristede-Supermarkt in der Bleecker Street kam nicht in Frage, weil er den Hund dabeihatte. Er ging zu einem Geschäft in der Seventh Avenue und kaufte dort, was er brauchte, unter anderem ein dickes Steak. Dabei war er tief in Gedanken versunken. Er dachte noch nicht daran, daß er einen neuen Job finden mußte, auch nicht daran, daß er nach dem Rausschmiß aus der Hot Arch Arcade einen Antrag auf Arbeitslosengeld stellen konnte. Es war nur recht und billig, daß er erst einmal ein paar Tage verstreichen ließ, in denen er an Elsie dachte, Tage, die gewissermaßen eine Trauerzeit waren, wenn auch nicht ohne Störungen. Er hatte in der Nacht kaum geschlafen, obgleich er geglaubt hatte, zu »normalen« Zeiten, wenn sich die verdammten Italiener, wie zu hoffen war, etwas leiser verhielten, ein bißchen Schlaf nachholen zu können. Er hatte das Gefühl, daß seine Schlaflosigkeit eine Form von Trauer war, etwas ganz Normales.

An den warmen Nachmittagen und Abenden lag Ralph oft im Pyjama auf dem Bett, las Bücher aus der Leihbücherei und schaltete zur vollen Stunde das Radio auf dem Nachttisch ein, um die Nachrichten zu hören. Seit ein paar Tagen war nichts mehr über die Tragödie um Elsie Tyler gekommen, doch eines Abends sagte der Sprecher in den Sieben-Uhr-Nachrichten, die Polizei suche noch immer nach der sechsundzwanzigjährigen Frances Dillon, die zum Freundeskreis des jungen Fotomodells gehört habe, da man sich von ihr Hinweise auf den Täter erhoffe.

Als Ralph das hörte, sprang er auf. Für einige Augenblicke war das Geplärr der Babys vor seiner Tür und im Stockwerk unter ihm vergessen. Wenn man diese Dillon fand – würde sie dann vor Gericht gestellt werden? Sollte sie als Sündenbock dienen?

Er starrte das Telefon an. Er hatte große Lust, Sutherland anzurufen und ihm zu sagen, daß er ihn im Verdacht habe, daß er seine Zeichnung von Dillon gesehen und seinen Trick durchschaut habe. Ja und daß er noch einmal zur Polizei gehen werde. Das war überhaupt eine gute Idee: Er würde zur Polizei gehen.

Ralph schlug die Telefonnummer des Reviers an der Ecke Hudson und Tenth Street nach.

Jemand nahm ab, sagte jedoch sogleich, Ralph möge sich bitte einen Augenblick gedulden. Man ließ ihn so lange warten, daß er schließlich auflegte. Er zog sich an. Es war zwar warm, doch für seinen Besuch bei der Polizei legte er eine Krawatte und ein Sommerjackett an.

Ralph betrat die Wache und sprach den jungen wachhabenden Beamten an. »Mein Name ist Ralph Linderman. Ich habe Informationen zum Fall Elsie Tyler – zu der Mordsache.«

»Elsie...« Der wachhabende Beamte war ein anderer als bei Ralphs erstem Besuch.

»Der Mord in der Greene Street, vor einer Woche.«

»Ach der. Sie können Ihre Aussage gleich hier machen, Sir.« Er griff nach einem Kugelschreiber. »Wie war noch Ihr Name?«

Ralph nannte Name und Adresse. »Ich war schon einmal hier«, sagte er mit wachsender Ungeduld, denn dieser junge Mann schien von dem Mord überhaupt nichts zu wissen. »Diese Dillon, die Sie suchen, war nicht die Mörderin. Es war John Sutherland. Er wohnt in der Grove Street.«

Der Polizist sah Ralph jetzt aufmerksamer an und rieb sich das Kinn. »Der Fall, von dem Sie sprechen –«

»Die einundzwanzigjährige Frau! Dürfte ich bitte mit dem zuständigen Detective sprechen oder mit jemandem, der damit befaßt ist?«

»Warten Sie bitte einen Augenblick.« Der Polizist verschwand in einem angrenzenden Büro, dessen Tür geöffnet war.

Ralph stand da, beobachtet von einem Wachbeamten, der hinter ihm an der Wand lehnte. Der junge Beamte blieb etwa vier Minuten verschwunden, dann erschien er, halb rückwärts gewandt und mit jemandem im Büro redend, wieder in der Tür. Er kehrte an seinen Platz zurück und sagte: »Ja. Ihre Aussage, Sir?«

»Der Mörder ist John Sutherland, wohnhaft in der Grove Street. Ich *weiß* einiges, und das würde ich gern der Mordkommission oder irgendeinem, der diesen Fall bearbeitet, mitteilen. Ich bin hierhergekommen, weil dies für mich das nächste Polizeirevier ist.«

»Ja, Sir. Aber ich habe gerade nachgefragt. Bei der Mordkommission kennt man Sutherland. Die Kollegen haben jetzt einen konkreten Verdacht und werden –«

»Aber Sutherland ist der Mörder!«

Der junge Polizist atmete tief durch. »In diesem Fall tut sich eine Menge, Sir. Was wissen Sie über Sutherland?«

»Ich weiß, daß er schuldig ist! Er hatte eine Affäre mit dieser jungen Frau, die umgebracht wurde. Wissen Ihre Kollegen das? Ich möchte mit jemandem sprechen, der an diesem Fall arbeitet und mit … mit den Fakten vertraut ist. Dürfte ich mit dem Beamten in dem Büro dort sprechen?« Ralph machte einen nervösen Schritt in Richtung der geöffneten Tür.

»Nein, Sir, da dürfen Sie nicht rein.«

»Und warum nicht?« Ralph ging weiter.

Der Wachbeamte setzte sich in Bewegung, der junge Polizist stand auf.

Ralph wurde plötzlich an den Armen gepackt und ergab sich mit gespielter Fügsamkeit.

»Keine Sorge, ich bin nicht gewalttätig«, sagte er und schüttelte die beiden ab. »Ich bin hier, um ... um Ihnen zu sagen, daß Sutherland der Mörder ist und daß Sie Ihre Zeit vertun, wenn Sie nach jemand anderem suchen – wie diese Frances Dillon, die die Polizei heute ausgegraben hat!«

Die beiden Polizisten starrten ihn an. Einer nickte und sagte: »Ja, Sir«, als wollte er einen Geistesgestörten beruhigen.

In der Tür des angrenzenden Büros erschien ein dritter Beamter. »Was gibt es, Charley?«

»Er redet immer noch von Sutherland.«

»Frag ihn, ob er was Konkretes hat«, sagte der Beamte in der Tür.

»Ich *weiß* es!« sagte Ralph, an ihn gewandt. »Er ist ein guter Läufer, wußten Sie das? Ein Jogger. Er könnte in zehn Minuten von der Grove zur Greene Street gerannt sein! Er hatte eine Affäre mit dieser Frau! Mit beiden, auch mit dieser Marion! Wenn Sie doch nur –«

»Wir brauchen Fakten«, unterbrach ihn der Polizist aus dem Nachbarbüro in nachsichtigem Ton. »Wenn Sie welche haben ... Waren Sie Zeuge der Tat?«

»Nein, Sir, ich war zu Hause. In der Bleecker Street.«

»Tja, dann ...« Der Mann zuckte die Schultern.

Ralph nahm einen neuen Anlauf. Mit einemmal redeten

alle vier gleichzeitig, und Ralph wurde, vornehmlich von dem Wachbeamten, zur Tür geschoben.

»Aber ich *weiß* es!« sagte Ralph immer wieder.

»Sutherland läuft uns nicht davon… verheiratet, fester Wohnsitz… Haha… Immer mit der Ruhe!… Morgen ist auch noch ein Tag… Gute Nacht, Sir.«

Unvermittelt stand Ralph allein auf dem Bürgersteig. Die Stimmen hallten ihm noch in den Ohren, obgleich es ringsumher so still war, als wäre er taub geworden. Er wandte sich in nördlicher Richtung, drehte sich dann aber um und ging an der nächsten Ecke nach Osten. Sutherland und sein fester Wohnsitz! Na klar! Aber Sutherland wand sich mit jedem Tag ein wenig mehr aus der Sache heraus mit seinen schlauen Tricks und Lügenmärchen, und natürlich – je mehr er zu Hause bei Frau und Kind blieb, desto besser und unschuldiger sah er aus.

Ralph war wütend und nervös, und das schnelle Gehen änderte nichts daran. Plötzlich war er am Sheridan Square. Dann tat er etwas, das er schon seit Jahren nicht mehr getan hatte: Er betrat ein Bar-Restaurant mit einer grünen Markise, an dem er schon oft vorbeigegangen war. Er wollte etwas trinken, bestellte einen Whisky und wurde gefragt, welche Marke er wünsche. Aus den vielen Namen, die der Barmann aufzählte, wählte er White Horse. Er fühlte sich elend, innerlich zerrissen. Er hatte es versucht und war gescheitert. Alkohol wirkte doch angeblich beruhigend. Das Eis in seinem Whisky schmeckte gut. Ralph war noch immer durstig und bestellte ein Glas Wasser und ein Bier. Diskret und ohne jemanden anzusehen, zog er seine Krawatte aus, rollte sie zusammen und steckte sie in die Jackettasche.

Dann legte er auch das Jackett ab, das feucht von Schweiß war. Hier drinnen war die Luft angenehm und klimatisiert. Ralph trank langsam sein Bier und freute sich, als draußen die Dämmerung hereinbrach. In dem Bar-Restaurant herrschte reger Betrieb, aber keinen der Gäste hatte er je gesehen. Waren Elsie und Natalia ebenfalls hiergewesen? Ralph fühlte sich besser, ein wenig abgekühlt. Er bestellte einen zweiten White Horse, zahlte mit einem Zehn-Dollar-Schein und gab einen Dollar Trinkgeld.

Doch er blieb sitzen, da er den zweiten Scotch noch nicht ausgetrunken hatte – er fügte immer wieder etwas Wasser aus seinem Glas hinzu. Sutherland kam damit durch! Klar. Vielleicht drohte er seiner Frau, vielleicht brachte er sie mit körperlicher Gewalt zum Schweigen, vielleicht gerade jetzt, in seiner Wohnung in der Grove Street. Vielleicht hatte die Polizei soeben einen Beamten dorthin geschickt, um sich zu vergewissern, daß Sutherland noch da war. Dann würde Sutherland sich erheblich unwohler fühlen, und Natalia konnte neue Hoffnung schöpfen, daß sich die Schlinge um den Hals ihres Mannes weiter zuzog. Vor noch kaum einem Jahr hätte Ralph Sutherland eine solche Tat nicht zugetraut. Aber ebenso unmöglich und bizarr wäre ihm der Gedanke erschienen, daß Elsies Leben so unvermittelt und brutal ausgelöscht werden könnte. Daß ausgerechnet Sutherland sich als übler erwiesen hatte als Elsies zwielichtige Freunde!

Ralph trank sein Glas aus und ging, nachdem er auf der Toilette gewesen war, nach Hause. Dort hängte er sein Jackett auf und nahm God an die Leine. Höchste Zeit für seinen Spaziergang!

Nachdem er God wieder zurückgebracht hatte, steckte Ralph seine Brieftasche ein und ging noch einmal hinaus. Zu Hause fiel ihm die Decke auf den Kopf – er mußte raus, sich bewegen. Er schlenderte zum Washington Square und umrundete ihn, denn er dachte, er könnte seine innere Ruhe und sein Gleichgewicht vielleicht wiederfinden, wenn er sich vor Augen hielt, daß dies ein öffentlicher Platz, ein kultivierter kleiner *Park* war – jedenfalls vor wenigen Jahrzehnten noch, er konnte sich gut erinnern. Ein Strichjunge in Bluejeans, schlank wie eine Gerte, beäugte ihn flüchtig und ging vorbei.

»'n Abend, Miss!« sagte Ralph gereizt und ging ebenfalls weiter.

An dem niedrigen Metallzaun am Rand des Bürgersteigs lag eine zerbrochene Whiskyflasche. Vielleicht würde sie heute abend jemandem als Waffe dienen. Wer konnte sich dagegen schon wehren? Wer konnte einem Gauner die Stirn bieten, der einen abgebrochenen Flaschenhals schwenkte und die Brieftasche verlangte?

Ruf Sutherland an, und triff dich noch heute abend mit ihm, dachte Ralph plötzlich, konfrontiere ihn und seine Frau in ihrer eigenen Wohnung mit der Wahrheit. Würde Mrs. Sutherland das nicht begrüßen? Andererseits war Ralph sicher, daß Sutherland ihn nicht hinauf in die Wohnung lassen, sondern – wie beim ersten Mal, als er, Ralph, Sutherland seine Brieftasche gebracht hatte – sagen würde: »Wir können uns vor meinem Haus auf der Straße treffen.« Wahrscheinlich würde Sutherland sich aber gar nicht mit ihm treffen wollen.

Ich werde einfach bei ihnen läuten und mich in die Wohnung drängen, beschloß Ralph. Den Versuch ist es wert.

Er ging mit ruhigen Schritten westwärts zur Sixth Avenue und sammelte seine Gedanken. Er würde Sutherland in Gegenwart seiner Frau an den Sonntag morgen erinnern, an dem er ihn um sechs in Begleitung von Elsie und Marion gesehen hatte. Er würde den Sutherlands eine Menge Wahrheiten präsentieren und seinerseits von Sutherland verlangen, daß er mit anderen Wahrheiten herausrückte.

Ralph fühlte sich seiner Sache immer sicherer, und doch zuckte er zusammen, als er in der Grove Street Sutherland auf sich zukommen sah. Ralph hatte einen Umweg gewählt und bog gerade um die Ecke der Bedford Street.

»Mr. Sutherland«, sagte Ralph.

»Jaa. Hallo!« Sutherlands lautlose Schritte verlangsamten sich. Er trug eine weiße Plastiktüte.

»Ich möchte Ihnen etwas sagen. Und Ihrer Frau ebenfalls. Darf ich für ein paar Minuten heraufkommen? Ihre Frau sollte hören, was ich zu sagen habe.«

Sutherland machte langsam einen weiteren Schritt auf Ralph zu, und zwar, wie Ralph fand, auf eine feindselige oder zumindest unfreundliche Art. Sutherland war, als Ralph ihn angesprochen hatte, schon beinahe bei seiner Haustür gewesen, und nun gingen sie nebeneinander in Richtung Bedford Street.

»Nein, es wäre nicht gut, wenn Sie jetzt mit raufkämen«, sagte Sutherland. »Es ist schon spät. Was wollten Sie mir sagen?«

»Ihre Frau muß das ebenfalls hören«, antwortete Ralph und blieb stehen.

»Meine Frau? Was wollen Sie eigentlich?«

»Weiß sie, daß die beiden Frauen – Elsie und Marion –

an dem Sonntag morgen, als ich Sie gesehen habe, in Ihrer Wohnung gewesen waren? Ich glaube, Elsie hat mich damals auch gesehen.«

»Natürlich weiß sie das. Wir waren alle auf derselben Party. Worauf wollen Sie hinaus?« Obwohl es dunkel war, konnte Ralph sehen, daß er finster die Stirn runzelte.

»Ich will darauf hinaus, daß Sie schuldig sind«, sagte Ralph, »und wenn Sie sich nicht stellen, werde ich –«

»Ach, hören Sie doch auf, Linderman! Halten Sie einfach Ihr Maul!«

»Dieser Trick mit der Zeichnung, die in der Zeitung war! Glauben Sie, ich weiß nicht, daß das ein Trick war? Mir konnten Sie die Schuld nicht in die Schuhe schieben, und darum haben Sie –«

»Die Art, wie Sie sich da einmischen, bringt überhaupt nichts. Sie waren schon immer eine Nervensäge –«

»Ich werde Ihrer Frau einen Brief schreiben, und ich werde ihn ihr persönlich übergeben! Sie wird ihre vernünftigen Schlüsse daraus ziehen!«

»Lassen Sie meine Frau da raus!« sagte Sutherland mit unvermittelter Heftigkeit und machte einen Schritt auf ihn zu.

Ralph wich ein wenig zurück. Zwei Leute, ein Mann und eine Frau, gingen vorüber und musterten ihn und Sutherland neugierig.

»Lassen Sie mich und meine Frau in Ruhe«, fuhr Sutherland in leiserem Ton fort, »oder ich hetze Ihnen die Polizei auf den Hals. Sie haben ja keine Ahnung, wie oft Elsie und wir anderen kurz davor waren, das zu tun!«

»Stopp! Ich habe eine Pistole! Ich kann die Sache hier

und jetzt erledigen!« Ralph steckte die Hand in die rechte Hosentasche. Dort war seine Brieftasche, und ihre Ecke zeichnete sich deutlich ab.

Sutherland sah kurz auf die Tasche. Das Licht der nächsten Straßenlaterne war nicht sonderlich hell, doch es kam Ralph so vor, als würde Sutherland innerhalb von Sekunden erbleichen. Er ließ die weiße Plastiktüte auf den Bürgersteig fallen und schlug urplötzlich mit der linken Faust nach Ralphs Kopf.

Ralph wich dem Schlag aus, so daß dieser ihn nur an der Schädeldecke streifte. Er warf sich in der Höhe von Sutherlands Taille vorwärts, krachte jedoch gegen dessen Knie und fiel zu Boden.

Auch Sutherland war gestürzt. Ralph war als erster wieder auf den Beinen, und dann sprang Sutherland auf wie ein Stehaufmännchen, packte Ralph am Handgelenk und schleuderte ihn an die Hauswand. Ralph hörte seine Schulter und seinen Kopf an die Mauer prallen. Er schaffte es, den Fuß – oder das Knie – zu heben, um Sutherland, der sich schon wieder auf ihn stürzte, abzuwehren. Sutherland krümmte sich schmerzhaft zusammen, und Ralph erwischte ihn seitlich am Kopf.

Beide standen keuchend und leicht gebeugt da. Sie waren jetzt in der Bedford Street. Ein Mann wich ängstlich zurück, wechselte die Straßenseite und ging weiter.

»Sie werden … sich stellen«, sagte Ralph.

»Und Sie sollen sich *schleichen*!« Sutherland schien sich abermals auf ihn stürzen zu wollen.

Ralph trat einen Schritt zurück.

Sutherland tat dasselbe, warf einen Blick auf die Tüte,

die er fallen gelassen hatte, hob sie jedoch nicht auf. Mit ruhigerer Stimme sagte er: »Lassen Sie uns in Ruhe, Linderman.«

»He, ihr da unten! Geht's auch ein bißchen leiser?« Die Stimme kam von einem offenen Fenster in der Bedford Street.

Sutherland sah hinauf und winkte nervös, doch Ralph wandte den Blick nicht von ihm.

»Ehebrecher«, sagte er ruhig, »und Mörder.«

Sutherland antwortete ebenso ruhig: »Verpissen Sie sich, oder ich mach Sie fertig.« Er ging mit erhobenen Fäusten auf ihn zu.

Ralph wich nicht zurück. Er schlug Sutherland in den Magen, bekam aber einen Treffer aufs Kinn. Er wankte – das merkte er –, ging zu Boden, rollte auf den Rücken und kam mit Mühe wieder hoch.

»Gehen Sie nach Hause«, sagte Sutherland und packte Ralph am Hemd. »Ob Sie das noch schaffen oder nicht, ist mir egal.« Er stieß Ralph von sich und ließ ihn los.

Sutherland ging davon – mit gebeugtem Kopf und schwankend, das konnte Ralph sehen, und er spuckte aus, bevor er um die Ecke in die Grove Street abbog und außer Sicht war. Ralph stand erhitzt da und verzog das Gesicht. Zwei Leute, die ein paar Meter entfernt waren, starrten ihn an, wichen auf die Fahrbahn aus und gingen vorbei. Ralph stolperte zur Ecke. Er sah Sutherland und folgte ihm, wobei er tief durchatmete. Vor ihm war Elsies Mörder, angeschlagen und wacklig auf den Beinen.

»Sutherland –« Ralph sprang die Stufen zur Haustür hinauf, als Sutherland gerade den Schlüssel ins Schloß steckte.

Sutherland drehte sich um, die eine Faust erhoben, in der anderen Hand die Plastiktüte, und kam ihm eine Stufe entgegen.

Es waren mindestens vier Stufen, und Ralph war auf der zweiten und dritten, als er sich gegen Sutherlands Beine warf. Doch Sutherland wehrte ihn ab und stieß ihn von sich, und Ralph verspürte einen stechenden Schmerz in der Schulter, als er auf den Bürgersteig aufschlug. Mit einemmal waren die Konturen des Bordsteins und das dunklere Grau des Straßenbelags, die nur Zentimeter von seinen Augen entfernt waren, im Licht der Straßenlaternen sehr klar zu erkennen.

»Na los, stehen Sie auf«, sagte Sutherland zweimal und in ungeduldigem Ton.

Das versuchte Ralph ja auch, und zweifellos würde es ihm gleich gelingen. Er erhob sich mühsam und schwankte.

»Was ist hier eigentlich los?« sagte eine fremde Stimme. »Hat dieser Bursche Sie –«

»Nein, schon in Ordnung«, sagte Sutherland. »Alles in Ordnung.«

Ralph wischte sich mit dem Unterarm über den feuchten Mund und das Kinn. »Wachtmeister… gut, daß Sie kommen! Dieser Mann… Ich war… ich war heute schon seinetwegen im Revier!«

»Wegen wem? Wo wohnen Sie?«

»Ich wohne hier«, sagte Sutherland.

»In der Bleecker Street. Gleich da drüben.«

»Waren Sie das, die sich hier geschlagen haben? Wir hatten einen Anruf wegen eines Streits. Was ist hier los?«

»Nichts.« Sutherland drehte sich um, setzte einen Fuß

auf die Treppe und sah zurück. »Ich glaube, er wird's nach Hause schaffen.«

Der Polizist machte ein verwirrtes Gesicht. »Können Sie sich ausweisen?« fragte er Ralph.

»Ja. Natürlich.« Ralph griff nach seiner Brieftasche.

35

Jack stand an der Tür und sah zu. Der Polizist führte Linderman davon, allerdings auf freundliche Art. Er sprach mit ihm, während sie in Richtung Bleecker Street gingen, und nahm seinen Arm, um ihn zu stützen. Jack trat ins Haus und ging hinauf, immer zwei Stufen auf einmal nehmend, mit langsamen, stapfenden Schritten.

»Jack, um Himmels willen!« flüsterte Natalia im Treppenhaus. »Was war denn los?«

Sie gingen in die Wohnung und schlossen die Tür.

»Du blutest am Ohr. Und auch an der Stirn! Hat Linderman eine Schlägerei angefangen? Ich hab euch durch das Fenster gesehen.«

»Mach dir keine Sorgen.« Jack war im Badezimmer, wusch sich das Gesicht und untersuchte sein Ohr, wo er seltsamerweise eine Wunde hatte, die wie ein Messerschnitt aussah. Doch schlimmer war die Abschürfung an einem Fingerknöchel, und die Stirnwunde blutete noch immer. Jack drückte einen kalten, feuchten Waschlappen darauf und drehte sich lächelnd zu Natalia um.

Sie runzelte verwirrt die Stirn. »Hat er dich angegriffen? Einfach so?«

»Eigentlich nicht. Mach dir keine Sorgen, Schatz. Wirklich. Ich glaube, das ist jetzt erledigt.«

Ein paar Minuten später, als Jack mit einem Jack Daniel's on the Rocks auf dem Sofa saß, dachte er darüber nach, ob die Angelegenheit tatsächlich erledigt war. Erledigt? Würde sie für Linderman je erledigt sein?

»Nun sag doch was, Jack? Was wollte er?«

»Tut mir leid – ich hab mich nicht mehr so komisch gefühlt, seit ich mich mit meinem schlimmsten Feind geprügelt habe. Da war ich zwölf.« Jack lachte, leckte sich über die Lippen und trank einen Schluck. Der Whiskey überdeckte den schwachen Blutgeschmack in seinem Mund. »Für einen Mann seines Alters hat sich Linderman verdammt gut gehalten.«

»Ich hoffe, der Polizist sperrt ihn für eine Weile ein.«

»Nein, ich glaube, er bringt ihn nach Hause.« Jack lachte. »Linderman hält mich wieder mal für den Mörder, das ist alles. Ich habe gehört, wie er dem Polizisten gesagt hat, daß er heute auf der Polizeiwache war, und vielleicht stimmt das ja auch. Er glaubt, daß meine Zeichnung von Fran ein Trick war, den ich mir ausgedacht habe.«

»Du meinst, er ist hier, vor dem Haus, einfach so auf dich losgegangen?«

»Ja. Er wollte zu uns. Er wollte, daß du die Wahrheit hörst. Du weißt schon.«

Natalia schwieg. Sie wußte, was er meinte. »Herrgott, bin ich froh, daß wir bald wegfahren! Noch acht Tage. Sie werden in dieser Zeit doch etwas Konkretes herausfinden, meinst du nicht, Jack?«

Jack war nicht so sicher, doch er nickte. »Bestimmt.«

»Bist du sicher, daß du nicht noch woanders verletzt bist oder blutest?«

Jack strich mit den Lippen über den verletzten Fingerknöchel. »Nein, alles in Ordnung.«

»Danke, daß du mir Zigaretten mitgebracht hast.« Natalia hatte in die Plastiktüte gesehen. »Komm mit ins Badezimmer, Jack. Ich reibe dir ein bißchen Savlon auf die Stirn. Ich hätte eigentlich gleich daran denken sollen.«

Jack folgte ihr. Die weiße Salbe tat gut. Natalias Mutter Lily hatte sie aus England mitgebracht und sorgte für regelmäßigen Nachschub.

Das Telefon läutete, und Natalia nahm den Hörer ab. Es kamen ständig Anrufe und kurze Beileidsbriefe – es war, als wäre Elsie ein Familienmitglied gewesen. Sylvia Kinnocks Telegramm, das vor ein paar Tagen gekommen war, hatte Jack besonders berührt.

...WIRKLICH TRAGISCH UND WIDERWÄRTIG.
SITZE IN ATLANTA FEST, SONST WÄRE ICH BEI EUCH.
IN GEDANKEN BIN ICH ES. ALLES LIEBE, SYLVIA

Zwei Tage nach Jacks Kampf mit Linderman hörten er und Natalia in den Fernsehnachrichten, die Polizei habe Frances Dillon in der Bronx festgenommen und vernehme sie im Zusammenhang mit dem Mord an Elsie Tyler vor zwei Wochen. Natalia ging hinaus, um eine Spätausgabe der *Post* zu kaufen. Jacks Zeichnung war abgedruckt, und in dem Artikel stand, Dillon sei in einem Lebensmittelgeschäft in der Bronx von einem jungen Mann erkannt worden, der sich »an den Haaransatz und den Mund der Frau auf der Zeichnung« erinnert habe. Dillon habe eine Sonnenbrille getragen und sei in Begleitung einer Freundin gewesen.

»Na bitte«, sagte Jack und freute sich über den kleinen Erfolg seiner Zeichnung. Er war nicht sicher, ob Fran schuldig war – vielleicht war sie aus dem East Village geflüchtet, weil sie fürchtete, wegen ihrer Drogengeschäfte verhaftet zu werden –, und er war froh, daß auch Natalia die Nachricht mit Gelassenheit aufnahm.

»Jetzt werden wir ja sehen«, sagte sie. »Sie werden sie jedenfalls festhalten, bis sie bei einigermaßen klarem Verstand ist.«

Susanne Bewley war, wie schon früher ausgemacht, mit ihrem Freund Michael für zwei Wochen nach Maine gefahren. Sie hatte angerufen, als sie von Elsies Tod erfahren hatte. »Ich erinnere mich sehr gut an sie«, hatte Susanne zu Jack gesagt. Und sie hatte gefragt, ob Linderman, dessen Namen sie vergessen hatte, unter Verdacht stehe. Anscheinend hatte Natalia ihr von ihm erzählt. Jack fragte sich, ob Susanne wußte, wie gern Natalia Elsie gehabt hatte. Wahrscheinlich nicht, doch man konnte nie wissen, wieviel jemand – und besonders die stille Susanne – erahnte oder intuitiv erfaßte.

Manchmal spürte Jack, daß zwischen ihm und Natalia eine eigenartige Stille herrschte. Sie waren beide viel unterwegs, hatten allerlei zu erledigen und bereiteten alles für eine Abwesenheit von vier Wochen oder länger vor. Amelia verbrachte die Hälfte ihrer Zeit bei den Armstrongs, denn Elaines Schwester war zu Besuch und konnte ein Auge auf die Kinder haben. Aber was dachte oder fühlte Natalia, wenn sie in das Gefrierfach des Kühlschranks sah und in gelangweiltem Ton »Du lieber Himmel« sagte?

Jack wußte, daß das Gefrierfach noch immer recht voll

war, obgleich sie sich bemüht hatten, die Vorräte zu verbrauchen, aber er wußte auch, daß es Natalia ganz egal war, wie es darin aussah.

»Susanne kommt zurück, wenn wir abgefahren sind, Schatz. Sie kann das Zeug mit nach Hause nehmen.«

In Natalias Augen war eine Unbestimmtheit, als wäre sie in Gedanken weit weg, oder aber eine Härte, als wäre er nicht Jack, ihr Mann, sondern vielleicht jemand anders. Und machte sie sich Gedanken darüber, wie es ihm ging? Kümmerte es sie überhaupt? Hatte sie Elsie mehr geliebt als er? Und vielleicht auf eine andere Art? Natalia hatte mit Elsie geschlafen, dessen war er sich sicher, und er hatte das nicht getan. Andererseits, rief er sich ins Gedächtnis, hatte er das ja auch gar nicht gewollt. Diese Art von Liebe war es nicht gewesen. Oder hatte er gewußt, daß Elsie ihn zurückweisen würde, und es darum gar nicht erst versucht? Während er einen Skizzenblock unten in den Koffer legte, war ihm bewußt, daß er darüber schon oft gegrübelt hatte. Er hatte Elsie gern aus der Entfernung bewundert wie ein gutes Gemälde oder eine Zeichnung. Ja, das kam der Wahrheit näher. Was hatte Natalia sich von der Beziehung zu Elsie, die Marion zu akzeptieren schien, erhofft oder erwartet? Und wenn man liebte, erwartete man dann stets mehr als diese Erfahrung, dieses angenehme Gefühl, verliebt zu sein? Er wußte nicht, ob er Natalia jemals danach fragen würde.

»Kannst du drangehen, Jack?« rief Natalia aus dem Flur.

Das Telefon. Es war Marion. Nein, sie sei nicht zu Hause, sagte sie, sondern bei ihrer Freundin Myra, die gleich um die Ecke wohne, und sie wolle ihnen nur sagen, daß die Polizei Fran jetzt habe.

»Ja, das haben wir gehört, vor ein paar Tagen schon«, sagte Jack.

»Nein, ich meine, sie hat gestanden! Vor zwanzig Minuten hat mich ein Beamter der Mordkommission angerufen, um es mir zu sagen. Ist das nicht nett? Ich dachte, Sie beide würden sich auch freuen – *sehr* freuen –, die Nachricht zu erfahren.«

»Machen Sie keine Witze, Marion. Ist das wirklich wahr?« fragte Jack vorsichtig und ungläubig.

»Ich hatte also recht mit meiner Ahnung. Dieses Schwein!« Marion klang ruhig und grimmig. »Das ist es, was diese Stadt für einen bereithält, was diese Stadt mit einem macht. Ich bin Realistin. Ich bin nicht mal verwundert.«

»Ist man denn sicher, daß sie auch die Wahrheit sagt?« Damit meinte Jack die Möglichkeit, daß Fran aus irgendeinem seltsamen Grund etwas zusammenphantasierte.

»Der Polizist klang so, als sei der Fall geklärt. Sie hat gesagt, sie hätte Elsie gesehen und einfach zugeschlagen – aus einem Impuls heraus. Es wird wahrscheinlich in den Abendzeitungen stehen. Sagen Sie es Natalia.«

»Sie ist hier. Wollen Sie mit ihr sprechen?«

»Nein, das könnte ich nicht. Ich meine… Tut mir leid, Jack.«

Jack sagte, er verstehe das.

»Wer war es denn?« rief Natalia aus dem Flur.

»Marion.« Jack ging in ihre Richtung. »Sie sagt, daß Fran alles… alles gestanden hat.«

Natalias Augen weiteten sich ein wenig. »Wirklich? Gut. *Gut!* Das hat ja nicht lange gedauert. Eineinhalb Tage, oder?« Sie ging in die Küche und nahm geistesabwesend ein Geschirrtuch, das über einer Stuhllehne hing. Ihre Finger krallten sich in den Stoff. »Gut. Diese Bestie! Ich will sie nicht mal ein Tier nennen – sie ist schlimmer!«

»Marion hat gesagt, daß Fran Elsie auf der Straße gesehen und sie aus einem Impuls heraus erschlagen hat. Ein Mann von der Mordkommission hat Marion angerufen und es ihr gesagt.«

Natalia spannte das zusammengedrehte Geschirrtuch mit beiden Fäusten, ließ es einmal schnalzen wie eine Peitsche und legte es dann wieder über die Stuhllehne.

Als Jack sie eine halbe Stunde später das nächste Mal sah, lag sie auf dem Sofa, starrte an die Decke und wischte sich mit einer Handvoll Papiertaschentücher über die Augen.

Und was hatte er in dieser halben Stunde getan? Praktisch dasselbe, in seinem Arbeitszimmer, wo er mit feuchten Augen, aber irgendwie erleichtert auf und ab gegangen war. Die Bilder von Elsie hatten ihn nicht mehr gestört – er hatte sie ohnehin nicht beachtet.

Natalia bemerkte ihn und stützte sich auf einen Ellbogen.

»Du hast sie wirklich geliebt, nicht?«

»Ja.« Natalia sah ihn an. »Du nicht?«

Jack schwieg einige Sekunden lang. »Ich nehme an, du bist mit ihr ins Bett gegangen.«

Natalia zuckte die Schultern und lächelte. »Ins Bett. Ja. Aber das ist nicht alles, nicht?«

Wie meinte Natalia das? Er wartete.

»Und du?« fragte sie.

Jack lachte. »Ich? Ich hab's nie versucht.«

»Aber du wolltest.«

»Nein, eigentlich nicht. Ehrlich gesagt, nicht.«

Natalia setzte sich auf, stützte die Unterarme auf die Knie und lächelte.

An der Belustigung in ihren Augen konnte Jack einiges ablesen. Natalia wußte über all die Dinge, die wahr waren, Bescheid: daß er sich bis über beide Ohren in Elsie verliebt hatte, daß Elsie ihn zurückgewiesen hätte, wenn er je den Versuch unternommen hätte, mit ihr zu schlafen, und daß der »Liebesakt« im Vergleich zur Liebe, zur liebevollen Zuwendung, beinahe bedeutungslos war.

Mit einem knappen Nicken stand Natalia auf. Das Nikken schien zu sagen: »Ich verstehe, und das weißt du.«

Weder Jack noch Natalia verbrachten viel Zeit damit, die Zeitungen zu lesen. Sie überflogen den Artikel: Frans ungesund wirkendes rundes Gesicht, als sie in T-Shirt und Hose von der Polizei verhört wurde. »Klar war ich eifersüchtig. Ich habe sie gehaßt.« Jack fragte sich, ob Fran auf zeitweilige Unzurechnungsfähigkeit plädieren und behaupten würde, sie sei »von Gefühlen überwältigt« worden, und merkte dann, daß es ihm gleichgültig war. Das entscheidende war, daß man sie gefaßt hatte und daß die Einzelheiten, die sie berichtete, darauf hindeuteten, daß sie tatsächlich die Täterin gewesen war.

Schöner und erfreulicher – wie eine Brise aus einer anderen, besseren Welt – war der Inhalt eines großen Umschlags, den die Tylers geschickt hatten. Er war sowohl an Natalia als auch an Jack adressiert und enthielt einen Brief und ein Foto von Elsie: Sie war etwa vier Jahre alt und saß in einer blauen Latzhose, weißen Socken und braunen Sandalen auf einem Pony – es war kein Shetlandpony, sondern ein ganz normales, rotbraunes Pony. Ihr Haar war so hell, daß es weiß wirkte, sie grinste mit der Naivität und Lebensfreude, die Jack und Natalia so oft in ihrem Gesicht gesehen hatten, und die blauen Augen strahlten vor Glück. Mrs. Tyler hatte den Brief geschrieben und mit Grace Tyler unterzeichnet.

> *... unser Lieblingsfoto von Elsie als Kind, aber mein Mann hat einen zweiten Abzug machen lassen, so daß wir es doppelt haben, und ich dachte, daß es Ihnen Freude machen würde. Elsie liebte es, auf diesem Pony zu reiten! Es gehörte einem Nachbarn, der Elsie und ihren Bruder ziemlich oft darauf reiten ließ, bis es für die Kinder zu schnell wurde. In diesen traurigen Tagen sehen wir uns das Foto manchmal an und sind dankbar, daß wir Elsie für eine Weile bei uns haben durften.*
>
> *Ihnen beiden noch einmal Dank, alles Liebe und Gottes Segen für Ihre Freundlichkeit.*

William Tyler hatte einige Worte des Dankes hinzugefügt.

Natalia stellte das Foto in das Bücherregal im Wohnzimmer, neben dem Telefon, und lächelte es an. Es war wie ein Sonnenstrahl, dachte Jack, als wäre Elsie selbst für kurze Zeit zurückgekehrt – doch er wußte, daß dieses Gefühl sich verändern und schließlich verschwinden würde. Was ihm und, wie er wußte, auch Natalia am Brief der Tylers besonders gefiel, war die Tatsache, daß darin keine Spur von Bitterkeit war, kein Verlangen nach Rache für das, was Elsie geschehen war. Nichts als Freundlichkeit und Güte.

»Ihr Bruder…«, sagte Natalia und drehte sich zu Jack um. »Ich habe ihn nicht kennengelernt, aber Elsies Mutter sagte, daß er zum Trauergottesdienst gekommen ist und sich abseits gesetzt hat. Er war so gebrochen, daß er mit keinem sprechen wollte.«

Elsies Bruder. Jack wußte nicht, wie er hieß, und vielleicht hatte Elsie seinen Namen nie erwähnt, obgleich sie mal von ihm gesprochen hatte.

Nachdem Jack das Foto betrachtet hatte, richtete er sich auf und reckte sich. Auf beiden Seiten des Brustkorbs schmerzten ihm die Rippen. Wer hatte diesen Kampf eigentlich gewonnen? Er hatte nicht so hart zugeschlagen, wie er es hätte tun können (jedenfalls glaubte er das), weil Linderman ein alter Mann war. Aber trotzdem – wer hatte gewonnen? Es war komisch, aber nach jenem Kampf mit dem anderen Jungen, als er zwölf gewesen war, hatte er entweder ebenfalls nicht gewußt, wer gewonnen hatte, oder es inzwischen vergessen. Hatte Linderman in seiner Einschätzung von Elsie recht behalten? Sie sei ein Ideal, hatte er gesagt, zu jung, um zu wissen, wie sie ihr Leben führen müsse, noch nicht ganz erwachsen. So oder so ähnlich hatte Linderman sich ausgedrückt, und als Jack jetzt das Foto der vierjährigen Elsie betrachtete, erkannte er in Lindermans Geschwafel eine neue Wahrheit.

36

Nach dem Kampf mit John Sutherland hatte Ralph sich ein paar Tage lang kaum auf der Straße sehen lassen und seine Verletzungen – die geprellte Schulter, ein zugeschwollenes Auge und eine aufgerissene Lippe – gepflegt. Er fand, er habe einen guten Kampf geliefert und es jedenfalls an Mut nicht fehlen lassen, und das machte ihn stolz. Am Mund blutend, hatte er dem Polizisten, der ihn nach Hause gebracht hatte, noch einmal die ganze Geschichte erzählt, und der hatte recht verständnisvoll zugehört und gesagt, er werde in der Wache, in der Ralph gewesen sei und zu der er selbst gehöre, noch einmal nachfragen. Ralph war sehr erschüttert gewesen und hatte den Polizisten nicht bitten wollen, ihn zu dieser Wache zu begleiten. Ralph hatte verstanden, daß ein Polizist einen Faustkampf zwischen zwei Männern auf dem Bürgersteig nicht ignorieren konnte; er hatte seine Bereitschaft, nach Hause zu gehen, beweisen wollen, ja, er hatte beweisen wollen, daß er ein Zuhause hatte, indem er die Schlüssel aus der Tasche gezogen hatte. Der Beamte hatte von dem Mord an Elsie gehört und gesagt, man habe eine verdächtige Person (oder vielleicht auch mehrere verdächtige Personen) im Auge, und Ralph hatte ihm – auch wenn das nicht viel bewirken würde – erzählt, daß Sutherlands Zeichnung, die in der Zeitung abgedruckt worden war, nur ein Trick gewesen sei, um die Polizei auf eine falsche Fährte zu locken.

Diese Fran Dillon, die man in der Bronx aufgestöbert hatte, besaß, wenn man den Zeitungsartikeln glauben konnte, einen äußerst schlechten Ruf: Sie war in der Drogenszene wohlbekannt, war Stammgast in Bars, die von Drogensüchtigen und Prostituierten beiderlei Geschlechts frequentiert wurden, und hatte weder Arbeit noch festen Wohnsitz. Sie war nicht mit Elsie Tyler befreundet gewesen, kannte jedoch Leute, die das ermordete Model gekannt hatten, und gab zu, sie mehrmals in Begleitung anderer Personen gesehen zu haben. Tja, was bewies das schon, fragte sich Ralph, abgesehen von der Tatsache, daß John Sutherland imstande war, der Polizei die Zeichnung einer Frau aus der Unterwelt vorzulegen und mit Marion Gills Hilfe eine Geschichte zu erfinden, nach der eine Gestalt, die wie Frances Dillon ausgesehen hatte, aus dem Haus in der Greene Street gerannt war? Wie praktisch, daß Sutherland bei einer früheren Gelegenheit eine Zeichnung von ihr angefertigt hatte, wie praktisch, daß Marion Gill gesehen hatte, wie dieselbe Person von Elsies Leiche weggerannt war!

Ralph hatte ein paar ereignislose Tage genossen und mit dem Gedanken gespielt, zu einer Arbeitsvermittlung in der East Fourteenth Street zu gehen, es aber, als er auf einer Bank am Father Demo Square saß, sich dic Sonne ins Gesicht und auf die verheilende Lippe scheinen ließ und in einem mitgebrachten Buch blätterte, noch um einen Tag aufgeschoben. An einem solchen Nachmittag las er auf dem Heimweg die Schlagzeile: DILLON GESTEHT! Eine andere lautete: MORDVERDÄCHTIGE REDET! Ralph kaufte beide Zeitungen und ging geradewegs nach Hause, um sie zu lesen. Die *Daily News* und die *Post* benutzten dieselben Wendungen. Frances Dillon hatte gesagt, sie habe nicht die Absicht gehabt, Elsie Tyler zu töten, als sie eine Bar in der Wooster Street verlassen habe, um durch die Greene Street zu ihrer Wohnung im East Village zu gehen. Dann habe sie Elsie Tyler gesehen, die ihr entgegengekommen sei, und den plötzlichen Impuls verspürt, sie zu erschlagen, und darum habe sie einen Stein aufgehoben, der dort gelegen habe, sei Elsie, als diese die Tür aufgeschlossen habe, gefolgt und habe sie mit dem Stein auf den Kopf geschlagen, und zwar »mehrmals«. Sie hatte allerdings auch gesagt, daß sie sich nicht deutlich erinnern könne, das getan zu haben – sie müsse wohl einen Blackout gehabt haben. Ralph hatte den Eindruck, als wollte sie sagen: »Ach, ich armes Ding, ich bin doch nur eine Drogensüchtige und nicht verantwortlich für das, was ich tue, und außerdem war ich neidisch auf Elsie, weil sie so schön und beliebt war.« In beiden Zeitungsartikeln kam der Neid als Motiv zur Sprache. Tatsächlich wurde angemerkt, es gebe in diesem Fall ein ganzes Sammelsurium von Emotionen. Diese Dillon sollte eine Lesbierin sein, und man deutete an, Elsie könnte ihre Annäherungsversuche zurückgewiesen haben. Es war widerwärtig! Und genauso schlimm, ja, schlimmer war, womit Kriminelle heutzutage davonkamen, indem sie Unzurechnungsfähigkeit wegen Trunkenheit oder Drogensucht oder irgendeines unsichtbaren Defekts ihres Gehirns geltend machten, der natürlich nie bewiesen werden konnte und sie dazu getrieben hatte, dies oder jenes zu tun. Doch um damit durchzukommen, brauchte man einen teuren Anwalt, und Ralph bezweifelte, daß diese Fran Dillon sich einen solchen leisten konnte.

Die Frau, mit der Dillon zusammenlebte, eine gewisse Virginia Soundso, hatte ausgesagt, Dillon habe ihr die Tat einige Tage zuvor gestanden. Eine andere Frau, Genevieve Soundso, die man unmittelbar nach dem Mord befragt hatte, weil sie eine Bekannte von Dillon war, hatte ausgesagt, sie wisse, daß Dillon Elsie gehaßt habe.

Elsie! Es schmerzte Ralph jedesmal, wenn sein Blick auf ihren Namen in einer Zeitung fiel, doch hungrig nach Informationen, verschlang er jeden Satz. Konnte es wirklich sein, daß Frances Dillon die Täterin war? Sicherlich wiesen alle Aussagen dieser Frauen – und es wurden auch ein paar Männer zitiert, so zum Beispiel der Barmann der Kneipe in der Wooster Street, wo Dillon an jenem Nachmittag bis kurz vor vier gewesen war – auf eine bestimmte Person und einen bestimmten Ort. Ralph hörte die Radionachrichten. Und am Abend kaufte er so früh wie möglich eine *Times*, in der er dasselbe noch einmal lesen konnte – allerdings war die Wortwahl hier weniger aufgeregt und darum um so überzeugender. In dem Artikel in der *Times* deutete nichts darauf hin, daß Dillons Geständnis vielleicht einer Hysterie entsprungen und nichts weiter als eine Phantasiegeschichte sein könnte.

Am Morgen des nächsten Tages berichtete die *Daily News*, ein New Yorker Magazin, von dem Ralph gehört, das er aber noch nie gekauft oder gelesen hatte, habe Frances Dillon dreihunderttausend Dollar für ihre Lebensgeschichte und die Schilderung des Mordes an Elsie Tyler geboten. Mit diesem Geld würde sie sich, wie eine Tochter aus reichem Hause, einen gewieften Anwalt leisten können, der sie mit »zeitweiliger Unzurechnungsfähigkeit« würde herauspauken können, dachte Ralph. Vielleicht entsprach ihr Geständnis der Wahrheit. Aber die Hitler-Tagebücher waren eine Fälschung gewesen, und für die war ebenfalls viel Geld bezahlt worden.

Doch die Wut auf Sutherland, die Ralph gepackt hatte, ließ ein wenig nach. Das empfand er als körperliche und seelische Wohltat, obgleich er sich des Grundes dafür zunächst nicht bewußt war. Zum zweiten Mal, seit er seine Arbeit verloren hatte, ging er ins Museum for Natural History in der Seventy-ninth Street. Er liebte dieses Museum. Es schien dort immer etwas Neues zu geben, denn es war einfach zu groß, um es an einem Tag zu besichtigen, und außerdem sah er sich gern Dinge an, die er schon kannte. Hier konnte er manchmal für eine halbe Stunde vergessen, wer er war und wie sein Leben aussah. An diesem Tag starrte er auf eine Tontafel mit einer primitiven Zeichnung oder Einritzung, die von Indianern stammte. Das Gesicht eines dieser Strichmännchen erinnerte ihn an Sutherlands Zeichnung von Frances Dillon, nur daß dieses Gesicht hier freundlicher war und die Figur tanzte. Gewiß hatte er diese Tafel schon einmal gesehen, doch jetzt betrachtete er sie mit neuen Augen. Er musterte die anderen menschlichen Figuren, die auf Tontafeln und verkleinerten Modellen von Bergflanken dargestellt waren.

»Warum lächelst du so?« fragte eine helle Stimme.

Sie gehörte einem etwa fünfjährigen Jungen, der rechts von Ralph stand. Ralph hatte gar nicht gemerkt, daß er gelächelt hatte. »Über die hier«, antwortete er und deutete auf die Vitrine. »Diese kleinen Figuren.«

»Eddie«, sagte der Mann, der hinter dem Jungen stand und vermutlich der Vater war. »Du sollst doch fremde Leute nicht belästigen und einfach ansprechen.«

»Er hat mich nicht belästigt«, sagte Ralph, doch der Mann und der Junge waren schon weitergegangen. Ein höflicher Mensch, dachte Ralph. Es tat gut zu sehen, daß es in New York noch ein paar höfliche Menschen gab.

Ralph kaufte eine Ausgabe des *Rolling Stone*, weil darin ein Exklusivinterview mit Fran Dillon stand, wie der große Aufmacher auf dem Titel verhieß. In dem vierseitigen, mit Fotos versehenen Artikel fand Ralph eine Fülle von Details, Namen und sogar Ereignissen: Laut Dillon hatte Elsie mit jedem geflirtet, ganz gleich, ob männlich oder weiblich. Ralph wußte, daß das nicht stimmte, denn er hatte Elsie beobachtet, als sie in dem Coffeeshop in der Seventh Avenue gearbeitet hatte. Wieviel von dem, was hier stand, war erlogen? Und doch folgte ein Detail auf das andere, als wollte Dillon alles zusammentragen, was diesen Mord in ihren Augen rechtfertigte. Sie berichtete von Zeiten, in denen sie nicht bei sich gewesen sei. Kein Wunder, dachte Ralph, angesichts der Tatsache, daß sie zugegeben hatte, alle möglichen Drogen genommen zu haben. »Ein kultiviertes Paar« in der Grove Street wurde erwähnt; dieses habe Elsie »in andere, freizügigere Kreise« eingeführt. Fran Dillon war auf einigen ihrer Partys gewesen. Allerdings hatte nicht Elsie sie eingeladen, sondern eine ihrer Freundinnen. Ach, arme Elsie – es lief offenbar darauf hinaus, daß sie sich mit menschlichem Abschaum eingelassen hatte!

Ralph brauchte einen Tag, um all das zu verarbeiten, wollte eigenartigerweise aber nicht zu sehr darüber nachdenken. Sutherland war also nicht Elsies Mörder. Nicht Elsies Mörder. Als Ralph gesagt hatte, er habe eine Pistole und ziele damit auf ihn, hatte er Sutherland davonrennen oder wenigstens zusammenzucken sehen wollen. Doch Sutherland hatte nichts dergleichen getan.

Es war an der Zeit, sich bei dieser Arbeitsvermittlung zu melden. Es würde besser aussehen, wenn er nicht zu viele Tage oder Wochen verstreichen ließ, ohne sich um eine neue Stelle zu bemühen. Ralph rasierte sich sorgfältig und zog ein frisches Hemd und eine Krawatte an. Ein Jackett war, wie er fand, nicht nötig. Es würde wieder einmal ein warmer Tag werden.

Es war nicht mehr früh am Morgen, als er die Fourteenth Street in östlicher Richtung zum Büro der Arbeitsvermittlung ging. Die Sonne brannte herab, und die Sommerluft, die ihm in die Nase wehte, als ein Bus zum Bordstein fuhr und dort stehenblieb, stank wie gewöhnlich nach Abgasen, Fett und allem möglichen undefinierbaren Schmutz. Häßliche Menschen, durch die Hitze zur Langsamkeit gezwungen, schlurften dahin, fette Menschen mit Einkaufstaschen – sie waren müde und gelangweilt, und doch bewegten sie sich vorwärts, krochen irgendeinem Ziel entgegen. Und sie hatten natürlich ihre unvermeidlichen Kinder dabei – manche waren kaum alt genug, um zu laufen, andere wurden in Buggys gefahren, und eines pinkelte gerade in den Rinnstein, während die Mutter danebenstand und zusah.

Plötzlich ging Ralph langsamer und blieb beinahe stehen, und sogleich rempelte ihn von hinten jemand an der verletzten Schulter an.

Er hatte Elsie gesehen! Sie war einige Meter vor ihm, senkte für ein, zwei Sekunden den blonden Kopf und hob ihn dann wieder. Der Abstand zwischen ihnen verringerte sich rasch. Elsie mit ihren schnellen Schritten. Sie sah keine der abstoßenden Gestalten vor ihr an und wich ihnen dennoch mit Leichtigkeit aus. Ralph blinzelte. *»Els…!«*

Im Bruchteil einer Sekunde – es war wie ein Gewehrschuß – erkannte er, daß diese Frau nicht Elsie war: Sie war größer, sie hielt den Kopf nicht so erhoben wie Elsie, sie war… ja, sie war insgesamt größer. Und ihr Haar war nicht wirklich blond, sondern gefärbt, falsch.

Ralph stand reglos da, als die Frau an ihm vorüberging. Er nahm nichts von den Leuten wahr, die ihn anrempelten und sich in fremden Sprachen und Dialekten darüber beschwerten, daß er den Strom der Menschen behinderte. Nein, es gab keine Elsie mehr. Und es würde auch keine zweite geben, niemals.

37

Wir haben die Zeitungen versteckt, aber entweder hat Jason sie gefunden oder er hat irgend etwas aufgeschnappt, das Max oder ich gesagt haben. Vielleicht beides«, sagte Elaine am Telefon zu Jack. »Jedenfalls hat er es Amelia erzählt. Es tut mir leid, Jack. Und dabei haben wir ihn nicht mal mehr fernsehen lassen.«

Jack sagte, er verstehe. Seine Tochter würde Elsie auf Fotos erkennen, und außerdem konnte sie inzwischen lesen. Er erinnerte sich, daß Natalia gesagt hatte, sie, Amelia und Elsie hätten einmal irgendwo im Village Eis gegessen. Wie oft hatte Amelia Elsie sonst noch gesehen? »Mach dir deswegen keine Gedanken. Wir hätten das wahrscheinlich auch nicht besser hingekriegt. Wann soll ich sie abholen?«

»Ich könnte sie vorbeibringen. Jetzt gleich.« Elaine sagte, sie habe Lust auf einen Spaziergang und Amelias kleiner Koffer sei ja nicht schwer.

Amelia war noch keine fünf Minuten zu Hause, da hatte sie schon das Foto von Elsie auf dem Pony entdeckt, das im Bücherregal im Wohnzimmer stand. »Das ist Elsie – als sie noch klein war!« sagte sie strahlend. Hatte Elsie es Mommie geschenkt? Kam Elsie bald zurück?

»Zurück?« sagte Natalia mit besorgtem Stirnrunzeln. »Tja…«

Jack war in der Nähe und wußte ebensowenig wie Natalia, was er sagen sollte.

»Nein, sie kommt nicht zurück, Schätzchen«, sagte Natalia. »Aber wir haben das hier. Es ist schön, nicht?« Sie meinte das Foto. »Ich glaube, damals war sie kleiner als du jetzt.« Natalia warf Jack einen unglücklichen Blick zu, als wollte sie sagen: »Herrgott noch mal!«

»Warum kommt sie nicht zurück?« Die Frage war nicht nur arglos, sondern auch herausfordernd.

»Weil sie jetzt … tot ist. Elaine hat mir gesagt, daß du das weißt, Amelia. Wir sind alle sehr traurig. Aber so ist es nun einmal.«

Amelia hatte die kleinen Hände gefaltet, bog die Finger durch und betrachtete sie. »Aber *ihr* habt es mir nicht gesagt. Sie war schon tot, als ich zu Jason gegangen bin.«

Natalia seufzte und schlug sich an die Stirn.

»Weil es eine so traurige Nachricht war, Amelia, Schätzchen.« Jack legte die Hand an Amelias Hinterkopf und zerzauste liebevoll ihre Haare. »Wir wollten dir eine so traurige Nachricht nicht sagen. Verstehst du?«

»Aber es ist doch die Wahrheit«, sagte Amelia.

»Ja«, sagte Natalia.

»Jemand hat sie geschlagen.« Amelia sah von Jack zu ihrer Mutter.

»Das stimmt«, sagte Jack. »Wir wollten es dir nach unserer Reise sagen. Aber …«

Zu ihrer Erleichterung marschierte Amelia mit hocherhobenem Kopf in ihr Zimmer. Doch im Lauf der nächsten Stunde, während sie die in die Schreibmaschine eingespannte Liste mit Anweisungen an Susanne vervollständigten, duschten und irgendwo eine Kleinigkeit essen gingen, stellte Amelia immer wieder dieselben Fragen. Es war, als wollte sie von ihren Eltern immer wieder bestätigt bekommen, daß Elsie tatsächlich getötet worden war, daß sie nie mehr zurückkehren würde, daß sie von einer anderen Frau geschlagen worden und an diesen Schlägen gestorben war. Amelia kannte sogar den Namen Fran und überraschte Jack und Natalia, als sie ihn erwähnte.

Jack hatte ein unangenehmes Bild vor Augen: Seine kleine Tochter beugte sich über Zeitungen und Revolverblätter, starrte auf Fotos von Elsie, von Fran, von dem Haus in der Greene Street, wo sie möglicherweise schon einmal gewesen war, und verstand mehr als die Hälfte von dem, was sie da las. Der ein Jahr ältere Jason hatte die Zeitungen vielleicht stibitzt, als seine Eltern gerade nicht auf ihn geachtet hatten, und sie mit Amelia gelesen. Jack würde die beiden Kinder nie danach fragen.

Am nächsten Morgen gingen Jack, Natalia und Amelia mit dem Gepäck die Treppe hinunter. Max Armstrong hatte angerufen und war gekommen, um ihnen zu helfen. Es war ein Sonntag, und darum mußte er nicht ins Büro.

Max organisierte ein Taxi – sie hatten keines bestellen wollen, weil sie befürchtet hatten, sie könnten durch irgend etwas aufgehalten werden –, und als Jack, in jeder Hand einen Koffer, in Richtung Bleecker Street ging, bemerkte er eine blonde junge Frau, die ihm entgegenkam. Ihm blieb beinahe das Herz stehen. Sie hatte die Sonne im Rücken, ihre blonden Haare leuchteten, und sie ging, den Kopf hoch erhoben, ein Lächeln auf den Lippen, mit leichten Schritten und schien kaum den Boden zu berühren.

Sie lebt!, dachte Jack.

Doch nein, es war jemand anders, eine andere Frau, und Jack schloß die Augen, als sie an ihm vorüberging und beinahe seine Schulter streifte. Mit einem Hüpfer begann sein Herz wieder zu schlagen. Erstaunlich, diese Ähnlichkeit von weitem! Erstaunlich auch dieses Hochgefühl, dieses Erschrecken, diese Verwirrung beim Anblick einer vollkommen fremden Frau!

»Jack!« rief Natalia von der Ecke, wo sie stand und die Tür des Taxis geöffnet hielt.

Jack spürte einen heftigen Schlag an seiner linken Gesichtshälfte. In seinen Ohren summte es, und für einen Augenblick war ihm schwindlig. Er war gegen einen Laternenpfahl gelaufen!

An der Ecke standen Max und Natalia und lachten ihn aus.

Anhang

Nachwort

Was für eine luftige Eröffnungsszene! Ein Filmclip aus Farben, Bewegung und Licht, aber ohne Ton: Eine junge blonde Frau an einem schönen Augusttag in New York. Sie trägt nagelneue weiße Turnschuhe, schwarze Cordhosen und ein weißes T-Shirt mit einem roten Apfel darauf. Wie ein Schmetterling schwebt sie über den Gehsteig, angezogen von den Auslagen der Geschäfte, die dann doch nicht die richtigen sind, so daß sie weiterstrebt, in einem Rhythmus, der nur ihren Wünschen zu gehorchen scheint. Auch ihre Wünsche, so vermuten wir, sind jung. Würde die Frau die Straße überqueren, es geschähe rasch und leichtfüßig, zwischen vorbeirollenden Autos hindurch. Einmal wird sie in einem Geschäft fündig, doch der Kamerablick folgt ihr nicht bis ins Ladeninnere. Schon kommt sie wieder heraus mit einer beigefarbenen Plastiktüte in der Hand und einem Lächeln auf dem ungeschminkten Gesicht.

Auf der letzten Seite des Romans sieht der Zeichner Jack Sutherland eine solche junge Frau noch einmal. Sie ist blond, die warme Sonne in ihrem Rücken bringt das Haar zum Leuchten. Ein Lächeln umspielt ihre Lippen, während sie ihm mit federndem Gang, der ihre Füße schwerelos über den Gehsteig trägt, entgegenkommt. Diese Ähnlichkeit!, denkt Jack Sutherland, wie ist das möglich? Doch es ist eine andere, die das Herz des Mannes vor staunendem Erschrecken hat stillstehen lassen. Es ist eine Fremde. Die erste junge Frau, Elsie Tyler, ist ein paar Tage zuvor auf ihrer eigenen Türschwelle mit einem Ziegelstein erschlagen worden. Jack ist so erschüttert von Elsies Ebenbild, daß er gegen einen Laternenpfahl rennt. Eine Zeile darauf ist das Buch zu Ende.

Zwischen diesen beiden New Yorker Straßenszenen im hellen Sonnenlicht, dem Anfang und dem Ende des Romans *Elsies Lebenslust*, entfaltet sich eine der sonderbarsten Geschichten, die Patricia Highsmith je geschrieben hat. Denn nichts ist klar oder einfach an diesem Buch, obwohl die Figuren plastisch genug auf der Seite stehen. Und forscht man in den Aufzeichnungen der Autorin nach, um ein vollständigeres Bild von ihren Absichten zu gewinnen, stößt man zwar auf mancherlei Überlegungen und Planspiele, in denen die Autorin die Bauteile der Handlung von hierhin nach dorthin verschiebt, aber nicht einmal auf eine Andeutung des komplizierten Figurenmusters, das den Roman von Anfang bis Ende beherrscht. Es ist, als wären der Hauptidee unablässig weitere Einfälle zugeflossen, so daß die Textmasse, die sich schließlich talwärts wälzt, alles mitnimmt und miteinander vermengt, die großen wie die kleinen Dinge, Motive, die unscheinbar wirken, harmlos daherkommende Randfiguren, und der Effekt ist ein in merkwürdigen Farben schillerndes Gruppenporträt der wohlhabenden New Yorker Künstler- und Galeristenszene: eine Ausnahme im Werk einer Schriftstellerin, die oft betont hat, sie sei unfähig, große Familien oder schwer überschaubare soziale Gruppen zu schildern.

Patricia Highsmith mochte keine gründelnden Fragen nach ihren literarischen Absichten. Eigentlich mochte sie überhaupt keine Fragen. Niemand weiß, ob die Reflexionsschichten, nach denen die Interviewer bei ihr schürften, überhaupt vorhanden waren. Glaubt man ihren gelegentlichen Hinweisen auf ihre Vorlieben und literarischen Wahlverwandtschaften, spricht fast alles dagegen. Vermutlich hat die ungewöhnliche, auf einzigartige Weise fixierte Intelligenz dieser Schriftstellerin alle Lektüreeindrücke von früh auf gefiltert, um sie irgendwann der eigenen Kreativität zuzuführen. Nehmen wir einige Äußerungen in ihrem Werkstattbericht *Suspense oder Wie man einen Thriller schreibt*, der im Original 1966 und auf deutsch im Jahr 1985 erschien. Patricia Highsmith spricht dort von ihrer Sympathie für Graham Greene, dessen Bücher sie sowohl unterhaltsam wie auch intelligent findet. »Außerdem«, schreibt sie, »ist er Moralist, auch in den Unterhaltungsromanen, und mich interessiert Moral, solange sie nicht gepredigt wird.« Allerdings helfe es ihr bei der eigenen Arbeit nicht, auf Vorbilder zu starren, wie sehr sie Graham Greene auch um sein Talent für das *mot juste* beneide. Und dann folgt ihr verblüffend schlichtes Credo, das selbst für beliebige Heftchenschreiber gelten könnte: »In der Story allein liegt der bleibende Wert.«

Es fällt schwer, das zu glauben, erst recht in bezug auf ihre eigenen Bücher. Doch ästhetische Urteile wie dieses werden nicht vom literaturkritischen Hochsitz aus gesprochen, sondern sind selbst schon Teil des selektiven, überaus beklemmenden Universums, das Patricia Highsmith stets aus dem Inneren des getriebenen Bewußtseins heraus erschafft. Das hat Folgen für die Rekonstruierbarkeit ihrer Überlegungen. Denn trotz eines materialreichen Nachlasses aus Notizbüchern *(cahiers)* und Tagebüchern *(diaries),* in denen Patricia Highsmith Ideenkeime, Lektürenotizen und Ereignisse der täglichen Lebensroutine festhält, lassen sich ihre Romane gemeinhin nicht aus Autorensicht »entschlüsseln«. Vieles, was im Planungsstadium eine Rolle gespielt haben dürfte, steht nicht da. Anderes erscheint zwar, will sich aber kaum einer Deutung fügen. Und wer den fertigen Roman in Händen hält, wird längst nicht in allen Fällen begreifen, warum bestimmte Ideen die Mühen des Schreibens überhaupt in Gang gesetzt haben. Patricia Highsmith war, so widersprüchlich es klingt, eine sehr reflektierte, aber völlig untheoretische Künstlerin, versunken in ein Selbstgespräch, dessen Gemurmel nicht über die Wände ihres Arbeitszimmers hinausdrang. Sie mußte die Quellen nicht untersuchen, aus denen sie den Nährstoff ihrer Bücher zog. Es reichte ihr, daß sie sprudelten.

Elsies Lebenslust legt einen für die Schriftstellerin typischen Mechanismus offen. Denn meistens sind es bei Patricia Highsmith nicht abstrakte, mit dem Siegel des Bedeutenden versehene Themen, die über den Beginn eines neuen Romanprojekts entscheiden, sondern beiläufig notierte Einfälle, eine Geste, ein Bild. Eine dieser vielsagenden Winzigkeiten hat im Notizbuch 23 überlebt. Dort steht, unter dem Datum des 26. Juni 1955: »Ein Mann (oder ein Mädchen) findet in New York eine Brieftasche mit ziemlich viel Geld darin, dazu die Adresse.« Was die vierunddreißigjährige Autorin notiert, nimmt die zweiundsechzigjährige wieder auf. Am 7. Juli 1983 schreibt sie ins Notizbuch:

»Ralph erfüllt sich einen seiner Träume, seinen tiefen Herzenswunsch – als er nämlich eines Abends beim Ausführen von God [seinem Hund] im Rinnstein von West Nineteenth Street eine dicke braune Brieftasche findet. Ruhig nimmt er sie an sich, er will keine Aufmerksamkeit erregen. [...] Zu Hause untersucht er sie. Führerschein, Kreditkarten von Philip Everett Lippe. Einhundertsechs Dollar.«

Allein Patricia Highsmith weiß, was sie an der kleinen Szene so bemerkenswert fand. Jedenfalls erschien sie ihr bedeutend genug, um sie achtundzwanzig Jahre nach der flüchtigen Notiz zu verwenden. In der ersten konkreten Eintragung zu ihrem neuen, noch unbetitelten Roman, drei Wochen zuvor, hat sie die Züge des Finders skizziert, den wir in *Elsies Lebenslust* als Ralph Linderman kennenlernen: einen zergrübelten, hochfahrenden Mann von Mitte Fünfzig, seit langem geschieden, der mit seinem Hund eine kleine, pedantisch saubere Wohnung teilt und an jeder Straßenecke, jeder Häuserfront und in jedem Gesicht von Greenwich Village die Zeichen allgemeinen moralischen Verfalls liest. Wozu ihm nichts Besseres einfällt, als seiner gleichgültigen, verkommenen Mitwelt mit mahnenden Sprüchen in den Ohren zu liegen.

Die gefundene Brieftasche stellt für den schon oft enttäuschten Tüftler und glühenden Atheisten Ralph (der im Namen seines Hundes, zur höheren Schmähung Gottes, das Wort *dog* rückwärts buchstabiert) den Test auf seine Alltagsphilosophie dar: Er braucht keinen Gott, um sich korrekt zu verhalten und die Brieftasche zurückzubringen. Sein Triumph besteht darin, seine Mitmenschen mit ostentativer Anständigkeit, die nicht der Religion als Krücke bedarf, zu beschämen. Also nimmt Ralph Kontakt mit dem Besitzer auf. Das hätte der »Highsmith-Moment« sein können, die kontaminierende Berührung zweier gegensätzlicher Welten, der Augenblick, der den jüngeren, nichtsahnenden Mann, der in den ersten Entwürfen Philip, später Peter und am Ende Jack (Sutherland) heißt, in die Umlaufbahn des penetranten, gefährlich daherbrabbelnden Ralph Linderman zwingt. Und zunächst schlägt der Roman die Richtung ein, die wir aus zahlreichen Büchern der Schriftstellerin kennen: Eine hartnäckige Gier nach Wissen, Teilhaberschaft und moralischer Kontrolle treibt den marginalisierten Ralph an Jacks Seite. Der Ältere wird zum Schatten und Verfolger des Jüngeren. Die Begründung für solche Männerbeziehungen im Werk von Patricia Highsmith ist niemals rational. Einer treibt, der andere wird getrieben; der Rest erwächst aus der Dynamik der Handlung, jenem »bleibenden Wert«, den jede gute Story in den Augen von Patricia Highsmith besaß.

Da die Autorin nichts für plumpes Moralisieren übrig hat, verharren die Überlegungen Ralphs auf einem schmalen Grat zwischen tief empfundener Besorgnis und krankhafter Einmischung. Ralph Linderman befindet sich ja selbst in den Klauen jenes Weltverbesserungseifers, dem er seine Mitmenschen unterwerfen will. Und wer ihm zuhört, kann ihn kaum als Idioten abtun. »Elsie ist ein sehr beeinflußbares Mädchen«, schreibt er an Jack, »sehr schwach in dem Sinne, daß ihr Charakter noch nicht gefestigt ist. Sie kann leicht auf Abwege geführt werden und hat bereits begonnen, vom geraden Weg abzuweichen. Sie ist erst vor kurzem – vor sehr kurzer Zeit – in diese große Stadt gekommen, sie weiß sich nicht zu schützen, und sie ist bereits in Gesellschaft geraten, die man nach allgemeinen Maßstäben nur als schlecht bezeichnen kann. [...] Elsie hat nicht viel Geld, und sie kennen ja die Versuchungen der Großstadt.«

Die vollkommene Balance dieses Brieftons und der Figur, die dahintersteht, gehört zweifellos zu den psychologischen Leistungen des Romans, ebenso wie die Komik, die aus dem Kontrast zwischen Ralphs aufwendigen Verfallstheorien und der doch recht gewöhnlichen Wirklichkeit erwächst. Was in den privaten Aufzeichnungen von Patricia Highsmith als subjektive Meinung, gelegentlich auch als ungefilterte, altersbedingte Nörgelei über die verdreckten Straßen New Yorks, den Mangel an Bürgersinn und die grassierende Kriminalität vor allem der jungen Schwarzen erscheinen mag, wird hier an ein glaubhaftes Psychogramm gebunden. Es ist die Antriebsfeder des Romans. Es sind Ralphs pessimistische Ahnungen und wilde, weit hergeholte Vermutungen, die dem Buch sein ominöses Spannungsmoment geben.

Doch es steckt noch mehr dahinter. Der eben zitierte Brief enthält verschlüsselt den Handlungskern des Romans, den wir lesen, als habe Patricia Highsmith es darauf angelegt, sich selbst, die planende Schöpferin, in ihrer merkwürdigen Außenseiterfigur zu spiegeln: »Sie sind ein verheirateter Mann«, heißt es in Ralph Lindermans Brief, »aber viele verheiratete Männer sind schon in Schwierigkeiten geraten, ohne es zu wollen. Zweierlei könnte geschehen: Elsie könnte auf ihre Weise versuchen, Geld von ihnen zu bekommen, oder einer der Taugenichtse, mit denen sie sich umgibt, könnte aus irgendeinem Grund beschließen, sie zu überfallen. In dieser riesigen Stadt, in der so viele halb verrückte Menschen leben, ist nichts unmöglich.«

Das ist keine schlechte Wahrsagerei. Am Ende holt Elsie zwar kein Geld aus der Verbindung mit Jack heraus, doch immerhin eine Karriere als Fotomodell. Und tatsächlich wird sie später – von einem weiblichen »Taugenichts« – überfallen und umgebracht. Weit über ihre prophetische Qualität hinaus schlagen die Sätze in Ralphs Brief die Grundmelodie von Highsmith-Büchern an: daß verheiratete Männer »in Schwierigkeiten geraten« und daß in einer »riesigen Stadt«, die für moderne Lebensformen schlechthin stehen könnte, »nichts unmöglich« ist. Allerdings, in der Spätphase ihres Werks läßt Patricia Highsmith Themen offen zu, die sie in den fünfziger und sechziger Jahren noch nicht beim Namen genannt hat. Die Aufzeichnungen im Notizbuch 35 verraten, daß der Roman den Widerstreit von Wollust und Unschuld behandeln sollte, personifiziert durch eine vergnügungsbesessene junge Frau (die noch nicht Elsie heißt, sondern Frieda) und einen vermutlich impotenten älteren Mann, der seine befremdliche Aufgabe darin sieht, Mädchen bei der Bewahrung ihrer Jungfräulichkeit beizustehen.

Die Plotskizzen zu diesem Thema gehören zum Ausführlichsten, was die Autorin bei der Arbeit an *Elsies Lebenslust* überhaupt notiert hat. Sie widerlegen nicht nur Patricia Highsmiths oft wiederholte Beteuerungen, beim Schreiben sei es ihr auf »diese Sex-Dinge« nicht angekommen, sondern bilden das solide gedankliche Fundament, auf dem sie den Roman errichtet. Wie man es von ihr kennt, wuchern die Überlegungen zunächst in mehrere Richtungen, genauer: Sie beleuchten das Thema mit kräftigsten Watt-Zahlen und verdoppeln und verdreifachen damit die Effekte, die sich ein ausbalancierter Roman vernünftigerweise zutrauen sollte. Nicht nur aus dem Versuchs-, auch aus ihrem Übertreibungscharakter gewinnen diese Aufzeichnungen ihren Wert. Peter (der spätere Jack) und Ralph zum Beispiel, so der Planungsstand zwischen dem 10. und dem 20. Juli 1983, sollten eine erwachsene Tochter haben, erst der eine, dann der andere. Peters Tochter ist achtzehn und bereitet den Eltern (die sich voneinander getrennt haben) Kopfzerbrechen wegen ihres »offensichtlichen Mangels an Werten«, einer gewissen »Sorglosigkeit« gegenüber Fragen von Richtig und Falsch. Ralphs Tochter, zwanzigjährig, »mit einem Gewichtsproblem«, hat sich mit ihrem Vater entzweit. Dieser will sie keusch halten. Sie dagegen sucht nach einem Mann, der ihr die Unschuld rauben könnte, und findet keinen. Als wäre diese Anordnung noch nicht deutlich genug, schreibt die Schriftstellerin in ihr Notizbuch: »Faustische Atmosphäre von Jungfräulichkeit und Wollust – männlich und weiblich gleichermaßen.«

Die schematische Parallelsituation wird bald verworfen. Jetzt pflanzt Patricia Highsmith in die Mitte zwischen den Männern die Frau, aus der später Elsie wird, gleichsam den Katalysator, der Ralphs und Peters Haltungen an die Oberfläche bringt: eine gefährliche, verführerische Figur, die wenig mit der Elsie des Romans gemein hat. »Frieda« kleidet sich aufwendig, bevor sie auf ihre nächtlichen Streifzüge geht, benutzt reichlich Make-up und pflegt in Greenwich Village unzählige Bekanntschaften. Den Job als Kellnerin erledigt sie, weil ihr Chef sie mag, doch eigentlich hat sie dergleichen nicht nötig. Sexuelle Libertinage oder mehr – *whoring*, um das Notizbuch zu zitieren – ist für diese Frau eine Kunst, und sie verspottet Ralphs moralische Attitüde als reine Heuchelei. Es gebe in seinem Leben keinen Sex mehr, das sei alles. Patricia Highsmith schreibt es mit der größten Genauigkeit hin: »R. wird nicht noch einmal mit einer Frau ins Bett gehen! (Weil er weiß, daß er impotent ist. Er kann seinen schweren, unattraktiven Körper objektiv sehen, nackt, seinen kahl werdenden Kopf. Beim letzten Mal – vor vier, fünf Jahren, mit einer dreißigjährigen halben Prostituierten, die er in einem Café-Restaurant in Greenwich Village kennengelernt hatte – hat er es nicht geschafft.)«

Den frühen Entwürfen zufolge sät Frieda zwischen den beiden Männern durch gezielte Lügengeschichten Streit und Konkurrenzgeist. Am 21. Juli heißt es im Notizbuch: »Zwischen keinem der Männer und der Dreiundzwanzigjährigen gibt es irgendwelche sexuellen Aktivitäten. Nur ihre [Friedas] falschen Geschichten, die hin- und herwandern. Peter erkennt, daß er sich in sie verliebt hat und daß diese Liebe allein auf sexueller Anziehung beruht. Wie sehr wird sich Peter von Ralphs Predigten und Vorwürfen distanzieren?« Unmittelbar darauf, in derselben Eintragung, erwägt dic Autorin eine dramatische Verschärfung des Konflikts: »Das Mädchen könnte sogar die Lüge von einer Schwangerschaft erzählen. Ralph könnte vorhaben, Peter umzubringen, der zu stolz ist, sich ausreichend zu schützen.«

Bis hierhin klingen die Arbeitsnotizen, von den expliziten sexuellen Motiven abgesehen, nach einer Variation früherer Romane wie *Die zwei Gesichter des Januars* (1964) oder *Venedig kann sehr kalt sein* (1967), in denen Patricia Highsmith zwei Männer ungleichen Alters einen erbarmungslosen, vor allem von machistischer Rachsucht geprägten Kampf um eine Frau austragen läßt. Natürlich ist die Frau dabei eher Vorwand als tatsächliche Ursache, und das Ringen trägt deshalb kaum Züge von Ritterromantik. In den *Zwei Gesichtern* muß die Frau sterben, damit die Kampfhähne den Platz für sich allein haben, in *Venedig kann sehr kalt sein* ist sie schon gestorben, bevor die Handlung einsetzt, und wird in den Kampfpausen nur noch als Erinnerungsbild beschworen. Je länger die Männerduelle bei Patricia Highsmith dauern, desto offensichtlicher emanzipieren sie sich von allen konventionellen Begründungen, um ihren fatalen Kern wahnhafter Verstrickung preiszugeben: die Suche eines Menschen nach seinem moralischen Gegenteil, das sich als moralisches Komplement erweist; die Jagd auf das Andere in einem selbst; die unerklärliche, oft selbstzerstörerische Anverwandlung an das eigene geheime Doppel.

Von daher überrascht es kaum, daß auch Elsie stirbt. Doch sie stirbt nicht, damit die Männer um ihre postume Gunst kämpfen können. Weder Ralph Linderman noch Jack Sutherland sind in ihren Tod verwickelt, obwohl sie gleichsam reflexhaft die Rollenanforderung konkurrierender Gockel erfüllen: Beide verdächtigen den anderen, an der Ermordung der jungen Frau schuld zu sein. Wie aber das? Elsies Tod erweist sich am Ende als schlecht motivierter Mord von dritter Hand, die vulgäre Gelegenheitstat einer

Eifersüchtigen. Und noch mehr: Patricia Highsmith läßt uns einige Seiten darüber im dunkeln, wer die Tat auf dem Gewissen hat. Wer die Verachtung der Autorin für klassische Detektivgeschichten und *Whodunnits* kennt, mit denen sie ihre Bücher um keinen Preis verwechselt sehen wollte, kommt aus dem Staunen nicht mehr heraus.

Tatsächlich ist mit diesem Buch etwas Rätselhaftes geschehen. Die Schriftstellerin plant einen Roman, der wie üblich auf einer plausiblen »Story« beruhen soll, schreibt aber einen anderen. Und sie schreibt seine wesentlichen Teile, ohne sich vorher über die Richtung der Handlung im klaren zu sein. Außer den oben zitierten Einfällen, die allesamt aus dem Juli 1983 stammen, folgen im Notizbuch 36 nur noch vier kleine Seiten, verteilt über den Zeitraum eines ganzen Jahres, in denen vor allem von Geschlechterrollen die Rede ist (etwa zur Typologie der »Geliebten«, zum Frauenbild des Islam oder zum Reich der Insekten, in welchem das Weibchen das Männchen verspeist), und ganz am Ende werden Einträge zu Ralphs »Jüdischem Wörterbuch« aufgelistet, die mit dem Roman wenig zu tun haben. Zwei kurze Notate stechen aus diesen Seiten heraus. Das eine behandelt den Tod der jungen Frau, einen Mord aus Eifersucht (5. Dezember 1983), das andere besteht aus einem einzigen Satz der Figur Jack Sutherland: »Warum etwas im Kern Biologisches mit Moral befrachten?« (15. März 1984)

Gemeint ist, ohne Umschweife: Was ist an Liebe, Ehe und Sex so schwierig? Und was bedeutet es, in New York als homosexuelles Paar zu leben? Denn die Frage nach der sexuellen Orientierung und den Entscheidungen, die damit verbunden sind, bildet die ständig spürbare Unterströmung von *Elsies Lebenslust,* vergleichbar der homoerotischen Offenheit der beiden letzten Ripley-Romane (1980 und 1991) und des letzten zu Lebenszeiten veröffentlichten Buchs *Small g* (1995). Unter der Flagge eines Suspense-Romans erzählt Patricia Highsmith in *Elsies Lebenslust* von nichtbürgerlichen Paarbeziehungen. Um Elsie Tyler geht es dabei am allerwenigsten, vielmehr um den Einfluß, den ihre Frische, ihre Jugend und ihr erotischer Magnetismus auf ihre Umgebung ausüben. Henry James, den Patricia Highsmith verehrte, hat in seinem Roman *Bildnis einer Dame* (1881) eine Art Menschenexperiment vorgeführt: Zwei reiche Männer, Vater und Sohn, beschließen, ihrer jungen, schönen, aber mittellosen jungen Verwandten sehr viel Geld zu hinterlassen und ihr damit die Freiheit der Wahl – des Ehemanns, des Wohnorts und des Lebensstils – zu ermöglichen. Auf ähnliche Weise verwandelt sich bei Patricia Highsmith eine junge Frau durch die Protektion der New Yorker *gay community* von einer Kellnerin in ein hochbezahltes Model, das es bis auf die Titelseiten renommierter Modemagazine schafft. Daß Elsie alle, die mit ihr in Berührung kommen, auf die eine oder andere Weise transformiert, ist offensichtlich. Die Energie, die den Roman durchpulst, rührt aus der Ungewißheit: *Was wird sie als nächstes tun?* Als hätten die Figuren auf nichts anderes gewartet, sind sie bereit, ihr Leben von dieser aus dem sozialen Nichts aufgetauchten Frau bereichern, verändern oder in Unordnung bringen zu lassen.

Deshalb gibt es für jeden ein Leben vor Elsie und nach Elsie. Daß die junge Frau selbst eher schattenhaft bleibt und über große Strecken noch nicht einmal physisch anwesend zu sein braucht, eine Projektionsfläche für fremde Hoffnungen und Phantasien, gehört zu den wesentlichen Kunstgriffen des Romans. Elsie redet ja wenig; um so mehr wird über sie geredet. Sie wird auch nicht gesehen, sondern wie ein Kunstwerk betrachtet. Erst der Schlafenden kann Jack seine Liebe gestehen. Was Elsie wirklich will, scheint das Buch, das im Deutschen ihren Namen im Titel trägt, mit Absicht aus den Augen zu verlieren. Der Faden jedoch, den sie zwischen sich und ihren Freunden spannt, läuft kreuz und quer durch den Roman: als (lesbisches) *Prinzip Lebenslust*. Und wen hat sie nicht alles kennengelernt! Auf einer Maskenparty bei Louis und Bob kommen die Figuren noch einmal zusammen, und nicht von ungefähr fallen dort, bei einem wilden, selbstvergessenen Tanz, Jacks keusche Rationalisierungen in sich zusammen. »Jack und Elsie umkreisten einander, und Jack glaubte zu schweben. Dann verklangen Musik und Rhythmus, und Jack merkte, daß er Elsie in den Armen hielt und daß ihre Hände leicht auf seinen Schultern lagen. Er küßte sie auf die Wange, atmete tief ein, als wollte er sie verschlingen, und spürte ihren Atem, als sie lachte.«

Es ist aber kaum mehr als Einbildung. Elsie braucht den typischen Highsmith-Helden nicht, der ohnehin nie für geglückte Liebe gemacht war. Hier, im Spätwerk, tritt seine ganze Hilflosigkeit hervor. Willenlos sieht Jack zu, wie die Frau, die er geheiratet hat, und die Frau, die er liebt, ein Paar werden, das ihn ausschließt. Wenn man sich fragt, wer in diesem Roman *nicht* lesbisch oder homosexuell ist, bleiben kaum mehr als zwei Figuren übrig: Jack und Ralph. Es sind die beiden wahrhaft Altmodischen, an denen die Ereignisse unverstanden vorübergehen, zwei machtlose heterosexuelle Männer, die sich erst um Elsie prügeln, als es längst zu spät ist: eine sinnlose Pantomime. Elsie hat nur unter Frauen gewildert. Alles spricht dafür, daß die angebetete, aufgestiegene und brutal ermordete Frau in das Reich der »halb verstandenen Träume« gehört, die Jack so hingebungsvoll gezeichnet hat.

Paul Ingendaay

Editorische Notiz

Mitte Juni 1983, parallel zu frühen Skizzen für eine Sammlung von *Geschichten von natürlichen und unnatürlichen Katastrophen* (1987), notiert Patricia Highsmith erste Ideen zu ihrem drittletzten zu Lebzeiten erschienenen Roman. Für die Entstehungsphase liegen keine *diaries* vor, und auch die Notate in den *cahiers,* die eindeutig der Planung und Ausarbeitung von *Found in the Street* zuzurechnen wären, sind spärlich oder bleiben über Monate sogar ganz aus. Ende November 1983 fliegt Patricia Highsmith für zwei Wochen zu Recherchen nach New York. Im Dezember 1984 recherchiert sie erneut an Ort und Stelle, obschon im *cahier* seit August jegliche Hinweise auf einen Fortgang ihrer Arbeit am Roman fehlen. Am 23. Mai 1985 liegt die Reinschrift vor. Im Februar 1986 erscheint der Roman gleichzeitig in deutscher Erstübersetzung unter dem Titel *Elsies Lebenslust* im Diogenes Verlag, Zürich, und als englische Originalausgabe bei William Heinemann, Ltd, London; die textidentische amerikanische Ausgabe folgt erst ein Jahr später, im Januar 1987, bei The Atlantic Monthly Press, New York.

Die von Dirk van Gunsteren vorgelegte Neuübersetzung beruht auf der englischen Originalausgabe.

Anna von Planta

Patricia Highsmith im Diogenes Verlag

Im Frühling 2002 hat der Diogenes Verlag eine Werkausgabe von Patricia Highsmith mit weltweit unveröffentlichten Stories aus dem Nachlass und mit Neuübersetzungen ihres zu Lebzeiten erschienenen Werks gestartet (u. a. von Nikolaus Stingl, Melanie Walz, Irene Rumler, Christa E. Seibicke, Dirk van Gunsteren, Werner Richter und Matthias Jendis). Alle Bände in neuer Ausstattung, kritisch durchgesehen nach den Originaltexten und mit einem Nachwort zu Lebens- und Werkgeschichte. Die Edition macht sich erstmals die Aufzeichnungen der Autorin zur Entstehungsgeschichte einzelner Werke, zu Plänen und Inspirationsquellen zunutze und informiert über den schöpferischen Prozess und über die Lebenszusammenhänge, wie sie sich aus den Notiz- und Tagebüchern der Autorin rekonstruieren lassen.
Werkausgabe in 32 Bänden. Herausgegeben von Paul Ingendaay und Anna von Planta in Zusammenarbeit mit Ina Lannert, Barbara Rohrer und Kate Kingsley Skattebol. Jeder Band mit einem Nachwort von Paul Ingendaay.

Bisher erschienen:

Zwei Fremde im Zug
Roman. Aus dem Amerikanischen von Melanie Walz

Der Schrei der Eule
Roman. Deutsch von Irene Rumler

Das Zittern des Fälschers
Roman. Deutsch von Dirk van Gunsteren

Die stille Mitte der Welt
Stories. Deutsch von Melanie Walz

Lösegeld für einen Hund
Roman. Deutsch von Christa E. Seibicke

Der talentierte Mr. Ripley
Roman. Deutsch von Melanie Walz
Auch als Diogenes Hörbuch erschienen, gelesen von Gert Heidenreich

Ripley Under Ground
Roman. Deutsch von Melanie Walz

Die Augen der Mrs. Blynn
Stories. Deutsch von Christa E. Seibicke

Der Schneckenforscher
Stories. Deutsch von Dirk van Gunsteren
Eine Story auch als Diogenes Hörbuch erschienen: *Als die Flotte im Hafen lag*, gelesen von Evelyn Hamann

Ripley's Game oder Der amerikanische Freund
Roman. Deutsch von Matthias Jendis

Ediths Tagebuch
Roman. Deutsch von Irene Rumler

Tiefe Wasser
Roman. Deutsch von Nikolaus Stingl

Die zwei Gesichter des Januars
Roman. Deutsch von Werner Richter
Auch als Diogenes Hörbuch erschienen, gelesen von Charles Brauer

Der süße Wahn
Roman. Deutsch von Christa E. Seibicke

Die gläserne Zelle
Roman. Deutsch von Werner Richter

Leise, leise im Wind
Stories. Deutsch von Werner Richter
Zwei Stories auch als Diogenes Hörbuch erschienen: *Der Mann, der seine Bücher im Kopf schrieb,* gelesen von Jochen Striebeck

Der Junge, der Ripley folgte
Roman. Deutsch von Matthias Jendis

Venedig kann sehr kalt sein
Roman. Deutsch von Matthias Jendis

Kleine Mordgeschichten für Tierfreunde/Kleine Geschichten für Weiberfeinde
Stories. Deutsch von Melanie Walz
Ausgewählte Stories auch als Diogenes Hörbuch erschienen: *Kleine Mordgeschichten für Tierfreunde*, gelesen von Alice Schwarzer

Elsies Lebenslust
Roman. Deutsch von Dirk van Gunsteren

Ripley Under Water
Roman. Deutsch von Matthias Jendis

Carol oder Salz und sein Preis
Roman. Deutsch von Melanie Walz

Keiner von uns
Stories. Deutsch von Matthias Jendis

Der Stümper
Roman. Deutsch von Melanie Walz

Ein Spiel für die Lebenden
Roman. Deutsch von Bernhard Robben

Nixen auf dem Golfplatz
Stories. Deutsch von Matthias Jendis

›Small g‹ – eine Sommeridylle
Roman. Deutsch von Matthias Jendis

Der Geschichtenerzähler
Roman. Deutsch von Matthias Jendis

Leute, die an die Tür klopfen
Roman. Deutsch von Manfred Allié

Geschichten von natürlichen und unnatürlichen Katastrophen
Stories. Deutsch von Matthias Jendis

Suspense oder Wie man einen Thriller schreibt
Deutsch von Anne Uhde

In Vorbereitung:
Diaries/Notebooks

Außerhalb der Werkausgabe lieferbar:

Marijane Meaker
Meine Jahre mit Pat
Erinnerungen an Patricia Highsmith
Aus dem Amerikanischen von Manfred Allié

Joan Schenkar
Die talentierte Miss Highsmith
Leben und Werk von Mary Patricia Highsmith. Aus dem Amerikanischen von Renate Orth-Guttmann, Anna-Nina Kroll und Karin Betz. Mit einem Bildteil